Tim Gebert

Fynn Phönix

und der Schatz der himmlischen Steppe

SADWOLF

Noir Roman

Tim Gebert

Fynn Phönix

und der Schatz der himmlischen Steppe (Band 2)

1. Auflage

Autor: Tim Gebert
Umschlagdesign: Ismael Gil Morillo
Lektorat: Stefanie Begerow (Lektorat Hohe Weide)
Satz/Layout/E-Book: Johannes Wolfers
Druck: Bookpress.eu

Klappenbroschur: ISBN 978-3-946446-78-1
E-Book Epub: ISBN 978-3-946446-79-8
E-Book Mobi: ISBN 978-3-946446-80-4

Bibliografische Information der Deutschen Nationalbibliothek:
Die Deutsche Nationalbibliothek verzeichnet diese Publikation in der Deutschen Nationalbibliografie; detaillierte bibliografische Daten sind im Internet über http://dnb.dnb.de abrufbar.

Besuchen Sie den SadWolf Verlag im Internet

www.sadwolf-verlag.de

Widmung

Vielen Dank an Patrick J., der jedes meiner Kapitel immer sofort begutachtet und mir Feedback gibt :*

Prolog

Ein Raum, der spärlich beleuchtet war …

Wassertanks, die blubberten und groteske Gestalten beinhalteten, lebendige wie auch tote …

Das elektrische Piepen von Apparaten …

Wer das Geräusch allerdings besser kannte, der wusste, dass jenes Piepsen die Herzfrequenz eines Lebewesens war. In diesem Fall eines Mädchens, welches an einen Stuhl angegurtet wurde.

Das Licht des Raumes spiegelte sich in zwei kreisrunden Brillengläsern wider.

Der Mann, der diese Brille trug, konnte es kaum abwarten, das Mädchen festzuschnallen, um seine Forschungsergebnisse, die er ein Jahr lang gesammelt hatte, endlich in einem Experiment an ihr zu testen.

Das Mädchen war benommen, ließ alles mit sich machen und konnte keine Gegenwehr leisten. Man wusste nicht, ob sie betäubt worden oder ob ihr Wille nach einem Jahr Gefangenschaft einfach gebrochen war.

Vollbracht!

Das Mädchen war bereit. Der Mann mit der übergroßen schwarzen Kutte und dem kreisrunden Kragen, der die untere Hälfte seines Gesichtes verdeckte, trat ein paar Schritte weit weg. Seine rötlichen Haare leuchteten bedrohlich im schwachen Licht des Labors.

»Oh, ist heute endlich der Tag, auf den du schon so lange gewartet hast, Veritas?«, sprach eine aus der Dunkelheit im Hintergrund kommende Person.

Der Mann mit der Brille drehte sich nicht überrascht um.

»Korrekt. Ich habe lange genug die Lebensenergie des Teufelsmonsters analysiert. Wenn alles nach Plan funktioniert, müsste ich es bald unter Kontrolle bekommen und wir haben eine entscheidende Waffe, um auch an die anderen verbleibenden Kinder zu kommen.« Sein Grinsen ging fast bis über beide Ohren.

»Ich bin gespannt!«, antwortete die Person in den Schatten.

Veritas machte sich bereit. Er fokussierte Pandra, seine eigene Lebensenergie, und presste seine Handflächen zusammen. »Zuerst schwäche ich das Siegel der Engel an ihrer Brust. Es zu brechen, wird nicht funktionieren, das Siegel der Engel hat einen viel zu hohen Rang.« Er schloss seine Augen. »Verbotene Tech! Freisetzung der verbotenen Kraft, Level fünf!«

Um den Stuhl des Mädchens erschienen fünf in sich enger werdende Siegelringe, die giftgrün den Raum erleuchteten.

Heißes Pochen …

Das Mädchen riss die Augen auf und Teile ihrer Kleidung zerrissen augenblicklich durch den plötzlichen Energieausstoß ihres Mals an der linken Brust. Genau dieses Mal war das starke Siegel der Engel, welche dort eines der acht Teufelsmonster weggesperrt hatten. Es brannte wie Feuer auf ihrer Haut und die Wut der Bestie, die tief in ihr schlummerte, wurde durch die Siegeltechnik des Kuttenträgers geweckt. Starke Druckwellen schleuderten nicht nur ihr eigenes Haar fast senkrecht in die Luft, sondern versetzten auch dem Rothaarigen einige kräftige Stöße. Die unbekannte Person im Schatten hinter ihm blieb von dieser Kraft allerdings völlig unbeeindruckt.

Das hilflose Mädchen begann zu kreischen. Allerdings nicht wie ein Mensch, sondern wie eine unbändige böse Kreatur. Obwohl er bei der Anwendung seiner Technik die Augen geschlossen hielt, konnte er das Monster tief im Inneren des Mädchens schon fast vor seinen Augen sehen, so stark war dieses Pandra.

»Okay, Phase zwei.« Er faltete seine Hände nun ineinander zu einer Gebetsform. »Verbotene Tech! Kreuzigung des Dämons, Level fünf.«

Wieder erschienen fünf ineinander kleiner werdende Siegelringe, nur diesmal genau über dem Stuhl des Mädchens, an der Decke. Damit stabilisierte er die austretende umherwirbelnde Energie und dämmte sie, wie in einem Kraftfeld, im Inneren der Siegel ein.

Er musste sich beeilen, die unmenschliche Kraft konnte er nicht lange im Zaum halten. Er riss seine Augen für die dritte und letzte Phase auf.

Er öffnete seine Hände und schlug beide Handflächen flach auf den Steinboden. »Verbotene Tech! Versiegelung durch höhere Gewalt.«

Auf der Stirn des Mädchens erschien ein weiteres Mal, jedoch war dieses nicht von den Engeln der Vorzeit, sondern ein vom Brillenträger erschaffenes. Dieses Siegel war bei weitem nicht so mächtig wie das auf ihrer Brust, allerdings reichte es aus, um das freigesetzte Pandra des Teufelsmonsters erneut zu versiegeln. Wie ein Sog schluckte es die Energie, und so schnell wie alles begann, so schnell war auch alles vorbei.

Die Siegelringe am Boden und an der Decke verblassten, die Haare des Mädchens fielen wieder an ihren Schultern entlang nach unten und das Verschwinden ihres bestialischen Geschreis hinterließ eine unheimliche Stille …

Das Mädchen war bewusstlos, der Rothaarige keuchte und blickte mit aufgerissenen Augen den reglosen Körper an. Er grinste. »Hahaha, geschafft, endlich geschafft. Ich konnte einen erheblichen Teil des Teufelsmonsterpandras loslösen und in mein eigenes Siegel sperren. Somit reguliere ICH nun diese fantastische Kraft, die wir eben sehen durften«, sprach er halb zu sich selbst und halb zu der Person hinter ihm im Dunklen.

»Ausgezeichnet!« Die Gestalt trat aus der Finsternis hervor und entpuppte sich als ein kleines Mädchen mit bis zu den

Ellenbogen reichenden schwarzen Handschuhen und einem Lolli im Mund. Ihr Name war Sky.

»Gut gemacht, Veritas, dank dir hat Cassiopaia heute einen wichtigen Schritt in Richtung des wahren Friedens zu verzeichnen.«

Beide Gestalten machten sich in ihren Kutten auf den Weg zur Tür, das kleine Mädchen auf dem Stuhl hinter sich lassend.

»Ach so, ja«, fiel Sky ein, und sie hob ihren Arm nach hinten in die Höhe, während sie weiter, dem Mädchen den Rücken zugewandt, auf die Tür zulief. Wie durch Zauberhand rissen die Gurte vom Stuhl und das bewusstlose Wesen schwebte über den Boden hinweg zur Decke am anderen Ende des Raumes, wo goldene Ketten mit Dornen herabhingen. Sie verfrachtete den bewegungslosen Körper in die Verflechtung, genau dahin, wo das

Mädchen schon seit einem Jahr hing.

»Süße Träume, Simona!« Mit einem lachenden Aufschrei und dem Zuknallen der metallischen Tür erwachte Fynn Phönix aus einem schrecklichen Traum.

Prüfungsstress

»Okay, die Zeit ist um! Bitte alle den Stift weglegen und die Blätter umdrehen. Ich gehe durch die Reihen und hole mir die Prüfungen ab. Es wird nicht geredet, bevor ich alle Blätter eingesammelt habe.« Britanie schaute auf die Sonnenuhr an ihrem Handgelenk.

Drei Stunden waren seit Beginn der Prüfung vergangen. Jeder Sitzplatz im riesigen Saal der Zauberuniversität war besetzt. Mit Abgabe der Prüfungsblätter und mit Erreichen der Mindestpunktzahl würde jeder der Schüler ins zweite Jahr der Zauberuni versetzt werden.

Britanie, die blonde und ganz in weiß gekleidete Lehrerin der Universität, lief mit einem charmanten Lächeln durch die Reihen und sammelte die Schriftstücke ein, indem sie sie in ihren Körper aufnahm. Britanie hatte die einzigartige Fähigkeit, sich selbst in Papier aufzulösen. Dementsprechend konnte sie auch Papier ihrem Körper hinzufügen. Die Blätter falteten sich von selber zu kleinen Libellen und flogen zu Britanie. »Gut, ihr dürft jetzt gehen. Viel Glück bei den praktischen Prüfungen.« Britanie zwinkerte den Kindern zu und drückte ihnen symbolisch die Daumen.

Die Schülermenge strömte aus den beiden Türen des Saals.

Darunter waren auch Fynn und Kairi. Beide waren froh, den ersten Teil der Prüfungen überstanden zu haben. Besonders Kairi fand den eben erledigten schriftlichen Test sehr umfangreich und schwierig. Sie wischte sich die Schweißtropfen von ihrer Stirn. »Oje, ich hoffe, dass ich bestehe. Ich will nicht das erste Jahr noch einmal wiederholen. Ich weiß jetzt schon, dass ich nicht alle Punkte habe. Ein paar Aufgaben konnte ich nicht beantworten, deswegen habe ich irgendetwas hingeschrieben, in der Hoffnung, noch Teilpunkte zu bekommen.«

Fynn nickte. »Ja, stimmt. Wenn man nichts hinschreibt, dann bekommt man hundertprozentig keine Punkte. Ich habe bei den Aufgaben, die ich nicht genau wusste, auch wenigstens ein bisschen was hingeschrieben. Wer weiß, vielleicht ist es sogar komplett richtig!« Er grinste charmant, worauf Kairi innerlich schmolz.

»Leon hätte bestimmt alles gewusst«, warf Fynn plötzlich ein.

Kairi horchte auf. »Bestimmt. Er war immer sehr fleißig und hat vieles schon gewusst, bevor wir es überhaupt im Unterricht durchgenommen haben.« Sie blickte zu Boden. »Es wurde ja immer noch nicht aufgeklärt, was mit ihm passiert ist. Wo er wohl ist und wie es ihm geht? Darüber denke ich fast jeden Tag nach.«

Fynn antwortete mit Schweigen.

Leon war vor circa einem Jahr während einer Feier im großen Essenssaal verschwunden. Kairi hatte ein schlechtes Gewissen, denn bevor er spurlos verschwunden war, schien er ziemlich wütend auf sie und Fynn gewesen zu sein. Und sie hatte keine Möglichkeit gefunden, das mit ihm auszudiskutieren. Niemand in der Schule, nicht einmal der Leiter Merdin selbst, wusste, was geschehen war. Merdin spürte damals nur, wie Leons Aura urplötzlich verschwand. Und der alte Magier war sich sicher, dass Leon von irgendjemand oder von irgendetwas Mächtigem abgeschirmt wurde. Seitdem galt Leon als vermisst.

Fynn und Kairi hatten keine Zeit zu verlieren. Alle Prüfung, theoretische wie auch praktische, wurden an einem einzigen Tag angesetzt. Jetzt war es elf Uhr zwanzig, was bedeutete, dass die nächste Prüfung in vierzig Minuten beginnen würde. Wer zu spät kam, kassierte null Punkte. Die beiden dachten also nicht einmal daran, zu spät zu kommen. Ihr Tempo war dementsprechend etwas schneller. Vierzig Minuten, um zur nächsten Prüfung zu gelangen, hörte sich zwar nach viel Zeit an, aber die beiden wollten noch eine Kleinigkeit essen und außerdem lag die nächste Prüfung fast am anderen Ende des Unigeländes. Fünf vor zwölf kamen beide dort an. Den Zeitrahmen hatten sie also einhalten können. Mit einem schnellen Snack für zwischendurch waren die beiden wie auch die anderen »Noch-Erstklässler« bereit, die nächste Herausforderung zu meistern. Zuständige Lehrer für diese Prüfung waren Chamuela und Japhiel. Die beiden waren jedoch mehr als nur gewöhnliche Lehrer. Sie waren zwei der vier heiligen Engelskrieger, wobei jeder über ein anderes Element perfekt verfügte. Diese Krieger standen stellvertretend für die vier heiligen Erzengel, die vor einer noch nicht allzu langen Zeit selbst die Geschicke der Welt lenken konnten.

Chamuela gebot über das Wasser und war eine kleine, aber strenge und selbstbewusste Person. Oberstes Gebot für die kleine Braunhaarige war, die Regeln und Gesetze der Universität einzuhalten. Wer gegen sie verstieß, wurde von ihr auch zur Rechenschaft gezogen.

Japhiel war der Engelskrieger der Erde. Dieser war mindestens anderthalb Köpfe größer als seine Kollegin und mindestens viermal so breit. Japhiel war nicht besonders muskulös, sondern eher korpulent und breit gebaut.

Chamuela blickte streng durch die Reihen. »Gut. Es ist zwölf Uhr, Zeit für die nächste Prüfung! Wer nicht da ist, hat Pech gehabt.« Sie blickte zu ihrem Kollegen Japhiel, dieser nickte. »Genau, los geht's. Die Prüfung findet in der Luft statt!«

Ein Raunen ging durch die Menge.

Aber die beiden Engelskrieger fackelten nicht lange. Gleichzeitig pressten die beiden ihre Hände zusammen und sprachen synchron: »Vermischung der Elemente. Wasserelement, Tech der emporschießenden Fontäne, Erdelement, Tech der handfesten Erdmasse.« Dann presste Chamuela ihre linke Hand auf Japhiels rechte Hand und ihre Elemente vermischten sich. Frisches Wasser befeuchtete fruchtbare Erde. Resultat: »Holzelement, Tech der riesigen Bohnenstangen«, sagten beide weiter gleichzeitig. Das Pandra der beiden, also ihre Lebensenergie, floss sichtlich aufeinander und ließ etwas völlig Neues entstehen. Der Boden krachte auf und die grüne Wiese des Unigeländes spaltete sich. Wurzeln sprossen und ruckartig wuchs eine gigantische Pflanze, eine riesige Bohnenstange. Der Stamm der emporsteigenden Pflanze wurde immer dicker, je weiter er aus dem Boden spross. Um die Stange herum entstanden kelchförmige Blätter, die jedes einzelne Kind mit nach oben transportierte. Das Gleiche geschah mit den beiden Elementlehrern. Und das Schlimme war: Fynn war ganz und gar nicht schwindelfrei. Er hatte ja schon Probleme mit den fliegenden Transportwolken gehabt, welche ihn und die anderen immer von ihren Zimmern abholten. An diese Höhe hatte er sich schon gewöhnt, aber diese Bohne hier schien schier ins Unendliche zu wachsen. Fynn ließ sich einfach in das Kelchblatt fallen, damit er erst gar nicht in die Versuchung kommen würde, nach unten zu schauen. Was mit Kari war, wusste er nicht. Sie war auf einem anderen Blatt. Er hörte sie nur »Hilfe, ich werde sterben!« kreischen.

Der Wind schlug Fynn eiskalt ins Gesicht. Im Augenwinkel sah er sogar schon ein paar Wölkchen an sich vorbeiziehen. *Oje, oje … so hoch schon? Wie soll ich mich in dieser Höhe nur auf die Prüfung konzentrieren?,* dachte Fynn sich und hoffte nur inständig, dass diese Pflanze endlich zum Stillstand kommen würde.

Sein Wunsch ging in Erfüllung. Fynn merkte, wie das Wachstum immer geringer wurde, bis es letztlich ganz zum Stillstand kam. Er war heilfroh. Kairi hatte aufgehört zu schreien. Entweder, weil sie auch bemerkt hatte, dass die Bohne zum Stillstand gekommen war, oder weil ihre Stimme vom vielen Schreien komplett verschwunden war.

Alle kelchförmigen Blätter, die sich auf unterschiedlichster

Höhe verteilten, kapselten sich ab und stiegen allesamt empor. Was ihr Ziel war, das wusste niemand.

»So, hier wären wir. Das ist die geheime Prüfungsarena«, schallte Chamuelas strenge Stimme durch den kalten Himmel. Fynn war überrascht. Er blickte umher, um zu sehen, wo die Engelskriegerin war. Er konnte sie allerdings nirgendwo finden. Aber das, was er stattdessen erblickte, raubte ihm dafür umso mehr den Atem. Jetzt wusste er, worauf all die Kelchblätter zusteuerten.

An der Spitze der lang gewachsenen Bohnenpflanze befand sich eine riesige Erdmasse. Fynn konnte das Ausmaß kaum begreifen. In dieser Höhe gab es so gut wie keine Wolken mehr. Im gleißenden Licht der Sonne, die ungehindert scheinen konnte, erschien das Gestein, aus dem die Erdmasse an der Spitze der Bohnenstange bestand, bedrohlich rot.

Fynns Blatt, genau wie die anderen, flog langsam an der Erdmasse entlang. Dabei kam Fynn nicht drum herum zu erkennen, dass diese Gesteinsansammlung vielmehr wie eine Art Kolosseum aussah. Vergleichbar mit denen, die im alten Rom in Terraworld - der Welt, aus der Fynn ursprünglich kam - standen. Ob sie in Fermania auch dem gleichen Zweck dienten? Sollte dort im Laufe der praktischen Prüfung gekämpft werden? Fynn ahnte nichts Gutes. Aber außer in seinem fliegenden Blatt zu sitzen und zu warten, bis er landete, konnte er eh nichts tun. Er musste sich überraschen lassen.

Erstaunlich zeitgleich landeten die grünen Kelche auf dem staubigen Gesteinsboden der Arena, deren Steinwände immer noch im Sonnenlicht bedrohlich rot schimmerten.

Fynn war nicht der Einzige, der neugierig seine Umgebung musterte. Rings herum an den Seiten der Arena befanden sich in Stein gehauene Drachenköpfe, die allerdings keinen allzu freundlichen Blick hatten. Fenster hatte das Steinkolosseum nicht. Stattdessen klafften links und rechts von Fynn zwei riesige in Rot gehaltene Spinnennetze, die die gewöhnlichen Fenster für den seitlichen Lichteinfall ersetzen sollten. Was eigentlich keinen Sinn ergab, denn die Arena hatte überhaupt kein Dach, von daher war immer für genügend Licht gesorgt, so lange die Sonne noch schien.

Zwei Steinpulte wuchsen aus dem Boden. Das eine auf der linken, das andere auf der entgegengesetzten Seite, direkt unter den Spinnennetzen. Die beiden Engelskrieger machten gleichzeitig einen großen Sprung und landeten direkt bei den zwei Steinsäulen. Die Prüflinge standen nun in der Mitte der Arena und beobachteten alles.

»Gut«, begann Chamuela zu sprechen, »fangen wir mit der praktischen Prüfung an. Es ist alles erlaubt. Euer Ziel wird das Spinnennetz sein. Ihr werdet gleich in zwei Gruppen aufgeteilt. Die Einteilung überlasse ich euch, aber wählt mit Bedacht! Wenn ihr euch dann gruppiert habt, kann es beginnen. Die eine Gruppe wird auf mich zurennen und versuchen, das Netz zu erreichen, die anderen rennen in die andere Richtung zu Japhiel. Für beide Gruppen gelten die gleichen Regeln. Je mehr von eurer Gruppe durchkommen, desto mehr Punkte bekommt jeder Einzelne von euch. Es ist also auch Teamwork gefragt.« Chamuela blickte herüber zu ihrem Kollegen Japhiel. Er nickte ihr kommentarlos zu, um ihr zu signalisieren, dass er nichts mehr hinzuzufügen hatte.

Die Prüflinge steckten ihre Köpfe zusammen und berieten sich.

»Weiß jemand, was an dieser Prüfung so schwer sein soll? Das Netz zu erreichen, wird doch ein Kinderspiel. Oder?« Die Frage kam, wie konnte es anders sein, von Kairi, der kleinen naiven Nuss.

»Nein, im Gegenteil, es wird äußerst schwer«, meldete sich ein Junge zu Wort, den Fynn noch nie zuvor gesehen hatte. Jedenfalls hatte er ihn noch nie bemerkt. Woran das wohl lag?

Er hatte ziemlich rote, sinnliche Lippen, weißes Haar und eisblaue Augen. Kairi und die anderen Mädchen mussten aufpassen, dass sie sich nicht in seinen Augen verloren.

Der Neuling sprach weiter: »Ich würde die Teams gut

durchmischen, sodass jedes Element in jedem der beiden Teams vertreten ist. Dadurch ist äußerste Flexibilität geboten und wir können auf alles, was kommt, reagieren. Wenn in einer Gruppe nur Schüler sind, die Wasser-Techniken einsetzen können, dann wird es schwerer, auf bestimmte Ereignisse zu reagieren. Versteht ihr?« Er blickte in die Runde.

Jeder nickte. Seine Argumentation war logisch und einleuchtend. Auch für Kairi.

Der Weißhaarige klatschte in die Hände. »Gut, dann teilen wir uns mal auf. Und nicht vergessen, gut durchmischen!« Er grinste charmant.

Chamuela schaute mit starrem Blick in die Runde der Prüflinge. »Seid ihr so weit?«, wollte sie wissen.

Ein Nicken der Kinder beantwortete ihre Frage. »Dann los. Die Prüfung der zehn Drachen beginnt JETZT!«

Ein Gong ertönte und wie aus Reflex rannten die beiden Gruppen los. Die eine nach links in Richtung Chamuela, die andere in Richtung Japhiel.

Beide Lehrer der Zauberuniversität beobachteten die auf sie zukommenden Schülergruppen. Wie geheim untereinander abgesprochen, legten beide gleichzeitig ihre Hände auf die Säulen, die aus dem steinigen Boden gewachsen waren. Mit einem kurzen Zucken in ihren Gesichtern begannen sie Pandra in die stabförmigen Einrichtungen zu leiten.

Chamuela war schon ganz aufgeregt. Immerhin war dieser Jahrgang etwas ganz Besonderes. Nicht nur, weil unter diesen Prüflingen vier der insgesamt acht Teufelskinder waren, die furchtbare Bestien in sich bargen, nein, auch war Fynn, welcher auf sie zugerannt kam, eines der seltenen magischen Wesen. Merdin, der Leiter der Uni, hatte dies vor circa einem Jahr herausgefunden, als Fynn Phönix gegen Cassiopaia gekämpft hatte. Um genauer zu sein gegen Jennipher, eine Hexe und damit ebenfalls ein Wesen aus reiner Magie. Zauberer und Hexen galten schon seit einiger Zeit als fast ausgestorben. Die einzigen noch Lebenden dieser beiden Arten waren der alte Merdin und Jennipher. Umso überraschter war jeder, als herauskam, dass auch Fynn ein Magiewesen und somit, wie Merdin, ein Magier war.

***

Fynn war mit der Gruppenzusammenstellung zufrieden. Seine, genau wie die andere Gruppe, bestand aus jeweils sechs Schülern. In Fynns Gruppe standen er und Kairi für das Element Feuer, Kristin und Aquarius für Wasser, Abel für Erde und Christopher für Wind. Perfekt durchgemischt, wie es der blauäugige unbekannte Schüler vorgeschlagen hatte. Nun müssten sie perfekt vorbereitet sein.

Die Gruppe um Fynn näherte sich mit jedem Schritt Chamuelas Position. Aber das ließ sie nicht weiter durchgehen. Immerhin wollte die strenge Lehrerin sehen, was ihre Studenten innerhalb des ersten Jahres alles dazugelernt hatten. Sie begann zu grinsen und umschlang mit ihrer Hand noch fester die Steinsäule. In Gedanken sprach sie das, was dann auch wirklich geschah. Die eben noch regungslosen Drachensteinköpfe, die die Steinarena ringsherum schmückten, begannen sich zu bewegen. Dabei leuchteten ihre Augen glühend rot. Sie gehorchten Chamuelas Befehlen. Allerdings bekam das nicht jeder mit.

Ein leicht rötliches Licht näherte sich der Gruppe. Fynn erkannte, was das zu bedeuten hatte. »Achtung!!! Feuerbälle auf drei und neun Uhr!«, schrie er den anderen zu.

Explosionen ließen den Boden erzittern und die Feuerbälle zerschmetterten in tausend Glutstückchen. Natürlich wusste keiner der Schüler, dass die Feuerbälle nichts weiter als sehr realistische Illusionen der Lehrer waren. Alles andere wäre verantwortungslos gewesen.

Jeder der sechs konnte sich gerade noch so mit einem großen Luftsprung retten. Die Wucht der Explosionswelle war enorm. Zumindest gaukelte dies die Illusion vor.

Er hatte die anrasenden Geschosse gerade noch rechtzeitig erkannt. Sie wurden von den steinernen Drachenköpfen auf sie abgefeuert.

»Ahhhhh, was war das denn?«, schrie Kairi hysterisch zur Gruppe.

»Die Drachenköpfe«, antwortete Fynn ihr. »Sie sind zum Leben erwacht und haben uns angegriffen. Und ich wette, dass das Chamuelas Werk war. Seitdem sie ihre Hand über diese Steinsäule gelegt hat, haben die Köpfe begonnen sich zu rühren. Das kann kein Zufall sein.«

Kristin, die eigentlich immer schon sehr schüchtern und still war, ergänzte Fynn sehr selbstbewusst. »Ja, das glaube ich auch. Ich wette mit euch, dass sie mit ihrem Pandra über diese Säule Kontakt zu den feuerspeienden Drachenköpfen hat. Aber wie sollen wir weiter vorgehen?«

Ihre Frage konnte allerdings nicht beantwortet werden, denn Chamuela griff ein.

Rotes Licht näherte sich ihnen von hinten.

»Achtung! Zwei weitere Feuerbälle!«, schrie Kairi und deutete, mit einem vor Schreck verzerrten Gesicht, auf die beiden Kugeln.

»Wir müssen Feuer mit Wasser bekämpfen. Los, Aquarius, setz deine Fontäne-Tech ein, um die feurigen Angriffe zu stoppen!«, befahl Kristin, die selbst das Wasserelement beherrschte.

Aquarius nickte, griff in seinen an der Hüfte hängenden Beutel und nahm zwei Blaubeeren aus ihm heraus. Er benötigte deswegen zwei, weil die Technik, die er einsetzen wollte, eine auf dem Schwierigkeitsgrad zwei war. Er zerrieb sie so schnell er konnte in seinen Handflächen. Dann presste er diese fest zusammen.

»Wasserelement, Tech der Druckschuss-Wasserfontäne!«, schrie Aquarius … aber nichts geschah. Er schaute irritiert. »Es klappt nicht! Aber warum?«

Fynn hatte einen Geistesblitz. »Zu trocken!«

»Zu trocken?«, fragte Aquarius nach.

»Ja, der Boden. Wir sind hier auf einer Steinarena mitten in der Luft. Hier ist es so trocken, dass es höchstwahrscheinlich keinen Tropfen Wasser gibt. Deswegen kannst du noch so viel Pandra und Blaubeeren benutzen, wie du willst. Wenn es kein Wasser gibt, kannst du auch keine Wasserfontänen aus dem Boden als Gegenangriff schießen lassen.«

Das war einleuchtend.

Kristin, die Fynn und auch die anderen immer mehr beeindruckte, weil sie ganz und gar nicht mehr das zurückhaltende Mädchen von vor einem Jahr war, drückte Aquarius beiseite. »Geh weg. Ich mache das!«

Kristin, das dünne blonde Mädchen, griff in ihren Beutel, warf sich drei Blaubeeren in den Mund und kaute.

»Was hast du vor? Hier gibt es kein Wasser«, sprach Kristins Teamkollege Aquarius und beobachtete dabei, wie die Feuerkugeln schnell näher kamen. Es würde nicht mehr lange dauern.

Kristin schaute streng. »Natürlich gibt es Wasser! Es ist direkt vor unseren Augen.« Sie presste ihre Hände zusammen und schickte Pandra in ihre Mundhöhle. »Wasserelement, Technik der Wasserextraktion!«

Die Wolken um die Arena wurden kleiner und Kristin begann Wasser zu spucken.

Jeder staunte nicht schlecht, denn das war eine recht schwere Technik. Auch Chamuela, die an der Steinsäule stand, war äußerst beeindruckt. Kristin hatte die Feuchtigkeit den Wolken entzogen. Die Engelskriegerin konnte nicht glauben, wie sehr Kristin im letzten Jahr gewachsen war. In ihrem Charakter, wie auch in ihrem Können. Keiner ihrer Wasserschüler hatte es bisher geschafft, diese Technik zu meistern. Kristin musste also heimlich geübt haben. Und das nicht zu wenig. Chamuela war stolz auf die kleine Blonde.

Der trockene Boden wurde nass, mit Wasser geradezu überflutet. Kristin blickte eindringlich Aquarius an, der immer noch nicht den Mund zu bekam. Dann verstand er. Er sollte noch mal seine Tech einsetzen. Er presste noch einmal seine Hände zusammen. »Wasserelement, Tech der Druckschuss-Wasserfontäne!«

Und jetzt klappte es endlich. Und das in allerletzter Sekunde.

Aus dem Wasser, welches Kristin erschaffen hatte und nicht in den trockenen Boden einsickerte, schossen zwei Wasserstrahlen in den Himmel und blockten die Feuerbälle der Drachenköpfe ab. Mit einem Zischen verdampfte das Wasser und die Gruppe schien gerettet … vorerst. Denn Chamuela war zwar beeindruckt, aber so leicht wollte sie es ihren Prüflingen nicht machen. Sie grinste. *Nicht schlecht. Respekt ihr beiden! Aber weiter geht's. Auf in Runde zwei,* dachte sie sich und machte sich bereit.

Ein Brummen erschütterte den Boden.

Die Gruppe um Fynn schaute sich um. Der Krach kam von der anderen Gruppe auf der anderen Seite. Auf diese hagelten riesige Steinbrocken nieder. Mit Hin- und Herspringen wichen sie den Steinschlägen aus. Ihnen erging es also auch nicht anders als Fynn und seiner Gruppe.

»Hey!«, schrie Christopher, der Schüler des Windelements. »Wir müssen weiter. Wir haben nicht viel Zeit, sie wird sicherlich gleich wieder angreifen.«

Fynn wurde aus seinem Blick auf die andere Gruppe gerissen und seine Gedanken waren wieder bei seiner eigenen. »Ja, du hast recht. Los geht's!«

Die Gruppe setzte sich wieder in Bewegung. Während sie rannten, versuchten die beiden Wasserschüler Aquarius und Kristin, die übrig gebliebene Wassermasse mit sich zu ziehen, damit sie es auch weiterhin verwenden konnten. Deswegen waren sie etwas langsamer als die übrigen vier.

Während die sechs Prüflinge sich Chamuela wieder näherten, konnte diese erkennen, wie die Kinder miteinander tuschelten. Die Lehrerin wusste sofort, dass sie sich einen

Plan zurechtlegten. Und dazu wollte sie es natürlich erst gar nicht kommen lassen. Sie schickte Pandra in die Steinsäule. Die Drachenköpfe bewegten sich daraufhin wieder. Ziel: die Kinder.

»Habt ihr alles verstanden?«, wollte Fynn von den anderen wissen.

Die Gruppe nickte nur. »Das ist eine geniale Idee. Hoffentlich klappt das, Fynn«, sprach Kairi.

»Wird schon schiefgehen.« Er zwinkerte ihr zu. Sie wäre beinahe geschmolzen, als sie sein smartes Gesicht sah. Sie blickte entschlossen und drückte die Daumen.

Dann geschah das, worauf die Kinder schon gewartet hatten. Rotes Licht erstrahlte, was bedeutete, dass sich wieder Feuergeschosse näherten.

»Seid ihr bereit?«, wollte Fynn wissen.

Chamuela fragte sich, welchen Plan sich die Kinder zurechtgelegt hatten.

Die Prüflinge blieben stehen. Fynn und Kristin waren in vorderster Reihe und standen nebeneinander. Beide steckten sich Beeren in den Mund. Fynn Rotbeeren und Kristin Blaubeeren, passend zu ihren Elementen.

Fynn begann: »Feuerelement, Tech der glühenden Feuerkugeln!« Er formte mit Zeigefinger und Daumen einen Kreis, den er sich um den Mund legte. Er holte Luft und pustete so stark er nur konnte aus. Mit viel Druck schleuderte er so aus seinem Mund glühende Feuerkugeln, die den Drachenköpfen stark ähnelten. Mit einem lauten Brummen und einer hellen Explosion knallten die Feuerbälle aufeinander. Gleißendes Licht erstrahlte, genau wie es Fynn geplant hatte. Nun kam Kristin ins Spiel. Sie presste ihre Hände zusammen. »Wasserelement, Tropfen-Lupe!« Sie bewegte schwungvoll ihre Arme und ließ Streifen aus Wasser an ihnen entlanggleiten, die sie dann zu einer Kugel formte. Und zwar so geschickt, dass es nicht einfach eine simple Wasserkugel war, sondern eine Lupe. Eine sehr starke Lupe sogar. Kristin hob diese so an, dass sich die starken Lichtstrahlen der explodierenden Feuerkugeln dort bündelten. So ähnlich, wie es Pfadfinder mit Sonnenstrahlen taten, um trockene Äste anzuzünden.

»Kairi, Kristin ist so weit, jetzt du!«, schrie Fynn.

Sie führte aus, was besprochen worden war. Kairi ließ ihre rechte Hand über ihren Seelenring gleiten und schickte Pandra in ihn. Er begann zu leuchten und aus dem Ring erwuchs Kairis Seelenwaffe. Es war ein Spiegel. Er war um einiges größer als noch vor einem Jahr, als sie ihn zum ersten Mal aktiviert hatte. Sie nahm ihn mit beiden Händen und hob den Seelenspiegel in die Luft.

»Bitte, du Spiegel, der in die Seelen blickt, hilf uns, diese Prüfung zu bestehen«, flehte sie ihr Schmuckstück an.

Das Licht der Explosionen sammelte sich in der Wasserlupe und wurde von Kristin genau in Kairis Spiegel gelenkt. Die Reflektionskraft vervielfältigte die Intensität des Lichtes ein weiteres Mal und dann nahm Kairi ihr Ziel ins Visier: Chamuelas Augen!

Es war ein recht simpler Plan. Warum sollten sie weiter den Feuerkugeln ausweichen oder die Drachenköpfe attackieren, wenn sie auch die Quelle ausschalten konnten? Der Gruppe war klar, dass sie aus Distanz Chamuela nicht daran hindern konnten, ihr Pandra in die Säule zu leiten, mit welchem sie die Schädel dirigierte. Aber könnte Chamuela aus unerfindlichen Gründen nichts mehr sehen, dann würden auch die Drachenköpfe nicht wissen, wo sie hin schießen sollten. So hatten sie genügend Zeit, um das Ziel, das Spinnennetz, zu erreichen. Stellte sich nur die Frage, ob alles genau so laufen würde, denn immerhin war Chamuela keine Geringere als eine der vier Engelskrieger!

Das gebündelte Licht traf auf Chamuelas Augen. Sie war verdutzt, geblendet, überrascht und machtlos zugleich. Mit einem Aufschrei versuchte sie mit ihrer freien Hand ihre Augen zu schützen, aber es war zu spät. Sie war kurzzeitig blind!

Angestrengt versuchte sie zu erkennen, wo sich die Gruppe der Prüflinge aufhielt, aber sie konnte nichts sehen. Nur sehr verschwommene Umrisse. Sie schickte viel Pandra in die Steinsäule, welche es an die Drachenköpfe aus Stein weiterleitete. Wie verrückt begannen diese wieder Feuergeschosse auf die Arena zu schießen. Diesmal allerdings mit einem Unterschied: Ihre Zielsicherheit war dahin. Die Studenten lagen genau richtig. Jetzt, wo Chamuela nichts mehr sah, hatten auch die Drachenköpfe keine Orientierung mehr.

Machtlos musste Chamuela mehr oder weniger gut mit ansehen, wie sechs Schatten an ihren geschundenen Augen vorbeihuschten. Als sie sich umdrehte und sich ihre Sehkraft wieder erholte, musste die Lehrerin erkennen, dass alle sechs bestanden hatten. Lächelnd hingen dort die sechs am Spinnennetz, und freuten sich über ihr Bestehen. Wie es wohl der anderen Gruppe ergangen war?

Unwissen

Ein erschöpfter Körper fiel in ein weiches Bett. »Oh Mann, was war das denn? Ich wäre fast gestorben vor Angst«, beschwerte sich Kairi lautstark im Quartierzimmer der Feuerelementler. »Erst dieser mega schwere Test mit Fragen, die ich noch nie gehört habe, und dann diese fliegende Arena und diese Bohnenstange, die gefühlt hundert Kilometer hoch war.« Sie blickte zur Decke und versuchte durch Konzentration ihren Herzschlag zu normalisieren.

Fynn schloss die Zimmertür und drehte den lebendigen Türknauf in Form eines Schneckenkopfes um. Dieser machte gerade ein Nickerchen und beschwerte sich ausnahmsweise nicht lautstark, dass er zu fest angefasst wurde.

Fynn warf sich ebenfalls in sein Bett und atmete einmal stark aus. Er konnte nicht viel mehr dazu sagen, als Kairi einfach zuzustimmen. Er war sich allerdings sicher, dass Kairi und er bestehen würden. Sie hatten beide wirklich viel gelernt. Er war sich sicher, dass viele Prüfungen so aufgebaut waren, dass man nie alle Aufgaben schaffen konnte oder musste, um die volle Punktzahl zu bekommen. Und selbst das brauchte man nicht, um ins nächste Jahr versetzt zu werden. Siebzig Prozent genügten, das hatte er in den Prüfungsordnungen der Zauberuniversität nachgelesen.

»Er fehlt mir immer noch.« Kairi blickte auf das dritte, leerstehende Bett. »Hoffentlich geht es ihm gut.«

Fynn tat es Kairi gleich und blickte herüber zu dem Bett, in dem ihr Freund einst schlief. »Ich bin mir sicher, dass es ihm gut geht, egal was passiert ist.«

»Wie kannst du dir da so sicher sein?«

»Na ja, erst mal ist Leon ein fähiger Student gewesen, außerdem erinnere dich, was man uns zu Beginn des Schuljahres versichert hat: Das magische Tor schützt die Universität vor Eindringlingen. Wäre also jemand gewaltsam zu Leon vorgedrungen, hätte das irgendjemand bemerkt. Deswegen wird ja auch spekuliert, dass er von selbst ging«, erklärte Fynn.

»Aber welchen Grund sollte er denn haben, einfach ohne was zu sagen zu verschwinden? Klar, er hat sich zum Schluss seltsam verhalten …«

»Ich weiß es nicht, Kairi. Vielleicht ist es eine Mischung von beidem. Er ging freiwillig und wurde von jemandem geholt. Immerhin kann Meister Merdin Leons Pandra nicht mehr lokalisieren. Er meinte, es wäre wie als wenn jemand einen dicken Nebel über ihn gelegt hätte. Er kann spüren, dass er noch lebt, aber nicht, wo er sich befindet.«

Kairi schlug sich die Hände vor ihr Gesicht. »Ahhhh, das heißt alles nichts Gutes. Ich habe da ein ganz mieses Gefühl.«

Fynn richtete sich auf. »Und erinnere dich an meine Vision, in der ich Leon in einem Kampf gegenüberstehe. Bisher ist alles, was ich gesehen habe, auch so eingetroffen. Und wenn das stimmt, hat Leon einen riesigen Hass in sich, beziehungsweise auf mich. Und heute vor den Prüfungen hatte ich einen weiteren seltsamen Traum. Es hört also erst mal nicht auf mit den seltsamen Ereignissen.«

»Wirklich?«, schrie Kairi und sprang auf. »Und das sagst du mir erst jetzt, oder wie. Hallo? Sowas ist wichtig und wir sind doch Freunde. Wenn dich etwas belastet, will ich es sofort wissen.« Sie schaute Fynn süß an.

Dieser errötete leicht. »Ja, okay. Tut mir leid.«

Kairi näherte sich seinem Gesicht und grinste ihm lebensfroh und breit ins Gesicht. »Okay, ich verzeihe dir.«

»Hast du es denn schon Meister Merdin erzählt?«

»Ich habe ihm Bescheid gegeben, ja. Er kennt den Inhalt meines Traumes aber noch nicht. Deswegen treffe ich mich auch gleich mit ihm.«

Kairi bekam ein neues Funkeln in ihre Augen. »Um was ging es in dem Traum?«

Von Meister zu Schüler

»Verstehe, also wie vor fast einem Jahr«, sprach Merdin, der Leiter der Zauberuniversität, und rieb sich dabei seinen weißen Bart. Gegenüber von ihm saß Fynn, er hatte ihm von seinem Traum erzählt. In dem es wieder um Simona ging, dem Teufelskind aus Terraworld, welches von Cassiopaia entführt wurde.

Der alte Zauberer verschränkte seine Arme. »Das arme Mädchen … Da ich selber früher Visionen hatte und weiß, dass sie mit hoher Wahrscheinlichkeit wahr werden, müssen wir davon ausgehen, dass sie tatsächlich gefoltert wird. Ich bin mir ziemlich sicher, dass Simona im Hauptquartier von Cassiopaia gefangen gehalten wird. Nur leider haben wir immer noch nicht den genauen Aufenthaltsort ihrer Basis bestimmen können.«

Es war für Fynn immer noch seltsam, sich mit dem Gedanken anzufreunden, dass Sky, eine ehemalige Studentin der Zauberuni, die Anführerin dieser Verbrechergruppe war. Er war mit ihr auf Mission gewesen. Sie jetzt in seinen Träumen so völlig anders zu sehen, so kalt und abgeklärt, konnte Fynn noch nicht ganz akzeptieren.

»Ich glaube auch, dass Cassiopaia etwas mit Leons Verschwinden zu tun hat«, warf Merdin in den Raum, was Fynn aufhorchen ließ.

»Wie kommt Ihr darauf, Meister?«

»Ich hatte schon länger den Verdacht und habe das mit den vier Engelskriegern diskutiert. Es ist schon sehr auffällig, dass an dem Tag, an dem Sky als Zaramon, ein ehemals enger Freund von mir, enttarnt wurde, auch Leon verschwindet.

Und das ohne gewaltsames Eindringen in das Gelände.« Merdin hob den Kopf. »Ich merke das Alter. Ich kann mich nicht mehr so auf meine Magie verlassen wie zu meinen jungen Tagen.«

Fynn schüttelte den Kopf. »Meister, macht Euch keine Gedanken um eure Magie, ich bin mir sicher, dass Ihr noch lange die Geschicke dieser Welt führen werdet. Und Ihr ward und seid der mächtigste Zauberer nach Salomo.«

Diese Aussage erinnerte Merdin an das Zauberbuch des Salomo, welches ihnen fast vor einem Jahr während einer Mission von einer mächtigen Gestalt abgenommen worden war. Sie konnten damals das Teufelskind nicht vor Cassiopaia schützen, verloren das Buch an diesen Unbekannten und zu guter Letzt: das Thema Sky und Leon. Es wurde mal wieder Zeit für Erfolge.

Natürlich kam es Merdin und den Engelskriegern schon in den Sinn, auch Suchtruppen nach Leon zu schicken. Allerdings gingen ihm langsam die Krieger aus. Das Dorf der Meerjungfrauen, welches von Cassiopaia fast völlig niedergebrannt worden war, um das Teufelskind Noel zu fangen, musste wieder aufgebaut und vor Plünderungen verteidigt werden. Die Verteidigung der anderen Dörfer wurde aufgestockt, lokale Streitigkeiten zwischen konkurrierenden Stämmen mussten geschlichtet werden und dann gab es da noch die bereits eingesetzten Truppen, um die Station von Cassiopaia zu finden. All diese Tatsachen ließen nicht viel Spielraum für weitere Suchaktionen. Deswegen wurde beschlossen, Fynn und seinen Studiengang erst einmal das erste Studiensemester abzuschließen zu lassen, damit sie die nötigen Fertigkeiten bekamen, um die Schüler unbesorgter einsetzen zu können.

Merdin drehte sich zu Fynn um. »Deine Träume sind jedenfalls die besten Hinweise und Einblicke, die wir zurzeit erhalten können. Solltest du beim nächsten Mal wieder einen haben, versuche deine Vision festzuhalten, um mehr zu sehen, mehr herauszufinden. Das weitere Vorgehen bezüglich Leon und Cassiopaia werde ich mit den vier Engelskriegern die Tage besprechen und beschließen. Bis dahin steht etwas anderes Wichtiges an.«

Fynn war gespannt. »Und was, Meister?«

»Die Beerenernte!«

»Beerenernte?« Fynn kratzte sich am Kopf. »Meint Ihr die, die wir für unsere Techs verbrauchen?«

Merdin nickte. »Ganz genau! Du hast auch das richtige Wort schon verwendet. Verbraucht!« Er hob den Zeigefinger. »Wer etwas verbraucht, muss auch für Nachschub sorgen.« Merdin grinste, weil das eine ganz einfach Logik war.

Fynn klatschte ich die Hände. »Ja, cool, hört sich interessant an. Ich hoffe, dass die Sträucher nicht allzu viele Stacheln haben.«

Merdin kratzte sich an seinem langen Bart und hustete dabei etwas, weil er mit Fynns Vorstellung nicht ganz übereinstimmte. »Nun ja, sagen wir es so: Um Stacheln musst du dir gewiss keine Gedanken machen, mein Schüler.«

Unwissen

»WAAAAS? Feuerfüchse, Lavabeißer und Glutgleiter?« Kairi konnte es nicht fassen. »Das sind alles Menschenfresser! Wir werden da draufgehen! Ahhhhh!«

Wodahs versuchte Kairi wieder etwas zu beruhigen. »Jetzt drück das doch nicht so aus. Es ist alles halb so wild. Britanie und ich begleiten euch doch, da kann euch schon dreimal nichts passieren.

Kairi schaute ihn misstrauisch an, als ob sie ihm nicht glauben wollte.

Fynn schubste Kairi an. »Komm schon. Klar, ich war auch überrascht zu hören, dass die Rotbeeren, die wir pflücken sollen, nicht an Sträuchern im Wald wachsen, sondern in Feuerschluchten, Vulkanen und Lavaflüssen. Aber andererseits hört sich das nach einer Menge *Spaß* an?!«, sprach Fynn, sich nicht ganz so sicher.

Kairi schubste gespielt zickig seine Hand beiseite. »Hast du mal nachgelesen, was im Tal der Feuerflechten alles so rumläuft? Da brennen dir sämtliche Haare weg, sobald du auch nur ein bisschen zu viel Haarspray benutzt!« Sie tapste sich an die Stirn. »Dabei mag ich meine Haare doch so, buhhhh …«

Wodahs grinste. »Bevor wir uns jetzt aber in ungerechtfertigter Panik verlieren, reden wir doch lieber über erfreulichere Sachen. Ich weiß nicht, ob ihr euch schon daran gewöhnt habt, aber euer Team ist aktuell ja nicht vollständig …«

Fynn und Kairi schauten sich zeitgleich an. Daran gewöhnen konnten sich beide noch nicht, immerhin war derjenige, der fehlte, ihr Freund Leon.

Wodahs fuhr fort: »Jedenfalls hat sich ein Ersatzkandidat ergeben, der, solange Leon noch nicht aufgefunden ist, euer Team ergänzen wird. Ihr habt ihn sogar schon unwissentlich kennengelernt.« Wodahs grinste erneut und trat einen Schritt zur Seite.

Ein Junge mit weißem Haar trat herein. Beide erkannten ihn sofort. »Ahhhh, du warst doch auch bei der praktischen Prüfung dabei«, stellte Kairi fest und zeigte mit ihrem Zeigefinger auf ihn. Sie fand ihn hübsch, sie hatte ihn auch bei der Prüfung hübsch gefunden. Allerdings schob sie diese warmen Gedanken beiseite, immerhin stand Fynn genau neben ihr und sie wollte nicht dabei erwischt werden, rot zu werden oder so …

»Seid gegrüßt, mein Name ist Zayne. Ich bin neu an dieser Uni und wurde auch dem Feuerelement zugewiesen. Ich hoffe, wir werden schnell Freunde!« Dabei schaute er besonders Fynn an.

Zayne grinste unbemerkt. *In der Tat, es stimmt, was ich über ihn gehört habe. Er ist sehr interessant. Das spüre ich auf den ersten Blick.* Er leckte sich über seine zarten Lippen und riss seine stahlblauen Augen von Fynn. »Ich bin sechszehn Jahre alt und habe das erste Semesterjahr übersprungen, da den Lehrern meine Noten wohl ausreichend genug waren, um mich für das zweite Jahr zu empfehlen. Da ich mich bei der gestrigen Prüfung wohl gut geschlagen habe, darf ich nun hier vor euch stehen.«

Kairi versuchte cool und gelassen zu wirken, so, als wäre er ihr egal. Immerhin sollte niemand merken, dass sie ihn mega süß fand. »Ähm. Hallo. Schön dich kennenzulernen. Ich bin Kairi. Ich hoffe auch, dass wir sehr gute Freunde werden …« Sie blickte auf, als hätte sie etwas Falsches gesagt. »Also nur Freunde, ganz normale Freunde halt. Wie Teamkollegen halt, nicht mehr und nicht weniger, okay?«, verhaspelte sie sich. Zayne grinste nur verlegen, weil er es keineswegs anders verstanden hatte. Kairi interpretierte ganz offensichtlich zu viel in ihre Worte.

»Ja, natürlich«, gab Zayne ihr zur Antwort, innerlich leicht über sie schmunzelnd.

Nun trat Fynn vor. »Hi, ich bin Fynn. Tolle Leistung bei der Prüfung, die du da abgelegt hast.« Er reichte Zayne die Hand.

»Wer kennt dich bitte nicht? Es ist mir eine Ehre, Fynn Phönix.« Er reichte ihm seine Hand.

Als sich die beiden berührten, empfanden beide, ohne es von dem anderen zu wissen, dasselbe. Eine Spannung, die besonders Fynn nicht kategorisieren konnte.

»Zayne?«, unterbrach Wodahs die beiden in Gedanken Versunkenen. »Hier ist dein Flux. Mit dem Befehl *freilassen* kannst du deine ganzen Gegenstände aus dem Schattenwürfel holen und dich hier einrichten.«

Fynn erinnerte sich. Wodahs benutzte bei ihm damals auch einen solchen Flux, als er ihn aus Terraworld holte. Er hatte ihn ihm dann sogar geschenkt. Ein kleiner Würfel, der Materie anhand seiner Schatten minimiert und in sich verpackt. So konnten Unmengen an Material leicht und bequem transportiert werden. Für Fynn war das immer noch mehr Magie als Feuerkugeln, die aus Händen flogen. Und das will was heißen …

Wodahs drehte sich um und hielt dabei seinen Zylinder fest. »Vergesst bitte nicht, morgen um zwölf Uhr hängen die Ergebnisse bei Mutter Usna am Mittelturm aus.«

Die Kinder nickten und Wodahs ließ die Tür zufallen.

»Aua, geht's noch? Alter Vater!«, beschwerte sich jemand, der bei der ganzen Vorstellungsrunde völlig vergessen worden war. Der Hüter des Zimmers von Fynn, Kairi und nun auch Zayne. Der lebendige, namenlose Türknauf in Form einer … Schnecke.

»Freilassen«, sprach Zayne und warf den Würfel mit einer speziellen Art in die Luft. Die Schatten strömten aus diesem heraus und Fynn kam ins Staunen, ohne sich etwas anmerken zu lassen. Kairi hingegen fiel offen die Kinnlade herunter.

Alles stand einfach perfekt an Ort und Stelle. Schicker

Schrank mit edlen Klamotten, ein Schuhregal mit verschiedensten Tretern und Accessoires für scheinbar jeden Anlass. Akkurat und sortiert wie im Bilderbuch.

Beide schauten den Neuankömmling an und dachten das Identische, aber mit unterschiedlichen Intentionen: *Einfach zu perfekt …*

Knospen, die glücklich machen

»Ahhhhh, verdammt, ich komme zu spät!«, schrie Kairi, während sie in einem der Nebengebäude die in der Luft stehenden Teppichtreppen herunterrannte, weil sie nicht auf die Teppichaufzüge warten wollte, die sie schneller nach unten gebracht hätten.

Schnapp. Kairi trat auf ihren linken Schnürsenkel und verlor beim hektischen Aufprall ihren Erdbeer-Lipgloss.

»Oh Maaaann, natürlich muss alles auf einmal passieren!«, fluchte sie und bückte sich nach ihrem Lippenbefeuchter, bevor sie wieder aufstand und an ihm vorbeirannte.

Kairi hatte natürlich vergessen, dass um zwölf Uhr die Einsicht der Ergebnisse am Mittelturm stattfand. »Ich muss lernen, häufiger auf die Uhr zu schauen oder mir einen Wecker zu stellen, wenn es sowas hier überhaupt gibt«, sprach sie schwer atmend vor sich hin.

Sie rannte aus dem Nebengebäude auf den Zwischenhof und überlegte kurz, was wohl schneller ging. Die Noteneinsicht würde am Mittelturm stattfinden und zwar bei Mutter Usna, die damals das Pandra der Neulinge abgeschleckt und in das Verriegelungssystem der Uni eingespeist hatte. Das wäre ein ganz schönes Stück gewesen und sie war jetzt schon aus der Puste. Deswegen entschloss sie sich, etwas entgegengesetzt dieser Richtung zu ihrer Unterkunft der Feuerelementler zu rennen, um dort die für kurz vor zwölf angekündigten Transportwolken zusammen mit den anderen zu nehmen. *Gut, dass ich keine hohen Schuhe anhabe,* lobte Kairi sich selbst und gab noch einmal richtig Gas.

Sie kam an der Tür an, puschte sich noch einmal ihre Frisur

zurecht, die dadurch jedoch nicht ansehnlicher wurde, und steckte ihre Hand in das Lippenschloss.

Die Zugangsbereiche waren an der Zauberuni natürlich mit Türen gesichert, um allerdings die Zugangsberechtigung zu prüfen, gab es an jeder Tür Ableger der Lippen von Mutter Usna. Bei jeder Zugangsanfrage mussten Schüler, wie auch Lehrer, ihren Arm in den großen Mund an der Tür stecken. Dieser würde dann das Pandra des Anfragenden abschmecken und diesem dann Zugang gewähren. Oder halt auch nicht.

Kairi hasste das. Die umschlingende Zunge an ihrem Arm, das gierige Saugen und vor allem den dickflüssigen Sabber.

Sie fühlte, wie kleinste Mengen ihres Pandras aus ihrem Arm in die Tür flossen.

Die Lippen grinsten und spuckten ihren Arm aus. »Hmmmm, lecker! Kleine, du solltest mir öfter was in den Mund stecken!«

Kairi schaute angewidert und lief durch die sich entriegelnde Tür. »Du Perversling!«, schimpfte sie mit ihm tadelnd und klapste dem Usna-Abkömmling auf den Mund.

»Du Spielverderberin!«, schrie die Tür ihr im Schall nach, während sie wieder zufiel.

Ein paar Stufen ging es hoch, durch den Aufenthaltsraum mit Büchern und vielen Kaminen, die Wendeltreppe hinauf und ab in den Flur.

Als ob es noch nicht ausreichte, dass sie völlig fertig wie ein Häufchen Elend am Fluranfang stand, musste ihr nun auch noch strenger Wind entgegenblasen.

Kairi wusste, was das zu bedeuten hatte. »Die Transportwolken kommen«, fiel es ihr wie Schuppen von den Augen.

Durch die offene Tür auf der anderen Seite des länglichen Flures kamen die kleinen fluffigen Dinger. Am Flur entlang, links und rechts, standen die einzelnen Teams der verschiedenen Semesterstufen und wurden von jeweils einer gelben Wolke eingehüllt und abgeholt.

»Halt, wartet!«, schrie sie Fynn und Zayne zu, die sich daraufhin zu ihr umdrehten.

»Da bist du ja, du Dussel, beeil dich, sonst bekommst du bestimmt Ärger«, antwortete Fynn ihr und streckte seine Hand obligatorisch zu ihr aus.

Der Griff von Kairi ging ins Leere und die Wolke umschloss die beiden Jungs ohne das dazugehörige Mädchen. Kairi trat sich erneut auf den Schnürsenkel, verlor das Gleichgewicht und drohte wieder auf den Boden zu knallen, mit dem Gesicht voraus. Doch diesmal hatte sie Glück, denn als hätte die Wolke eine eigene Laune, nahm ein Ast aus weichem Fluff Kairi doch noch ins Innere auf. Doch dieses Mal konnte Kairi ihren Erdbeer-Lipgloss nicht mehr aufheben, den sie durch den Ruck in die Wolke verlor. Das nannte man eben Schicksal.

***

»Mann, Mann, Mann, was du wieder anstellst«, tadelte Fynn seine Teamkollegin, die mit dem Gesicht nach unten auf dem Boden der Wolke lag. Sie konnte erst einmal nicht antworten, weil sie noch viel zu sehr aus der Puste war UND weil sie gerade schon wieder ihren Lieblings-Lipgloss verloren hatte.

Sie streckte ihren Daumen hoch, was bedeuten sollte, dass alles okay war.

Fynn war immer noch etwas unbehaglich, wann immer er sich mit der Transportwolke fortbewegte. Nach einem Semester an der Uni hatte er sich an viele Dinge noch nicht richtig gewöhnen können. So vieles, was der Physik entgegenwirkte.

Zayne berührte mit seiner Hand die Wolke. Wie als würde sie seine Gedanken lesen, wurde sie etwas durchsichtig und ließ einen Blick auf das Unigelände zu.

Er sah die vier großen Unterkunftsgebäude der verschiedenen Elemente, das große Hauptgebäude an der Front des Geländes mit dem sich davor befindlichen Engelstor und den großen Mittelturm, der gleichzeitig das höchste Gebäude war.

Die Transportwolke von Fynns Team landete als eine der letzten auf dem Vorplatz nahe dem Mittelturm. Als alle aus den Wolken ausgetreten waren, verschwanden diese gleichzeitig mit einem schnellen Zischen senkrecht zum Himmel. Eine Traube von Schülern hatte sich schon um den Turm versammelt.

Von den Lehrern waren Frau Wuchsbaum, Britanie und die Engelskriegerin des Wassers, Chamuela, anwesend.

Britanie schaute auf ihr großes Blatt Papier, welches sie in der Hand hielt. Die Namen der letzten eingetroffenen Schüler hakten sich automatisch ab. Sie lächelte. »Perfekt. Alle sind da, eine Seltenheit. Normalerweise ist immer irgendwer verschollen.«

Fynn und Zayne schauten zu Kairi, die aber nichts davon wissen wollte. »Was ist? Wieso schaut ihr MICH denn an?«, fragte sie, aber wusste die Blicke natürlich vollkommen richtig zu deuten.

Britanie ließ das Papier fallen. Es faltete sich von selbst und fügte sich ihrem Körper hinzu. Ihr Blick ging zu Frau Wuchsbaum, der Verrückten, die im ersten Semester die Seelengeisternte der Studenten übernommen hatte.

Sie trat mit ihrer großen und dicken Brille einen Schritt nach vorne. »So, ihr Gören. Die Zeit ist gekommen, die Versager unter euch noch mal ein Semester wiederholen zu lassen. Und ich kann Versager überhaupt nicht leiden, wisst ihr!?« Sie streckte ihre Hand aus.

»Ich rufe dich, mein Seelengeist, erscheine Brutos!«

In Frau Wuchsbaums Hand wuchs eine zierliche Blüte, die schnell größer wurde und dann sogar geschwulstartig ausartete. Glanz und Schleim ergossen sich aus der Blüte und das gerufene Wesen stand vor ihnen auf der Wiese. Brutos war der Seelengeist von Frau Wuchsbaum in der Form einer lebendigen und großen fleischfressenden Pflanze. Fynn erinnerte sich. Pflanzen als Seelengeister waren sehr selten, üblicher waren tierähnliche Gestalten.

Frau Wuchsbaum stampfte auf den Boden. »Gib es ihnen, mein SCHATZZZZ!«

Brutos öffnete unter lautem Schmatzen sein riesiges, sabberndes Maul.

Gleichzeitig öffnete Frau Wuchsbaum mit ihren Füßen ein Buch, welches vor ihr auf dem Boden lag. Dann presste sie ihre Hände zusammen und wisperte etwas.

Der Boden bebte ein wenig, dann erwuchsen aus ihm in Windeseile Tische vor der Menge der Schüler. Aus Brutos Maul schnellten Tentakel und setzten Dinge auf den Tischen ab. Es ging alles so schnell, dass die meisten erst kurz nach diesem Prozess registrierten, was nun vor ihnen stand. Es waren … Blumentöpfe.

Ein Raunen ging durch die Menge der Studenten.

Nun war die Engelskriegerin Chamuela dran. »Danke, du kannst dein … Ding wieder abberufen«, sagte sie zu ihrer Kollegin Wuchsbaum und machte eine abwertende Handbewegung.

Wuchsbaum war ihr untergeordnet, somit tat sie natürlich sofort, was ihr aufgetragen wurde. Sie schaute ihren Seelengeist Brutos an. »Später gebe ich dir was Leckeres zu essen, okay? Jetzt erst mal: auflösen.«

Mit einem Puff verschwand das grüne Ungetüm und die Wiese war gleich wieder ein bisschen heller.

Chamuela trat einen Schritt vor. »So, ich erkläre euch nun den Vorgang. Wir haben nicht ewig Zeit, da das Pandra der Erstsemestler, die bald kommen werden, noch in Mutter Usna hier am Mittelturm eingespeist werden muss.« Sie zeigte auf die übergroßen, dicken Lippen hinter ihr an der Tür vom Mittelturm.

Für Fynn war das lustig zu hören, vor nicht allzu langer Zeit war sein eigenes Pandra ebenfalls eingespeist worden.

Chamuela fuhr fort: »Also, gut zuhören, aber so schwer ist es eigentlich nicht.«

Sie lief zu den Tischen mit den Blumentöpfen. »Auf jedem

Topf steht ein Name. Findet ihr einen, habt ihr auf jeden Fall schon bestanden und seid im nächsten Semester.« Sie hob ihren Finger. »Aber was im Topf ist, ist genauso interessant. Jeder Topf hat einen Sprössling eines Elementstrauches. Die Beeren, die ihr für eure Techs benutzt, sind nicht nur selten und schwer zu ernten, sondern sie besitzen zudem keine Samen. Daher kann man nicht einfach aus einer Beere einen neuen Strauch züchten. Nur Ableger eines weiblichen Stauchs können verpflanzt werden und selbst dann hat man keine Garantie, dass er auch wirklich gut gedeiht. Die, die also bestanden haben, bekommen zusätzlich noch einen seltenen Sprössling entsprechend ihrem Element. Wenn ihr euch gut anstellt, also die Zweige richtig gießt, ihnen Sonne gebt, sie düngt und mit ihnen redet, können sie euch kleine Beerenspender werden.« Sie nahm einen der Töpfe hoch. Ein Mädchen in der Menge schrie vor Freude auf, weil sie ihren Namen auf dem Topf lesen konnte. Chamuela überhörte sie gekonnt. »Und hier das dritte und letzte Interessante.« Sie zeigte auf einen weißen Zettel, der eingerollt am Zweig befestigt war. »Wenn ihr diesen Zettel berührt, prüft er euer Pandra und öffnet sich. Darauf findet ihr eure Gesamtpunktzahl der Prüfung. Es ist dann euch überlassen, ob ihr eure Leistungen den anderen Studenten preisgeben wollt.«

Sie stellte den Topf wieder zurück. »Na dann, fangt an zu suchen!«

Wie es eigentlich überall war, gab es Kinder, die gleich darauf losrannten, und es gab Kinder, die warteten, bis es wieder etwas ruhiger wurde. So auch unter anderem Fynns Team. Gut drei Viertel der Töpfe waren schon vergriffen und auf dem Boden lagen schon die ersten verzweifelten Studenten, weil sie es nicht ins zweite Semester geschafft hatten. Fynn und Zayne schauten beide auf den Tisch und auf die vor ihnen stehenden Töpfe. »Ich glaube, ich habe deinen gefunden …«, sprachen beide gleichzeitig und streckten die Töpfe jeweils dem anderen entgegen.

Beide verstummten kurz, verwundert über diesen … Zufall.

»Cool, danke, Zayne«, sprach Fynn und nahm sein neues Eigentum entgegen.

Zayne grinste mit einem schon fast zu perfekten Lächeln und nahm nun auch den seinen an. »Äußert aufmerksam von dir, Fynn Phönix, hab vielen Dank.«

Fynn schaute komisch. *Wieso nennt er immer meinen vollen Namen?*

Die seltsame Atmosphäre wurde von Kairis Schrei zerstört. »Oh … mein … Gott, ich find meinen Topf nicht. Gibt's das denn? Ich kann doch nicht durchgefallen sein. Bei den Engeln, der Tag wird immer besch…«, schimpfte sie und sprang zwischen den Tischen hin und her. »So viele Töpfe stehen hier doch gar nicht mehr, vielleicht hat jemand aus Versehen meinen genommen, weil er Analphabet ist oder so! Hey, du da …«, rief sie einem schwarzhaarigen Mädchen entgegen, zog ihr den Topf aus der Hand und schaute nach dem Namen. »Verdammt, nicht meiner. Wo sind die Analphabeten, wenn man sie mal braucht?«

»Kairi, deiner steht doch hier.« Fynn zeigte mit dem Finger genau neben sich.

Kairi machte einen Freudensprung. »Ah, wie genial, den Engeln sei Dank.« Sie stopfte den Topf zurück in des Mädchens Hände und rannte zu Fynn und Zayne. Kairi war allerdings zu schnell zu weit von dem Mädchen entfernt gewesen, um ihren »Autsch, du blöde Kuh«-Kommentar zu hören.

Chamuela hatte das Spektakel beobachtet und drehte sich zu Britanie um. »Ich muss los, Meister Merdin hat eine Versammlung der Engelskrieger einberufen. Schau, dass hier alles gesittet und nach dem Regelwerk vorgeht.« Chamuela lief davon und löste sich kurz darauf in Wasserdunst auf.

Die Steppe allen Anfangs

Chamuela lief einen Gang innerhalb des Hauptgebäudes der Zauberuniversität entlang. Die pflichtbewussteste aller Engelskrieger lief aber nicht irgendeinen Gang entlang: Am Ende befand sich eine große, aus Stein bestehende Engelsstatue, es war der Eingang zum Lehrzimmer von Meister Merdin. Nur wenige hatten überhaupt jemals die Ehre besessen, ihn von innen sehen zu dürfen.

Sie blieb stehen. Obwohl die Statue ein Eingang war, wurde er nicht von einem Usna-Abkömmling geschützt, sondern mit einem Zauber von Meister Merdin höchstpersönlich.

Die Augen der Engelsstatue bewegten sich. Sie erkannten Chamuela und ihr Gesicht verzog sich daraufhin zu einem unheimlichen Grinsen, so weit dies für eine Statue aus Stein möglich war. Sie glitt zur Seite und ließ die Engelskriegerin des Wassers passieren. Stufen führten nach unten. Chamuela griff sich eine der Öllampen, die am Anfang der Treppen hingen, und stieg hinab. In der Lampe brannte allerdings keine Flamme, sondern eine kleine Nymphe. Sie produzierte am liebsten Licht, wenn man ihr Essen gab. Chamuela tat ihr also den Gefallen – und sich selbst auch. Ohne Licht kein unbeschadetes Stufenherunterlaufen.

Ein Hallen erfüllte immer mehr ihre Umgebung, je tiefer sie kam. Unten angekommen lokalisierte sie die Tür, aus der die lautstarke Diskussion zu kommen schien.

Sie öffnete die Tür.

Zwei Arme flogen auf einen Tisch und stützten sich ab. »So glaubt mir doch, wir müssen komplett offensiv handeln, um diese Verbrecher zu bekommen! Je länger wir überlegen und zögern, desto mehr Zeit hat Cassiopaia, um gegen die Teufelskinder vorzugehen! Geschweige denn der Irre mit der Sense, der Metatron das Buch des Salomo abgenommen hat und dazu noch jeden damals ohnmächtig schlug«, argumentierte einer der schon Anwesenden. Es war der Engelskrieger des Windes, Haniel.

Chamuela rollte die Augen, auf der einen Seite weil sie beim Eintreten nicht bemerkt wurde und auf der anderen Seite deswegen, weil Haniel oft einfach viel zu unbeherrscht war. Er war nicht nur der jüngste der Engelskrieger, sondern auch noch nicht so lange in seinem Amt wie seine Kollegen.

Japhiel war der Engelskrieger der Erde. Er hob seine etwas kräftigeren Arme und versuchte Haniel zu besänftigen. »Bitte beruhige dich! Ich verstehe deine Unzufriedenheit, aber deswegen haben wir uns heute versammelt. Meister Merdin hatte beim letzten Treffen vor ein paar Wochen schon angedeutet, dass wir heute zu einem Entschluss kommen müssen.«

»Ich bin gespannt.«

»Das darfst du auch sein, Haniel!«, ertönte eine autoritäre Stimme und hallte leicht im Zimmer. Es war der Meistermagier höchstpersönlich.

Alle drehten sich zu ihm um und verneigten sich leicht. Merdin mochte das nicht so sehr, deswegen war es nur dezent.

Er kam mit seinem großen Gehstock auf die vier Engelskrieger zu. »Bitte achtet auf euren Ton, so solltet ihr nicht miteinander reden.«

»Verzeiht mir, Meister, es kommt nicht wieder vor«, versicherte Haniel es Merdin.

»Das freut mich zu hören.« Er drehte sich zu Japhiel und Chamuela. »Ich habe gehört, dass die Prüfungen ganz gut gelaufen sind.«

Chamuela rieb sich demonstrativ die Augen. »Ja, das kann man sagen, außer dass mich meine eigenen Schüler fast blind gemacht hätten.«

Japhiel musste ein Schmunzeln unterdrücken, als er an die

Lupen-Sonnenstrahl-Strategie der Kinder oben auf der Arena dachte.

»Eventuell hast du sie unterschätzt, meine Liebe«, antwortete er ihr nur.

Merdin sprach nun wieder zu allen vieren: »Hat einer eurer Späher eine Spur gefunden? Irgendwas, was wir auswerten können?«

Stille.

Keiner traute sich so richtig, Meister Merdin ein Nein ins Gesicht zu sagen.

»Verstehe …«, verstand Merdin.

Er warf etwas Knete auf den Tisch und tippte sie mit seinem Stab an. Mit etwas Geschwabber und beeinflusst von Merdins Magie dehnte sich diese über den ganzen Tisch aus. Als würde jemand die Knete einkerben, erschienen plötzlich Linien darauf und skizzierten den Umriss des Unigeländes.

Merdin betrachtete wehmütig diese *Karte*. »Ich kann immer noch nicht glauben, dass wir weder eine Spur von Leon haben, noch von Zaramon, der als Sky unsere heiligen Wände infiltriert hat. Meine Magie um das Gelände müsste uns vor Eindringlingen schützen. Somit muss Leon von selbst die Uni verlassen haben. Allerdings erklärt das nicht, wieso ich ihn nicht mehr aufspüren kann.«

Metatron, der Engelskrieger des Feuers, meldete sich zu Wort. »Ihr habt recht, Meister. Wenn wir genau darüber nachdenken, haben wir aktuell nur zwei Möglichkeiten. Nämlich Cassiopaia und der Unbekannte mit der Sense. Ich würde meinen, dass diese beiden die uns bekannten Gruppen darstellen, welche uns bekämpfen. Da Ihr Leon nicht lokalisieren könnt, muss er von einer großen Macht verborgen werden.«

Haniel hatte sich wieder etwas beruhigt und klinkte sich ein. »Aber, Sky, Entschuldigung, Zaramon, hat aber doch gar nicht die Macht, Leon zu verbergen.«

»Du vergisst die Hexe in den Reihen von Cassiopaia. Und vergiss die Tatsache nicht, dass Cassiopaia Simona hat, ein Teufelskind, wie Fynn, aus Terraworld. Auch diese kann Meister Merdin nicht mehr erspüren. Somit ist es die logischste Schlussfolgerung, dass Leon von Cassiopaia gefangen gehalten und abgeschirmt wird«, erwiderte Metatron.

»Und was ist mit diesem Unbekannten mit der Sense?«, sprach Chamuela. »Er hat mit Leichtigkeit jeden niedergeschmettert und sogar den für uns bisher undurchdringbaren Schild der Hexe durchbrochen. Und seine Aura sei sehr speziell, meintest du damals zu mir, Metatron.«

Er erinnerte sich. »Ja. Die Aura war extrem stark, kalt und übte einen starken Druck auf den Geist aus. Ich würde es sogar als hart an der Grenze zu einem magischen Wesen bezeichnen, aber auf eine böse Art und Weise.«

Chamuela blickte zur Decke. »Wir können also nicht mit Bestimmtheit davon ausgehen, dass Leon von Cassiopaia entführt wurde. Wenn dieses Wesen mächtig genug wäre, Leon abzuschirmen, dann könnte er ihn auch haben. Aber rein der Wahrscheinlichkeit nach würde Leon bei Cassiopaia sein, da Jennipher garantiert die benötigten Fähigkeiten besitzt. Sie ist wie Merdin, und neuerdings auch Fynn Phönix, ein magisches Wesen.« Sie blickte zu dem Leiter der Zauberuni. »Apropos Fynn Phönix, wie läuft Euer privater Unterricht mit ihm, Meister?«

Merdin grinste. »Britanie hat mich damals sehr verwöhnt, Fynn ist jedoch kein so großes Naturtalent, wie sie es war, aber das habe ich auch nicht erwartet. Er macht Fortschritte, aber es wird noch etwas dauern, bis er auf einem angemessenen Level zaubern kann. Immerhin ist Magie nicht einfach. Nur magische Wesen können es erlernen und das setzt große Kontrolle voraus, besonders wenn alle Elemente gemeistert werden sollen.«

Chamuela rief sich noch einmal das Ausmaß eines Magiers bzw. einer Hexe vor Augen: *Magische Wesen sind weder von Beeren abhängig, um Techs zu bilden, noch sind sie auf einzelne Elemente beschränkt. Sie sind eins mit allem und können alle existierenden Elemente in ihre Gewalt bringen.* Chamuela schauderte es, wenn sie daran dachte, dass ein solches Wesen auf der Seite von Cassiopaia zu finden wäre. Hinzu kam, dass Jennipher wahrscheinlich noch nicht den Zenit ihrer Macht als Hexe erreicht hatte, da sie im Vergleich zu Meister Merdin recht jung war.

»Meister, wie wollen wir nun weiter fortfahren bezüglich der unausweichlichen Tatsachen?«, fragte Metatron, um das Thema wieder auf die eigentliche Problematik zurückzuführen.

Merdin rieb sich den Bart. Er hatte lange darüber nachgedacht, wie er das Problem lösen wollte. Er setzte, zum Erstaunen aller, auf eine intelligente Offensive. »Ich möchte die fliegende Festung von Cassiopaia finden und vernichten! Ohne Station sind sie unkoordinierter, und verstreut sind die Mitglieder leichter zu bekämpfen.«

Die Engelskrieger schauten sich verdutzt an. Einen solchen kämpferischen und bestimmenden Ton und eine solche Vorgehensweise waren sie von ihrem Meister nicht gewohnt.

Haniel, der energiegeladene Engelskrieger des Windes, war sichtlich begeistert. »Fantastisch! Habt Ihr auch schon eine Idee, wie wir die Festung finden? Laut unseren Informationen soll sie sich ständig in Bewegung befinden.«

Merdin setzte sich auf einen Stuhl und verschränkte seine Hände nachdenklich. »Natürlich habe ich die! Der Schlüssel zu allem ist der Beginn von allem. Ich brauche den Schatz eines längst vergessenen Ortes …« Die Engelskrieger wussten, auf was Merdin hinauswollte, und rissen ihre Augen auf.

Merdin sprach es aus: »Wir brauchen *den Schatz der himmlischen Steppe*!«

Schlag auf Schlag fuhr Merdin mit seinem Plan fort: »Leider ist der Standort der himmlischen Steppe selbst mir nicht bekannt. Hier hätte uns das Buch des Salomo bestimmt weitergeholfen. Jedenfalls geht es auch anders. Ich werde Anisa wieder zurückholen. Sie ist Dorfprotector des Tals der

Feuerflechten. Sie hat die Augen, die wir brauchen, um die Steppe zu finden. Ich werde ein Team dorthin schicken, um sie sicher zurückzuholen.«

Die Engelskrieger erinnerten sich. Anisa war ein Mädchen mit außerordentlicher Begabung. Sie besaß das Yetenek des Sternenblicks. Dieselbe Gabe, die damals die Späher besaßen, welche die Spione von Cassiopaia verfolgten. Ein Yetenek war eine Fähigkeit, die nicht erlernt, sondern nur innerhalb einer Blutlinie vererbt werden konnte. Die Elitespäher der Zauberuniversität hatten zumeist alle diese Fähigkeit.

Metatron erinnerte sich an Anisa. Immerhin war sie einmal Studentin an der Zauberuniversität gewesen. »Und wen habt Ihr im Kopf, Meister, um Anisa zurück zu begleiten?«, stellte er die Frage, die alle gleich hatten stellen wollen.

Merdin grinste.

Magier müssen nicht unbedingt zaubern können

92, 89 und 80. Das waren die Punktzahlen der Prüfungen von Zayne, Fynn und Kairi für das Bestehen des ersten Semesters.

Kairi konnte kaum glauben, dass sie alle drei im Bereich zwischen achtzig und neunzig der Punkteskala lagen. Meistens waren Ergebnisse im ersten Semester schlechter, da Schüler sich an die neue Lernsituation und die Lehrer gewöhnen mussten.

»Wie genial wäre es denn bitte, wenn unsere Sträucher gedeihen würden?! Besonders jetzt, wo wir diese dämliche Mission bekommen haben, auf Rotbeerenernte im Tal der Feuerflechten zu gehen«, sprach Kairi, während sie mit ihrem Finger am Ast ihres kleinen Strauches herumdrückte. »Ich habe noch nie mitbekommen, dass Schüler der Uni Beeren pflücken müssen. Also, warum gerade wir? Ich will da nicht hin, mennooooo.«

Zayne hatte sich seine schönen Schlafklamotten auf seinem noch schöneren Bett zurechtgelegt, die er nach dem Duschen anziehen wollte. »Ich finde das gar nicht mal so schlecht, Kairi. So lernen wir die Verwendung von Rotbeeren wertzuschätzen und überlegen zudem auch zweimal, wann wir Beeren benutzen und für welche Techs. Unser Handeln wird dadurch zwangsweise effizienter.«

»Wir werden effizienter sterben, das ist das Einzige!«, entgegnete sie ihm. »Wenn ich wegen einer Tech-Auswahl oder Beerennutzung im Generellen nachdenken muss, sind das vielleicht wertvolle Sekunden, die mir verloren gehen, bevor mir mein Kopf im Kampf abgeschlagen wird. Oder so.«

Zayne schaute sie leicht genervt an, denn Kairis grelle

Stimme konnte selbst dem freundlichsten Menschen irgendwann die Nerven rauben.

Fynn gab seiner Pflanze etwas Wasser. »Dann gib dir Mühe beim Pflegen, mit der Pflanze sprechen dürfte für dich ja kein Problem darstellen. Reden tust du ja gerne.« Fynn grinste, während er das sagte.

»Ach, was soll das denn bitte heißen?« Böse konnte sie Fynn jedoch nicht sein, dafür fand sie ihn einfach zu süß.

Zayne nahm seine Klamotten und lief Richtung Bad. »Ihr macht euch viel zu viel Gedanken um diese Pflänzchen. Lernt einfach, ohne Beeren Techs anzuwenden, dann ist alles gut.« Er schloss hinter sich die Badezimmertür.

Kairi kratzte sich am Hinterkopf. »Kommt es nur mir so vor oder findest du es auch schwer einzuschätzen, was er wie meint?«, fragte sie Fynn über die Betten hinweg.

Dieser konnte keine Antwort darauf geben, wusste aber, was sie meinte. »Ja, seine höfliche Art, etwas zu sagen, lässt schwer drauf schließen, wie ernst seine Aussagen sind.«

Plötzlich ging Kairi ein Licht auf. »Heißt das also, dass man wirklich irgendwann in der Lage ist, ohne Beeren Techs zu bilden? Können das vielleicht sogar die Engelskrieger?«, fragte sie Fynn und gleichzeitig auch sich selbst.

»Genau, aber generell brauchen alle, die erfahren genug sind, keine Beeren mehr. Für euch stellen die Beeren den Zündstoff zur Tech-Bildung dar. Die Engelskrieger und hochrangigen Lehrer benutzen sie höchstens noch, um einen extra Kraftschub zu bekommen. Außerdem unterscheiden sich Engelskrieger von allen anderen, besonders durch ihre extreme Elementreinheit«, sprach eine Stimme, die beiden nur zu bekannt vorkam. Es war der Schneckentürknauf ihres Zimmers. Er musste zu später Stunde noch einmal wach geworden sein.

Kairi drehte sich verspielt um. »Hey, Schnecki, noch wach?«

Das Gesicht des Schneckentürknaufes drückte aus, dass

diese Frage eigentlich unnötig war. Er redete mir ihr, also war er wohl auch wach …

»Hör auf, mich so zu nennen, das habe ich dir schon einmal gesagt, Mädchen!«

»Sorry. Aber sag mal, was meinst du genau mit Elementreinheit?«

Der Knauf rümpfte seine Nase, weil er sich freute, etwas Wissen verbreiten zu können. Er war nun wichtig und so … »Lass es mich so erklären: Es kommt extrem selten vor, dass eine Person vollkommen und nur einem Element zugeneigt ist. Klar, die Studenten werden im ersten Semester vom Amulett in die verschiedenen Elementhäuser einsortiert, jedoch ist hierfür ausschlaggebend, welchem Element sie am meisten zugeneigt sind. Und in diesem Element werden sie dann unterrichtet.«

Fynn fand das sehr interessant. »Und kannst du uns auch ein Beispiel geben für eine Reinheitsangabe?«

»Klar. Jemand mit einer Zuneigung von fünfundachtzig Prozent Feuer und fünfzehn Prozent Wind ist eher Feuer zugeneigt und kommt in das Feuerquartier. Er hat rein theoretisch zwei Begabungen und könnte Techs aus beiden Elementkategorien einsetzen, was allerdings lehrtechnisch an der Uni nicht möglich ist. Und außerdem: Wer alles kann, kann nichts wirklich gut. Merkt euch das, Kinder. Die Engelskrieger haben jeweils einhundert Prozent. Ihre Elementreinheit ist somit maximal und daher sind auch ihre jeweiligen Element-Techs maximal intensiv. Hinzu kommen eben noch ihre Erfahrung, ihr Wissen und ihre Fähigkeiten. Das alles ergibt den Titel eines Engelskriegers und deren Macht.«

Fynn erinnerte sich. »Leons Amulett hat zu gleichen Teilen rot und braun geleuchtet. Bedeutet, er ist zu fast genau fünfzig-fünfzig Feuer und Erde zugeneigt. Er ist zwar vielfältiger, aber würde jemand mit einer höheren Feuerzuneigung gegen ihn mit Feuer-Techs kämpfen, würde Leon einen Nachteil haben. Allein auf die Reinheit bezogen, oder?«

Der Knauf nickte.

»Aber Magier beherrschen doch alle Elemente, müssten sie dann nicht besonders schwach in jedem Element sein?«, wollte Fynn weiter wissen, immerhin betraf es auch ihn als angehenden Magier.

»Nicht ganz. Klar, es ist nicht ausgeschlossen, dass jemand mit einer einhundertprozentigen Feuerzuneigung gegen einen Magier oder eine Hexe in einem Feuerduell gewinnt, aber du musst immer das Gesamtpaket betrachten. Ein Magier hat viel mehr Optionen mit den Elementen. Außerdem ist Magie eine Sache für sich. Jeder Magier wird in erster Linie als magisches Wesen mit der Fähigkeit geboren, Magie anzuwenden. Magie hat viele Möglichkeiten, die sich nicht nur mit dem Kontrollieren aller gängigen Elemente befasst, sondern auch mit den psychischen und physischen Kräften, der Erkenntnis und der Weisheit. Genau wie der Titel der Engelskrieger ein Gesamtkonzept darstellt und erst verliehen wird, wenn dieses erfüllt ist, so ist es auch bei Magiern. Und vorherrschend ist, dass ein Magier sich erst Magier nennen darf, wenn er sich alle Elemente zu Nutze machen kann. Generell lassen sich aber magische Wesen nicht mit anderen vergleichen.«

Kairi stupste Fynn an. »Siehst du, die Beeren sind wohl doch wichtig. Zayne weiß zwar viel, aber nicht alles.«

»Da hast du wohl recht …«, entgegnete dieser nur.

»Jedenfalls, genießt die freien Tage vom Unistress und lasst die Seele baumeln, Kinder. Es geht früh genug mit dem zweiten Semester los«, beendete der Knauf seine Ansprache und verfiel wieder in seine innere Ruhe.

So richtig war das allerdings nicht möglich, denn in Fynns Kopf waren noch viel zu viele unverarbeitete Gedanken.

Cassiopaia, die verschleppte Simona aus seinen Träumen und … Leon.

Was er wohl gerade macht?

Freiwillige Dunkelheit

Stille.

Ein Ort vollkommener Ruhe.

Leichter kann es kaum sein, sie kommen zu hören.

Wo es Licht gibt, da gibt es auch Dunkelheit. Und wo nie Licht war, da ist die Dunkelheit noch viel größer!

Leon schärfte seine Sinne und spürte die drei Geschosse anrasen.

Eins direkt auf zwölf Uhr, das andere auf fünf und das letzte fast in meinem Gesicht!

Er rief seine Seelenwaffe aus seinem Ring, den er damals an der Zauberuniversität zugesprochen bekommen hatte, weil seine Seele stark genug dafür war. Für Leon natürlich selbstverständlich.

Ein kurzer Lichtschimmer erhellte den Raum ohne Wände und Leon hatte seine Waffe gezogen. Metall vibrierte und ein Funke sprang in die Luft, als Leon die erste billard-große Kugel mit seinem Schwert umlenkte.

Er sprang nach hinten, um Abstand zwischen ihm und der Kugel auf zwölf Uhr zu bekommen. Sie kam rasant näher, wie auch die andere Kugel rechts von ihm.

Okay, zwei auf einen Streich, dachte Leon und ließ seinem Vorhaben Taten folgen. Mit einem kurzen, aber kräftigen Ruck schlug er auch das nächste Geschoss von sich weg und ließ es gegen die Gefahr rechts von ihm krachen.

Die kinetische Energie der beiden Kugeln entlud sich gegenseitig und sie fielen auf den schwarzen Boden.

Und jetzt auslöschen! Erneut mit einem Lichtschimmer, ließ er seine Seelenwaffe wieder in seinen Ring gleiten und schickte Pandra in die Rotbeerenmasse in seinem Mund. »Verbotene-Tech: Flammen des schwarzen Phönix!«

Die Dunkelheit verschlang die letzten Zweifel in Leons Geist. Die Kugeln verglühten im schwarzen Feuer, ohne auch nur eine Sekunde zu überstehen.

Applaus begann zu schallen. Erst von vielen Personen, dann nur noch von einer, die in einem Lichtkegel auf Leon zugelaufen kam.

»Ich gratuliere, mein Lieber! Du hast bestanden. Aber ich hatte dir doch untersagt, diese Tech zu verwenden! Sie birgt enorme Risiken und du bist einfach noch nicht erfahren genug für sie«, tadelte die Gestalt den Jungen.

Leon spürte, dass sie recht hatte. Er spürte, wie die Tech seinen Körper ausgezehrt hatte. Einige Stellen seines Körpers glühten und dampften sogar vor Erhitzung.

Eine übergroße Sense glänzte im Licht des Kegels inmitten der Finsternis. Es war der Akrobatenclown, der mit Leon sprach. Eine karge und hochgewachsene Person, die eher aus Knochen bestand als aus Muskelfleisch. Sein enganliegender Anzug mit weichen Baumeln daran unterstrich seine groteske Gestalt.

»Was einen nicht umbringt, macht nur stärker!«, entgegnete Leon ihm.

Der Clown grinste frech. »Sei froh, dass du mich hast!« Er strich Leon über seinen Arm und über sein Gesicht. Die körperlichen Beschwerden verschwanden augenblicklich.

»Hältst du es für sinnvoll, mich so zu verhätscheln? Wenn ich mit keinen Konsequenzen leben muss, lerne ich, keine Angst zu kennen.«

Die Sense flog auf Leon zu und blieb direkt mit der Spitze am Hals anliegend stehen.

Der Clown antwortete ihm: »Genau das ist der Plan!«

***

»Jetzt, da ich den Test bestanden habe, bin ich nun endlich stark genug, um meine Rache an Merdin und Fynn einzufordern?«, wollte Leon wissen, während der Clown die Dunkelheit aus der Umgebung weichen ließ. Man erkannte nun eine leere Zirkusmanege. Und man konnte sehen, dass Leon nicht nur in der Dunkelheit eines leeren Raumes trainierte und die Prüfung ablegte, sondern zudem eine schwarze Augenbinde trug. Sie diente dazu, Leon darin zu üben, sich auch auf seine anderen Sinne zu verlassen, nicht nur überwiegend auf das Visuelle.

Der Clown ließ seine Sense wie durch Zauberhand hinter seinem Rücken verschwinden. »Nein, Leon, bei weitem noch nicht. Aber warte ab, die erste Prüfung eben war banal. Die nächsten werden besser und werden dir viel mehr Freude bereiten, glaub mir! Aber bevor das alles passiert, wollte ich dich mitnehmen auf einen kleinen … nennen wir es Hausbesuch.« Dieser Begriff gefiel ihm sichtlich.

Leon hätte den Clown nun angesehen, da er es aber wegen der Augenbinde nicht konnte, schaute er leicht in die falsche Richtung beim Erzählen. »Was meinst du damit? Und was habe ich mit deinen Besuchen zu tun?«

»Betrachte es als nächsten Test. Wir werden gleich in einen Raum gehen, in dem sich mehrere Personen befinden, von denen du einige schon kennst. Versuche doch einmal, sie mit deinen anderen Sinnen zu identifizieren. Das ist allerdings etwas, was mir eben spontan eingefallen ist, eigentlich wollte ich sowieso dorthin, etwas abklären.« Der Clown lachte, als wäre er beim Schwindeln ertappt worden.

Leon war gespannt, was das werden würde. Er konnte sich bei bestem Willen nicht vorstellen, wen er gleich erkennen würde und wen nicht.

Er spürte eine Hand auf seiner Schulter und schon schien es ihm, als würde er den Halt am Boden verlieren.

Wind. Schwerelosigkeit. Leon konnte all das nicht sehen, aber mehr als deutlich spüren. Im Zeitraffer raste der Clown durch Wälder und Gebirge, überquerte Flüsse und schnitt sich mit seiner Sense den Weg frei.

Dann: Stillstand.

Immer noch Wind. Immer noch Schwerelosigkeit.

Leon und der Clown waren angekommen. Hoch in der Luft standen sie und der Mann mit der Sense blickte herab auf etwas, was Merdin und seine Engelskrieger bisher nie hatten finden können.

Die fliegende Festung von Cassiopaia!

Hexe gegen Monster

Vier paar Füße liefen steinerne Treppen hinauf. Sie sahen Licht am Ende des Tunnels und traten in die frische Luft hinaus.

Diese vier Personen trugen dieselben Kleidungsstücke. Übergroße schwarze Kutten mit kreisrunden Kragen. Eine umgekehrte Pyramide mit dem sehenden Auge zierte die Vorderseite und ein Pentagramm die Hinterseite.

Kristallene Stöckelschuhe tapsten über den staubigen Boden und langes platinblondes Haar wehte in der frischen Brise einhundert Meter über dem Erdboden.

Es waren Jennipher und drei ihrer Kollegen, die aus den Innengängen der Cassiopaia-Festung herauskamen. Die Hauptstation war anscheinend schwerelos und erinnerte an einen Steinklotz, der mit großer Macht aus dem Erdboden gerissen worden war. Er hatte keine besondere geometrische Figur noch wurde an irgendein Design gedacht. Auf der Oberseite, wo nun die vier Mitglieder von Cassiopaia standen, gab es eine uralte Burg aus Stein, in der niemand mehr lebte. Und genau diese Burg wurde heute für Übungszwecke benutzt.

Jennipher blieb stehen und drehte sich auf ihren durchsichtigen Keilschuhen um. In der Hand hielt sie ihren Zauberstab. Ein Stück Holz so groß wie sie selbst und mit einem wunderschönen weißen Kristall an der Spitze. Die Hexe rammte den Stab, welchen sie »Disco-Stick« nannte, in den Steinboden. Da Jennipher eine Hexe war, hatte sie nicht nur Macht über spirituelle Kräfte, sondern auch die Kontrolle über alle existierenden Elemente. Pure Magie ließ ihren Kristall weiß erstrahlen, die unterschiedlichen Elemente dann entsprechend ihren üblichen Farben.

Jenniphers Kristall leuchtete braun. »Erhebe dich, Erde, rüttle dich frei, zieh Mauern und Grenzen, aus viel werde Eins!«

Sie unterjochte das Element Erde. Überall bebte es leicht und Teile des Bodens und der Burgruinen wurden zu ihr gerissen und bauten sich neu zusammen. Zu etwas viel Größerem. Die anderen drei Cassiopaia-Mitglieder standen einfach nur da, als würde das völlig normal sein. Es war ihnen nicht einmal einen Blick wert, als Steinplatten haarscharf an ihnen vorbeizogen.

Hoher Druck und Verschmelzungen wirkten in einem letzten Getöse und das fertige Zauberprodukt stand um sie herum aufgebaut. Eine Arena!

»Wunderschön hast du das gemacht, Jennipher«, sprach einer der anderen Figuren.

Rotes Haar, runde Brille … es war Veritas. Der Zuständige für Forschung und Wissenschaft bei Cassiopaia.

Jennipher strich sich eine ihrer Strähnen aus dem Gesicht und blickte scharf zu ihm. »Selbst wenn das ernst gemeint wäre, würde ich es nicht annehmen. Überleg lieber noch einmal, ob du die Kleine wirklich gegen mich in einem Übungskampf antreten lassen möchtest.« Die Hexe blickte zu der Person, um die es ging. Es war das von Cassiopaia aus Terraworld entführte Teufelskind Simona. Diese stand emotionslos da und starrte ohne Ausdruck in die Ferne vor sich.

Veritas war so stolz auf sein Experiment, somit machte er sich keine Sorgen. »Ich sehe darin nur Vorteile, meine hochgeschätzte Kollegin. Du kannst nach dem Clown-Fiasko deinen Schutzschild und neue Zaubersprüche aus dem Buch des Salomo testen und ich sehe, ob mein neu angebrachtes Siegel an Simona wirklich das Teufelsmonster in ihr bändigen kann. Somit könnten wir ihre große Macht dazu verwenden, um die anderen Teufelskinder in unsere Gewalt zu bringen. Zum

Schluss muss dann wohl auch Simona geopfert werden, aber zu dem Zeitpunkt brauchen wir sie dann eh nicht mehr.« Er rückte sich mit dem Zeigefinger seine Brille zurecht.

Jennipher schüttelte den Kopf. »Du und deine Forschungen!« Dann begann sie heimlich für sich zu Grinsen. »Aber ja, du hast recht. Ich werde einen interessanten Zauberspruch ausprobieren können. Jedoch kann ich nicht für ihr Seelenheil garantieren, aber so, wie sie dasteht, scheint sie eh keine mehr zu besitzen.«

Veritas zuckte mit den Schultern. »Ich glaube, wir sind da einer Meinung, Jennipher. Seelen sind eh überbewertet.«

Während Veritas Simona in die Mitte der Arena schickte, um sich gegenüber von der Hexe aufzustellen, hob diese erneut ihren Stab und zeigte auf das letzte Mitglied, das mit herausgetreten war. »Warum musstest DU eigentlich mit hier rauskommen? Musst du nicht in einem deiner Brunnen sitzen und in irgendwelche Spiegel singen?«

Sie meinte Chandria, die vor nicht allzu langer Zeit ihren Teampartner Yael im Kampf gegen Chamuela im Dorf der Meerjungfrauen verloren hatte.

Chandria strich sich durch ihr bläuliches, lockiges Haar und schaute böse zur Hexe zurück. »Sagt diejenige, die überall einen Handspiegel mitnimmt, um ihren Lidschatten zu checken! Ich hatte einfach nur Lust zuzusehen, wie du dir deine Finger schmutzig machen musst. Immerhin hast du es mit einem Teufelskind zu tun. Und diese können unglaubliche Naturgewalten in sich bergen.« Sie erinnerte sich gleichzeitig zurück an das blonde Mädchen von der Zauberuniversität. Ihr Name war Kristin. Und als sie damals im Dorf der Meerjungfrauen Amok lief und ihren Partner tötete, konnte sie mit eigenen Augen sehen, was für eine unbändige Kraft Teufelskinder durch die versiegelten Bestien in ihnen haben können.

Veritas unterbrach die beiden mit einer Handbewegung. »Genug geredet. Fangen wir an! Simona, los, greif Jennipher an!«

Jennipher war überrascht von dieser abrupten Ansage.

Simona hob ihre Hand. Ihr Blick war immer noch geistesabwesend wie der einer Puppe ohne Willen. Die Hexe spürte die Fremdartigkeit des Teufelskindes. *Dieses Pandra, das ich spüre … es ist nicht menschlich! Also ist das wohl das Pandra des Teufelsmonsters*, stellte sie für sich fest.

Eine Kugel aus wildem, boshaftem Pandra bildete sich in Simonas Hand. Sie schleuderte es auf Jennipher, die ihr gegenüberstand.

Diese grinste, weil sie wusste, dass ihr Schutzschild sie schützen würde. Obwohl sie sich kurz beim Zweifeln erwischte, weil es damals gegen den Clown auch ihren Erwartungen entgegen nicht gehalten hatte.

Der Schild aus reiner magischer Energie fuhr hoch. Die Energiekugel prallte darauf und drückte sich dagegen. Lichter flackerten und große Schatten wurden geworfen, als die beiden Mächte aufeinandertrafen. Jennipher blieb unbeeindruckt, obwohl der Boden sich außerhalb des Kraftfeldes leicht wölbte.

Der Rothaarige gab weiter Befehle: »Nahkampf. Sofort!«

Simona gehorchte. Pandra floss aus dem Siegel, welches Veritas persönlich an ihr angebracht hatte, und umhüllte ihren Körper. Dann sprintete sie los. An Jennipher vorbei, die den Energieball noch zurückdrückte. Selbst wenn Jennipher den Sprint nicht mitbekommen hätte, hätte ihr magisches Schild darauf reagiert und sich auch hinter ihr geschlossen. Was es nun auch tat, denn genau das hatte Simona vor: Sie kam von hinten.

Jennipher zuckte kurz auf. Sie war zwar, obwohl sie von beiden Seiten attackiert wurde, in Sicherheit, aber sie spürte einen gewissen Druck. Die Erkenntnis, dass Simona nicht zu unterschätzen war, kam allerdings zu spät. Diese drückte mit einem Aufschrei Jennipher mit ihrem Schutzschild gegen die Pandra-Kugel, die dadurch in die Luft ging.

Explosion.

Veritas und Chandria mussten etwas vom Rand der Arena zurückspringen, damit sie außer Reichweite des Schutts waren, der umhergeschleudert wurde.

Die Explosionswolke ließ keinen Blick ins Innere zu.

War Jennipher getroffen worden? Hatte ihr Schild gehalten?

Zwei Gestalten kamen aus dem Staubfeld geschossen. Jennipher rückwärts, weil sie von Simona verfolgt wurde. Die Hexe wurde wütend. Mit reiner Defensive konnte sie, egal welchen Kampf, nicht gewinnen.

Die Hexe hob ihren Stab in die Luft. Er leuchtete braun. Keine Sekunde später öffnete sich der Boden wie der Schlund eines Ungeheuers unter Simona. Jetzt leuchtete der Kristall grün. »Und nun ab mit dir unter die Erde, du kleine unverschämte Göre!« Eine fast nicht sichtbare Faust aus hartem Wind schlug Simona von oben runter in die Schlucht, die sich daraufhin so schnell wieder schloss, wie sie geöffnet worden war.

Jennipher kam mit ihren Keilschuhen auf dem Boden auf und klopfte sich den Staub von der Kutte. »Ups, sorry, Veritas. Soeben wurden alle Subventionen für dein kleines Forschungsobjekt gestrichen!« Sie gestikulierte so, als wäre Simona selbst daran schuld. »Siehst mal, jetzt konnte ich meinen Zauberspruch aus dem Buch gar nicht testen. Wie unfair!«

Das Sonnenlicht spiegelte sich unheimlich in Veritas' Brille. »Jennipher, sei doch so lieb und dreh dich um.«

Jennipher schaute verständnislos, weil sie nicht wusste, auf was er anspielte. Dann aber hörte sie es. »Wie bitte?«, sprach sie überrascht und wedelte umher.

Wie als würde etwas unter dem Boden auf sie zurasen, brach der Boden geradlinig zu ihr auf.

Die blonde Hexe machte einen Satz nach oben. Jedoch zu spät: Eine aus Pandra geformte Hand hatte sie am Bein erwischt. Sie blickte nach unten und sah Simona aus der Erde preschen. Und sie war ganz und gar nicht mehr so emotionslos wie gerade eben noch. Sie fletschte ihre Zähne und begann die dünne Hexe wie an einem Lasso im Kreis zu schwingen und klatschte sie auf den Steinboden.

Chandria musste sich ein lautes Lachen verkneifen, als sie das beobachten durfte.

Aber sie wurde eines Besseren belehrt, genau wie Simona. Jennipher hatte sich mit Wind abgefedert, aus dem Griff der Pandra-Hand befreit und rannte nun auf dem Energiestrang zu Simona. Ihr Stab leuchtete rot und gleich danach braun. Als das Teufelskind bemerkte, was passierte, war es schon zu spät. Erde und Feuer ergaben Lava. Flüssiges Magma kroch um Simona. Sie verbrannte sich nicht, da ihre Pandrahülle sie schützte, aber sie saß nun kurzzeitig fest.

Jennipher blickte zu Veritas. »So, jetzt teste ich mal meine neuste Erkenntnis.« Sie blieb auf dem Energiestrang stehen und ein goldenes Licht hüllte ihr Gesicht auf eine gespenstige Art und Weise ein.

Jeder spürte dieses Wohlwollen, welches angeschwappt kam. Wärme und Erleuchtung. In einer hellen Lichtkugel und mit etwas Funkeln erschien das Buch des Salomo vor der Hexe! Eine Handbewegung - ohne das Buch zu berühren - reichte, um es genau an der richtigen Stelle aufzuschlagen. Wie eine anmutige Göttin leckte sich Jennipher die Lippen und ging mit ihren langen Fingernägeln genau an die Stelle im Buch, an der der Zauberspruch stand. Allein schon, dass sie das Buch erblickte, verlieh ihr gefühlt einen riesigen Energieschub. Würde sie es nicht besser wissen, hätte sie angenommen, die Aura und Macht des Buches könnten süchtig machen.

Jennipher kam sich vor, als würde sie ein wildes Pferd bändigen wollen, um es in die korrekte Richtung zu lenken. Die hellen Kräfte des Buches, die von so bösen Gedanken Jenniphers befähigt wurden, bliesen den Energiestrang von Simona, auf dem Jennipher noch stand, hinfort. Simona spürte, dass etwas Großes im Anmarsch war. Aber das Tier in ihr war stärker! Sie sprang zähneknirschend auf die blonde Hexe zu.

Diese wiederum war überrascht, dass das Teufelskind ihr furchtlos und ohne Zaudern entgegensprang. Sie musste den Zauber also schneller aktivieren, als sie gedacht hatte.

Ein Impuls reiner Magie nahm seinen Weg durch den Körper der durchtrainierten Frau in der schwarzen Kutte. Der Kristall auf ihrem Stab erstrahlte durch die Fülle an Macht so hell, dass man meinen könnte, er wäre die Sonne selbst. Genauso gleißend, genauso energiespendend und genauso so im Zentrum von allem. So schien es zumindest.

Veritas war gespannt, welchen großen Zauber Jennipher wirken wollte. Er war sich sicher, egal was es war, mit seinem eigenen Siegel an Simona hätte er alles im Griff. Komme, was wolle.

Jennipher streckte ihre Hand Simona entgegen und ein Licht wurde geboren, welches so mächtig war, dass es gegen Simona wie eine Wand aus massivem Stein wirkte.

Jennipher konnte fühlen, wie ihr Zauber in Simona eindrang, wie er funktionieren würde. »Kleine, wie eine Wasserschale wirst du herumgereicht, während jeder einen Schluck deiner Seele trinkt! Jetzt nehme ich mir meinen Anteil! Wer unterjocht sich denn noch Elementen oder Magie, wenn er auch Seelen haben kann, hahaha!«, schrie sie.

Der Zauber, den die Hexe wirkte, war eine Gedankenkontrolle. Licht und Funken drangen durch Simonas Pupillen in ihren Geist ein. Sie hielt sich ihren Kopf und begann zu schreien. »Ahhhh, nein, bitte! Lasst mich doch einfach in Ruhe! Ich halte das nicht mehr aus!« Es war das verkümmerte, unterdrückte Stück von Simona, das irgendwo noch in einem Winkel ihres Verstandes bestand.

»Halt's Maul und lass mich REIN!« Jennipher stopfte ihre Macht in Simona. Strahlendes Gleißen durchleuchtete augenscheinlich die Kleidungsstücke jedes Anwesenden, bis das Licht sogar ihre Silhouetten verschluckte. Die Hexe war für den Bruchteil einer Sekunde verdutzt. Wie konnte sich ein kleines Mädchen ihrer Macht und der des Buches widersetzen? Eigentlich unmöglich!

Ein Hallen verdrängte Simonas Verstand in eine dunkle Ecke und Jennipher öffnete ihre Augen im Geist des kleinen Mädchens.

Jenniphers echter Körper grinste. »Interessant, ich bin gleichzeitig hier und in ihr. Ein interessantes Gefühl.« Sie überprüfte ihre Motorik. »Gut, bewegen kann ich mich auch noch. Dieser Zauber hat ja weniger Nebenwirkungen, als ich dachte! Perfekt!«

Der einzige Nebeneffekt, den es gab, betraf Simona, denn ihr Haar wurde durch das Übernehmen ihres Körpers golden gefärbt. Sie wirkte dadurch wie ein völlig anderer Mensch. Was sie genau genommen nun auch war.

Veritas und Chandria konnten ihren Augen nicht trauen, als sie generell wieder scharf sehen konnten.

Veritas presste seine Handflächen zusammen und fokussierte sich. *Verdammt, ich habe keine Verbindung mehr zu Simona! Wie kann das sein?* Seine Gedanken wurden durch ein lautes Lachen unterbrochen. Jennipher drehte sich zu ihm um. »Alles hat genauso funktioniert, wie ich es mir vorgestellt habe. Ich habe völlige Kontrolle über die Kleine. Und jetzt werde ich sie mal gegen dich antreten lassen. Hoffentlich hast du Glück und wirst von ihr nicht in tausend Stücke gerissen! Und nur zu deiner Info: Das meine ich sarkastisch!« Sie zeigte mit ihrem Stab auf den Rothaarigen. Dies war gleichzeitig der Befehl an Simona, sofort anzugreifen.

Während sich das Mädchen in Bewegung setzte, fühlte Jennipher noch mal in sie hinein. Die Hexe konnte kaum glauben, dass eine Seele so aussah. Alles so leer und simpel. War das bei jedem so, oder nur bei einem Teufelskind? Sie wollte unbedingt diesen Zauber auch bei anderen ausprobieren, um Vergleichswerte zu haben.

Aber ihr Aufenthalt in Simonas Seele wurde durch ein

ungutes Gefühl unterbrochen. Um genauer zu sein, von einem bedrohlichen Knurren und warmem Atem hinter ihr.

Jennipher verzog ungläubig ihr Gesicht, als wäre dies etwas Unmögliches.

Ein Schauer durchzog ihren Körper, als sie den Verdacht bekam, etwas Großes würde sie von oben herab anschauen. Langsam, aber bestimmt drehte sie sich um. »Was zum …?« Sie erblickte eine ehrfürchtige Gestalt. »… Teufelsmonster!«, ergänzte sie das Wort, das sie eigentlich noch hatte sagen wollen.

Stille.

Kein Geräusch.

Keine Gedanken.

Scheinbar eingefroren im Hier und Jetzt.

Das Entsetzen stand mit einem dunklen Schatten unter Jenniphers Augen.

Vor ihr stand das in Simona versiegelte Teufelsmonster. Der Bären-König!

Jennipher erinnerte sich: Jedes der Teufelsmonster war unterschiedlich stark. Und laut ihren Informationen war dieses hier nach dem Phönix-König, welcher in Fynn Phönix versiegelt war, das stärkste.

Das Monster aus purer Energie riss sein übergroßes Maul auf. Es war fast so groß wie seine gesamte Erscheinung. Zähne – jeder einzelne so groß wie ein ausgewachsener Baum.

Es brüllte der Hexe entgegen und wie ein Eimer Wasser Farbe von einer glatten Oberfläche wegspülte, so wurde auch Jennipher ohne Widerrede aus Simonas Verstand herausgewaschen.

In der Realität wuchs die goldene Farbe so schnell aus Simonas Haaren, wie sie einst gekommen war. Jenniphers Stück Geist, welches in Simona war, wurde wie ein Geschoss zurück in den Körper der Hexe katapultiert. Alles passierte so unglaublich schnell und wuchtig, dass die reale Jennipher überhaupt keine Zeit hatte, sich darauf vorzubereiten. Die

Absätze ihrer Keilschuhe brachen ab, als sie nach hinten gerissen wurde und zwischen Chandria und Veritas mehrere Meter weiter hinten in eine Steinmauer preschte.

Die beiden Cassiopaia-Mitglieder hätten selbst auch keine Ausweichmanöver einleiten können, wenn diese notwendig gewesen wären. Auch für sie geschah alles unglaublich schnell. In ihren Augen schien alles ja noch viel überraschender, da sie den inneren Konflikt in Simona nicht mitbekommen hatten.

Veritas reagierte verzögert auf die Situation. Er spürte seine Verbindung zu Simona wieder und versuchte, das tosende Pandra des Teufelsmonsters wieder in kontrollierte Ruhe zu versetzen.

»Was, verdammt noch mal, ist hier los?!«, ertönte eine Stimme, welche die Geschehnisse auf der fliegenden Festung unterbrach.

Es war die Anführerin von Cassiopaia, Sky. Das kleine Mädchen kam mit zornigem Gesicht auf die anderen zugelaufen. »Wollt ihr, dass wir entdeckt werden, oder was? Euer Beben und die aktivierten Kräfte, die ihr hier eben mal freigesetzt habt, können selbst untalentierte Nieten kilometerweit spüren! Hört augenblicklich damit auf!«

Während Jennipher von der Wand kopfüber herunterbröselte, schoss eine Vorahnung wie ein Kugelgeschoss durch Skys Kopf. Sie blickte nach oben in den Himmel. »Achtung, da kommt jemand!« Sie streckte ihren Arm ruckartig aus. *Diese Aura! Das ist …* Der unsichtbare Schutzschild der fliegenden Festung wurde durchdrungen und die Klinge einer Sense schwang auf Sky zu und stoppte kurz vor ihrem ausgestreckten Arm. Eine Clownsfratze tauchte vor ihr auf. »Keine Angst, ich hätte dir schon nichts getan. Du kannst deine Tech wieder auflösen«, sprach er zu Sky, während seine Sense von etwas Unsichtbarem gehalten wurde. Widerwillig und etwas zögerlich tat sie es. Der Clown konnte seine Waffe wieder bewegen und begutachtete sie, als würde er Angst haben, sie wäre beschädigt worden. »Deine Fähigkeit hätte dir eh nichts gebracht, hätte ich gewollt, wärst du längst geteilt durch zwei«, wollte der Clown noch mal klarstellen.

Sky erinnerte sich an den ersten Besuch des Clowns vor Monaten. Damals hatte er auch einfach alle Schilde mit Leichtigkeit überwunden und ihnen das Buch des Salomo gebracht. Das war zwar eine nette Geste, aber Sky traute diesem Wesen in keiner Weise. Misstrauisch fragte sie: »Was willst du?«

Der Clown grinste. »Och, ich will eigentlich nicht viel, aber das, was ich will, ist bedeutend. Ich bringe euch eine Kunde.«

»Und von wem bitte?«

Stille.

»Natürlich vom fünften Engel, Luzifer!!!«

Insider-Informationen

Zaramon konnte sich daran erinnern, als wäre es gestern gewesen.

Er und Merdin waren beste Freunde. Damals, als die Engel noch in Frieden miteinander lebten.

Sie bauten gemeinsam mit Helfern Stück für Stück die Zauberuniversität auf. Erste Studenten aus den umliegenden Städten und Dörfern kamen, um ihre Erfahrungen zu sammeln. Es gab so viele unterschiedliche Begabungen! Neben den vererbbaren Yeteneks gab es das Handhaben verschiedener Elemente, das Herbeiführen von Halluzinationen und physische wie auch psychische Fertigkeiten.

Merdin selbst war eine seltene Begabung für sich, denn er war ein Wesen reiner Magie. Ein Magier! Das langsamere Altern war nur eine seiner Glückseligkeiten.

Und Zaramon? Er war ein gewöhnlicher Mensch. Der Gebrechlichkeit in vollem Umfang und voller Geschwindigkeit unterworfen war. Allerdings hatte er auch etwas, was er als Gabe bezeichnen konnte. Die Aufnahmefähigkeit seines Gehirns war außerordentlich. Er verstand schneller als Merdin und war von den beiden in kürzerer Zeit derjenige geworden, den man als Allwissenden bezeichnete. Doch was brachte einem das ganze Wissen, wenn man keine andere Begabung zur Umsetzung hatte und wenn man an das Schicksal des Todes gebunden war? Um alle Geheimnisse der Welt zu entschlüsseln, reichte ein einziges Leben nicht aus, dies wurde Zaramon ganz schnell klar. Darum begann er zu forschen. Und es dauerte Jahrzehnte, bis er endlich das erreichte, wonach er sich sehnte!

Eines Tages kam Merdin von einer Besprechung zurück und fragte sich, wo Zaramon geblieben war. Die beiden waren immerhin die Gründer der Zauberuniversität und hatten bei jeder wichtigen Versammlung anwesend zu sein.

Plötzlich tauchte Zaramon vor Merdin auf und entschuldigte sich. Das Problem war nur, dass es nicht Zaramon war! Merdin schaute in das Gesicht eines Jugendlichen, welcher ein Schüler an seiner Schule war.

Er fragte den Jungen nach seinem Namen. Dieser beharrte allerdings weiter darauf, Zaramon zu sein. Als Beweis zeigte er Merdin sein Tattoo am Handgelenk.

Merdin konnte es nicht glauben! Wie konnte dieser Junge das magische Geschenk besitzen, das er sich und seinem Freund Zaramon einst als Zeichen ihrer unendlichen Freundschaft gegeben hatte?!

Dieser Zeitpunkt änderte alles. Er stellte einen Wendepunkt dar. Und für Zaramon den Beweis, dass er nun besser als Merdin war. Denn sein Wissen hatte eine Größe erreicht, welche die Grenzen einer menschlichen Lebensspanne übertraf.

Zaramon hatte die Tech zum Transfer des Geistes in einen anderen Körper entwickelt. Indem die Seele eines anderen ausgelöscht wurde, konnte der Anwender dieser Technik seine eigene Seele in die nun leere Körperhülle übertragen. Alle Vor- und Nachteile dieses neuen Körpers gehörten in diesem Fall nun Zaramon.

Damals kam er sich durch diese moralische Grenzüberschreitung vor wie ein Gott!

Und jetzt? Zurück in der Gegenwart stand Zaramon nun da, im Körper eines kleinen Mädchens!

Gegenüber von ihm stand eine mächtige Hexe, die bald ihren magischen Kraftzenit erreichen würde; ein Kind, welches ein Teufelsmonster in sich barg, und ein Clown, der von sich behauptete, ein mit großer Macht ausgestatteter Bote eines Engels zu sein. Und an keinem dieser drei war zu zweifeln, denn jeder hatte seine Macht längst demonstriert.

Zaramon beendete den kurzen Schweif in seine Vergangenheit und begab sich wieder in seine Rolle als Sky, dem Mädchen, dessen Körper er einst gestohlen hatte.

»Und was genau hast du uns zu berichten?«, wollte Sky wissen.

Der Clown lächelte mal wieder schelmisch. Würde Sky es nicht besser wissen, würde sie annehmen, dass dies sein Hobby sei. »Sie haben genau das vor, was ich eben auch tat. Sie wollen diese Station hier finden und Cassiopaia auslöschen.«

Die Cassiopaia-Mitglieder gingen augenblicklich in eine Kampfhaltung. »Du willst uns auslöschen?«

Sofort hob der Akrobatenclown seine Arme, als hätte er keine Schuld. »Nein, stopp! Das war eher aufs Finden der Station hier bezogen, was mich angeht«, relativierte er seine Aussage. »Wenn ich eine zerstörerische Absicht gegen euch hätte, dann hätte ich euch damals schon im schwarzen Wald in Scheiben geschnitten und pulverisiert.«

Keiner der Cassiopaia-Mitglieder mochte es, so unterschätzt zu werden, aber sie ließen die Aussage unkommentiert.

Sky entspannte ihren Körper wieder. »Lustig, seit wann ist der alte Mann denn so angriffslustig? Sonst sitzt er Dinge doch eher aus.« Sie zeigte auf den Boden unter sich. »Aber wieso sollte er gerade jetzt unsere Festung finden? Es ist ihm doch auch all die Jahre davor nicht gelungen!«

Der Clown blickte Sky an, als würde die Antwort auf diese Frage völlig logisch sein: »Weil er den *Schatz der himmlischen Steppe* benutzen wird!«

Jennipher wurde unruhig, als sie das hörte, und Sky schüttelte nur den Kopf. »Du lügst doch! Das ist völlig untypisch für Merdin. Außerdem schätzt er alles Heilige, er würde es nie als Waffe verwenden.«

Der Clown machte sich langsam wieder auf zu verschwinden. »Glaubt mir oder nicht, das ist mir völlig egal. Ich habe meine Aufgabe erfüllt und euch diese Information zukommen lassen. Was ihr daraus macht, ist eure Sache.«

Veritas, der bisher kein Wort gesagt hatte, erkannte eine Chance und nahm sie wahr. Immerhin war der Clown ein schwer kalkulierbarer Faktor.

Der Clown bemerkte die schwachen Pandraschwingungen, die von Veritas an Simona gingen. Und diese schwangen nicht friedlich!

Simona preschte hervor und sprang auf den Clown zu. Ihr Körper hüllte sich in heißes Pandra. Ihre Kraft stieg extrem schnell an.

Die anderen Mitglieder hatten überhaupt keine Möglichkeit, Schutzmaßnahmen zu treffen. Jennipher hatte lediglich das Glück, dass ihr Schutzschild automatisch hochfuhr. Der Clown sprang streng nach hinten weg, um Platz zwischen sich und dem Teufelskind zu bekommen. »Ich denke, das überlasse ich dir!« Blitzschnell entschwand der Clown aus der Reichweite Simonas und wer zurückblieb, war Leon, der Rücken an Rücken mit dem Clown zuvor unentdeckt war.

***

Leon war überrascht von dieser Aktion. Weder hatte er einen Angriff erwartet, noch, dass der Clown auf die Idee kommen würde, IHN kämpfen zu lassen. War das etwa eine weitere Prüfung?

Leon spürte trotz verbundener Augen, dass dieser Gegner, der auf ihn zukam, nicht zu unterschätzen war. Leon musste kurz an Fynn denken: *Ist das also die Kraft eines Teufelskindes? Kann Fynn das etwa auch?*

Leon strich sich blitzschnell über seinen Ring und zog aus einem hellen Licht seine Seelenwaffe aus dem Fingerschmuck. Jeder, der dafür bestimmt war, hatte einen solchen Seelenring im ersten Semester erhalten. Mit seinem Schwert blockte Leon Simonas Pandra-Klinge ab, welche auf ihn zugeflogen kam. Funken sprühten.

Wegen der Augenbinde konnte er immer noch nichts

sehen. Die Verführung war groß, diese abzunehmen. Aber es war Teil seiner Ausbildung, sich völlig auf seine anderen Sinne zu verlassen. In diesem Fall war es sogar vorteilhaft, dass sein Gegner so stark war, denn die ungefilterte Energie des Teufelskindes konnte Leon sehr leicht auch ohne visuelle Reize lokalisieren.

Simona drückte ihre Pandra-Klinge noch stärker gegen Leons Schwert. Dieser wurde dadurch schlitternd über den Steinboden nach hinten gedrückt.

Leon rammte die Spitze seiner Klinge in den Boden und blieb abrupt stehen.

Simona kam weiter rasant auf ihn zugeflogen, beide Pandra-Klingen hoch erhoben.

Leon lockerte schnell eine Zahnplombe mit seiner Zunge. Doch zu spät!

Simona rammte ihre Klaue mitten durch Leons Brustkorb. Blut spritzte!

Veritas grinste über seinen Teilerfolg. Denn eigentlich wollte er ja diesen Clown eliminieren.

Veritas und Simona hatten jedoch nicht sonderlich viel Zeit zur Freude, denn sie erkannten, dass sie Leon doch nicht erwischt hatten!

In seiner Zahnplombe befand sich Braunbeerenmasse. Er hatte Pandra in die Beerenmasse geleitet und eine Tech eingesetzt, von der Simona nichts mitbekam. Es war eine Erdfälschung! Dies war eine exakte Kopie von Leon, mit dem einzigen Unterschied, dass sie allein aus Erde bestand, die seinem Körperbau nachempfunden war. Die Fälschung aus Erde zerfloss, umschlang Simonas Arm und fixierte diesen am Boden, indem die Masse aushärtete. Simona hätte sich mit einem leichten Ruck befreien können, aber zu spät. Elektrisierende Funken sprühten hinter dem Teufelskind und plötzlich jagten hunderte Volt durch Simona hindurch. Ihre Haare sträubten sich und ihre Pandrahülle wich der starken Elektrizität. Leon hatte sich blitzschnell über Simona positioniert, nachdem er seine Erdfälschungs-Tech eingesetzt hatte. Für diesen Angriff hatte er aus einem seiner Beutel, die er um die Hüfte trug, Weißbeeren gegessen. Drei Beeren für eine Tech auf Stufe drei. Das war die höchste Stufe, die Leon bisher einsetzen konnte. Dabei war er sich nicht einmal sicher, ob Stufe fünf für ein Teufelskind ausreichen würde ... Aber was sollte er sonst anderes tun?

Die Tech des Elektrohammers, die Leon mit seiner Faust in Simonas Rücken rammte, gehörte zu dem Element des Blitzes. Die Mitglieder von Cassiopaia staunten nicht schlecht, denn immerhin galt dieses Element als das verlorene Element! Einer Legende zufolge hatte das etwas mit dem Streit der Engel und dem Verschwinden des fünften Engels zu tun. Dieser war nämlich Repräsentant des Blitzelements. Wenn allerdings das, was der Clown behauptete, stimmte und der fünfte Engel noch existierte, dann wäre das, was sie da sahen, schon plausibel und möglich.

Leon presste also mit seiner Faust Simona auf den harten Steinboden. Dieser gab durch den enormen Druck der beiden Kämpfer nach. Leon streckte seine andere Hand aus. Sein Seelenschwert, welches ein paar Meter weiter noch im Boden steckte, flog mit dem Griff ihm zugewandt auf ihn zu. Die Klinge glänzte bedrohlich im Licht der Sonne, als Leon es beenden und zustechen wollte. Plötzlich bekam er einen heißen Schlag auf die Schläfe und wurde wegkatapultiert. Simona hatte, als sie auf den Boden gepresst worden war, einen dicken Pandrastrang in die Erde unter sich bohren lassen. Diesen ließ sie seitwärts von Leon wieder aus dem Boden kommen, um sich frei zu schlagen. Ein Teufelskind hatte enorm viel Pandra, sodass es ausgezeichnet gedehnt und verformt werden konnte. Bei einem normalen Menschen mit normaler Pandrareserve war dafür viel Feingefühl von Nöten. Veritas, der Simona kontrollierte und einfach als Bündel puren Pandras betrachtete, fand das einfach klasse.

Leon lag auf dem Boden und richtete sich wieder auf. Der

Schlag hatte gesessen und er war weiterhin etwas benommen. Er hatte sogar so weit die Konzentration verloren, dass sein Seelenschwert wieder zurück in seinem Ring verschwand. War eine Seelenwaffe aktiviert, musste man sie auch mit etwas Willenskraft aktiviert halten.

Simona kam übermenschlich und bedrohlich angerannt. Leon konnte dies nur spüren und immer noch nicht sehen.

Fäuste flogen. Leon konnte die ersten zwei abwehren, dann aber erwischte es ihn im Magen. Er krächzte kurz auf. Dann einen Hieb unters Kinn. Lustigerweise brachte dieser Schlag Leon auf eine Idee, denn ihm fiel ein, dass er noch eine Zahnplombe hatte.

Simona wollte zu einem finalen Stoß ansetzen, als ihr plötzlich aus Leons Mund eine enorm starke Feuersbrunst entgegenkam. Er hatte eine Feuer-Tech eingesetzt.

Das Teufelskind hob seine Arme schützend vors Gesicht und wurde durch die heiße Tech nach hinten weggedrückt.

Veritas wollte Simona gerade die nächsten Anweisungen übermitteln, als er wieder kurzzeitig die Kontrolle über sie verlor.

Mit einem unheimlichen und unmenschlichen Aufschrei wischte sie allein mit ihrem Schall die Flammen von Leon beiseite und formte vor sich eine Pandra-Kugel, die so viel Energie in sich fokussierte, dass Leon einfach nur wie paralysiert dastand.

Leon war sich sicher. Er hatte weder Zeit noch kannte er eine Tech, die stark genug wäre, um ihn jetzt noch retten zu können.

Simona wollte gerade ihre Kugel abschießen, als plötzlich der Clown zwischen ihr und Leon auftauchte. So plötzlich und schnell, wie er auch kurz vorher verschwunden war. Wie als wäre die Masse an Pandra eine Seifenblase, so zerschlug er diese mit seinen Händen durch einen kleinen Klaps. Dann nahm er den Stiel seiner Sense und schlug diesen Simona gegen die Stirn. Die Wucht war so enorm, dass das Wilde in Simona das Bewusstsein verlor, die Pandrahülle sich auflöste und Veritas sofort die Kontrolle über das Mädchen wiedererlangte.

Der Clown packte Leon am Arm und sprang mit ihm davon. »Diese Prüfung hast du leider nicht bestanden.« Somit hatte sich Leons Frage, die er sich zu Beginn dieses kleinen Kampfes stellte, beantwortet.

Cassiopaia blieb nur staunend zurück.

x10

Die Semesterferien, die nach den Prüfungen begonnen hatten, waren fast vorüber.

Somit war es Zeit für alle Studenten, die es in das zweite Semester geschafft hatten, wieder am Unterricht teilzunehmen.

Fynn, Kairi und Zayne waren besonders gespannt, denn neben den üblichen Fächern wie Beerenkunde, Tech-Bildung, Nahkampf und Pandrakontrolle würden sie bald ein weiteres Fach hinzubekommen: Seelenwaffenkunst.

Im ersten Semester hatten einige Studenten sogenannte Seelenwaffen erhalten. Allerdings nicht jeder, denn wie auch mit den damals geernteten Seelengeistern, die im Inneren des eigenen Geistes hausten, so war auch nicht jeder Student automatisch für einen Seelenring geeignet.

Fynn und seine Freunde saßen im großen Essenssaal und diskutierten heiß über dieses Thema, während dickliche, mürrische Trolle umherliefen, um altes Essen wegzutragen und gegebenenfalls Neues zu bringen. Umherfliegende Nymphen hüllten das abendliche Licht des Raumes in angenehmes Blau.

»Habt ihr schon den Namen des Lehrers gelesen?«, wollte Kairi wissen, in der Hoffnung, sie hätte einen Wissensvorsprung.

»Ja. Sein Name lautet Ansem. Um genauer zu sein: Ansem, der Waffenmeister«, antwortete Zayne absolut korrekt, ohne ein bisschen Taktgefühl einem Mädchen gegenüber.

Kairi plusterte ihre Backen auf, weil ihr die Show gestohlen wurde. »Kennst du ihn?«, wollte sie mit etwas Enttäuschung in der Stimme wissen.

Zayne nickte nur leicht. »Kennen ist übertrieben. Sagen wir, sein Ruf eilt ihm voraus. Er ist nicht nur Experte in Seelenwaffen, sondern außerdem im Nahkampf. Angeblich könnte er mit seinem starken Pandra sogar mit einem Engelskrieger mithalten!«

»Oh, wow, den MUSS ich kennenlernen. Ist ja cool«, nahm sich Kairi vor.

Fynn lachte. »Du wirst ihn doch kennenlernen! Morgen haben wir sogar schon die erste Stunde bei ihm«, erinnerte er den kleinen Dussel. »Wir müssen auch nichts Weiteres mitbringen als unsere Ringe, aber die haben wir ja eh immer an.«

Kairi strich über ihren eigenen, schickte Pandra in ihn und ihre Seelenwaffe erschien. Ein Handspiegel! Sie begann sich mit einer Bürste aus ihrer Tasche die Haare zu bürsten und beobachtete sich dabei. »Ja, schon seltsam, was damals im Kampf gegen diese Hexe passiert ist. Erinnerst du dich, Fynn?«, wollte Kairi von ihm wissen. Ihre Stimme klang irgendwie so ernst, als wäre sie mehr auf diese Frage konzentriert als auf das Kämmen ihrer Haare.

»Meinst du dieses Gefühl, das wir alle drei, du, Leon und ich, damals spürten?«

»Ja. Aber auch die Tatsache, dass eure Waffen nach dem Erscheinen gleich wieder verschwunden sind. Immerhin wäre Leons Schwert oder dein Hammer wirkungsvoller gewesen als mein kleiner Spiegel hier!« Sie gab ihrem Spiegel einen Luftkuss, als wollte sie damit seine Gefühle nicht verletzen. Wenn er denn lebendig gewesen wäre.

Zayne schaute interessiert und hörte zu.

»Ja, das war allerdings merkwürdig. Vielleicht kann uns Ansem morgen etwas darüber erzählen.« Fynn stand auf. »Aber wir sollten uns langsam auf unsere Quartiere begeben. Es ist schon spät. Die Nymphen werden bald auch müde werden und somit wird das Licht bald ausgehen. Außerdem müssen wir ja fit für morgen sein.«

Kairi und Zayne nickten. Jeder nahm sich noch eine

Wunschbanane mit, die, wenn man sie öffnete, genau den Geschmack enthielt, den man wollte und sich fest vorstellte.

Dann verließen die drei als eine der letzten Gruppen den Saal.

***

Fynn wurde diesmal nicht von den Sonnenstrahlen der aufgehenden Sonne geweckt, sondern von duftendem Badedampf. Er war sehr warm, fühlte sich angenehm feucht auf seiner Wange an und duftete einfach herrlich.

Kairi und Zayne waren schon aufgestanden. Da es noch frühzeitig war, hielten sie es bisher noch nicht für notwendig, Fynn aus seinen Träumen zu reißen.

Fynn durchwuschelte seine Haare und fragte den sprechenden Türknauf nach der Zeit. Ihm fiel auf, dass es schon praktisch wäre, wenn jedes Zimmer so etwas Ähnliches wie eine Uhr hätte. Immerhin war die Zeit wichtig, wenn es um Unterricht ging. Man wollte ja nicht zu spät kommen …

Während Zayne sich einkleidete, konnte Fynn einen Blick in seinen Kleiderschrank werfen, den er vor ein paar Wochen mithilfe des Flux von Wodahs ins Zimmer gebracht hatte. Ihm fiel auf, dass Zayne einen sehr edlen, aber einseitigen Geschmack hatte. Wenige Farben, vieles sehr hell und in verschieden Weißtönen. Der Schnitt seiner Klamotten erinnerte Fynn ein bisschen an Fashion-Shows, die es in seiner Welt gab. Fynn musste kurz schmunzeln. Er hatte noch nie darüber nachgedacht, wie er, solange er in Fermania war, seine Welt nennen sollte … Ganz normal Erde? Zuhause? Oder so, wie alle hier sie nannten: Kaomos?

Jedenfalls beneidete Fynn Zayne ein wenig um diese schönen Sachen. Immerhin hatte er nie so etwas Hochwertiges besessen. Egal ob Kleidung oder sonst etwas anderes. Der Vorteil war aber, dass er es auch nicht wirklich vermisste.

»Spannst du?«

Fynn dachte, sich verhört zu haben. »Meinst du mich, Zayne?«

»Natürlich meine ich dich. Schau doch, du starrst mich immer noch an. Hast du mich beim Umziehen beobachtet?«, wollte der weißhaarige Zayne von Fynn wissen.

Dieser runzelte die Stirn. »Ähm, nein?«

»Okay. Auch wenn es so gewesen wäre, wäre ich dir nicht böse. So etwas passiert manchmal.«

Jeder Satz von Zayne verwirrte Fynn mehr. Er ließ diese Konversation jetzt mal so stehen, ohne sie weiter zu kommentieren. Zayne war eh schon wieder in seinem Schrankspiegel versunken, um seinen Kragen zurechtzurücken.

Nun ging auch Fynn duschen. Dann zog er sich an, was bei ihm nicht lange dauerte, und schon kamen die Transportwolken durch den Gang geflogen. Die Studenten standen bereit und wurden an die entsprechenden Plätze gebracht. Fynn hatte nun, nach einem halben Jahr an der Zauberuniversität, viel weniger Angst vor der Höhe. Genau genommen musste dies irgendwann so kommen, wenn man fast jeden Tag dreißig Meter über dem Boden in einem Hauch von Nichts flog.

Kairi, Zayne und Fynn landeten fast mit der letzten der dort hinströmenden Transportwolken.

Die sich versammelnden Studenten, die gemeinsam heute das erste Mal Seelenwaffenkunst als Fach hatten, hatten sich kaum umsehen können, als plötzlich eine Gestalt, mit dem Rücken ihnen zugewandt, auftauchte.

Diese Gestalt schwebte mitten in der Luft im Schneidersitz. Sie sah ein bisschen aus wie ein Schamane. Er war sehr dünn und bunt bemalt, hatte braune Haut und überall Federn als Dekoration an seinem Körper hängen. Um seine Gelenke an Händen und Füßen schwangen goldene Ringe.

Fynn und seine Freunde erkannten den vermeintlich Unbekannten. Es war der Meister der Illusionen, Zadkiel. Er hatte schon oft die Schüler im Training unterstützt. Hierzu versetzte er diese in Hypnose. Wenn erst mal alle unter

Hypnose standen, konnte Zadkiel beliebig die Umgebung passend zum aktuellen Unterricht verändern. Somit mussten die Studenten nicht die Mauern der Universität verlassen und sich in Gefahr begeben. In ihrer Hypnose lernten sie dann alles, was sie danach wieder als Wissen und Erkenntnis in den Wachzustand mitnahmen. Zadkiel konnte sogar so starke Illu-Techs erzeugen, dass wenn jemand in der Illusion sich verletzen oder sterben würde, dies eins zu eins ins Reale übertragen wurde. Natürlich war dies beim Training der Kinder niemandes Intention.

Der Meister der Illusionen begrüßte die Studenten nicht großartig. Schwebend drehte er sich zu ihnen um. »So, ich wünsche gute Träume. Ich muss mich beeilen, ich brauche die neu erschienene Federkollektion des dreiäugigen Adlers. Ansem wartet in der Hypnose auf euch. Wir sehen uns später.« Der braungebrannte, fliegende Indianer grinste künstlich und schon begannen seine goldenen Arm- und Fußringe zu leuchten und zu vibrieren.

Fynns Umgebung begann zu zittern. Erst vereinzelt, dann ganz heftig. Sein Kopf schien sich von seinem Körper zu entfernen, dann plötzlich war der Boden unter ihm weg! Er fiel aufwärts, oder vielleicht auch vertikal zum Boden? Er wusste es nicht, seine Sinne spielten verrückt. Farben, die aussahen, als würden sie in ein Loch im Boden fließen, verzogen seine optische Wahrnehmung. Und plötzlich, wie als hätte jemand ihm einen Schlag zurück in die Realität gegeben, befand er sich genau da, wo er eben schon gewesen war. Nur, dass nicht mehr Zadkiel, sondern stattdessen Ansem die noch etwas durch den Wind befindlichen Kinder mit ausgestreckten Armen begrüßte.

***

»Willkommen in der Illusion. Ich hoffe, bei euch ist alles locker? Wenn jemand von der Illu-Tech kotzen muss, bitte von mir abgewandt, sonst wird mir selber mulmig im Magen. Macht ihr das für mich? Danke!«

Die Kinder standen verdutzt da und lauschten diesem hochgelobten Lehrer, der so gar nicht wie ein Gelehrter sprach. Er hatte eine ähnliche Statur wie der Engelskrieger des Feuers, Metatron. Groß und muskulös. Er strahlte mehr Autorität aus, als seine Ausdrucksweise vermuten ließ.

»Okay, cool, perfekt! Ihr habt alle einen Seelenring. Das letzte Mal haben das ein paar wenige nicht so richtig gecheckt. Ohne Ring kein Unterricht bei mir! Die habe ich dann wieder gekickt. Und zwar eher wortwörtlich als im übertragenen Sinne.« Ansem grinste charmant, als hätte er eben nicht von leichter Körperverletzung gegenüber Studenten berichtet.

Fynn musste sich bemühen, sich kein falsches erstes Urteil über Ansem den Waffenmeister zu bilden. Sein Auftreten und seine lockere Art waren kein Indikator für seine Qualität als Lehrer oder Kämpfer.

»Setzt euch bitte, meine Kinderlein.« Da es eine Illu-Tech war und Ansem von Zadkiel die Kontrolle darüber bekommen hatte, konnte er nach Belieben die Umgebung anpassen und verändern. Somit kamen wie auf Abruf große fluffige Pilze angerannt, um den Kindern als Sitzhocker zu dienen. Fynn ging einfach mal davon aus, dass diese nicht giftig waren. Essen wollte er sie bestimmt nicht, aber bloße Berührungen könnten schon Wirkung zeigen. Darauf wollte es Fynn garantiert nicht anlegen.

Ansem fuhr fort. Die Kinder hatten überhaupt keine Möglichkeit, etwas zu sagen. »Wie ihr alle bestimmt schon wisst, bekommt nicht jeder Student an der Zauberuniversität automatisch einen Ring. Eure Seele muss mit einigen Sachen kompatibel sein, aber vielleicht spielt auch die Genetik eine Rolle. Bestimmt eine Mischung von beidem?«, fragte er sich irgendwie selber, weil er es augenscheinlich wohl nicht wirklich wusste. Er fuhr fort: »Falls ihr euch fragt, warum ihr den Ring im ersten Semester bekommen habt, aber erst im zweiten Semester darin unterrichtet werdet … nun ja. Es gibt zwei ganz einfache Gründe dafür. Erstens muss der Ring sich erst an euer Pandra gewöhnen, er stimmt sich sozusagen auf euren Körper ein. Und zweitens erfordert es ein Mindestmaß an feiner Pandrakontrolle, um erfolgreich die Waffe zu rufen. Das erste Semester diente, wie euch bestimmt bekannt ist, dazu, euch ein wenig Kontrolle zu vermitteln. Ob das was gebracht hat und für meinen Unterricht ausreicht, werden wir bald sehen. Entweder ihr werdet mit euren Seelenwaffen bald richtig draufschlagen können oder ich schmeiß euch aus meinem Kurs und euer Ring wird zerstört!«

Fynn und seine Freunde waren etwas schockiert über diese Offenheit, aber vor allem über dieses Vorgehen. Ein Raunen ging umher. Manche Studenten überlegten schon, erst gar nicht an diesem Unterricht teilzunehmen.

»Ist das nicht etwas hart?«, fragte eine schwarzhaarige Studentin in die Runde.

Ansems entspannter Blick wurde finster. »Gegenfrage: Habe ich dir erlaubt zu sprechen?«

Das Mädchen schaute verdutzt. »Ähm, ich spreche, wann ich …«

»Du hast dich vorher zu melden! Und dann auch nur, wenn ICH dich aufrufe. Da ich deinen Namen nicht kenne, kann ich deinen Namen auch nicht aufrufen. Resultat: Du bist still!«, unterbrach Ansem sie, mit einem Druck in der Stimme, die einen aufhorchen ließ.

Die junge Studentin war irritiert. Sie wollte sich einerseits nicht so unhöflich den Mund verbieten lassen, andererseits hatte sie auch etwas Angst vor ihm und wollte deswegen nicht widersprechen. Was sie allerdings tat: »Tut mir leid, Meister Ansem, aber so lasse ich nicht mit mir reden«, sprach sie mit leicht zitternder Stimme.

Ansem fixierte sie mit seinem Blick. »Dann tut es mir auch leid!«

Ihr Ring zersprang in tausend glitzernde Splitter und sie

wurde mit einem harten Stoß aus der Illu-Tech geschmissen. Sie war einfach verschwunden!

Alle blickten, ohne einen Mucks, schockiert drein.

»Ähm, okay? Und der hat einen Ausbilderschein, oder was auch immer man braucht, um ausbilden zu dürfen?«, wisperte Kairi leise vor sich hin, in der Hoffnung, nicht von Ansem wahrgenommen zu werden.

Dieser richtete sich wieder an die Schüler, als sei nichts gewesen. »So, jetzt gut zuhören! Damit man einen Seelenring aktivieren kann, reicht es nicht einfach, ihn am Finger zu tragen und irgendeinen Spruch zu sagen, um die Waffe zu rufen. Ihr braucht Pandra, wie bei allem. Aber nicht irgendwie, sondern ihr müsst eine ganz bestimmte Menge in einer ganz bestimmten Intensität verwenden. Dies setzt voraus, dass ihr euren Pandrafluss im Griff habt und ihn gut steuern könnt. Nicht jeder hat dieses Feingefühl. Aber keine Sorge, man kann es lernen. Nicht jeder, aber die meisten.« Ansem streckte seinen Arm aus. »Am besten sortieren wir jetzt gleich mal aus. Ich will, dass ihr alle versucht, euren Seelenring zu aktivieren. Dann sehe ich gleich, wer das nötige Feingefühl schon hat. Na dann hopp, ab die Post!«

Fynn ging ein Licht auf. Hatte es deswegen Kairi damals geschafft, ihre Seelenwaffe zu rufen und beizubehalten, weil sie eine bessere Pandrakontrolle hatte?

Viele Studenten schlossen ihre Augen, um sich auf ihr Innerstes zu konzentrieren. So auch Fynn. Er versuchte, seine Energien im Körper zu spüren. Alles war gleichmäßig verteilt und fühlte sich ausgeglichen an. War das schon alles? War das notwendig, um den Seelenring zu meistern? Er versuchte es!

Fynn schickte eine kleine, aber feine Menge in den Ring und umspielte ihn mit dieser Energie. Doch plötzlich war Fynns Pandra ganz und gar nicht mehr ausgeglichen! Der Ring verlangte mehr Pandra, als er eigentlich brauchte und als Fynn ihm geben wollte. Wie ein unkontrolliert geöffnetes Ventil brachte diese Aktion den Pandrafluss von Fynn sehr durcheinander.

Er verzog sein Gesicht, als würde ihm gleich vor Ungeschick etwas aus der Hand fallen. Fynns Ring leuchtete hell auf. Wärme und Wohltun breiteten sich in seinem Körper aus und seine Waffe ergoss sich aus dem Licht des Seelenringes. Ein Hammer erschien! Sein Metall glänzte edel und am unteren Ende des Stiels befand sich eine durchsichtige Blase. Fynn hatte keine Ahnung, wozu diese diente. Allerdings konnte er seine Seelenwaffe nicht lange begutachten, denn genau wie damals, im Kampf gegen die Hexe Jennipher, verschwand seine Seelenwaffe so schnell, wie sie erschienen war. Fynn wusste nun, dass es dem Verlust seiner Pandrakontrolle geschuldet war. Aber daran war er weniger schuld als sein eigener Ring. *Ist das bei den anderen auch so oder nur bei mir?*, fragte er sich, während er sich umschaute, wie es den anderen erging.

Tatsächlich hatten ein paar wenige ihre Seelenwaffen rufen können. Darunter auch Kairi, aber das war für Fynn keine Überraschung. Zayne hatte seine Waffe auch in der Hand. Ein wunderschönes, makelloses klassisches Schwert.

Generell fiel Fynn auf, dass eher Mädchen ihre Waffen rufen konnten als Jungs. *War das nur Zufall?*

Ansem klatschte in die Hände. »Hui, mehr, als ich dachte, Respekt! Ein guter Jahrgang will ich meinen. Sehr interessant! Aber eins bleibt jedes Semester gleich.« Er lachte kaum hörbar. »Mädchen sind und bleiben besser. Was Jungs an Stärke besitzen, machen Mädchen mit feinfühligerer Kontrolle ihres Pandrasystems wett.

Was für die Studenten alle neu war, war für Ansem reine Routine. Immerhin war es jedes Semester dasselbe. Er fuhr fort: »So, alle die mich gerade beeindruckt haben, bitte raus aus der Masse und hinter mich stellen. Ihr habt jetzt erst mal Freizeit, dürft die Illu-Tech aber nicht verlassen. Ich werde den anderen hier kurzen Privatunterricht erteilen. Ich finde sehr schnell raus, wer das Potenzial hat, Pandrafeingefühl zu erlernen, oder eben nicht.«

Eine angsterfüllte Beklemmung legte sich über die Gemüter

der Kinder, die es noch nicht geschafft hatten. Auch Fynn hatte etwas Angst. Da half es ihm schon sehr, dass Kairi ihm demonstrativ beide Daumen drückte und Zayne ihm aufmunterungsvoll zunickte, während sie zu Ansem liefen.

»Ah, hey Fynn! Du auch?«, erklang eine weibliche Stimme, die Fynn gut kannte. Es war Kristin. Sie wurde damals, wie er, aus Kaomos hier nach Fermania gebracht. Bei ihr war es Britanie, bei ihm Wodahs. Außerdem war sie, wie Fynn, auch ein Teufelskind. Im ersten Semester wussten das nur wenige. Aber in Anbetracht der drohenden Gefahr von Cassiopaia wurde entschieden, publik zu machen, wer die vier Teufelskinder waren, die sich an der Zauberuniversität aufhielten. Die anderen waren Maio und Chloe. Mit ihnen hatte er aber bisher noch nicht viel zu tun gehabt. Das lag aber auch daran, dass sie aktuell nicht wirklich an der Universität waren. Sie wurden damals mit ihren Gruppenleitern und anderen Schülern als Verstärkung in die Dörfer Mauerstein und Weißes Wetterschloss geschickt, in denen sich die anderen beiden Teufelskinder befanden. Niemand wusste genau, wann Cassiopaia dort auftauchen würde, um die Kinder zu fangen. Seitdem nahmen nur Hologramme an den Lernveranstaltungen teil. Merdins Magie ermöglichte also den Studenten, welche nicht an der Universität sein konnten, trotzdem den Unterricht zu besuchen. Nach den Veranstaltungen verschwanden die Hologramme wieder, deswegen hatte privat fast niemand mit ihnen zu tun. Aber da er jetzt schon an die beiden dachte, erblickte er sie auch sofort. Sie hatten ihre Seelenwaffe rufen können und standen in der Gruppe von Zayne und Kairi, hinter Ansem.

Kristin hatte in der praktischen Abschlussprüfung gut vorgelegt. Generell hatte sie sich das letzte Semester sehr verändert. Sie wurde selbstbewusster und sicherer. Fynn glaubte, das lag unter anderem daran, dass Kristin damals im Dorf der Meerjungfrauen vor Unsicherheit und Angst die Kontrolle verlor, als das Teufelsmonster-Pandra einen Teil von ihr übernahm. Anschließend hatte sich die Engelskriegerin Chamuela ihr öfters als vorher persönlich angenommen. Und Chamuela war von allen Engelskriegern die, die am strengsten zu sein schien.

Fynn antwortete ihr. »Ja, leider, ich hoffe, dass wir es hinbekommen. Wäre schade um diese Möglichkeit, die uns dann verloren gehen würde.«

Kristin fand immer noch süß, wie er redete. Aber so rot anlaufen wie früher würde sie nicht mehr, dazu hatte sie nun zu viel Selbstkontrolle. Und die Kontrolle, das wusste sie, wollte sie nie wieder verlieren. Auch wenn sie ihr Team damals gerettet hatte, ihr Toben hatte jemanden getötet. Zwar war es jemand von Cassiopaia, aber das änderte nichts daran, dass sie ein Leben beendet hatte. Und niemand hatte das Recht, das Licht eines anderen zu löschen.

»Wir packen das schon, Fynn!« Sie machte eine Kräfte ausdrückende Gestik.

Fynn nickte. »Ja, genau!«

Anselm klatschte in seine Hände. »So, genug geplappert. Es wird Zeit! Stellt euch in Reihen auf. Drei von euch in jeder davon.«

Die Kinder taten, was der Waffenmeister ihnen auftrug.

Ansem erklärte den weiteren Vorgang. »So. Aufgepasst. Ich werde für euch euer Pandrasystem sichtbar machen. Ihr seid in einer Illu-Tech, die ich zur Kontrolle übergeben bekommen habe. Wie ihr aus dem ersten Semester wisst, funktioniert eine Illu-Tech auf der Basis, dass ein Fremder in euer Pandrasystem eingreift und somit eure Sinne manipuliert. Experten auf diesem Gebiet können euch damit sogar töten. Jedenfalls, da ich aktuell in euer Pandrasystem eingreife, kann ich es auch genau ermitteln. Und da die Illu-Tech alles zulässt, was der Anwender gerne hätte, kann ich es für euch sichtbar gestalten.« Er ging reihum und warf jedem einen Samen vor die Füße. Da in der Illu-Tech alles möglich war, wuchsen die Samen in rasanter Geschwindigkeit und aus ihren rosenähnlichen Blüten tauchten körpergroße Spiegel auf. Diese blieben im Blumenkelch. Jeder der Studenten konnte sich nun also in einem Spiegel betrachten.

Fynn dachte sich nur, dass das bestimmt voll Kairis Ding gewesen wäre und musste schmunzeln.

Ansem fuhr weiter fort. »So. Diese schönen Schmuckstücke vor euch werden es euch ermöglichen, euren Pandrafluss während der Fokussierung zu beobachten. Fantastisch, oder?« Wie auf Kommando veränderte sich das Gespiegelte und Fynn, wie auch Kristin vom Team Wasser und alle anderen Studenten, konnte nun das Pandrasystem seines Körpers betrachten. Wie als hätte jemand den Körper durchsichtiger gemacht.

Kristin und Fynn schauten beide gleichzeitig auf eine ganz bestimmte Stelle ihrer Spiegelung. Auf ihre Brust! Denn dort befand sich bei beiden Teufelskindern das verräterische Mal, in welchem die Teufelsmonster versiegelt waren. Allerdings konnten sie keine Auffälligkeit an dieser Stelle im Pandrasystem erkennen. Fynn nahm einfach mal an, dass das etwas Gutes sei.

»Ihr könnt jetzt abermals beginnen, euer Pandra auf den Seelenring zu fokussieren!«, gab Ansem den Befehl.

Die Kinder taten, was ihnen aufgetragen wurde.

Fynn konnte sehen, wie sein Pandra immer schneller zirkulierte. Er fragte sich, ob Blut auch so schnell zirkulierte, denn der Anblick seines Pandrasystems erinnerte ihn an Adern, die im Körper verliefen, und das Pandra stellte das Blut dar. Fynn beschleunigte es auf ein angenehmes Level. Jetzt kam der schwierige Teil. Nämlich das Einspeisen des Pandras in den Seelenring. Er fixierte die Spiegelung seiner Hand mit dem Ring daran und startete den Prozess.

Eine Art unsichtbares Ventil öffnete sich und der Ring zweigte sich seinen Teil Lebensenergie von Fynn ab. Genau wie vorhin! Nur mit dem Unterschied, dass er diesmal die Unregelmäßigkeit, die in seinem Körper entstand, sehen konnte.

Fynn atmete tief ein … und aus. Dann versuchte er

auszugleichen. Da, wo zu viel Pandra war, nahm er etwas weg, dort, wo fast keines mehr war, fügte er etwas hinzu. Nicht der erste Versuch der Umsortierung war erfolgreich, aber je öfter er es machte, desto besser lief es. Und desto einfacher war es auch.

Fynn, wie auch die anderen, musste es immer wieder probieren. Die Beschwörung ging oft schief, aber mit jedem Versagen lernten sie dazu. Sie reflektierten ihre Fehler und versuchten, eine Lösung zu finden.

Ein helles Leuchten erstrahlte abermals aus Fynns Seelenring. Er spürte erneut die Wärme und Erhabenheit, die dieser Glanz mit sich brachte. Der Ausgleich gelang, sein Vertrauen gab ihm Kraft und als das Leuchten verglomm, hielt Fynn seine Seelenwaffe in der Hand. Ein Hammer. Sein Hammer!

Fynn empfand es als sehr schön, ihn in seinen Händen zu halten. Es bestand eine Vertrautheit zwischen ihm und seiner Waffe. Er hätte sogar darauf wetten können, dass sie gegenseitig ihre Gedanken wispern hören konnten. Diesen Gedanken tat Fynn allerdings gleich ab, immerhin war eine Waffe ein Gegenstand, und kein Lebewesen. Obwohl das nicht unbedingt in Fermania gelten musste. Fynn war die Regeln von Kaomos gewohnt.

Fynn schaute zu Kristin, ob sie es auch geschafft hatte. Und tatsächlich, ihre Seelenwaffe war ebenfalls erschienen. Allerdings sah sie etwas anders aus, als Fynn gedacht hatte. Es war ein Handschuh in der Form einer Tatze.

Beide schauten sich an und freuten sich. Von den anderen Studenten hatten nur wenige nicht bestanden und sie wurden, nachdem Ansem ihre Ringe vernichtet hatte, aus der Illu-Tech geworfen.

Der Waffenmeister war froh, endlich konnte das Training beginnen. »Kinder, versammelt euch bitte!«, befahl er und ließ sich von den Studenten umzingeln.

»Ich weiß, dass die meisten von euch noch null Ahnung haben, wie man mit einer Seelenwaffe umgeht. Einige von euch sehen sie heute zum ersten Mal richtig und andere müssen wiederum aufpassen, dass sie sich mit ihrer Seelenwaffe nicht selbst verletzen, oder sogar andere. Deswegen werde ich euch als Demonstration dienen.«

Die Studenten waren begeistert. Sie würden einfach so den Meister der Waffen kämpfen sehen. Nur stellte sich die Frage, gegen wen? Kein anderer Lehrer war anwesend, gegen wen wollte er also etwas demonstrieren?

Was die Kinder nicht wussten, war, dass Ansem noch einen anderen privaten Hintergedanken hatte, um den es ihm im Eigentlichen ging. Immerhin war diese Gruppe Studenten etwas spezieller als sonst …

Ansem zeigte mit dem Finger auf die Auserwählten, die gegen ihn antreten würden.

Kairi und Zayne waren geschockt: Der Finger zeigte auf jemanden aus dem Team Wasser und Team Feuer. Es waren die beiden Teufelskinder Kristin und Fynn!

»Was, wir? Aber wir können doch noch gar nichts mit unseren Waffen anstellen!«, entgegnete Fynn dieser Entscheidung.

Ansem schüttelte den Kopf. »Es ist einfach nur Übung, nichts Großes. Also mach dir nicht ins Hemd. Schau einfach nur zu, dass du weder dich noch wen anders mit deinem Hammer erschlägst, dann liegt alles im grünen Bereich.« Ansem dachte für sich: *Wann hat man schon die Chance, gegen Teufelskinder zu kämpfen? Hätte ich alle vier ausgesucht, wäre das zu auffällig gewesen. Zwei reichen. Ich bin gespannt, wie sich ihre Waffen anfühlen. Sie müssen aus völlig anderem Material bestehen, immerhin werden Seelenwaffen aus den Seelen ihrer Besitzer geschmiedet und in ihren Seelen sind Teufelsmonster versteckt! Das wird bestimmt hammer! Ich kann es kaum noch abwarten.* Ansem versuchte sich wieder zu fassen und klatschte in die Hände. »Fangen wir am besten gleich an. Ihr werdet auch euer Wissen aus dem ersten Semester anwenden müssen.«

Mit der Illu-Tech von Zadkiel konnte Ansem alles tun

und lassen, was er wollte. »Ich ändere mal schnell die Landschaft. Eine einfache Wiese ist doch viel zu öde.«

Wiese wurde zu Stein, die Schwerkraft veränderte sich und stärkerer Wind blies allen ins Gesicht. Von einer Sekunde zur anderen befanden sich alle auf einem großen Felsvorsprung in der Mitte eines Hohen Berges. Es ging hunderte Meter weiter nach oben, aber auch genauso tief hinunter. Eine Studentin schob Panik, weil sie Angst hatte, dass ihrem richtigen Köper etwas zustoßen könnte, weil die Illu-Tech ihr so tödlich real vorkam. Ansem strafte sie mit einem Blick, der sie zum Verstummen brachte. Alleine solch einen Gedanken zu äußern, untergrub seine Autorität.

Ansem stand mit dem Rücken fast direkt an der riesigen Steinwand, die den kluftigen Berg darstellte. »So, das dürfte passen. Illu-Techs sind echt der Wahnsinn, schade, dass ich sowas nicht erzeugen kann. Na ja, man kann nicht alles haben. Fynn, Kristin, seid ihr bereit?«

Fynn konnte gar nicht so schnell denken. Was hier grad alles passierte, erschien für ihn surreal.

Kristin war wohl genauso durcheinander wie Fynn, aber das Training mit der Engelskriegerin Chamuela hatte sie reifen lassen. Sie reagierte zügiger auf die veränderten Bedingungen. Man musste es so sehen: Wann hatte man schon die Gelegenheit, gegen den besten aller Waffenführer zu kämpfen? Auch wenn es nur ein Probekampf war.

»Wollt Ihr nicht auch eure Waffe ziehen, Meister Ansem?«, fragte die blonde Kristin nach.

Ansem grinste. »Wenn ich meine Waffe ziehe, Kleine, dann ist der Kampf für euch vorbei! Glaub mir! Ich lasse euch erst einmal selber ein bisschen ausprobieren. Dann können ich und auch die anderen sehen, was ihr alles falsch macht, oder vielleicht auch schon richtig, aber das halte ich für unwahrscheinlich.«

Kristin fühlte sich etwas beleidigt.

Ansem fuhr fort: »Ich gehe sogar so weit, dass ich während

unseres Kampfes keinen Schritt tätigen werde. Ich werde euch beide besiegen, ohne diesen Platz zu verlassen.«

Alle waren erstaunt.

Fynn blickte den Berg hinter Ansem an. *Viel Platz hinter sich zum Ausweichen hätte er eh nicht gehabt. Aber gut, nach dieser Ansage ist das sowieso unerheblich.*

»Okay, ihr beiden, macht euch bereit und greift an!«

Fynn wollte sich gerade zu Kristin drehen, um mit ihr eine Strategie zu entwickeln, aber das blonde, selbstbewusst gewordene Mädchen war schon losgerannt.

Es stimmte, sie hatte wirklich keinen Plan, aber genau wie Fynn glaubte auch sie ein Flüstern ihrer Seelenwaffe zu hören. Dieses Flüstern erklärte ihr, wie ihre Seelenwaffe funktionierte. Außerdem hatte Chamuela ihr besseren Nahkampf beigebracht. Einerseits hatte dies den Vorteil, dass Gegner Nahkampf von einem Mädchen weniger erwarteten und daher ein Überraschungsmoment vorlag, und andererseits musste Kristin so weniger auf große Mengen ihres Pandras zugreifen, was die Wahrscheinlichkeit verringerte, dass das Teufelsmonsterpandra angezapft werden musste oder versehentlich aus dem Siegel austrat.

Staubwolken stiegen empor, als Kristin auf Ansem zusprintete. Sie holte mit ihrem Handschuh zum Schlag aus. Ansem bewegte seinen Oberkörper leicht zur Seite und entging somit dem Angriff. Kristin gab nicht auf und versuchte durch eine schnelle Salve an Fausthieben den Lehrmeister zu erwischen, jedoch ohne Erfolg. Ansem betrieb genauso wenig Aufwand wie vorher, um auszuweichen. Er kassierte keinen einzigen Treffer.

Das Abgreifen ermüdete Kristin zunehmend, womit auch ihre Aufmerksamkeit sank. Ansem gab ihr einen Klaps auf den Hinterkopf und Kristin stolperte an ihm vorbei zu Füßen der Steinmauer. Ihr blondes Haar lag zerzaust auf ihrem Rücken.

Kristins Seelenwaffe begann wieder zu flüstern und Ansem spürte im selben Moment, dass sich etwas veränderte. Nur leicht, aber er konnte es fühlen. Da er keinem Element zugeneigt war und daher keine Element-Techs einsetzen konnte, war er dafür mit anderen Talenten gesegnet worden. Kristins Pandra hatte sich sprungartig erhöht. Womit er auch recht hatte, denn Kristin hatte dies beabsichtigt eingeleitet. Sie hatte sich etwas Teufelsmonsterpandra aus ihrem Mal an der Brust geliehen. Das Mal wurde damals bei ihrem Kontrollverlust etwas geschwächt, seitdem konnte sie nur minimal darauf zugreifen. Ihr wurde verboten, dies zu tun, da niemand wusste, ob dadurch das Siegel weiter aufgerissen wurde. *Das bisschen macht schon nichts! Ich habe ja jetzt alles unter Kontrolle*, sprach sie zu sich selbst, um sich zu rechtfertigen.

Sie stand blitzschnell auf, wedelte um Ansem herum und schickte instinktiv Pandra in ihre Seelenwaffe. Während dieser Bewegung erhöhte sich ihre Geschwindigkeit rasant. Ansem unterlag dadurch einer Fehleinschätzung und konnte diesmal nur haarscharf mit seinem Oberkörper dem Schlag ausweichen. Kristin gab nicht auf. Blitzschnell wiederholte sie ihren Angriff. Ansem spürte wieder einen geringen Anstieg ihres Pandras, was erneut zu einer Zunahme ihrer Geschwindigkeit führte.

Die Faust mit dem Handschuh flog auf Ansem zu. Seine Pupillen erweiterten sich vor Überraschung, gleichzeitig grinste er aber auch. Ein Licht erleuchtete und unterbrach den kämpferischen Blickkontakt der beiden.

Kristin konnte es spüren, auch wenn sie es aktuell noch nicht sah. Sie hatte getroffen!

Das Leuchten verglomm und Kristin sollte recht behalten. Allerdings war der Treffer keiner, der Ansem groß kümmerte. Er hatte seinen Arm gehoben und den Schlag mit einer Manschette am Handgelenk abgewehrt.

Kristin war verdutzt. Sie konnte sich an keine Manschetten erinnern. *Hat Ansem die Illu-Tech manipuliert, oder ist das da etwa seine …*

»Meine Seelenwaffe«, ergänzte er ihren Gedanken.

Die Handmanschetten waren schön verziert und aus Gold.

Kristin konnte sie schwingen spüren, als sie die Wucht ihres Schlages verarbeiteten. Sie konnte gar nicht glauben, wie schnell er, ohne ein Wort zu sagen, seine Seelenwaffe beschwören konnte. Aber genauso sehr war sie überrascht, dass der Waffenmeister eine so unspektakuläre Seelenwaffe besaß.

Wow, wie interessant sich ihre Seelenwaffe anfühlt! Ich spüre es zwar nur sanft, aber ich kann es ganz klar erkennen! Das Teufelsmonsterpandra! Ansem war begeistert. *Eine Seelenwaffe, erschaffen und durchdrungen von teuflischem Pandra. Es scheint fast nicht von dieser Welt zu stammen.* Ansem wusste, dass er es nicht ewig spüren können würde, deswegen genoss er die Berührung ihrer Seelenwaffen so lange, wie es ging. Die Lust an diesem Konsum war so groß, dass Ansem es wirklich fertigbrachte, etwas Pandra aus dem Handschuh zu nippen und zu verköstigen.

Kristin merkte dies und das war auch gleichzeitig der Zeitpunkt, an dem sie ungewollt kurz die Kontrolle verlor. Anscheinend mochte sowas das Teufelsmonster in Kristin überhaupt nicht. Raubbau am eigenen höllischen Pandra.

Kristins Körper flammte kurz im Pandra des Teufelsmonsters auf. Ansem blieb die Luft weg, als er aus seinem Genusserlebnis geweckt wurde. Der Druck auf seine Manschette erhöhte sich immens! Er stöhnte kurz auf, ohne dass seine Füße den Platz, an dem er stand, verließen. Stattdessen bekam die Steinmauer am Berg hinter Ansem eine riesige tiefe Delle! Er hatte die auf ihn zuprasselnde Energie umgeleitet. Und trotzdem war er über diese Wucht empört. Das war ganz und gar nicht etwas, was sich jedes Semester wiederholte! Seine Empörung wich Begeisterung!

Kristin fasste wieder klaren Verstand und ging auf Abstand. Sie versuchte ruhig zu atmen. *Okay … nichts Schlimmes passiert! Alles in Ordnung! Ich habe völlige Kontrolle!* Sie beruhigte sich.

Ansem zuckte mit den Schultern. »Tja, tut mir leid, Kleine, aber ich habe dir gesagt, dass wenn ich meine Seelenwaffe ziehe, für euch Schicht im Schacht sein wird. Erinnerst du dich? Fynn hatte zwar noch keine Gelegenheit, sich etwas auszuprobieren, aber das ist nicht mein Problem.«

Kristin bekam etwas Angst, was nun passieren würde. Im Hinterkopf behielt sie allerdings, dass er ja Lehrer war. Ernsthaft verletzen würde er sie schon nicht, hoffte sie.

Außerdem, wie wollte Ansem Fynn und sie besiegen, ohne auch nur einen Schritt zu machen? Würde er sich an seine eigene Ansage halten, dann war genug Distanz zwischen ihnen und sie hatten nichts zu befürchten.

»Wisst ihr, Seelenwaffen dienen nicht ausschließlich dazu, sein Gegenüber zu verletzen! Es gibt auch Seelenwaffen, die verteidigend oder unterstützend funktionieren«, sprach Ansem und schaute dabei auf seine Manschetten. »Diese Seelenwaffe hier hat zwar keine scharfe Klinge, aber sie hilft mir, Nahangriffe abzuwehren, und zusätzlich wirkt sie unterstützend im Fokussieren von Pandra. Die Manschetten können meinen rechten Haken also richtig gefährlich werden lassen. Ohne Klinge und ohne irgendwelche Element-Techs«, sprach Ansem fast vorwurfsvoll, als könnten Fynn und Kristin etwas dafür, dass er all dies nicht besaß.

Trotzdem, Kristin fühlte sich erneut bestätigt. Sein Angriff würde Körperkontakt voraussetzen, aber die Distanz würde ihm einen Strich durch die Rechnung machen.

Vorsichtshalber begann sie erneut, Pandra in ihren tatzenförmigen Handschuh zu leiten.

Fynn stand nicht weit hinter Kristin. Im Gegensatz zu ihr hatte er eine Vermutung, was Ansem vorhatte. Er konnte spüren, dass sich in Ansems Fäusten durch das sich bündelnde Pandra starker Druck aufbaute. Und Druck war genau das Stichwort! Fynn rannte zu Kristin. Er hoffte, es noch rechtzeitig zu schaffen.

***

Kristin borgte sich erneut Pandra aus dem Mal an ihrer Brust und sendete es in ihre Seelenwaffe. Mit der anderen Hand stützte sie ihren Arm, denn dadurch fiel ihr das Fokussieren leichter. Sie war sich ziemlich sicher, egal was jetzt kommen würde, das Pandra des Teufelsmonsters wäre stärker.

Ansem holte zum Schlag aus und traf … ins Nichts!

Ruhe.

Kristin dachte an eine Täuschung, da nichts passierte. Ihr entging allerdings der feine Staub, welcher aufgewirbelt immer schneller auf sie zukam.

Ein Körper raste vor die Blondine und hielt einen Hammer schützend vor sich. Es war Fynn! Er keuchte auf und musste sich gegen eine unsichtbare Kraft behaupten.

Kristin verstand es jetzt! Der Schlag Ansems war so energetisch, dass er sie über den Luftdruck niederstrecken wollte. Er musste sich somit für den Angriff keinen Schritt bewegen und war zudem unsichtbar, einfach genial! Das musste Kristin sich eingestehen.

Aber das war auch gleichzeitig Kristins Chance. Sie berührte Fynn zart an der Schulter und bedankte sich mit einem schnellen Wispern. Dann sprintete sie an ihm vorbei und rannte geradeaus auf Ansem zu.

Ansem war wieder erst überrascht und dann begeistert.

Ausweichen war nicht drin und für einen Gegenangriff blieb keine Zeit, also wehrte Ansem den Angriff wieder mit seiner Handmanschette ab. Und diesmal war er auch auf die Wucht des Schlages gefasst. Diese wurde wieder umgeleitet und an die Mauer hinter ihm gegeben. Der Krater wurde wieder etwas tiefer in den Berg geschlagen. Ansem musste grinsen, weil Kristin zweimal das Gleiche versuchte. In einem richtigen Kampf könnte das eine Niederlage oder sogar den Tod bedeuten.

Kristin zerdrückte drei blaue Gegenstände in ihrer anderen Hand. Ansem riss vor Verwunderung kurz die Augen auf. »Blaubeeren!?«

Ihm wurde nun klar, dass der erneute Schlag mit ihrer Seelenwaffe einfach nur dazu diente, ihn in Sicherheit zu wiegen.

»Tech des großen Wasserstoßhammers!«, sprach Kristin Ansem frech entgegen.

Aus Boden und Luft isolierte sich blitzschnell Wasser, sammelte sich um Kristins Faust und bildete eine quadratische Form. Ohne zu zögern, schlug sie zu.

Ansem konnte in letzter Sekunde noch seinen anderen Arm heben, um mit der Manschette zu blockieren. Dies gelang ihm auch, aber er wurde aus seiner Position gewirbelt. Der doppelte Druck war nicht einkalkuliert. Er hatte seine Deckung einfach nicht vollkommen aufrechtgehalten.

Ansem wurde gegen die Mauer hinter ihm geschleudert. Allerdings machte er einen Salto und kam grazil mit den Füßen auf der Mauer auf und stand nun parallel zum eigentlichen Boden.

Fynn wusste nun, was Ansem damit meinte, als er sagte, man würde auch Wissen aus dem ersten Semester brauchen. Auf Wasser und an Wänden zu laufen, waren Unterrichtsstunden des vergangenen Semesters. Grundbausteine sozusagen.

Das war aber für beide kein Problem. Fynn und Kristin folgten ihm an die Wand. Während des Sprints zu Ansem merkte Fynn allerdings, dass das Gewicht des Hammers nicht förderlich für sein Gleichgewicht war. Er musste sich an das zusätzliche Gewicht einfach erst mal gewöhnen.

Ansem betrachtete die beiden. *Unglaublich. Ich hab sie unterschätzt! Aber damit haben sie auch meine Autorität untergraben! Na wartet! Ich werde das jetzt schnell beenden. Wenn ihr glaubt, dass ich weiterhin auf einem Fleck stehen bleibe, dann habt ihr euch geschnitten!* Er sah, wie Fynn eine Rotbeere zerdrückte und ableckte.

Der Waffenmeister grinste erneut. *Viel zu auffällig!*

Fynn leitete Pandra in die Beerenmasse in seinem Mund.

»Tech der glühenden Feuerkugeln!« Eine Kugel aus Feuer ergoss sich aus Fynns Mund und flog direkt auf Kristin zu, die vor ihm rannte.

Kristin spürte an der Hitze genau, wie nah die Kugel hinter ihr war. Dann machte sie einen Satz nach oben und kam hinter der Kugel wieder auf, die nun auf den Lehrer zuraste.

Ansem schüttelte den Kopf. »Lächerlich!« Mit einer laschen Handbewegung wehrte er die Level-eins-Feuer-Tech ab. Er wusste deswegen, dass diese Attacke so schwach war, weil Fynn so offensichtlich nur eine Beere für diese Tech verwendet hatte. Doch direkt hinter der zerplatzten Feuerkugel kam Kristin zum Vorschein.

Haha, wusste ich es doch! Sie hat wirklich geglaubt, die Kugel würde ihr genug Deckung geben, um mich zu überraschen.

Kristin schrie auf und schlug mit aller Macht zu. Nur … dass Kristin durch ihn hindurchglitt. Ansem spürte nur warme Luft. Er schreckte auf. *Eine Fata Morgana?*

Fynn hatte, ohne dass es Ansem bemerkte, eine weitere simple Tech gewirkt und dazu die von der Kugel erhitzte Luft für eine Fata Morgana genutzt.

Wäre Ansem nicht so ein erfahrener Lehrer gewesen und hätte deswegen keine ausgeprägte Intuition besessen, dann wäre er von Kristin, die nun eigentlich links von der Seite auf ihn zukam, niedergestreckt worden.

Kristin schlug zu, zuerst mit dem Wasserhammer, der noch aktiv war. Ansem blockte mit links ab. Dann schlug Kristin mit ihrer Seelenwaffe, dem Handschuh, zu. Ansem blockte diesen Angriff mit seiner rechten Hand. Und dann kam Fynn, ausholend mit seinem Hammer.

Ansem war in der Zwickmühle, denn er hatte keinen Arm mehr frei! *Verdammt!!!*, dachte er und schrie, ob er es wollte oder nicht: »Seelenwaffe, erscheine und schütze mich ganzkörperlich!«

Ein Licht erstrahlte und eine zweite Seelenwaffe von Ansem erschien. Ein Schild in Form eines Schildkrötenpanzers.

Die Platten des Panzers begannen sofort zu wachsen und sich zu vervielfältigen, bis Ansem rundherum vor Kristin und Fynn geschützt war. Eine Art Ganzkörperschild.

Kristin brach ihren Angriff ab und Fynns Angriff wurde ohne Wirkung abgeschmettert.

Die anderen Kinder staunten, als sie sahen, was bei den Kämpfenden an der Mauer passierte. Kairi, die auch bei diesen Kindern unten stand, war verblüfft. »Eine zweite Seelenwaffe? Wie geht das? Ich dachte, jeder kann maximal eine besitzen?«, fragte sie, ohne von den anderen eine Antwort zu erwarten. Dann blickte sie weiter besorgt zu Fynn und Kristin.

Die Luft war warm, kein Licht war vorhanden und jemand schäumte vor Wut: Ansem, der gezwungen war, sich unter seinem Schild zu verstecken wie ein Reptil, war sauer. Sehr sauer! Nicht nur, dass er seine Ansage nicht einhalten konnte, die beiden zu besiegen, ohne einen Fuß zu rühren, jetzt hatten sie ihn doch ernsthaft dazu getrieben, eine zweite Seelenwaffe zu aktivieren. *Wie können sie es nur wagen, mich so zu demütigen? Ich beende das jetzt!*

Fynn und Kristin wurden wieder aufmerksam, als erneut ein Licht erstrahlte. Aber diesmal verschwanden die Seelenwaffen, anstatt dass welche erschienen. Im sich auflösenden Licht seiner Seelenwaffen wirbelte Ansem umher und würdigte die beiden keines Blickes. Sein Körper war angespannt und ernst. Mit Bewegungen, die so präzise, kurz und hart waren, wie sie niemand der Anwesenden je gesehen hatte, schlug er die beiden von der Mauer runter in Richtung Boden. Das Letzte, was Fynn sehen konnte, waren die Seelenringe an Ansems Finger. Es waren nicht zwei, sondern zehn!

Versammlung

Eine vermummte Gestalt durchquerte einen dunklen Flur. Keine Fenster, nur Licht von brennenden Fackeln. Links und rechts entlang zogen sich Gefängniszellen bestehend aus rostigen, aber stabilen Gitterstäben. Armselige Gestalten lungerten dort, vegetierten vor sich hin.

Der Gestalt war das … egal. Sie lief gemütlich weiter und schenkte diesen Menschen keine Beachtung. Sie aß währenddessen sogar eine große Fleischkeule. Wer es in diesem dunklen Flur nicht sehen konnte, konnte es wenigstens riechen.

Manche der gefangenen Individuen hatten noch die Kraft, aufzustehen und an den Gitterstäben flehend, aber auch gleichzeitig gierig die Hände nach dem Essbaren auszustrecken. Aber auch das war dieser dunklen, massigen Gestalt egal. Sie schlug ihnen entweder so feste auf die Finger, dass diese brachen, oder gleich ins Gesicht. Nase gebrochen? Keine Zähne mehr? War ihr egal!

Vor ihr lagen nun Stufen, die sie hinaufging. Schallend hörte man noch das Heulen der Gefangenen, das von verschiedenen Gründen herrührte.

Oben an der Treppe angekommen, erwartete die Gestalt ein großes weißes Tor mit leichten goldenen Einarbeitungen. Köpfe in Form von Tierfratzen waren Türgriffe. Unbehelligt zog sie die Tür auf. Heiße, starke Luft strömte ihr entgegen und die Umgebung verwischte wie frisch aufgetragene Farben auf einem Gemälde. Alles wurde neu einsortiert und am Ende des Prozesses stand die Gestalt nun ganz woanders. Sie betrat den schon fast königlich wirkenden Raum. Kreisrund mit keiner anderen Tür. Alles war in strahlendes Weiß gehüllt. Das Einzige, was im Raum stand, war ein Brunnen mit fließendem Wasser. Die Gestalt blickte nach oben. Der Raum reichte gigantisch weit in die Höhe, die Decke war kaum zu erkennen. An den Wänden schwebten in verschiedenen Höhen und kreisrund sortiert kristallene weiße Stühle, die alle mit Personen in schwarzen Kutten besetzt waren.

»Jetzt mach schon, wir haben keine Lust, noch länger zu warten! War ja klar, dass du wieder am Fressen bist!«, schallte eine weibliche Stimme der eintretenden Person entgegen.

»Tut mir leid, Jennipher, ich komme sofort hoch«, entschuldigte sich die Person und begann, im Neunzig-Grad-Winkel die weiße Wand hochzulaufen. Es handelte sich um Ednan.

Er war, wie alle Anwesenden, ein Mitglied von Cassiopaia. Sie hatten eine Versammlung in ihrer fliegenden Festung. Ednan war zudem der Partner der Hexe Jennipher, denn Cassiopaia war üblicherweise immer in Zweierteams unterwegs. Ednan setzte sich nun endlich. Der fliegende weiße Stuhl war gerade breit genug, um seine Körpermasse unterzubringen. Ednan war nämlich etwas kräftiger beisammen.

»Okay, super, dann sind wir nun endlich alle versammelt«, sprach eine andere Frauenstimme vom obersten der weißen Stühle. Die anderen Mitglieder schauten zu ihr auf. Es war ein kleines Mädchen und gleichzeitig die Anführerin. Sky blickte auf ihre Leute herab: »Hat die Eingliederung von Simona als neue Teampartnerin gut funktioniert, Chandria?«

»Selbstverständlich, Meisterin. Veritas hat das gut hinbekommen, ihr ihren Willen zu nehmen. Manchmal könnte sie zwar etwas gesprächiger sein, aber auf der anderen Seite kann ich behaupten, dass sie aufs Wort hört.« Chandria mit ihren blauen Haaren blickte kurz zu Simona herüber, die nun zum ersten Mal auf einem dieser Stühle saß. Sie blickte belanglos drein.

Die Anführerin wurde durch die blonde Hexe in ihrer Ansprache unterbrochen. »Ha, von wegen aufs Wort hören! Weißt du, wie lange ich gebraucht habe, wieder neue, genauso schöne und passende gläserne High Heels für meine Füße zu finden? Diese Kuh hat mir die Absätze abgebrochen!« Sie zeigte mit dem Finger auf Simona. Dass diese sie gegen eine Steinwand geschleudert hatte, kümmerte Jennipher hingegen weniger.

Die Hexe streckte ihre Beine in die Mitte des Raumes, damit auch jeder einen guten Blick darauf hatte. »Aber ich bin fündig geworden, nachdem ich etliche Dörfer abfackeln musste, weil die alle nur Schrott hatten.«

Chandria blickte, sichtlich desinteressiert an Jenniphers Thema, diese an und entgegnete ihr: »Wieso hast du dir keine neuen Schuhe gezaubert? Du wechselst schließlich auch deine Kleidung immer mit Magie?«

»Weil, wenn man sich alles zaubern kann, man auch mal anders an Sachen rangehen möchte. Sonst würde ich mich ja permanent langweilen!«

Chandria zuckte ihre Schultern. »Tolle Begründung …«

Beide Frauen gifteten sich mit ihren Blicken an.

»Ruhe!«, forderte Sky die beiden auf. »Wir haben Wichtigeres zu besprechen als Schuhe!«

Die Frauen fügten sich der Ansage.

Sky fuhr fort: »So, nun wissen es ja alle offiziell. Das Teufelskind Simona, welches ich damals aus Kaomos, der Welt der Menschen, nach Fermania holte, ist nun ein direktes Mitglied Cassiopaias. Sie ersetzt Yael, der vor zirka einem halben Jahr bei dem Einsatz, Noel, ein weiteres Teufelskind, zu schnappen, von den Anhängern Merdins getötet wurde. Zu gegebener Zeit wird sie natürlich, wie vor ihr schon Noel, konserviert werden, um unseren finalen Zwecken zu dienen.«

Simona blieb weiterhin ungerührt, obwohl es gerade indirekt um ihren Tod ging.

Sky fuhr weiter fort: »Wir haben also sozusagen von den acht Teufelskindern zwei. Vier andere sind bei Merdin an der Zauberuniversität und die zwei letzten jeweils in der

Festung Mauerstein und im Weißen Wetterschloss. Normalerweise war mein Plan gewesen, an die vier Kinder von Merdin zu kommen, deswegen hatte ich ja diesen Körper hier zu meiner Verjüngung gewählt, damit ich die Schule leichter infiltrieren konnte. Wer sah schon eine Bedrohung in einem kleinen Mädchen? Jedenfalls hat mein alter Freund Merdin mich leider als Zaramon erkannt und ich bin aufgeflogen. Dadurch habe ich mein Vorgehen dahingehend verändert, dass ich das Auffinden der beiden Teufelskinder aus den Städten als Nächstes angehen wollte. Aber dann passierte ja die Sache mit dem Clown.«

Die vier anderen Cassiopaia-Mitglieder, die nicht am Testkampf auf der fliegenden Burg beteiligt waren, wussten darüber natürlich nicht Bescheid und blickten verdutzt und fragend zu Sky hinauf.

Sky beantwortete ihre fragenden Blicke: »Merdin geht wohl jetzt stark in die Offensive. Sowas bin ich gar nicht von ihm gewohnt. Dieser Clown, der uns auch damals das Buch des Salomo gebracht hatte, meinte, dass Merdin die himmlische Steppe finden möchte. Ich kenne bisher nur wenige Details über diese Steppe, habe mich aber nochmals erkundigt und mir wurde das bestätigt, was ich eh schon vermutete: In dieser Steppe begann alles Leben auf dieser Welt und von dort verbreitete es sich vor Urzeiten. Als das Land befruchtet war, zog sich diese Steppe zurück und verschwand. Sie existiert noch, nur weiß keiner, wo genau. Und dort soll es Wesen geben, die die Fähigkeit besitzen, Magie zu neutralisieren. Sie können also alles auf null setzen, wie damals zu Beginn. Da Jennipher eine Gefahr wegen des Buchs des Salomo darstellt und neben Merdin, und nun wohl auch Fynn, eines der seltenen Wesen aus reiner Magie ist, soll dieses Vorgehen wohl dazu dienen, dich unschädlich zu machen.« Sie blickte die Hexe an.

Sie hatte kaum ihr Bein mit ihren neuen High Heels zurückgezogen, da blickte sie schockiert zu dem Mädchen hinauf. Ihr Blick war weniger vor Angst schockiert, als mehr über die Tatsache, dass sich jemand anmaßte, SIE als Ziel für etwas zu nehmen!

Sky beendet ihre Ansprache. »Deswegen ist das vorrangige Ziel, dass du mit dem Buch des Salomo versuchst, einen deiner Lokalisierungszauber zu verstärken, um die himmlische Steppe zu finden. Ich will sie niederreißen, bevor die Leute aus der Zauberuni sie finden!«

***

»Tzzz. Jetzt hängt es also wieder an mir, nur weil die anderen nichts draufhaben«, beschwerte sich die blonde Hexe in ihrer schwarzen Kutte. Sie lief zügig mit viel Hüftschwung den Steinflur entlang. Ednan folgte ihr mit schnellen Schritten und schlug wieder mit kindlicher Verspieltheit manchen Gefangenen ins Gesicht, obwohl diese diesmal ohne Betteln einfach so an den Gitterstäben standen.

Jennipher tadelte ihn, ohne sich umzudrehen: »Hör auf, die Versuchskaninchen von Veritas zu verstümmeln, er braucht sie mit all ihren *Körperfunktionen*!«

Ednan schaute nachdenklich. »Körper… was?«

Jennipher zuckte mit den Schultern. »Keine Ahnung, das hat er mal zu mir gesagt, als ich aus Wut, weil mich einige von denen einfach so angesprochen haben, ihnen den Mund zu gezaubert und ihr Augenlicht geraubt habe. Sehr kleinlich, der Gute.«

Die beiden traten aus dem Gebäudekomplex der Burg, die sich auf der fliegenden Erdmasse befand, heraus und liefen auf einen anderen zu. Jedes Cassiopaia-Mitglied hatte sozusagen seinen eigenen privaten Bereich auf der fliegenden Festung. Es war zwar windig, aber Jennipher zauberte ohne große Anstalten um sich herum eine Windstille. Ednan war davon ausgeschlossen, aber das machte ihm auch nichts weiter aus. Laut Jennipher hatte er eh genug Fett, das ihn warm hielt. Sie näherten sich Jenniphers Bereich. Er bestand nicht aus Stein und Staub, wie der Rest der Burg, sondern aus weißen, durchsichtigen und wunderschön glänzenden Kristallen. Es war majestätisch.

Die kristallenen Flächen waren allerdings nicht starr, sondern bewegten sich ständig. Ob das immer so war, oder nur wenn Jennipher da war und gedanklich Befehle gab, wusste Ednan nicht. Er hatte auch nie die Wissbegierde verspürt, sie zu fragen. Die einzige Begierde, die er hatte, war eigentlich Essen, dessen war er sich schon früh klar gewesen.

Stufen formten sich und ebneten den beiden den Weg.

Angekommen in einem kaiserlichen Saal aus völligem Weiß drehte Jennipher sich mit Schwung um und verwandelte ihren Stab, auf dessen Spitze ein Kristall und die Quelle ihrer magischen Macht saß, in eine Brosche. Diese war schlichtweg handlicher. »So, jetzt weg mit dieser Kutte, so unbequem und nicht modisch!« Mit einem Handschlag aktivierte sie etwas Magie aus ihrer Brosche und die Kutte wurde mit einem Leuchten von ihrem schlanken, wohlgeformten Körper gerissen. Gleichzeitig zog dieses Licht sie wieder an. Viele Gewänder, die alle durchsichtig waren und einen Blick auf ihre Unterwäsche zuließen. Dazu einen königlichen, langen weißen Umhang an den Schultern. Er reichte bis zum Boden. »Aus dem Weg, du Fetti, ich brauch Platz für das Buch!«, rief sie Ednan entgegen, den sie beinahe mit Magie zur Seite geschoben hätte, wenn er nicht ausnahmsweise recht zügig auf ihre Ansage gehört hätte.

Ihr Umhang flatterte leicht und zwei Lichtfunken begannen in ihren Handflächen zu züngeln. Ein Funken flog zur Decke, der andere in den Boden vor ihr. Beide Lichter versanken in den kristallenen Flächen.

Aus dem Boden wuchs ein Kristallaltar und an der Decke wurden die Kristalle flüssig und bildeten einen riesigen Tropfen. Im Inneren dieses Tropfens glühte etwas Goldenes.

Mit sehr viel Vorsicht und Gefühl ließ sie diesen Tropfen

niederschweben, bis er sich direkt über dem Altar befand. Jennipher machte eine Bewegung, als würde sie mit ihren Armen etwas auseinanderreißen wollen. Und wie von einer Explosion angetrieben zerplatzte der kristallene Tropfen und legte das goldene Innere frei. Es war das Buch des Salomo! Die umherfliegenden Tropfen wurden aber kurz nach ihrem Auseinanderreißen wieder in der Luft in ihrer Bewegung eingefroren, wie als hätte jemand die Zeit angehalten. Es glich fast einem Kunstwerk. Das Buch, golden leuchtend auf dem Altar, und drum herum die kleinen und großen Kristalltropfen, vom Moment der Gewalt eingefroren. Jennipher wich elegant den schönen Hindernissen aus, um zum Buch zu gelangen.

Ein Zauberbuch hatte leider kein Inhaltsverzeichnis, deswegen musste die blonde Hexe kurz blättern, bevor sie die Stelle fand, die sie suchte. Im letzten halben Jahr war ihr Umgang mit dem Buch schon etwas besser geworden. Sie war zwar immer noch nicht fähig, alles im Buch zu übersetzen, aber sie hatte sich schon ein kleines Vokabular aneignen können. Manchmal hatte sie Glück und die Logik ließ sie die fehlenden Wörter erraten, um einen Zauber so halbwegs zu wirken.

Jennipher kannte natürlich schon Lokalisierungszauber, aber diese waren immer sehr simpel auf Personen oder Gegenstände bezogen. Ein ganzes Areal zu finden, das seit Urzeiten verschwunden war und deswegen höchstwahrscheinlich mit starker Magie oder Siegeln geschützt wurde, war eine andere Liga. Das wusste sie mit ziemlicher Sicherheit.

Als sie das Buch mit ihrem Finger berührte, um die Zeilen zu fixieren, durchflutete sie die Wärme und die mächtige Magie des Buches. Es löste in ihr so starke Gefühle aus, dass sie sich jedes Mal von Neuem fragte, warum Cassiopaia die Zauberuniversität nicht direkt angriff. Sie kam sich einfach unbesiegbar vor!

Nach kurzem Schwelgen in dieser immer mal

wiederkommenden Fantasie fasste Jennipher wieder einen klaren Gedanken.

»Gehe gern weg und komme gern wieder. Mag diese Stadt mit ihren Lichtern, ich hänge an den Gesichtern. Hör die Worte, hör mein Flehen, muss dich wiedersehen. Werde gefunden, denn du warst versteckt, zeig mir den Weg, den du hinter dir lässt! Himmlische Steppe!«

Jennipher spürte, wie das Buch auf den Zauberspruch reagierte und eine Wand aus Magie sich ihr daraus entgegendrückte. Sie musste gar fast einen Schritt zurückgehen, hielt aber dagegen. Es war unglaublich schwer, diesen Spruch hatte sie noch nie ausprobiert. Es war nicht einfach so, als müsste ein Magier oder eine Hexe einen Satz lesen und schon passierte es. Magische Wesen mussten an vieles gleichzeitig denken, wenn sie einen Spruch verwendeten, die Menge der Magie fokussieren und dazu noch richtig kanalisieren. Unterschiedliche innere und äußerliche Schwingungen und Impulse umlagern, verringern oder verstärken und dazu noch einen starken Willen und die Vorstellung haben, was der Zauber bewirken sollte.

Ein Balken aus Licht strahlte aus den Seiten des Buches empor und Jennipher fragte sich, ob der erste Versuch schon gleich funktionieren würde.

Medizin und alles was dazu gehört

Kristin und Fynn wurden zu Boden geschlagen.

Stille legte sich über den durch den Aufprall aufgewirbelten Staub.

Die anderen Kinder standen mit offenen Mündern da und konnten nicht glauben, wie forsch ihr Lehrer in der ersten Unterrichtsstunde mit ihren Kameraden umging.

Ansem löste seine Seelenwaffen wieder auf und ließ diese zurück in seine zwei Ringe verschwinden. Er verringerte das Pandra in seinen Füßen, damit er nicht länger an der Mauerwand des Berges stand und wieder zurück auf den Boden springen konnte.

Mit einem Fingerschnippen löste er die Illu-Tech auf und alle befanden sich wieder auf dem Hof der Zauberuniversität. In Wirklichkeit hatten sie sich nie fortbewegt, sie waren alle lediglich in Trance.

»Die Unterrichtsstunde ist beendet, ihr habt nun frei«, sprach Ansem und ging auf die beiden Besiegten zu, die ohnmächtig geworden waren. »Ich bringe die zwei zur Krankenstation. Überlasst das mir.« Er warf sich die beiden Teufelskinder über die Schultern und trug sie davon.

Die Teamkollegen von Fynn und Kristin folgten dem Lehrer.

***

Fynn war schwindelig. Doch den Engeln sei Dank lag er. Er versuchte sich zu erinnern, was passiert war. Aber er wusste nur noch Bruchstücke von dem, was sich eben ereignet hatte.

Seine Augen fühlten sich schwer an, darum kämpfte er besonders damit, sie zu öffnen. Als er es dann doch schaffte, sah er anfangs alles nur verschwommen, da seine Augen etwas tränten. Zudem vernahm er nun auch den ganz speziellen Geruch des Raumes, in dem er zu liegen schien. *Medizin*, stellte Fynn fest und plötzlich schalteten sich wieder alle Erinnerungen ein, die eben noch durch den Sturz verdrängt wurden.

Er schreckte auf, konnte sich aber nicht wirklich aufrichten, weil ihm einige Knochen und Gelenke wehtaten.

Über ihm schwebte eine grell leuchtende Lampe und neben ihm sah er eine Frau stehen, die irgendetwas erzählte, was er nicht verstehen konnte. Als Fynn sich konzentrierte und seine Sinne schärfte, erkannte und verstand er die Person, die dort bei ihm stand: Es war Schwester Lilly von der Krankenstation. Sie stand mit dem Rücken zu ihm und hatte einen Medizinschrank geöffnet. »Hmmmm, welche Spritze soll ich nehmen? Viele würden helfen, aber nicht alle sehen gleich schön aus und einige tun auch echt sehr weh! Hmmmm …«, sprach sie mit sich selber und tippte dabei mit ihrem Zeigefinger die Spritzen im Schrank ab, die alle mit unterschiedlich gefärbten Flüssigkeiten gefüllt und unterschiedlich designt waren.

Als Fynn sich noch etwas benommen fragte, wieso Spritzen unterschiedliche Designs hatten, wurde ihm augenblicklich wieder klar, welche Vorliebe diese Schwester hier an der Zauberuniversität hatte. Kristin hatte nach ihrem Einsatz gegen Cassiopaia im Dorf der Meerjungfrauen mit ihr zu tun gehabt und ihm alles mit verstörender Miene erzählt. Lilly war der Ansicht, dass sich alles mit Spritzen lösen ließ. Eine Erkältung? Eine Spritze hilft! Ein Arm ist ab? Klar, eine Spritze wird's richten! Du hast einen Riss in deinem Zehnagel? Spritzen wir weg!

Und Nadeln konnte Fynn ganz und gar nicht leiden!

»Ahhh, die wollte ich schon immer mal verwenden, die

hilft auch bestimmt …«, bestätigte sich Schwester Lilly selbst, als sie zu einer pinken und verrückt designten Spritze griff. Sie trug einen großen Hut und eine Schürze, auf beiden war ein großes rotes Kreuz zu sehen. Sie hielt die Spritze hoch und betrachtete die Nadel im Licht der Lampen. Sie bekam rote Bäckchen, als hätte ihr ein Liebhaber ein Kompliment gegeben. »Wie schön du bist, aber heute wirst du verbraucht, tut mir leid«, sprach sie mit der Injektionsapparatur, als wäre diese ein Lebewesen.

Fynn wurde etwas hysterisch, weil ihm klar wurde, dass diese Medizinerin wohl leicht gestört im Geiste war. Er versuchte sich erneut aufzurichten, aber vergebens.

Sie kam auf ihn zu, bis sie neben ihm stand. »So, Schätzchen, ich habe alles im Griff! Ich schieb dir jetzt diese sechs Zentimeter lange Nadel irgendwo in deinen Körper rein und dann geht's dir besser, okay?« Die Frage war nicht ernst gemeint, da sie schon ansetzen wollte, ohne die Antwort abzuwarten.

Fynn rückte etwas weg von ihr. »Nein, schon gut. Mir geht's schon viel besser, mir ist nur etwas schwindelig, ich brauch keine Spritze!«

Lilly schaute kindlich verdutzt. »Was? Dir ist nur schwindelig? Dann hattest du Glück, aber ich spritze es dir trotzdem, sie hilft bestimmt auch gegen Schwindel.«

In dem Moment, als Fynn aus Hysterie ungewollt mit Magie die Nadel zu Pulver zerfallen ließ, kam Merdin ins Zimmer und unterbrach die Prozedur der spritzenaffinen Krankenschwester. »Ich glaube nicht, dass das notwendig ist, Schwester Lilly!«

Vor lauter Überraschung, den Schulleiter in ihrem Zimmer zu haben, hätte Lilly fast die Spritze fallen lassen. Sie verbeugte sich rasch und begrüßte Merdin mehrmals hintereinander. Dabei fiel ihr nun auf, dass ihre Spritze keine Nadel mehr hatte …

Merdin kam aber nicht alleine. Bei ihm standen Ansem wie auch die Engelskriegerin des Wassers, Chamuela. Diese trat hervor, legte Fynn eine Schale auf den Unterarm und schaute dabei Lilly misstrauisch an. »Unglaublich, in so einem Zeitalter noch mit Nadeln zu hantieren, lesen Sie mal wieder aktuelle Medizinbücher! Da ist selbst Shila Wuchsbaum auf einem neueren Stand als Sie! Und die heilt mit Unkraut. Vital-Muscheln sind viel effektiver und universeller.« Sie zeigte dabei auf das, was sie Fynn auf den Arm gelegt hatte. Die Muschel hatte sich etwas geöffnet und ein Teil ihres Inneren nach außen gewölbt, um sich an Fynns Arm leicht festzusaugen.

Fynn mochte zwar schleimige Viecher auch nicht wirklich, aber besser als eine Spritze war das allemal. Er wusste zwar nicht genau, was das Tier da tat, aber er fühlte, wie sein Körper gestärkt wurde. Er konnte sich nun sogar wieder aufrichten und hatte einen Blick auf das gesamte Krankenzimmer: überall flauschige Wölkchen, die als Betten dienten. Jetzt, wo Fynn selbst mit seinen Händen tastete, erkannte er, dass er auch auf einer solchen Wolke lag. Chamuela erkannte Fynns fragenden Blick bezüglich der Wolken. »Ja, wenigstens hat sie sich DIE zugelegt. Das sind Medi-Buluts, Verwandte der Transportwolken hier an der Zauberuniversität. Sie haben die einzigartige Fähigkeit, den medizinischen Zustand des Patienten stillzulegen. Das bedeutet nicht, dass es aufhört wehzutun oder heilt, es wird einfach nur nicht schlimmer. Diese Wolken sind sehr schwer herstellbar und daher sehr teuer. Frag nicht, wie viel.«

Fynn blickte auf, als Kairi und Zayne auf ihn zukamen. »Bei den Engeln, dir geht's wieder besser! Das sah echt so krass aus, ich hab mir echt Sorgen um dich gemacht«, sprach Kairi zu ihm und war selber überrascht, dass Fynn ihr wohl noch mehr am Herzen lag, als sie bisher dachte. Sie drückte ihn, während er noch auf der Medi-Bulut saß. Er hätte sich nicht wehren können, selbst wenn er es gewollt hätte.

Zayne gab ihm einen Handschlag, der aber etwas unnatürlich rüberkam. »So machen das doch Männer, oder?«, wollte er wissen, weil er wohl auch lieber zur Umarmung tendiert hätte. Er war zwar noch nie gut darin gewesen, Gefühle zu zeigen, aber gegenüber Fynn waren definitiv welche da. Das glaubte Zayne zumindest.

»Wie geht es Kristin?«, erkundigte sich Fynn und übersah dabei, dass Kairi diese Frage nicht sonderlich passte.

»Die ist irgendwo da drüben, glaub ich«, antwortete sie ihm und zeigte mit Absicht ganz woanders hin. Fynn schaute etwas verwundert, aber wusste nichts damit anzufangen. Er entdeckte Kristin und widmete ihr seine Aufmerksamkeit. Er hievte sich aus der Medi-Bulut, mit leichter Unterstützung von Zayne, der seinen Freund an der Hüfte anpackte.

Fynn grinste etwas hilflos. »Ähm, danke, aber man greift eigentlich unter die Arme.« Er lachte leicht beschämt.

Zayne schaute emotionslos zu ihm hoch. »Ach so, Verzeihung. Ich wollte keine falschen Eindrücke erwecken …«

Fynn schüttelte gedanklich den Kopf. Zayne und Kairi waren genauso seltsam, wie sie lieb waren. Aber das mochte er. Speziell ist gut. Er war ja selber auf eine andere Art und Weise speziell. Er ging rüber zu Kristin, die von Chamuela dieselbe Muschel auf den Arm gelegt bekam wie Fynn zuvor. Auch Kristins Teamkollegen aus Team Wasser, Aquarius und Daniel, waren gekommen um zu schauen, wie es dem einzigen Mädchen in ihrem Team ging. Sie hatten auch den Probekampf zwischen ihr und Fynn gegen Ansem beobachtet.

»Hey Kristin, wie geht es dir? Hast du dich schlimm verletzt?«, wollte Fynn von der blonden Kristin wissen. Diese war etwas geschmeichelt, dass sich Fynn gleich nach ihr erkundigte. Wieder unterdrückte sie gezielt, so rot zu werden, wie sie es früher geworden wäre. »Ähm, jaja, alles in Ordnung. Dir scheint es ja auch schon besser zu gehen. Da hat es uns wohl ganz schön erwischt, möchte ich meinen.« Sie fasste sich an die Schulter und lächelte verschämt.

Fynn nickte. »Ja, aber ich finde wir haben uns extrem gut

geschlagen. Du hast dich im letzten halben Jahr echt verändert. Du bist richtig taff geworden. Gefällt mir!«

Jetzt wurde Kristin allerdings rot. Unterdrückung unmöglich!

Fynn ballte seine Hand zu einer Faust und streckte sie ihr hin. Kristin brauchte kurz, um zu verstehen. »Ja, wir haben uns wirklich gut geschlagen.«

Sie drückte ihre Faust gegen seine.

Fynn öffnete seine Hand, nahm Kristins Arm und half ihr aus der Medi-Bulut.

Chamuela betrachtete das Geflirte der für sie Halbstarken gelangweilt und packte ihre Vital-Muschel wieder in einen ihrer Beutel an der Hüfte. »Ansem«, sprach sie dann, ohne sich umzudrehen, obwohl er nicht weit hinter ihr stand, »wolltest du Kristin und Fynn nicht noch etwas sagen?« Sie klang immer noch zornig und so bestimmend wie … immer.

So männlich Ansem auch wirken mochte und so locker er auch war, die Autorität der Engelskriegerin des Wassers war stärker. Der Waffenmeister mit den zehn Seelenringen an den Händen kam zu den beiden und entschuldigte sich mit einem Kopfverneigen. »Es tut mir leid. Ich habe mich hinreißen lassen. Das darf mir nicht passieren und es wird mir auch nicht mehr passieren. Ihr seid Schüler und noch halbe Kinder. Ich hoffe, ihr verzeiht mir meine Unbeherrschtheit?«

Die Teams um Kristin und Fynn waren überrascht, wie gewählt sich Ansem ausdrücken konnte, wenn er dazu gezwungen wurde. Obwohl er sich das »halbe Kinder« hätte sparen können.

»Wie fühlt ihr euch?«, erkundigte sich der Leiter der Zauberuniversität.

»Dank dieser Muschel eigentlich wieder ganz gut«, stellte Fynn nun final fest.

Merdin nickte. »Ja, das sind Vital-Muscheln. Es gibt viele Unterarten von ihnen. Diese hier saugen euch wortwörtlich die Schmerzen aus dem Körper und injizieren zeitgleich

Proteine, die den Heilungsprozess verstärken und beschleunigen. Es wurde schon lange an diesen Tieren geforscht und daran gearbeitet, ihre Wirkung zu verstärken, damit sie auf Menschen einen signifikanten positiven Einfluss haben. Sie sind also, wie die Medi-Buluts hier, ganz neu auf dem Markt.«

Die Kinder waren erstaunt.

Chamuela sprach nun weiter: »Es war unverantwortlich von Ansem, euch so zuzurichten. Immerhin beginnt morgen eure Reise.«

Fynn und seine Freunde hatten den Auftrag bekommen, ins Tal der Feuerflechten zu reisen, um dort den Prozess des Rotbeerenerntens kennenzulernen. Rotbeeren wuchsen nur an extrem heißen Stellen, deswegen war es ganz besonders gefährlich, diese zu ernten. Fynn nahm an, Merdin wollte ihnen so klarmachen, dass man nicht verschwenderisch mit ihnen umgehen durfte, da der Aufwand, sie zu beschaffen, enorm war. Aber Fynn sah es weniger als Lektion an, sondern mehr als ein lustiges und aufregendes Abenteuer.

Chamuela fuhr fort. »Wir werden einige Tage brauchen, um dorthin zu gelangen. Und schon der Weg an sich kann gefährlich sein, wenn man unaufmerksam ist und nicht weiß, was auf einen zukommt.«

Fynn war verdutzt. »Wir? Ich dachte, nur unser Team macht sich auf den Weg, kommen Sie also auch mit, Meisterin Chamuela?«

Die strenge Engelskriegerin grinste. »Nicht nur ich, sondern das ganze Team von Avio dazu!«

Avio war der Gruppenleiter von Daniel, Aquarius und Kristin. »Wir werden in einer extrem heißen Umgebung sein. Euer Team Feuer wird dort im Vorteil sein, weil eure Techs leichter vonstattengehen und verstärkt werden können, aber ich finde Wasser ist eine gute Ergänzung dazu. Nicht nur, dass wir etwas für Abkühlung sorgen können, es ist auch noch ein hervorragendes Training für meine

Studenten. Immerhin kann nur eine große Herausforderung auch eine große Leistung hervorbringen.«

Fynn freute sich und die meisten anderen auch. So konnte er auch mal die Teamkollegen von Kristin kennenlernen, mit denen er bisher im ersten Semester noch nicht so wirklich das Vergnügen hatte. Kairi hätte bei diesem Auftrag allerdings auf die Anwesenheit von Kristin verzichten können.

Merdin klatschte in seine Hände. »So, Jungs und Mädchen, es gibt bald Essen im großen Saal. Macht euch fertig, und danach früh ins Bett! Der Tag morgen wird anstrengend und lang.«

Während die Lehrer langsam die Krankenstation verließen, machten sich die Kinder daran, es ihnen gleichzutun.

Chamuela flüsterte leise zu Merdin: »Und Ihr haltet es wirklich für richtig, die Kinder nicht über den wahren Hintergrund ihrer Mission aufzuklären?«

Merdin schüttelte den Kopf. »Ich finde, dass es jetzt noch nicht notwendig ist. Sie sollen mit Freude und Gelassenheit an diese Aufgabe gehen. Ich will sie nicht unter allzu großem Druck lernen lassen.«

»Aber unter Druck entstehen Diamanten!«, entgegnete Chamuela ihm sinnbildlich.

Merdin lachte sie breit an. »Aber meine Liebe, das sind sie doch schon längst.«

Die Reise beginnt

Merdin, Chamuela und Ansem verließen die Krankenstation. Gerade als sie in den Flur traten, kam Magnetos von rechts auf sie zugelaufen.

Magnetos war früher selbst Student an der Zauberuniversität gewesen und wurde dann wegen seiner unglaublichen Stärke zu einem Dorfprotector ernannt und wachte seitdem über ausgewählte Dörfer. Das hatte auch immer gut funktioniert, bis zu dem Vorfall vor einem halben Jahr.

Cassiopaia griff das Dorf der Meerjungfrauen an, um das Teufelskind Noel zu fangen. Magnetos kam von seinem Besuch eines anderen Dorfes zu spät zurück und fand nur noch Zerstörung vor sich. Dorfprotectoren sollten zwar die ihnen zugeteilten Dörfer schützen, aber letztlich war ihre primäre Aufgabe das Beschützen der in den Dörfern lebenden Teufelskinder. Magnetos war im entscheidenden Moment nicht da gewesen. Deswegen beschloss er, seinen Posten als Dorfprotector aufzugeben und an der Zauberuniversität zu verweilen, um Unterricht zu erteilen. Ohne das Teufelskind war die Gegend um seine Dörfer sicher. So glaubte er es jedenfalls bisher, denn Merdin hatte nach dem Besuch in der Krankenstation eine weitere wichtige Sache, die angegangen werden musste.

Chamuela grüßte Magnetos kurz, musste dann aber zu einer wichtigen Besprechung. Dabei war das, was Merdin mit Magnetos besprechen wollte, auch für sie höchst relevant.

»Meister, Ihr habt nach mir verlangt?«, sprach Magnetos und verbeugte sich leicht vor dem Magier.

Merdin nickte. »Ja mein Guter. Leider muss ich dir

mitteilen, dass das Dorf der Meerjungfrauen höchstwahrscheinlich komplett vernichtet wurde …«

Stille.

Magnetos glaubte, sich verhört zu haben. »… Wie bitte?«

Merdin schaute zu Boden: »Ich habe eben von einigen meiner Späher diese Information bekommen. Sie konnten zuerst nur Rauchwolken erkennen, als sie dann dort ankamen, erkannten sie die Grausamkeit. Es tut mir leid.«

Magnetos war … schockiert! Man hätte seine Gefühle nicht in Worte fassen können, weil es so viele waren, die gemeinsam hochbrodelten. Wut, Trauer, Unverständnis … Rache. »WER war das?«, wollte er mit vor Zorn angespannter Stimme wissen.

Der Magier schüttelte den Kopf. »Das wissen wir leider nicht. Aber deswegen habe ich dich unter anderem auch herbeordert. Es ist erkennbar, dass sich dieser Jemand von Westen nach Osten durcharbeitet und dabei wohl ein Dorf nach dem anderen attackiert. Daher können wir ungefähr abschätzen, wo er anzutreffen sein wird. Meine Späher wollte ich nicht in den Kampf schicken, da sie eher für Spionage ausgebildet wurden und der Gegner stark zu sein scheint. Ich möchte, dass du und Ansem euch auf den Weg macht und diese Wahnsinnigen aufhaltet. Am besten geht ihr sofort los und macht so schnell ihr könnt, damit nicht noch mehr Unheil angerichtet wird.

Ansem legte Widerspruch ein. »Aber wieso denn ich? Ich habe einen vollen Unterrichtskalender! Das geht nicht, Verzeihung.«

Merdin schaute ihn scharf an. »Hat Chamuela es dir noch nicht gesagt? Du bist vorerst von deinem Vorbildsamt enthoben. Als Konsequenz für das heute Passierte. Deswegen gehst du mit Magnetos auf die Suche. Aber ich denke, dass das in Ordnung für dich ist, denn immerhin hilfst du damit ja einem guten Freund, oder?«, appellierte er an seine Menschlichkeit.

Ansem spielte Einsicht vor. »Aber natürlich.«
Merdin nickte. »Gut. Kommt mit, an der Karte zeige ich euch den Weg.«

***

Kairi klatschte in die Hände. »Oh Mann, bin ich aufgeregt!«
Der gestrige Tag war vergangen. Fynn und seine Freunde hatten sich früh morgens, nachdem sie ihren Proviant in Rucksäcke und Beutel gepackt hatten, am Engelstor versammelt. Genau wie damals, als Fynn es zum ersten Mal sah, war er immer noch sehr beeindruckt von diesem wunderschönen Bauwerk. Es war nicht nur ein Monument, sondern stellte gleichzeitig die Grenze zum Außengelände dar und sorgte zudem für einen Schutzschild um die Zauberuniversität. Üblicherweise kam niemand auf das Gelände, der nicht berechtigt dazu war. Und selbst wenn, würden die wichtigen Personen davon erfahren und dementsprechend handeln können. Genauso wurde auch das Verlassen des Geländes registriert. Normalerweise! Denn vor ein paar Monaten verschwand Leon spurlos. Bis heute konnte sich das nicht einmal Merdin wirklich erklären. Die einzige Möglichkeit, die er in Betracht zog, war Jennipher, die das Buch des Salomo benutzt haben könnte. Wie hätte sonst seine Magie umgangen werden können?! Kein Suchtrupp hatte ihn finden können.
Wodahs führte Fynn und seine Gruppe an. Er hatte Fynn damals nach Fermania gebracht und war bekannt für seine auf Schatten basierenden Techniken. Und er hatte einen sprechenden Zylinder auf, der sich aber nur extrem selten zu melden schien.
Sie waren die Ersten und warteten auf den Rest.
Plötzlich krachte neben ihnen eine Treppe aus Eis in den Boden. Nicht gefährlich nahe, aber die Kinder erschreckten sich. Wodahs allerdings nicht. Er schaute auf. »Guten

Morgen, Meisterin Chamuela.« Er verbeugte sich, so wie auch Fynn und seine Freunde.

Chamuela hatte vom Wasser-Quartier eine Treppe aus gefrorenem Wasser gebildet. Die direkte Luftlinie sorgte für eine Abkürzung. Immerhin wollten sie und ihre Gruppe, die hinter ihr die Treppen herunterkam, nicht zu spät kommen. Chamuela verspätete sich nie.

Hinter ihr kamen Avio, welcher den gleichen Rang wie Wodahs hatte und als Gruppenleiter fungierte, und zudem Kristin, Aquarius und Daniel.

Die Engelskriegerin des Wassers schaute Wodahs streng wie immer an und fragte: »Wo sind denn schon wieder die Leiter vom Team Feuer? Sie haben noch eine Minute!«

»Wir sind hier, Chamuela!«, ertönte eine Stimme hoch vom Himmel.

Es war der Engelskrieger des Feuers, Metatron. Er war Passagier eines großen, fliegenden Buches. Britanie hatte es erschaffen und lenkte es auch. Es kam von einem der Türme der Zauberuniversität und landete auf dem staubigen Boden. Als sie und Metatron abgestiegen waren, löste sich das Buch in hundert kleine Papierschnipsel auf und fügte sich wieder Britanies Körper hinzu. Sie verbeugte sich leicht vor Chamuela. »Tut mir leid, wir waren in Nachforschungen versunken.«

Chamuela schaute sie misstrauisch an. Früh morgens aus dem gleichen Zimmer, das konnte man auch anders interpretieren … Aber da es verboten war und für Chamuela Regeln einfach alles waren und nie gebrochen wurden, tat sie diesen Gedanken gleich wieder ab. »Ihr kamt nicht zu spät, ihr hattet noch sechsundvierzig Sekunden. Von daher ist keine Entschuldigung von Nöten.«

Britanie grinste. »Danke, Meisterin.«

Metatron trat zu Chamuela. »Hast du dir schon Gedanken gemacht, welchen Weg wir am besten nehmen?«

Sie nickte. »Natürlich. Der Weg durch die Schluchten

nahe dem Gebiet Schattenstein ist zwar schneller, aber mit so vielen Kindern könnte das zu gefährlich sein. Deswegen wollte ich über die mittleren Kräuterdörfer im Wald zur Startrampe gelangen.«

Metatron nickte. »Ich stimme dir zu.« Eine andere Option hätte es eh nicht gegeben, weil Chamuela meistens ihren Kopf durchsetzte.

Kairi streckte ihren Kopf zwischen Fynn und Zayne. »Startrampe? Wisst ihr, was sie meinen?«, wisperte sie.

Fynn schüttelte den Kopf, während Zayne eine Ahnung zu haben schien. »Ich weiß es nicht sicher, aber ich glaube gelesen zu haben, dass man nur von einem bestimmten Punkt aus zum Tal der Feuerflechten gelangt. Angeblich soll um das Tal ein unendlich tiefer und extrem weiter Graben liegen. Die einzige Option wäre also Fliegen.«

Fliegen, schon wieder?, dachte sich Fynn nur und war nicht sonderlich begeistert von dieser Information.

Kairi schaute erstaunt. »Mann, was du alles weißt! Leon hat auch immer viel durchs Lesen gewusst. Lustig.«

Allerdings war das Thema Leon keine gute Idee. Es lag immer schwer in der Luft.

Chamuela drehte sich um und sprach zur gesamten Gruppe: »So, herhören! Unser Weg zum Tal der Feuerflechten steht fest. Wir werden fast einen Tag dorthin brauchen. Heißt also in erster Linie für uns alle, dass wir, wenn es dunkel wird, unsere Augen offen halten müssen für einen geeigneten Schlafplatz. Wenn wir durch den Wald springen, bilden wir Teams. Ganz vorne werden Metatron und Avio sein. Danach Kristin und Kairi, dann Daniel und Zayne, hinter diesen Fynn und Aquarius und ganz hinten Britanie, Wodahs und ich.« Jedem war klar, dass sie nur ganz hinten sein wollte, um alles im Blick zu haben. Chamuela hatte sich viel bei der Zusammenstellung gedacht. Sollte irgendetwas passieren, zum Beispiel ein Abrutschen oder eine andere Unachtsamkeit, war sofort jemand zur Stelle, um einzugreifen. Zudem hatte so jeder einen Gesprächspartner und Team Wasser und Feuer lernten sich einmal besser kennen. Für eine Gruppenmission war das besonders wichtig. Bindung zu den anderen zu haben, sich verantwortlich fühlen, wissen, was jeder kann und wie jeder tickt. Das erhöht den Gruppenzusammenhalt und somit die Stärke des Teams.

»Also, bitte alle so aufteilen und dann gehen wir auch gleich los. Keine Zeit verschwenden.«

Die Kinder taten, was Chamuela ihnen befahl. Fynn fand es lustig, dass Chamuela so streng im Zeitmanagement war, obwohl es ja nur eine Erntemission von Rotbeeren war.

Nur wusste Fynn nicht, dass hinter der Mission ein völlig anderer Grund steckte.

Chamuela hob den Arm. »Los geht's!« *Bei den Engeln, hoffentlich klappt das alles.*

Mädchen unter sich

Handflächen klatschten aufeinander. »Wasser-Tech, Tropfen-Lupe!« Es sammelten sich Wassertröpfchen aus der Umgebung in Avios Handfläche und wirkten wie ein Vergrößerungsglas, als dieser hindurchblickte, um die Distanz zu checken.

»Meister Metatron, hier scheint wirklich ein Sturm getobt zu haben. Ich sehe sehr viele umgekippte Bäume und Geäst auf unserer Route.«

Metatron zuckte mit den Schultern. »Danke, Avio, aber das ist kein Problem, ich räume es beiseite.« Der Engelskrieger des Feuers strich über seinen Seelenring und schickte Pandra in ihn. Ein kurzes Aufleuchten und schon hatte er seine Seelenwaffe herbeibeschworen. Er schwang seine übergroße Axt und schnitt seiner Gruppe den Weg frei. Hier eine Feuer-Tech einzusetzen, hätte mehrere Nachteile: Nicht nur, dass es Verschwendung von Rotbeeren wäre, der entstehende Rauch würde auch unnötig Aufmerksamkeit generieren, und einen Waldbrand wollte auch niemand.

Für Metatron war das eine Kleinigkeit. Sein Körper war überzogen mit Muskeln und seine Rüstung schützte ihn vor diversen Splittern.

Direkt hinter Avio und Metatron befanden sich Kristin und Kairi. Sie bekamen von der Zerkleinerungsarbeit weiter vorne nichts mit.

Kairi mochte Kristin nicht sonderlich, immerhin schien diese auch Interesse an Fynn zu haben. Aber natürlich wollte sie sich das nicht anmerken lassen. Sie unterhielt sich also mit ihrer blonden Rivalin völlig normal. Ganz im Gegenteil sogar:

Kairi war der Ansicht, dass man seine Konkurrenz nie gut genug kennen konnte.

»Du und Fynn kommt doch beide aus der Welt, die sich Kaomos nennt, oder?«

Kristin nickte. »Ja, genau, aber wir nennen sie Erde.«

»Wohnt ihr beide dort weit voneinander entfernt?«

Kristin musste kurz überlegen. »Lustigerweise habe ich mit Fynn noch nie darüber geredet. Ich weiß nicht, woher aus Kaomos er kommt. Wäre ja witzig, wenn wir in derselben Stadt wohnen würden.«

Ganz und gar nicht witzig!, dachte sich Kairi und fragte Kristin weiter aus: »Kannst du dich an damals erinnern, als das Teufelsmonster in dir versiegelt wurde?«

»Ich denke nicht …«

»Du bist dir nicht sicher? Wieso das?«

»Sagen wir, es kommt mir vor wie ein ganz schwacher Traum. So weit entfernt und verschwommen, dass ich nicht mal mehr sicher sagen kann, es überhaupt geträumt zu haben.«

Kairi nickte, denn mit Träumen, die in Vergessenheit fielen, kannte sich jeder aus. »Und spürst du es manchmal? Dieses Monster in dir? Und tut das Mal an deiner Brust weh?« Kairi kratzte sich entschuldigend am Hinterkopf. »Tut mir leid, wenn ich so viel frage. Ich bin manchmal echt eine neugierige Kuh.« Sie streckte die Zunge auf niedliche Art und Weise raus.

Ihre Körper bewegten sich auf und ab, während die beiden sich springend von Ast zu Ast abstießen.

Kristin fasste sich an die Brust, wo sich ihr Mal befand. »Ich weiß nicht, wie ich es erklären soll, aber es ist mehr ein Flüstern und ein schwaches Pulsieren. Jedoch nur in bestimmten Situationen, sonst merke ich eigentlich nichts vom Mal oder dem Monster in mir.«

Kairi klatschte in ihre Hände. »Aber ich muss sagen, ich war sehr beeindruckt. Ich wäre auch gerne so stark wie du, Kristin.«

Diese blickte mit überraschtem Gesichtsausdruck drein. »Stark? Ich? Wie kommst du bitte darauf?«

»Nun ja, du hast deine Seelenwaffe und das Pandra des Teufelsmonsters gut im Griff. Bei dem Kampf gegen Ansem hat man das gut sehen können. Das Pandra des Teufelsmonsters leuchtet anders und heller als übliches Pandra.«

Kristin blickte bedächtig in die Tiefe des Waldes. »Nennen wir es Kontrolle, keine Stärke, okay? Und für diese Kontrolle bin ich sehr dankbar. Ohne Meisterin Chamuela hätte ich das nie geschafft. Sie hat mir gezeigt, dass das Unbändige in mir auch kontrolliert gegen das Böse eingesetzt werden kann. Ich will mich auf jeden Fall wirksam wehren können, wenn diese Verrückten von Cassiopaia wieder auftauchen, um irgendwann auch mich und Fynn zu holen!«

»Magst du Fynn?«, fragte Kairi bei dem Stichwort forsch.

Kristin lachte. »Du bist ja ganz schön direkt, aber das mag ich. Ich finde ihn sehr nett, mehr auch nicht. Ich werde dir also nicht in die Quere kommen …«

Kairi fühlte sich ertappt. Auch Kristin konnte ziemlich direkt sein. Vor einem halben Jahr war sie so noch nicht.

»Ich finde ihn auch *nur* sehr nett. Es gibt also nichts zum In-die-Quere-Kommen, meine Liebe«, antwortete sie ihr schon fast etwas schnippisch.

»Dann ist doch alles super! Es freut mich auf jeden Fall, dass wir mal etwas Zeit zum Reden haben. Wir sind ja nicht so viele Mädchen an der Zauberuniversität, da müssen wir uns doch Tipps geben und zusammenhalten, oder?«

Kairi lächelte sie an. Nicht gespielt, sondern wirklich von Herzen. »Ja, da hast du wohl recht.«

»Bitte herhören!«, ertönte eine starke Frauenstimme hinter ihnen.

Sie blickten, während sie sprangen, kurz nach hinten. Es war Chamuela. »Die Sonne geht bald unter, bitte haltet ab jetzt Ausschau nach Übernachtungsmöglichkeiten. Am besten einen Platz, der gut geschützt ist vor Tieren und Regen.«

Kristin blickte der Sonne entgegen, die sich schon langsam orange färbte und dem Horizont näherte. »Sie hat recht. Echt unglaublich, wie schnell der Tag vorbeiging. Mir kommt es vor, als wären wir eben erst von der Zauberuniversität aufgebrochen.« Kristin erkannte aber nicht nur die Sonne, sondern auch schon die Monde von Fermania.

Kairi, die in der Welt von Fermania aufgewachsen war, war an den Anblick der Monde gewöhnt. Für Kristin war das immer noch unüblich. »Schau, das ist auf meiner Welt anders als hier bei euch«, sprach sie zu Kairi. »Wir haben nur einen Mond. Ihr drei, oder?«

Kairi nickte. »Ja, genau. Am Tag sieht man sie kaum, da die Sonne meistens viel heller als die Monde strahlt. Es ist aber selten, dass du alle drei Monde zur selben Zeit siehst, und noch seltener, dass alle gleichzeitig im Vollmond sind. Aber ich finde sie unglaublich schön.«

Kristin lächelte und betrachtete zwei der drei Monde, die sich leicht am Himmel abzuzeichnen begannen. »Ja, das sind sie.«

Fynn fragte sich stattdessen etwas ganz anderes: *Was hat es mit Schlucht Schattenstein auf sich, von der vorhin die Rede war?*

Schlucht Schattenstein

»Es ist schon über zehn Jahre her, seit ich das letzte Mal hier durch bin.«

Ansem und Magnetos waren gleich, nachdem sie von den Anschlägen auf die Dörfer erfahren hatten, losgegangen, um die Verantwortlichen zur Rechenschaft zu ziehen. Ihr Ziel lag in einer ähnlichen Richtung wie die Rampe, zu der Fynn und seine Freunde unterwegs waren. Nur hatten sich diese beiden für den kürzeren Weg entschieden und durchquerten die gefährliche Schlucht Schattenstein. Die leicht angespannte Stimmung kam nicht nur von den am Himmel aufziehenden schwarzen Wolken, die langsam die untergehende Sonne zu verdecken begannen, sondern auch von der bedrohlichen Stille. Die Schlucht war eng und sehr hoch. Man konnte jeden Schritt, ja schon fast jeden Atemzug der beiden hören, so sehr hallte es in dieser Gasse.

Magnetos antwortete Ansem. »Ja, ich war auch schon eine gefühlte Ewigkeit nicht mehr hier. Ich wollte gerade sagen, dass es hier nur gefährlich ist, wenn das Wasser angespült kommt, und genau in dem Moment sehe ich diese Wolken. Die Zeichen stehen wohl leider auf Regen.«

Ansem gefiel das ganz und gar nicht. Auch ihm war der Ruf der Schlucht bekannt. Bei Regen würde sich der Grund der Schlucht auf kurz oder lang in eine reißende Flussströmung verwandeln, da viele kleine Mündungen am anderen Ende zusammentrafen und sich so die Wassermassen bündelten. Nicht nur, dass dieses Wasser gefährliche Bestien mit anspülte, das Nass würde auch unangenehme Kreaturen direkt in der Schlucht wecken, die wie Regenwürmer unter der Erde nur auf bestimmte Witterungsbedingungen warteten, um sich zu zeigen. Das war das eigentlich Gefährliche an dieser Gegend.

Ansem blickte genervt drein. »Das Wetter müsste man kontrollieren können.«

Magnetos winkte ab. »Ach komm, machen wir das Beste draus.«

»Ja, bestimmt.«

Leichtes Donnergrollen begann von den Steinmauern um sie herum reflektiert zu werden. Auch vereinzelnde Blitze waren aus der Entfernung erkennbar.

Und die reißende Flut ließ auch nicht lange auf sich warten. Was eben noch ein leichtes Rauschen war, wuchs zu einer tosenden Wand aus kaltem Wasser an, die in einer scharfen Kurve auf sie zugerast kam.

»An die Wand!«, schrie Magnetos so laut er konnte, um gegen den Lärm des Wassers anzukommen.

Beide sammelten Pandra in ihren Füßen und sprangen an die Wand. Von nun an würden sie dort weiter die Schlucht entlangrennen. Fester Boden unter den Füßen und weit weg vom Wasser zu sein, machte sie zuversichtlich.

Der Regen begann nun auch bei ihnen vom Himmel zu preschen.

Bei Regen an einer Mauer entlangzurennen, war keine Freude, denn die Tropfen fielen direkt in das Ohr. Ansem rief seine Schildkrötenpanzer-Seelenwaffe zum Schutz und Magnetos benutzte seinen Metallblock, welcher immer hinter seinem Rücken schwebte, um ihn abzuschirmen. Magnetos hatte die einzigartige Fähigkeit, sein Pandra in Magnetwellen umzuwandeln. Somit konnte er den Block aus Metall immer mit sich schweben lassen und ihn nach Belieben spalten und verformen. Somit diente er ihm als Waffe und Schild zugleich.

In einer solchen Situation wäre es natürlich ratsamer gewesen, einen Unterschlupf zwischen den Felsspalten zu suchen, um das Unwetter abzuwarten. Allerdings wussten beide um die Dringlichkeit des Auftrages. Wer wüsste, was die Verrückten mit weiteren Dörfern anstellen würden, während sie hier saßen und warteten, bis der Regen aufhörte.

Die unheimliche Stille der Schlucht von vorhin war verschwunden. Nun lag die Bedrohlichkeit in der Tatsache, dass beide kaum noch etwas hören konnten.

Magnetos löste zwei kleine Metallkugeln von seiner Platte und platzierte sie an seinem und an Ansems Hals.

»Hörst du mich, Ansem?«

»Wow, ja. Sehr gut sogar. Was hast du gemacht?«

»Das Metall an deinem Hals verstärkt die Schwingungen deiner Stimmbänder. So können wir trotz der Lautstärke hier besser kommunizieren.«

»Klasse Idee!« Ansem war begeistert.

Ein großer Schatten kam um eine weitere scharfe Kurve in der Schlucht. Ansem zeigte mit dem Finger darauf. »Da kommt etwas unter Wasser. Es sieht gigantisch aus!«

Magnetos signalisierte mit einem Daumen nach oben, dass er es auch gesehen hatte. »Warten wir erst mal ab, wir sind so weit oben an der Mauer, der Regen verdeckt die Sicht auf uns und die Lautstärke kaschiert auch unsere Anwesenheit. Ich glaube nicht, dass da was passiert.«

»Wollen wir es mal hoffen.«

Keine Minute später war der Schatten auf ihrer Höhe und tauchte an ihnen ohne Vorkommnisse vorbei.

Entwarnung.

Plötzlich vernahmen beide ein Grollen links über ihnen entlang der Mauer. Der Regen hatte Gesteinsbrocken gelöst. Sie waren nun mit einer Erdlawine konfrontiert.

»Das kleinste Übel«, sprach Magnetos und halbierte seinen Metallblock, den er als Regenschutz verwendete. Das andere Stück dehnte er aus und rammte es in die Mauer. Großer Druck wirkte auf die dünne Metallplatte, aber das Geröll wurde über die beiden hinweg geleitet und fiel ohne Bedrohung in den tosenden Fluss unter ihnen.

Ansem war wieder beeindruckt. Die beiden kannten sich schon lange, aber damals war Magnetos noch nicht so präzise wie heute gewesen, und nach seinem Gesichtsausdruck zu urteilen, schien es ihm auch keine Mühe zu bereiten. Magnetos hatte in all den Jahren als Dorfprotector einiges dazugelernt. Seitdem hatte er ihn nicht mehr in Aktion gesehen.

Nur wussten beide nicht, dass die Idee von Magnetos auch einen Nachteil hatte: Mit einem Geräusch von zerplatzendem Wasser kam das Ungeheuer hinter ihnen aus dem Schatten gesprungen, welcher längst an ihnen vorbeigezogen war.

Unzählige dünne lange Beine stachen in die Steinmauer wie Zahnstocher und ein Wesen ähnlich einer Mischung aus Spinne und Gottesanbeterin erhob sich aus dem Untergrund des Gewässers und kletterte ebenfalls auf die Mauer und nahm die Verfolgung auf.

»Scheiße!«, rief Ansem, als sich die Kreatur hinter ihm auftürmte.

Die Metallmauer von Magnetos schützte auch das Monster, welches den gleichen Weg zurücklegte wie die beiden. Natürlich schaltete Magnetos sofort und ließ den Teil der Mauer zusammenfallen, die sich gerade über der Bestie befand. Das Geröll war noch mächtig genug, um das vielbeinige Tier den Abhang hinunter zurück ins Wasser zu spülen. Allerdings konnte das Wesen wie eine Wasserspinne auf dem Wasser stehen, weil es die Oberflächenspannung auszutricksen schien. Nach einem Sprung zurück verankerten sich die vielen Beine erneut in der Wand und das Spiel von eben ging weiter. Um nicht noch einmal heruntergespült zu werden, machte das Monster einen Satz nach vorne und übersprang die beiden Lehrer. Elegant kam es mit all seinen vielen Beinen vor ihnen auf der Mauer auf. Selbst diese beiden erfahrenen Kämpfer waren etwas eingeschüchtert. Das lag aber nicht nur an der gigantischen Größe ihres Gegenübers, sondern auch an der bedrohlichen Situation insgesamt. Sie konnten zwar das Kreischen der Bestie vernehmen, sehen konnten sie es allerdings nur ganz spärlich, weil der Regen so viel der Sicht raubte. Zudem kam von der Seite weiterhin Geröll herunter, welches zwar durch die Metallwand umgeleitet wurde, den beiden aber auch Platz zum Agieren nahm.

Von vorne kamen mehrere spitze Beine angeschossen.

Magnetos, der leicht vor Ansem an der Mauer rannte, schrie: »Lass dich ein Stück nach unten fallen, wir brauchen mehr Platz!«

Ansem konnte – dank der metallischen Verstärkung an seinem Hals – jedes Wort klar und deutlich verstehen. Beide verringerten das Pandra in ihren Füßen, welches sie an der Wand hielt. Von jetzt auf gleich wurden sie wieder von der üblichen Schwerkraft gefangen und fielen von der Wand ab, in Richtung tosender Fluss, und entgingen somit dem Angriff der Bestie. Fünfzig Meter weiter unten erhöhten sie wieder ihr Pandra in den Füßen und hatten den Halt an der Steinmauer zurück.

»Ich mach das Miststück fertig!« Ansem rief zu seinem Schildkrötenpanzerschild eine weitere Seelenwaffe aus einem seiner vielen Ringe. Das Licht, das dabei erstrahlte, verriet dem Monster zwar seine neue Position, aber das war ihm egal. Die Handmanschetten als Waffe waren hier keine gute Idee, diese hatte er im Testkampf gegen Fynn und Kristin eingesetzt. Sie dienten eher als Verteidigung im Nahkampf. Und diesem Ungeheuer hier wollte er nicht unbedingt zu nahe kommen.

Mit dem Schild links und der massiven Stabwaffe rechts, die an beiden Enden eine Klinge hatte, rannte Ansem los.

Weitere Beine kamen auf ihn zugeschossen. Mit einem Satz wich er ihnen aus und versuchte dem Kopf des Ungetüms näher zu kommen. Noch während er in der Luft schwebte, kam etwas von rechts. Ansem bewegte nur seine Finger und versetzte damit den Stab in Rotation. Der Angriff des Monsters wurde von den Klingen zerschnitten. Ansem wusste nicht, ob das alles Arme waren oder auch teilweise einfach nur stacheli-ge Auswüchse.

Die Bahn war frei, also befahl er geistig seinem Schild, sich um eine Reihe Schildkrötenpanzerplatten zu erweitern, dann warf er ihn wie ein Frisbee.

Dicht über der Steinwand wirbelte das Geschoss in Richtung des Körpers des Ungeheuers und zerschnitt dabei jeden Arm, der stützend in der Mauer verankert war. Natürlich verlor das Ungeheuer dadurch an Halt und musste sich neu verankern. Der geworfene Schild landete dabei im Körper des Monsters, jedoch nur oberflächlich, sodass es kaum etwas davon mitbekam.

Als Ansem wieder auf der Mauer aufkam, rasten von hinten zwei Geschosse an ihm vorbei. Es waren Stahlkugeln von Magnetos. Durch seine magnetische Resonanz steuerte er diese in Richtung der Beine des Ungetüms. Die schweren Kugeln sollten in dessen Beine eindringen, um es langsamer zu machen, damit er besser an den Kopf gelangen konnte. Allerdings ließ sich dies das Monster nicht lange gefallen. Es sprang etwas in die Luft und zog seine restlichen Beine leicht an. Die Kugeln trafen nicht mehr. Dann spuckte das Monster etwas aus seinem Maul. Magnetos und Ansem waren sich schon fast sicher, dass es Säure oder etwas in dieser Art war. Aber nein! Als die Spucke die Kugeln traf, verlor Magnetos plötzlich jegliche Kontrolle über sie. Ihre Geschwindigkeit verpuffte. Sie ergaben sich der normalen Schwerkraft und fielen die Mauer entlang, runter in den Fluss.

Ansem blickte schockiert zu Magnetos. »Was ist da gerade passiert?«

Magnetos konnte seine Vermutung nicht äußern, weil er Ansem vorwarnen musste: »Achtung, schau verdammt noch mal nach vorne!«

Zu spät.

Ansem wurde von einem Angriff getroffen, er konnte in letzter Sekunde mit einer der Klingen seiner Stabwaffe den direkten Treffer abwehren und wurde die Wand runter geschlagen, in Richtung des tosenden Wassers.

Magnetos schaute sich um und erkannte, dass die Erdlawine aufgehört hatte. Er rief gedanklich seine Metallwand wieder zu sich und schickte das bei ihm befindliche Metallklümpchen Ansem hinterher, weil die Distanz kürzer war. Magnetos wollte nie ohne Metall dastehen. Dies war seine einzige Art zu kämpfen. Außerdem war ein Teil seines Metalls schon im Wasser versenkt worden.

Das Monster war sich sicher, Ansem erledigt zu haben, und rannte nun auf Magnetos zu.

Er hörte sein Herz schlagen. Er war gerade gezwungen, sich auf zu viele Dinge gleichzeitig zu konzentrieren, aber er musste es hinbekommen. Er ging in sich und versuchte alles auszublenden. Er wusste, was er zu tun hatte!

Die Metallkugel raste an Ansem vorbei und bildete hinter ihm eine Schale aus, die ihn auffing und vor dem Fall ins Wasser bewahrte. Zur selben Zeit verformte er das andere Metall, welches gleich bei ihm ankam, in eine Art Glocke und ließ diese über sich gleiten. In letzter Sekunde wurde er so vor schwerem Schaden bewahrt.

Durch ein kleines Loch in seiner Glocke hatte er einen Blick nach draußen. Er erkannte seine Chance und hoffte, Ansem würde wissen, was zu tun war.

Er löste seine Glocke auf und bildete mit dem Metall eine übergroße Faust nach. Dann schickte er sie los auf das Ungeheuer. Gleichzeitig gab er der Schale, in der Ansem lag, gedanklich den Befehl zu einem Schwung und dieser wurde aus ihr ebenfalls in Richtung Ungeheuer geschleudert.

Ansem war überrascht von der plötzlichen Beschleunigung und befand sich, eher er sich versah, in der Luft und wurde die Wand wieder hochgeworfen. Dann erkannte er, was Magnetos vorhatte. Er musste nicht lange nachdenken, welchen Ring er nun aktivierte.

Die Metallfaust zerschlug wieder jedes Bein, das ihr in den Weg kam. Dann spuckte das Monster erneut, doch noch mal fiel Magnetos darauf nicht herein. Er manövrierte sein Metall gekonnt aus der Schusslinie und ließ es dann wieder auf das Ziel zufliegen. Mit großer Wucht traf die Metallfaust ihr Ziel. Und zwar den Schild von Ansem, welcher noch im Körper der Bestie steckte. Mit einem Ruck und großem Schmerz wurde die Waffe in die Körpermitte getrieben. Das Biest schrie erbärmlich auf und schlug wild um sich. Magnetos musste den vielen langen Beinen ausweichen und sprang zur Seite. Im Blickwinkel erkannte er, dass er Ansem richtig eingeschätzt hatte.

Ein Licht erstrahlte und eine Seelenwaffe erschien. Ein goldenes Schwert! Es funkelte, als würde es einem König gehören. Mit einem Hieb erwischte er den Hals des Monsters und kam vor Magnetos auf der Steinmauer auf.

Dieser schaute schockiert seinen Freund an. »Du hast den Hals nicht vollkommen durchgeschnitten! Es lebt noch!«

Ansem sah keine Notwendigkeit, sich zum Monster umzudrehen, denn sein Schwert hatte eine ganz besondere Fähigkeit: Jede Berührung mit der Klinge, egal ob der Hieb tödlich war oder nicht, zog eine Explosion mit sich.

Der Hals zersprang in tausend Stücke und katapultierte den Kopf des Monsters über die Schlucht hinweg, während sein lebloser Körper die Mauer herunter wieder ins Wasser fiel.

Erst jetzt fiel ihnen auf, dass der Regen schwächer geworden war und beide atmeten auf.

Konfrontation

Ansem und Magnetos hatten Schlucht Schattenstein verlassen.

»Was zum Teufel war das? Seit wann werden Ucurums so gigantisch?«, wollte Ansem wissen. Seine Seelenwaffen hatte er alle wieder in seine Ringe gerufen.

Magnetos war ebenfalls noch mit Adrenalin durchströmt. »Ich weiß es wirklich nicht. Und dass sie mit etwas spucken, ist mir auch neu. Das müssen wir später unbedingt in der Zauberuniversität berichten. Diese Schlucht sollte als Sperrgebiet hochgestuft werden.«

Ansem fiel eine Frage wieder ein, die er vorhin schon gestellt, aber nicht beantwortet bekommen hatte. »Ah, kannst du mir noch erklären, was es genau mit der Spucke dieses Monsters auf sich hatte? Wieso wurden deine Metallkugeln schwer?«

Magnetos betrachtete seine Metallplatte, die hinter ihm schwebte. Sie war kleiner geworden durch Einbußen im Kampf. »Sie wurden nicht schwerer. Die Spucke hatte eine elementare Wirkung, mein Metall wurde zu Stein! Und ich kann Stein nicht über Magnetwellen lenken. Eigentlich ganz einfach, aber stelle dir vor, was passiert wäre, wenn diese Spucke jemanden von uns getroffen hätte …«

In diesem Moment ertönte ein Krähen über den beiden noch erschöpften Kämpfern.

Es war ein Späher. Aber nicht irgendein Späher, sondern jemand mit der Fähigkeit, sich mit seinem Seelengeist zu verbinden. Die Person, die auf sie herabgeflogen kam, war also halb Mensch und halb Adler, da sein Seelengeist ein Adler zu sein schien.

Als er gelandet war, verbeugte er sich vor ihnen und sprach: »Seid ihr die, die von Meister Merdin geschickt wurden?«

Beide nickten gleichzeitig. Ihnen war klar, dass keine Zeit zum Verschnaufen bleiben würde.

»Ich habe leider schlechte Nachrichten. Neuerdings scheinen die Angreifer sich wohl verteilt zu haben. Es gab in zwei Dörfern gleichzeitig kleinere Explosionen und Brände.«

Magnetos schlug vor Wut gegen seine Metallplatte hinter ihm. »Diese Mistkerle. Zeig uns die Richtungen, wir werden uns wohl aufteilen müssen.«

Ansem schaute seinen Kollegen an. »Merdin meinte zwar, wir sollen das zusammen machen, aber ich denke, dass wir auch alleine jeweils mit denen fertig werden. Wie weit sind die Dörfer noch von hier entfernt, Späher?«

Der Vogelmann antwortete prompt: »Ungefähr jeweils eine Stunde.«

Ansem und Magnetos rannten zum Wald, der nach der Schlucht wieder begann, und sprangen in die Baumkronen hoch. Dort erkannten sie die beiden erwähnten Brandherde.

Magnetos gab dem Späher den Befehl, der Zauberuniversität Bericht zu erstatten, dann klatschte er mit Ansem ab und beide begaben sich auf den Weg, den Wahnsinn zu beenden. Sie mussten sich beeilen, denn die Sonne würde nicht mehr viel länger als eine Stunde den Himmel erleuchten.

Der Späher schaute den beiden Kriegern hinterher, wie sie im Dickicht des Waldes verschwanden. Dann flog er los.

Allerdings nicht zur Zauberuni, sondern in Richtung einer der Brandherde.

Fliegen ging schneller und so überholte er Ansem auf dem Weg zum Feuer und war vor ihm dort.

Er landete auf einem der dickeren Äste und verzog keine Miene. »Deine letzte Prüfung. Ich verlasse mich auf dich, enttäusche mich nicht!«

Die schwachen Sonnenstrahlen enthüllten, dass der Späher nicht alleine auf dem Ast stand.

»Das werde ich nicht!«

Der Späher sprang elegant vom Ast und enthüllte seine wahre Gestalt.

Ein Clown!

»Die Lehrer der Zauberuniversität sind auch nicht mehr das, was sie einmal waren. Sie sind wirklich einfach auf diese kleine Illu-Tech reingefallen.« Mit einem Kichern verschwand er im Dunklen des Waldes und ließ jemanden mit einer Augenbinde auf dem Ast zurück.

***

Ast für Ast sprang Ansem dem brennenden Dorf entgegen. Er hatte sein Tempo erhöht, auch wenn er noch so viele Waffen haben konnte: den Wald im Dunklen zu durchqueren, mochte er trotzdem nicht.

Eine Lichtung tat sich vor ihm auf und enthüllte, welch Blumenfülle der Wald doch zu bieten hatte. Manche Blumen blühten sogar nur in der Nacht und begannen ihre Blütenkelche zu öffnen, während andere sie schlossen. Das Schließen der Blüten reduzierte den Wasserverlust durch Verdunstung.

Ansem war früher zwar noch nie ein sehr guter Schüler gewesen, aber unnützes Wissen zog ihn irgendwie an. Vielleicht weil er sich früher auch immer nutzlos vorgekommen war. Ohne eine Elementzuneigung hatte er sich immer benachteiligt und weniger wertvoll als die anderen gefühlt. Natürlich gab das auch anderen Schülern den Anlass, ihn deswegen auszulachen. Ansem konnte das nie verstehen, denn er hatte ihnen nie etwas Böses getan und konnte nichts für seine Elementlosigkeit. Als ob das nicht schon Last genug gewesen wäre, mussten andere noch eins draufsetzen. Vielleicht war er deswegen so ein strenger Lehrer geworden. Um sich in irgendeiner Weise an den Schülern zu rächen. Er, als damals Talentloser, und dann sowas wie die Teufelskinder, die unberechtigterweise vollgestopft waren mit Pandra, welches sie benutzen konnten, ohne dass es ihnen gehörte. Das empfand er als so unfair!

Ansem entschloss sich, auf der Lichtung zu landen. Er betrachtete die Blumen, dann den Himmel. Zwei der drei Monde waren zu sehen. Ob es auch zum unnützen Wissen gehören würde, zu wissen, wie diese entstanden waren?

Ansem schloss seine Augen und inhalierte die Düfte des Waldes. Die verschiedenen Sorten Bäume, der Duft der dort lebenden Tiere und natürlich der Blumen vor ihm.

Ansem öffnete seine Augen wieder. »Der Duft ist wundervoll hier, aber leider wird er durch einen sehr hässlichen Geruch gestört!«

Er meinte jemanden, den er von Anfang an bemerkt hatte und welcher der Grund war, wieso er überhaupt auf der Lichtung innegehalten hatte. »Bist du der Bastard, der die Dörfer niedergebrannt hat? Ich kann den Geruch von Asche und Tod an dir riechen. Da können dich selbst die Schatten der Wälder nicht tarnen, du Amateur!«

Die Person, die Ansem meinte, schmunzelte leicht und trat ins spärliche Sonnenlicht. Der Waffenmeister drehte sich um und erblickte sein Gegenüber, der auf einem Ast stand, düster an. Das Erste, was er sah, war die Augenbinde, die dieser Jemand trug. »Oje, tut mir leid, ich dachte du wärst der Feind. Bist du verletzt? Hast du es aus dem Dorf geschafft?« Er wollte sich auf den Weg zu dieser Person machen.

Ein Aufblitzen und ein Schnitt in der Wange ließen Ansems Gemüt wieder verdunkeln. Der Unbekannte hatte ein Wurfmesser geschmissen, Ansem gestreift und das Büschel Blumen hinter ihm in Stücke zerfetzt. Der Wind trug die verstreuten Blüten der zerfetzten Blumen über Ansems vor Wut verzerrtes Gesicht.

»Keinen einzigen Schritt weiter, du Abschaum aus der Zauberuniversität! Ich bin kein Verletzter aus dem Dorf und deine Hilfe brauche ich auch nicht!«

Ansem knirschte mit den Zähnen. »Du nennst MICH

Abschaum? Sag, wer bist du und warst du das mit den Dörfern? Sprich schon!«

»Aber was willst du denn von mir, ich spreche doch schon die ganze Zeit mit dir! Ja, ich bin der, den du suchst! Und mein Name ist Leon.«

Ein Geistesblitz durchzuckte Ansem. Er erinnerte sich: Leon, der Verschollene! Derjenige, der vor Monaten verschwunden war, ohne dass sich Meister Merdin das erklären konnte. Jetzt, wo er wusste, dass es Leon war, erkannte er ihn auch. Er hatte zwar nie ein Wort mit ihm gewechselt und ihn nie als Schüler gehabt, aber er kannte ihn von der Zeremonie vor einem halben Jahr. Zu Beginn eines jeden Semesters wurden die neuen Studenten den Elementen zugewiesen. Und Leon blieb unter anderem im Gedächtnis, weil sein Amulett in zwei gleichstarken Farben leuchtete; und wegen seines seltenen Nachnamens: Flametree.

»Junge, jeder macht sich Sorgen um dich! Wir suchen dich seit Monaten. Bist du deinen Entführern entkommen?«

Leon stand nur regungslos auf dem Ast. Die Bänder seiner Augenbinde wedelten im Wind. »Was wäre, wenn ich dir verrate, dass ich nie entführt wurde, sondern freiwillig gegangen bin? Willst du mich dann mit Gewalt zurückbringen?«

Ansem verstand noch nicht so wirklich, was das alles sollte.

Leon bemerkte, wie lange Ansem zum Antworten brauchte, und wusste, dass er verwirrt sein musste. Er half ihm, indem er ziemlich direkt formulierte: »Ich habe aus freien Stücke die Zauberuniversität verlassen, um auf meinem eigenen Weg Stärke zu erlangen. Schneller! Ich bin der, der die Dörfer vernichtet und deren Bevölkerung ausgelöscht hat. So wie es damals Merdin mit meiner Familie getan hatte. Ich werde also nicht mit dir zurückkommen! Wenn ich die Mauern der Zauberuniversität wiedersehen werde, dann werde ich diese niederreißen und alles und jeden in ihr zerstören! Jetzt verstanden, Ansem?«

»Woher kennst du meinen Namen?«

»Ich habe eben auch meine Informanten.«

Ansem akzeptierte langsam die Geschehnisse und deren Entwicklung. »Und wie lösen wir das hier nun?«

Leon lachte. »Die Lösung ist dein Tod!«

Er schickte Pandra in seine Fußsohlen und rannte am Baumstamm entlang, runter Richtung Boden.

Ansem glaubte, sich verhört zu haben. »Wenn du einen Lehrer der Zauberuniversität angreifst, begehst du Hochverrat!«

Leon war das egal. Er griff sich an die Hüfte und zog ein Wurfmesser. Mit einem Rückwärtssalto sprang er vom Baumstamm auf den Boden und steuerte direkt auf Ansem zu.

Dieser schüttelte nur den Kopf. »Unbelehrbar, diese Jugend heutzutage. Dass du dir überhaupt zumutest, gegen einen Lehrer anzutreten, zeigt mir, wie fern deine Wahrnehmung liegt. Ich werde dich ausknocken und zurückbringen, ohne dass ich nur einen Fuß bewegen muss!« Ansem erwartete den Jungen.

Mit dem Wurfmesser in der Hand raste Leon mit ausgestreckten Arm auf Ansems Kopf zu. Dieser musste kaum etwas machen und griff nach Leons Hand, um sie vor seinem Gesicht zum Halten zu bekommen. Er drückte fest zu, worauf Leon das Wurfmesser fallen ließ. Es landete mit der scharfen Spitze im Erdboden und blieb dort stecken.

Leon grinste. Mit Augenbinde sah dies noch viel unheimlicher aus.

Ansem verstand nicht, was es da zu lachen gab, aber ein kurzer Lichtblitz unter ihm ließ ihn Böses ahnen. *Ist das etwa ein …?*

Wie aus dem Nichts erschien nur wenige Zentimeter vor Ansems Körper ein Schwert und kam auf ihn zu, bereit, seinen Korpus zu durchstoßen. Er benutzte ebenfalls einen seiner Seelenringe und konnte so schwerem Schaden entgehen. Durch den Druck wurde Ansem zurückgestoßen. Mit einem Schatten im Gesicht und angespannten Pupillen schaute Ansem zu Leon. *Knapp. Zu knapp!*

Leon hatte das Wurfmesser als Ablenkung verwendet, um seinen anderen Arm nahe an Ansem zu positionieren, ohne dass dieser das merkte. Dann ließ Leon seine Seelenwaffe erscheinen und wollte Ansem allein durch den Aufruf seiner Waffe erstechen. Dieser konnte gerade noch in letzter Sekunde selber eine seiner Seelenwaffen rufen und den Stich abwehren. Seine Handmanschetten hatten mal wieder einen Großteil der Wucht abgefangen und in den Boden umgeleitet.

Ansem war entsetzt. *In welchem Jahrgang ist dieser Schüler?*

***

Während Leon sein Schwert in seine Hand gleiten ließ und es etwas hin und her schwang, musste Ansem sich wieder fassen. *Ich muss aufpassen. Das eben zeigt mir, dass ich ihn nicht unterschätzen darf! Auch wenn er kein Teufelskind ist, scheint er anders zu sein. Schon alleine die Tatsache, dass er mich vorhin mit dem Wurfmesser treffen konnte und sich so bewegen kann – trotz Augenbinde – hätte mich alarmieren müssen. Das passiert mir nicht noch einmal! Ich muss das hier schnell beenden, egal wie. Vielleicht gibt es Überlebende im Dorf und denen muss ich helfen!*

Der Kampf ging weiter.

Leon rammte sein Schwert in den Boden und griff in einen seiner Beutel an der Hüfte. Er schmiss sich etwas in den Mund.

»Beeren! Er will eine Tech einsetzen«, stellte Ansem leise für sich fest. Er versuchte sich zu erinnern. *Sein Amulett leuchtete in zwei gleichstarken Farben. Und das waren Rot und Braun. Heißt, ich kann bei ihm mit Feuer- und Erd-Techs rechnen!*

Leon zerkaute die Rotbeerenmasse und wirkte eine Feuer-Tech.

Aus seinem Mund kamen glühende Kugeln aus geballten Flammen geschossen. Ansem wich aus und rannte um Leon herum. Dieser feuerte mit jedem Atemzug eine weitere Feuerkugel heraus. Mal waren sie größer, mal kleiner.

Eine starke Tech, aber er hat sie wohl noch nicht so richtig im Griff, stellte der Waffenmeister fest.

Er näherte sich Leon, indem er den letzten Geschossen aus dem Weg sprang.

Linke Faust. Abgeblockt. Das Bein von links, ausweichen. Arm gegen Arm. Leon wedelte herum. Er musste nichts sehen, denn er roch und hörte umso besser. Er duckte sich, stützte sich mit einer Hand am Boden ab und schwang seine Beine in der Luft wie ein Karussell. Ansem wehrte es mit den Armen ab. Leon richtete sich wieder auf, zerdrückte eine Braunbeere für eine Level-eins-Tech in seiner Hand und schlug mit der Handfläche auf den Boden. Er schickte Pandra in die Beerenmasse.

»Erd-Tech, Erdschutz-Mauer!«

Ansem blickte kurz verwirrt. *Eine Mauer zum Schutz? Ich greife doch gerade gar nicht an.*

Doch Leon wollte sich gar nicht verteidigen. Er klebte eine Explosionsmarke an die Steinmauer. Ansem konnte das nicht sehen, da er auf der anderen Seite stand. Mit dem Rest der Beerenmasse bildete er eine Steinfaust und schlug auf die Marke, während er ihr gedanklich den Befehl zur Explosion gab. Dadurch flogen die spitzen Felsstücke, die durch die Explosion sonst in alle Richtungen zu gleicher Maßen geschleudert worden wären, mit hoher Geschwindigkeit nur auf den Lehrer zu. Große Brocken konnte er mit seinen Handmanschetten zerschlagen, die kleineren fügten ihm nur maximal oberflächliche Schürfwunden zu. Das viel Fatalere war, dass Ansem vor lauter Brocken kurz nichts mehr sehen konnte. Leon hatte sein Schwert aus dem Boden gezogen und kam bedrohlich auf Ansem zugerast. Er holte aus. Ansem erkannte dies und machte rechtzeitig einen weiteren Satz nach hinten. Leon ergriff Option zwei und Ansem verspürte ein Stechen in seiner rechten Brust. Er erkannte zu seinem Entsetzen ein Wurfmesser. Ihn durchzuckte ein Geistesblitz. Ansem blickte den Boden entlang und sah nur noch ein Wurfmesser auf dem Boden liegen. *Echt nicht schlecht!*

Leon hatte gewusst, dass er mit der Reichweite seines Schwertes Ansem nicht treffen konnte. Deswegen benutzte er das Wurfmesser, das er vorhin wegen Ansem hatte fallen lassen. Leon hatte sein Schwert fertig geschwungen, zog mit der Spitze das Wurfmesser an der Öse des Griffs aus dem Boden und warf es auf Ansem. Es kam noch schneller angeflogen, als Leon rannte. Somit kam der Angriff völlig überraschend für Ansem.

Er zog sich das Messer aus der Brust und steckte es ein. Dann wurde er abrupt gebremst. Er konnte nicht weiter nach hinten ausweichen. Ein Baum versperrte ihm den Weg. Leon kam erneut angesprintet und erhob sein Schwert.

Ansem vertraute seinem Augenmaß. Keiner kannte Seelenwaffen besser als er. Und seine Vermutung sollte sich bewahrheiten: Leon kam zu nah und als er dazu ansetzte, Ansem horizontal in der Mitte zu zerschneiden, blieb er im Holz des Baumes stecken.

Ansem musste grinsen. »Tja, da haben dir deine anderen Sinne wohl nicht geholfen, zu sehen ist wohl doch ganz hilfreich!« Er ließ seine Handmanschetten wieder in seinem Seelenring verschwinden und rief eine andere Waffe herbei. Ein Lichtblitz erstrahlte und übergoss seinen Arm. Er wechselte von einer Nahkampfwaffe für die Verteidigung in eine für den Angriff. Ansems Arm war nun ein riesiger Metallamboss.

Leon spürte, dass sich direkt vor ihm etwas Bedrohliches für ihn abspielte, ließ seine Seelenwaffe los und versuchte Abstand zu gewinnen.

Ansem ging in den Ausfallschritt und schlug zu!

Metall schlug auf Metall und Kraft widerstand Kraft.

»Du kleine Made, langsam gehst du mir auf die Nerven«, sprach Ansem wütend.

Leon hatte seine Seelenwaffe aus dem Baum befreien können, indem er sie einfach wieder in seinen Ring zurückrief und sofort wieder erscheinen ließ. So ersparte er sich, diese aus dem Holz zu ziehen.

Aber das machte nichts, Ansem hatte vorgesorgt: Er zeigte auf etwas, das über Leon zu Fall kam, direkt zwischen seinen Augen. Ansem wusste, was kam, brach den Angriff ab und sprang davon. Leon wollte sich instinktiv auch davonmachen, aber sein Schwert steckte mal wieder fest. Die Entscheidung, es erneut stecken zu lassen, um es durch Rückruf wieder an sich zu bringen, kostete wertvolle Sekunden. Das Papierkügelchen war ein Speichermedium, wie die Explosionsmarken, in denen Explosionen gespeichert waren.

Ein grelles Leuchten, und das Papierkügelchen explodierte! Leon wurde durch die Druckwelle über den Boden katapultiert, während seine Seelenwaffe weit in den Wald flog. Leon wusste, dass er sie auf so weite Distanz nicht zurückrufen konnte.

Die Staubwolke der Explosion wurde beiseite gedrückt, als Ansem durch sie hindurch rannte und auf Leon zusteuerte. Dabei schickte er extrem viel Pandra in seine Seelenwaffe, den Ambossarm.

Leon hatte Verbrennungen am Arm erlitten. Er hörte, wie Ansem wie eine Dampfwalze auf ihn zugestürmt kam. Er warf sich Rotbeeren in den Mund und sprach: »Feuer-Tech! Brennender Asphalt.« Ein Meer aus Feuer ergoss sich aus seinem Mund und überzog den Boden vor sich, bis hin zu Ansem.

Dieser hatte allerdings schon so viel Geschwindigkeit drauf, dass er einen Satz machen musste und ohne Mühe und ohne den Boden zu berühren, Leon erreichte. Dieser wedelte umher und wich dem massiven Schlag von oben aus. Allerdings hatte er den entstehenden Luftdruck nicht beachtet, der durch die Wucht des an ihm vorbeirauschenden Ambosses entstand. Erneut wurde Leon durch Druck nach hinten geschleudert, diesmal allerdings weniger stark als durch die Explosion.

Ansem fackelte nicht lange. Nachdem er mit seinem Schlag einen Krater im Boden hinterlassen hatte, machte er sich wieder auf in Leons Richtung.

Dieser griff in seinen Beutel und zerdrückte zwei Braunbeeren. »Erd-Tech! Sandhügel!«

Eine Mauer aus Sand erwuchs aus dem Boden vor ihm. Dieser federte nicht nur Ansems Schlag ab, sondern er verdichtete sich auch danach und ließ Ansems Arm nicht mehr so schnell los.

Etwas über Ansem verdeckte kurzzeitig die schwache Sonne. Er blickte nach oben.

Leon war über den Hügel aus Sand gesprungen. Er schickte Pandra in seine Hand und nutzte die verbleibende Beerenmasse für eine Hand aus Gestein, die gleiche Leveleins-Tech wie vorhin. Nur diesmal sprach er die Tech laut aus: »Erd-Tech! Faust der Terra!« Geröll und Gestein bildeten sich um seinen Arm und ließen eine große, steinerne Faust entstehen. Mit riesiger Wucht schlug er auf Ansem ein. Immer und immer wieder. Nach dem fünften Hieb hatte er überhaupt kein Gefühl mehr dafür, ob er ihn noch traf oder er nicht schon längst zu Brei verarbeitet war, so zornig war Leon. Sehen hätte er ihn sowieso nicht können, da er die Augenbinde trug, aber auch wegen des dichten Staubes, der durch seine Schläge aufgewirbelt wurde.

Leon kam auf dem Boden auf und löste seine Tech auf. Immerhin kostete sie Pandra. Er wollte sich gerade Staub von der Kleidung klopfen, als er plötzlich spürte, dass da noch wer war.

Eine Halbkugel zeichnete sich im sich wieder legenden Staub ab.

Leon spannte seinen Kiefer an. »Hartnäckig bist du! Lernt man das an der Zauberuniversität? Wie man anderen auf die Nerven geht und nicht weiß, wann es zu Ende ist? Du hättest dich mal lieber totgestellt, alter Mann!«

Ansem hatte seinen Ambossarm wieder zurückgerufen

und stattdessen seinen Schildkrötenschild aktiviert, der seinen Körper völlig geschützt hatte. Die Panzerplatten verringerten sich wieder in ihrer Anzahl und schrumpften auf eins, damit Ansem sich bewegen konnte. Er atmete kurz aus. »Hör zu, ich will dich nicht töten, sondern nur zurückbringen. Hör auf, bevor es andere Dimensionen annimmt. Keiner will dir etwas Böses, obwohl du dich nach der Aktion hier schon vor Meister Merdin verantworten musst.«

Leons Zähne knirschten vor Wut. »Ich will diesen Namen nie wieder hören!«

»Was hat er dir denn getan? Ich habe das mit deiner Familie und so vorhin nicht ganz verstanden.«

Leon schüttelte mit dem Kopf. »Das kann dir egal sein.«

Ansem wusste nicht weiter. *Ich rede gegen eine Mauer. Gut, dann schlag ich ihn jetzt K.O. Ich muss nur aufpassen, dass ich ihn dabei nicht aus Versehen töte.*

Leon wusste vom Clown, dass Ansem keine Element-Techs beherrschte und nur Waffen benutzte. Und er wusste, dass Ansem sogar zehn Seelenwaffen hatte, statt nur einer. Allerdings hatten so viele Seelenwaffen auch ihren Nachteil. Nämlich das Pandra, das sie verbrauchten. Waffen brauchten nicht nur Pandra für die Aktivierung, sondern auch, um aktiv zu bleiben. Je mehr Waffen gleichzeitig aktiv waren, desto kräftezehrender war es. Genauso das ständige Wechseln der Seelenwaffen. Wenn er richtig gezählt hatte, dann hatte Ansem bisher drei verschiedene Waffen gegen ihn verwendet.

Leon dachte nach:

Die eine Waffe war etwas für den Angriff und massiv. Die erste hatte etwas mit den Händen zu tun und war für die Verteidigung. Und die letzte musste auch etwas für die Verteidigung gewesen sein. Er steht immer noch an derselben Stelle. Ich habe ihn also getroffen, jedoch ohne Schaden zu verursachen. Also muss es sowas wie ein Schild gewesen sein … Noch mehr Waffen und ich habe ein echtes Problem. Ich glaube, ich habe in dieser Situation keine

Wahl. Bevor ich eins meiner Geschenke einsetzen muss, mach ich lieber erst mal das …

Ansem ging auch seinen Plan im Kopf durch:

Ungeheuerlich, und das alles mit verbundenen Augen. Ein verlorenes Talent, wenn ich ihn nicht zur Vernunft bringen kann. Na ja, egal. Ich werde jetzt meine Penta-Opla-Formation einsetzen. Damit setze ich diesem Schauspiel ein Ende. Gut, dass niemand hier ist, der mich dabei sieht, wie ich gegen einen blinden Schüler fünf Seelenwaffen gleichzeitig einsetze. Peinlich! Na dann, los geht's zur finalen Runde!

Vier gleißende Lichter erhellten den immer dunkler werdenden Wald um Ansem herum. Ein goldenes Schwert, ein riesiger Streitkolben mit massiven Stacheln, der Ambossarm und eine Stabdoppelklinge fanden ihren Weg vom Ring in die Realität.

Er griff sich eine Waffe nach der anderen aus der Luft. Den Streitkolben, der mindestens so groß war wie er selbst, schwang er einmal im Halbkreis. Mit ihm zerschlug er den Sandturm, in dem er eben noch feststeckte, und platzierte die Waffe dann einfach dort auf dem Boden. Das goldene Schwert warf er mit starker Rotation weit hoch in den Himmel. Es war nicht mehr zu sehen. Dann schob er seinen linken Arm wieder in den großen Stahlamboss, der vor ihm in der Luft schwebte, und versetzte der letzten Waffe, der Stabdoppelklinge, einen Fußtritt. Diese rauschte nicht weit von Leon vorbei und landete mit einem hölzernen Krachen in einen Baumstamm und blieb dort stecken.

Ansem hatte seine Vorbereitungen getroffen. Allerdings erkannte er, dass Leon seine auch getroffen hatte, nur schienen diese viel banaler.

Er hatte sich die Augenbinde abgenommen.

Egal.

Ansem wollte keine Zeit mehr vergeuden. Er rannte los und wollte Leon keine Möglichkeit lassen, sich zu finden. Er holte mit seinem Ambossarm aus und schlug in die Luft. Leon fiel allerdings nicht zweimal auf denselben Trick rein. Er machte einen großen Satz und sprang hoch in die Luft, um der auf ihn zupreschenden Luftmasse auszuweichen. Ansem grinste und löste den Amboss von seinem Arm. Nun war er wieder leicht genug, um Leon auf dieselbe Art in die Luft zu folgen. Mit dem Unterschied, dass sein Sprung viel stärker war. So sprang er an Leon vorbei und positionierte sich über ihm.

Leon war heilfroh, dass er seine Augenbinde abgenommen hatte, denn der nächste Schritt von Ansem hätte sonst sein Verhängnis bedeutet. Nur mit seinen Augen konnte er den Lichtfunken hoch am Himmel über Ansem erkennen. Es war nur für den Bruchteil einer Sekunde, reichte aber aus, um Leon vorzuwarnen.

Das Schwert!, erkannte Leon.

Keine Sekunde später kam es schnell rotierend in Ansems Hand geflogen. Selbst in der spärlichen Sonne leuchtete dieses goldene Schwert noch majestätisch.

Doch Leon hatte reagiert, schon in dem Moment, als er den Funken am Himmel sah, und eine Rotbeere in seiner Handfläche zerdrückt. Er zögerte nicht lang und pustete in seine Handfläche, nachdem er Pandra in die zerdrückte Beerenmasse geschickt hatte. »Feuer-Tech! Rußschwaden.« *Mal sehen, was du machst, wenn DU mal nichts sehen kannst.*

Ansem war überrascht. Eine interessante Art, eine Feuer-Tech zu benutzen. Er fragte sich, wo er diese Art zu kämpfen gelernt hatte. Ansems andere Sinne waren leider nicht so geschärft wie Leons und so geschah es, dass er durch den dicken Rauch ins Leere schlug. Er verließ die Rauchwolke, ohne Leon angetroffen zu haben. Während die Schwerkraft ihn wieder nach unten zog, blickte der Waffenmeister zurück. Sein Instinkt gab ihm auch recht, denn der Nebel wurde von vier großen Feuerkugeln beiseite gedrückt. Leon war wieder in den Angriff gegangen und hatte eine große Menge an Beeren für diese Tech verbraucht. Aber Ansem hatte ja noch seinen Schild am rechten Arm. Schnell befahl er diesem mental, sich um weitere Schildkrötenpanzerplatten zu erweitern. Keine Feuerkugel richtete Schaden an. Dafür züngelten die Glutstückchen umso mehr. Der entstehende Druck presste Ansem noch schneller zurück zum Boden. Ein kurzer Blick reichte ihm aber, um seinen nächsten Schritt zu planen.

Er konnte den Druck der Feuerkugeln so nutzen, dass er auf der Stabdoppelklinge aufkam, die er vorhin in den Baumstamm geworfen hatte. Als Leon auch wieder Richtung Boden fiel, zog er die Klinge aus dem Stamm und warf sie wie einen Speer auf Leon. Dabei nahm sich Ansem zwar selbst den Halt, aber der Boden war nicht allzu weit.

Leon nahm all seine Kraft zusammen und wedelte in der Luft so umher, dass er mit einer Schürfwunde davonkam. Beide kamen gleichzeitig auf dem Boden auf.

Leon erkannte, wie Ansem immer stärker zu atmen begann, denn fünf Seelenwaffen gleichzeitig aktiv zu halten, war ein enormer Pandra-Aufwand. Wiederum erkannte Ansem, dass auch Leon erschöpft zu sein schien und sich die Schnittwunde hielt.

Jetzt oder nie!, dachte sich Ansem und gab einen mentalen Befehl an seine letzte verbliebene Waffe. Leon drehte sich vor Schreck um, als er ein lautes Geräusch hinter sich vernahm und erkannte, was eben in seinen Oberschenkel geschossen war. Die Stacheln des Streitkolbens, der noch unangerührt auf dem Boden lag, hatten sich abgeschossen und einer fand seinen Weg in Leons Bein.

Stechender Schmerz durchzog den ehemaligen Schüler der Zauberuniversität und er knickte ein. Aus Reflex zog er den massiven Stahlstachel aus seinem Bein. Blut spritzte auf den Waldboden.

Leon schien kurz schwindelig zu werden. Stand er etwa kurz vor der Bewusstlosigkeit? Das konnte er nicht zulassen! Er war so weit gekommen!

Leicht verschwommen erkannte er, dass Ansem auf ihn zukam.

Dieser rief alle Seelenwaffen zurück. »Du hast kaum noch Pandra und du bist am Bein verletzt. Es ist aus! Komm freiwillig wieder mit zurück oder ich muss dich bewusstlos schlagen und du wirst erst wieder in der Zauberuniversität aufwachen. Wenn du mir jetzt keine Probleme mehr machst, dann werde ich Meister Merdin von all dem hier nichts erzählen.«

Wut kochte wieder in Leon hoch. *Lügner! Alles Lügner! Blitz, Drache oder schwarze Flammen? Welches Geschenk setze ich jetzt bloß am besten ein? Mein Pandra ist wirklich erschöpft. Ich habe nicht mehr viele Optionen,* dachte Leon nach.

Er hatte sich entschieden und lockerte mit der Zunge eine Zahnplombe, von der er gedacht hatte, sie nicht so schnell einsetzen zu müssen. Aber jetzt in den Beutel zu greifen, würde Ansem vorwarnen. Und so löste Leon sie und setzte eine ganz besondere Beerenmasse ein. Eines der drei Geschenke des fünften Engels damals. Er schickte Pandra in seinen Mund und setzte ein Element ein, das lange als verloren galt. »Blitz-Tech! Rotierende Scheiben aus Volt!«

Der Waffenmeister schreckte auf. »Blitzelement?!« Der Angriff kam schnell auf ihn zugeschossen und hinzu kam, dass er keine Gegenwehr mehr erwartete. Er musste wieder eine Seelenwaffe rufen und verbrauchte dafür abermals Pandra. Der Schildkrötenschild erschien in großer Montur, um auf jeden Fall alle Geschosse zu blocken. Was auch genauso eintrat, bis auf die Tatsache, dass der Schild zerbarst.

Ansem war nicht nur verwirrt, wie so etwas geschehen konnte, sondern mit dem Zerstören der Seelenwaffe verlor er auch sämtliches Pandra, welches er in diesem Moment in dieser hatte. Und das war nicht wenig!

Wurde eine Seelenwaffe zerstört, kehrte sie in den Ring zurück, um sich dort zu reparieren. Allerdings dauerte dies seine Zeit und bis dahin war sie nicht mehr abrufbar.

»Was geht hier vor sich? Wieso beherrschst du das verlorene Element? Los, sag schon, was geht hier ab?!« Ansem konnte sich nicht mehr halten. Und zum ersten Mal in diesem

Kampf spürte er so etwas wie Angst oder Besorgnis. Panik stieg in ihm auf. Eine komplett nicht denkbarere Situation. Es schien irgendetwas aus dem Ruder gelaufen zu sein, oder war es doch noch nicht zu spät und er dachte gerade einfach zu viel nach?

Der Schrecken stand Ansem im Gesicht und er schien die Fassung zu verlieren. Gründe dafür gab es zur Genüge. »Jetzt reicht es mir, du kleine Ratte! Niemand würde mir glauben, wenn ich sagen würde, ich hätte dich aus Notwehr töten müssen. Immerhin bist du nur ein Schüler unteren Semesters und ich ein Lehrer! Deswegen werde ich von dir nichts übrig lassen und das hier ist nie passiert!«

Ansem konnte immer noch das Loch an Pandra spüren, welches die Zerstörung des Schildes hinterlassen hatte und rannte auf Leon los. Ein Leuchten erstrahlte und Ansem hielt sein goldenes Schwert in den Händen. Jetzt, wo sich Ansems Pandravorrat geleert hatte, merkte er jedes einzelne Rufen einer Seelenwaffe noch mehr. Der Lehrer hatte sich natürlich genau für die richtige Waffe entschieden. Leon konnte mit seinem Bein so gut wie nicht mehr fliehen. Und selbst wenn er ihn nicht tödlich erwischen sollte, die Fähigkeit seiner Waffe, jedem Schnitt eine Explosion folgen zu lassen, würde Leon nicht nur den Rest geben, sondern sein ganzes Dasein in Asche verwandeln. Perfekt.

Leon fiel es immer schwerer zu atmen. Das Blitzelement zu verwenden, kostete ihn nicht nur besonders viel Pandra, da es ursprünglich nicht in seiner Natur lag, sondern er erlitt selbst elektrische Nachwirkungen, da er das Element noch nicht perfekt gemeistert hatte. Aber er konzentrierte sich. Er griff in seinen Beutel und zerrieb drei Weißbeeren in seinen Handflächen. Sie hatten die Form kleiner Blitze. Ob das Ansem nun sah oder nicht, war ihm egal. Das Überraschungsmoment war schon vergangen. *Okay, letzte Chance. Nehme ich seinen Kopf, oder das Herz?*

Ansem hatte Leons Tun bemerkt, aber er war sich sicher,

egal welches Element er wirken würde, sein Schwert würde es zertrümmern und Leon gleich dazu. Er hielt weiterhin direkt auf ihn zu.

Leon schloss seine Augen. Er musste nichts sehen, um seine Entscheidung zu treffen. Er brauchte das Licht nicht. *Ich nehm seinen Kopf!* Leon streckte seine Hand Ansem entgegen und wirkte wegen der Anzahl von drei zerdrückten Beeren eine Level-drei-Tech. Dies stellte für Leon ein großes Risiko dar, da viel Pandra von Nöten und ein großer Rückstoß zu erwarten war. »Blitz-Tech! Einfingerspeer.« Ein Strahl aus prickelnder Elektrizität formte sich in rasanter Geschwindigkeit. Da Ansem diesem entgegenrannte, war die Näherung noch größer.

Sein Reflex rettete Ansem das Leben, denn der Stich aus Energie verfehlte ihn, weil er sich in allerletzter Sekunden ducken konnte.

Leon biss seine Zähne zusammen. »NEIN!«, schrie er und ließ seine Hand zum Boden gleiten. Und mit ihm auch den Blitzspeer, welcher noch von seiner Hand in die Weite reichte.

Blut spritzte und Ansem erkannte, wie seine linke Hand rotierend seinen Körper verließ!

Der Waffenmeister brach kurz vor Leon zusammen und seine Waffe löste sich wieder in Rauch auf und kehrte in seinen Seelenring zurück. Er konnte keinen klaren Gedanken fassen, wäre das Adrenalin nicht, so würde er garantiert in Ohnmacht fallen.

Leons Blitzspeer erstarb ebenfalls und löste sich auf.

Ansem wusste nicht, wo er hinschauen sollte. Auf seine Hand, drei Meter von ihm entfernt liegend, auf sein blutendes Handgelenk, aus dem mit jedem Herzschlag riesige Mengen Blut aus der Arterie gespült wurden, oder auf Leon, der tatsächlich noch die Kraft hatte, sich aufzuraffen. Ihm fiel eine Seelenwaffe ein, die ihn wenig Pandra kostete und die ihm noch hätte helfen können, aber er konnte mental keine seiner Waffen an der abgetrennten Hand mehr erreichen, da sie nicht mehr Teil von seinem Körper waren.

Ansem bemerkte eine Bewegung neben sich.

Es war das Wurfmesser, welches Leon auf ihn geworfen hatte. Das Messer, welches die Blumen zerschnitten und mit dem dieser Kampf überhaupt begonnen hatte.

Leon holte es mit der Restelektrizität seiner letzten Blitz-Tech zu sich. In seiner Hand angekommen, schickte er die letzten Funken elektrischer Energie hinein. Das Wurfmesser begann vor Aufladung zu leuchten und zu glühen.

Diesmal das Herz! »STIRB!«

Und mit dem Untergang der Sonne am Horizont erlosch ein genauso wertvolles Licht. Nur würde dieses nie wieder aufgehen.

Es war einmal …

Es war einmal …

So begannen viele Geschichten, die Großes hoffen ließen, letztendlich aber belanglos waren.

Genauso belanglos, wie Ansem sein Leben ohne Elementbegabung bisher immer empfunden hatte. Er konnte an einigen Unterrichtsstunden nicht teilnehmen und wurde von vielen anderen Schülern belächelt. Mit jemandem darüber reden konnte er auch nicht, denn er hatte ja niemanden. Aber Ansem war sich schon immer sicher gewesen, dass genau diese Erfahrungen seine Seele stark machten. So stark, dass er sogar mehr als einen Seelenring entstehen lassen konnte. Und das hatte außer ihm noch niemand geschafft. Ihm war auch klar, dass er aus falschen Gründen Lehrer geworden war. Es war zum Teil eine Selbsttherapie, um das Damalige noch einmal zu durchleben, aber diesmal als Autorität. Er wusste, dass das nicht fair gegenüber manchen Schülern war, aber andere hatten eine strenge Hand gebraucht! Er hatte jedoch nie das Verlangen gehabt, einen Schüler zu töten, bis heute!

Aber würde man ihm diese Gefühle übelnehmen? Immerhin hatte der Schüler sich gegen ihn und alles gestellt und seinerseits versucht ihn umzubringen. Mindestens Notwehr war gerechtfertigt.

Und nun?

Hilflos auf dem Boden liegend, mit einer Hand weniger und unfähig seine Seelenwaffen zu rufen, weil sein Pandra fast völlig verbraucht war, weilte er in der Gegenwart. Tolle Leistung!

Ansem kannte das Phänomen, welches er gerade sah*: Man*

sieht das Leben noch einmal im Schelldurchlauf, bevor man stirbt. Es fehlte nur das Licht am Ende des Tunnels. Dann wären alle wichtigen Klischees erfüllt.

»STIRB« konnte Ansem noch halb mit Bewusstsein hören. Er verließ die Welt seiner Gedanken wieder und kehrte in das Geschehen zurück. Er würde nun sterben!

Leon hatte das Wurfmesser mit Elektrizität geladen und warf es mit seiner letzten Kraft auf Ansem. Ziel: sein Herz!

Ein krachendes Geräusch mit anschließendem Schmerz durchzog den Körper. All das traf auf … Ansem NICHT zu!

Als ein Tropfen Blut auf sein Gesicht fiel, wurde ihm klar, dass jemand anderes getroffen worden war.

Es war Magnetos!

Er stand – selbst schockiert über diesen vernichtenden Angriff – da. Das Wurfmesser hatte sich tief in seine Brust gebohrt und mitten in sein Herz getroffen.

Ansem war aufs Tiefste schockiert. »Magnetos, NEIN! Was zum Teufel machst du hier? Oh Engel, verdammt!«

»Ich habe Explosionen gehört und außerdem eine deiner Waffen in die Luft fliegen sehen, was für mich … be… bedeutete …«, ihm viel das Reden schwerer, »… dass du in einen Kampf verwickelt sein musstest. De… Deswegen bin ich sofort … gekommen …«

Dann schaute Magnetos durch das Loch in seinem Metallblock, den er eigentlich vor Ansem und sich gestellt hatte, um das Wurfmesser abzufangen. Er sah Leon durch dieses Loch.

Ansem erkannte die Verwirrung in seinem Gesicht. »Leon hat der Zauberuniversität den Rücken gekehrt und nicht nur mich angegriffen, sondern er war es auch, der die Dörfer ausgelöscht hat. Er nannte es eine Prüfung.«

Magnetos wurde immer schwächer. »Dieser Schweinehund. Aber … wie … konnte … ein einfa… einfaches Wurfmesser meinen Met… Metallblock durchdringen?« Er sah das elektrische Züngeln um Leons Hand und ihm wurden die Zusammenhänge langsam klar. *Kann das sein? Das Blitzelement?*

Ich dachte, es sei für immer aus der Welt verschwunden. Aber es muss so sein! Seine Elektrizität muss meinen Magnetismus gestört haben! Es hat die elektrische Bindung der Atome wohl geschwächt, wodurch sein Angriff leichter durch meinen Metallschutz kam. Zudem hat sein geworfenes Metall geglüht! Gepaart mit der Geschwindigkeit wurde es noch effektiver, beendete Magnetos seinen Gedankengang.

***

Das Herz begann zu versagen, denn das elektrisch geladene Wurfmesser hatte es zu einem großen Teil zerfetzt.

Magnetos konzentrierte sein schwindendes Pandra zu zwei letzten Aktionen.

Er löste einen kleinen Teil seiner Stahlplatte ab und verschloss damit Ansems Wunde, um ihn vorm Verbluten zu bewahren. Den Rest benutzte er für den letzten Ausdruck seiner Missachtung und seines Hasses gegenüber Leons Aktion mit den Dörfern und mit SEINEM Dorf!

Ein riesiger Schatten legte sich über Leon, als Magnetos mit vor Wut verzerrter Miene seinen Stahl aufblähte und in einen gigantischen Hammer verwandelte. Drohend schwebte er über Leon. Dieser war so erschöpft, dass er nicht einmal seinen Kopf nach oben neigen konnte, um das große Stück Metall zu begutachten.

Mit einem Aufschrei ließ Magnetos seinen finalen Schlag walten und auf den ehemaligen Schüler niederschmettern.

Ein kräftiger Schlag setzte jedoch die Geschwindigkeit des Metallhammers auf null! Erst ein, dann viele andere mit Funken begleitete Schnitte zerteilten den Angriff von Magnetos in kleine, ungefährliche Würfelchen. Eine Sense schwang herum und schwarze Bommeln am Körper ließen Leon erahnen, wer ihn gerettet hatte:

Der Clown, Gesandter des fünften Engels!

Die Wucht des Angriffes hatte den Boten des Engels

verwundert, denn seine Hand tat etwas weh. So leicht wie sonst konnte er diesen Angriff nicht abwenden. Er wusste zwar nicht warum, überspielte seine kurze Unsicherheit jedoch mit einem boshaften Grinsen. »Tut mir leid, Meister des Metalls. Aber ich kann dich Leon nicht töten lassen. Ich brauche ihn noch.«

Hätte Magnetos noch ausreichend Kraft und einen stark genug leuchtenden Lebensfunken gehabt, hätte er diese Gestalt, welche er nur durch Hörensagen kannte, sogar mit den kleinen Metallwürfeln zermalmt.

Dem war allerdings nicht so und Magnetos erlag seiner Wunde. Er schlug – mit dem Kopf voraus – neben Ansem auf dem Boden auf und das Licht in seinen Augen verließ seinen Körper.

Ansem sah nur mit Tränen in den Augen zu, ohne etwas dagegen tun zu können. Und nun, wo der Clown aufgetaucht war, von dem er nur aus Metatrons, Britanies und Wodahs Sagen gehört hatte, war er sich sicher, dass auch seine letzte Stunde geschlagen hätte.

Der Clown schnappte sich allerdings nur Leon, warf ihn sich über die Schulter und verabschiedete sich vom Waffenmeister höflichst mit einem Lächeln. »So, der Herr mit nur noch einer Hand, wir müssen uns nun leider verabschieden. Wir wünschen noch einen schönen Abend.«

Ansem blickte der Fratze entgegen und fragte: »Wieso tötest du mich nicht?«

Der Clown blieb starr, in seinem Lächeln verharrend. »Das kann ich leider nicht.«

Und mit einem Satz, der selbst für den Waffenmeister der Zauberuniversität übermenschlich erschien, verschwand er mit Leon in der Dunkelheit.

Ansem verlor das Bewusstsein.

***

Das Kitzeln seiner eigenen Haare im Gesicht weckte Leon von seinem kurzen Erschöpfungsschlaf auf. Er bemerkte, dass er von jemandem getragen wurde und dann fiel es ihm wieder ein.

Der Clown, der Leon nie seinen Namen verraten hatte, sondern sich nur der Gesandte des fünften Engels nannte, hatte ihn in letzter Sekunde gerettet.

Auf der Anhöhe einer tiefen Schlucht landete dieser und legte Leon auf dem Boden ab. Er zeigte immer noch das eingefrorene Grinsen, mit dem er Ansem verlassen hatte. »Jungchen, das war gefährlich! Solch starke Blitz-Techs zu nutzen und das noch hintereinander. Bist du lebensmüde?«

Ein Augenlid Leons hing auf Halbmast. »Wenn ich nicht an meine Grenzen gehe, woher soll ich sonst wissen, wie stark ich geworden bin?«

»Da hast du recht, aber ich werde dich nicht immer retten und heilen können. Das war jetzt offiziell das letzte Mal. Wenn du dich noch mal so maßlos überschätzt, wirst du einfach sterben müssen. Hast du mich verstanden?«

Leon, der den Clown bisher eigentlich gut leiden konnte und ihn als Meister und Vorbild betrachtete, konnte die Kälte spüren, die seine Worte ausstrahlten. Aber diese Kälte machte Leon nichts aus, denn sie würde ihn stärken. Also begehrte er diese Kälte, weil sie Macht darstellte. »Ja, ich habe es verstanden.«

Der Clown riss sich einen seiner vielen schwarzen Bommel ab. »Hier, iss den!«

Leon schaute leicht ungläubig, wenn sein Gesicht diese Mimik vor Erschöpfung überhaupt noch zuließ. »Ich soll Stoff essen?«

Wie als hätte jemand zwei unsichtbare Schnüre durchgeschnitten, die an den Mundwinkeln des Clowns befestigt waren und das Grinsen hielten, fielen diese schlagartig nach unten. »Ich bin mit der Macht des fünften Engels gefüllt, alles an mir ist heilig. Also natürlich wird dir das helfen! Nun steck es dir in den Mund! Und gut kauen nicht vergessen!«

Leon tat, was ihm befohlen wurde. Sofort spürte er, wie sich sein Pandravorrat wieder aufzufüllen begann.

Als Leon sich aufzurichten versuchte, stieß er einen kleinen Stein versehentlich den Abhang der Schlucht runter. Dieser fiel unten ins Wasser. Was eigentlich nicht weiter schlimm gewesen wäre.

Doch auf den kleinen Platscher des Steins ertönte ein viel größerer als Antwort!

Beide konnten sich nicht schnell genug umsehen, als ein riesiges spinnenartiges Wesen die Schlucht entlang zu ihnen hoch katapultiert wurde.

Leon war entsetzt. Er wollte sofort seine Seelenwaffe rufen, aber als diese nicht reagierte, erinnerte Leon sich, dass er sie im Kampf gegen Ansem tief im Wald verloren und bis jetzt nicht zurückrufen hatte.

»Ah, witzig. Da legt man mal eine kurze Pause ein und bemerkt nicht, wo. Das muss wohl Schlucht Schattenstein sein. Wusste gar nicht, dass Ucurums neuerdings so riesig werden«, sprach der Clown und zog hinter seinem Rücken seine riesige Sense hervor. Sie war so groß, dass man nicht vermuten würde, dass er sie wie aus dem Nichts hinter seinem Rücken hervorziehen konnte.

Das Ungeheuer griff an. Mit seinen Gliedmaßen und Stacheln, wie zuvor bei Ansem und Magnetos.

Leon spürte nur eine kurze Energiewelle vom Clown ausgehend. Dann wischte dieser mit seiner Hand die Stacheln beiseite und schnitt mit seiner Sense in überdurchschnittlicher Geschwindigkeit alle Gliedmaßen des Wesens ab. Kreischend fiel es die Schlucht wieder hinunter ins Wasser und wurde von der immer schwächer werdenden Strömung weggetragen.

Dann fiel es Leon wieder ein. Dieser eine Satz von vorhin. Er hatte ihn doch nicht geträumt. »Stimmt. Du kannst nicht töten, nicht wahr?«

Der Clown blickte Leon ohne Emotionen an.

Dieser fuhr fort. »Deswegen brauchst du mich, oder? Aber wieso? Warum kannst du nicht töten?«

Schlendernd lief der Clown zu Leon, die scharfe Kante seiner Sense am Boden entlang schabend. Er kam mit seinem Gesicht Leons ziemlich nahe. Dieser schreckte jedoch keinen Moment zurück und blickte in die leeren Augen des Gesandten. »Aus demselben Grund, wieso du Teile von mir essen kannst und gesund wirst. Ich bin heilig! Das ist der Grund!«

Leon verstand nicht. Doch der Clown ließ ihm nicht einmal die Möglichkeit nachzufragen.

Zuerst öffnete er ein kleines Fläschchen, mit dem er auch damals das Buch des Salomo geborgen hatte, und ergoss eine Flüssigkeit daraus. Diese wuchs an und gab Leons verlorene Seelenwaffe preis. Dann quetschte sich die magische Substanz wieder in das kleine Fläschchen. Leons Schwert leuchtete sofort und kehrte in dessen Seelenring zurück. Dann drehte sich der Clown um und machte sich bereit weiterzuziehen. Er warf Leon einen kleinen Beutel zu. »Hier, deine Weißbeeren für die Blitz-Techs. Nur der fünfte Engel hat sie. Und jetzt komm, wir gehen. Das hier war nur der Anfang.«

Und beide rannten an der steinigen Schlucht die Wand entlang.

Ein außergewöhnlicher Start

Fynn und seine große Gruppe hatten zeitgleich zum Sonnenuntergang eine Höhle in einer kleinen Ausbuchtung im Wald gefunden. Die Lehrer hatten sich vergewissert, dass dort keine Ungetüme mehr hausten, und daraufhin konnte diese Stelle bezogen werden. Eine Höhle konnte ein außerordentlich guter Schutz sein, sich aber auch als Falle herausstellen. Eine Höhle gab zudem Schutz vor Wind und Regen, ließ dafür aber kein Feuer zum Aufwärmen und Kochen zu. Der Rauch würde jeden vergiften. Aber Feuer hatte die Gruppe um Fynn auch gar nicht nötig.

Metatron hatte umherliegende Steine so stark erhitzt, dass sie genug Wärme abgaben, um kontinuierlich die Nahrungswürfel der Gruppe zu erhitzen.

Nahrungswürfel waren extra für Missionen konzipiert worden. Sie enthielten alle wichtigen Nährstoffe, die man brauchte, um leistungsfähig zu bleiben. Im Geschmack ähnelten sie den Wunschbananen an der Zauberuniversität, die Merdin mit dem Horn der Fülle bei Festen oder Events herbeizauberte. Der Geschmack der Wunschbananen wie auch der Nahrungswürfel richtete sich flexibel nach dem, an was der Essende gerade dachte. Wenn man es also geschickt anstellte, konnte man ganz einfach Geschmäcker probieren, die man schon immer mal testen wollte, aber bisher nie dazu gekommen war. Natürlich konnte dies auch nach hinten losgehen.

Sie hatten kleine schmale Äste in die Nahrungswürfel gestochen und hielten sie über die heiß glühenden Steine. Ähnlich, wie man es in Kaomos mit Marshmallows tat.

Fynn stellte sich Erdbeeren mit einer dünnen

Schokoladenschicht vor. Das hatte er schon ewig nicht mehr gegessen und Erdbeeren waren seine absoluten Lieblingsfrüchte. Ihm wurde klar, dass es unüblich war, mit dem Nachtisch anzufangen, deswegen stellte er sich bei seinem zweiten Nahrungswürfel einen … Döner vor. Ein Festschmaus der Geschmäcker, weil er den Döner genauso belegen konnte, wie er es schon immer wollte. Es war also für ihn perfekt. Was sich wohl die anderen so vorstellten?

Nach fünf Nahrungswürfeln war Fynn auch schon gut satt. Er konnte schon damals, als sie auf der Mission zur Beschaffung des Buches des Salomo waren, nicht glauben, dass ein paar dieser Würfel so schnell satt machten. Aber das war Sinn und Zweck, immerhin sollten die Nährstoffe schnell verdaut werden und in den Körper gelangen und es sollte nichts schwer im Magen liegen.

Nach dem Essen kümmerte sich die Engelskriegerin des Wassers um den nächtlichen Schutz. Chamuela zerkaute Blaubeeren und wirkte eine Wasser-Tech. Eine Wand aus Wasser blockierte nun den Eingang in die Höhle. Damit die Tech sich nicht auflöste, wenn sie sich schlafen legen würde, machte sie etwas, was nur Experten des Wasserelements konnten: Sie veränderte den Aggregatzustand von flüssig zu fest. Das Wasser wurde zu Eis. Es dehnte sich aus und passte genau in die Öffnung der Höhle. Chamuela hatte alles mit Augenmaß berechnet. Natürlich mussten sie Luft bekommen, deswegen hatte Chamuela kleine Löchlein in der Wand aus Eis hinterlassen. So würden sie nicht ersticken und die Wand büßte kaum Stabilität ein.

Der Engelskrieger des Feuers lachte. »Mensch, keine schlechte Idee. Jetzt muss ich unseren Studenten ja auch einen Mehrwert bieten.« Metatron zeigte auf den Boden. »Ah, ich hab's! Legt euch mal alle auf den Boden.« Er zeigte mit dem Finger nach unten.

Fynn und die anderen bemerkten, was Metatron meinte. Der Boden war auf einmal ungewöhnlich warm.

Metatron lachte laut. »Super, oder? Eine Bodenbeheizung nur für euch. Ich bin so heiß, dass ich es gerne mit euch teile.« Er lachte großkotzig, während die strenge, regelkonforme Chamuela nur die Augen verdrehte. Sie klatschte in die Hände. »So, genug Blabla. Wir legen uns jetzt hin. Bei Morgendämmerung geht es weiter. Wer früher aufwacht, kann weiter innen in der Höhle mit seiner Seelenwaffe oder seinem Seelengeist trainieren. Freie Zeit muss immer genutzt werden.«

Klare Ansage, dachte sich Fynn, aber jeder wusste, wie sie war. Von daher wusste man es anzunehmen.

Sie legten sich im Kreis um die nun verglommenen Steine hin.

Als Kairi gerade dabei war einzuschlafen, wurde sie von einem Tuscheln geweckt. Genervt schaute sie über ihre Schulter, weil die beiden nächsten rechts von ihr sich leise, aber für sie zu laut, unterhielten. Es waren Fynn und Kristin.

Kairi drehte sich wieder genervt in ihre Ausgangsposition und versuchte es zu ignorieren. Jedoch erwischte sie sich immer wieder dabei, wie sie ihre Ohren instinktiv spitzte. *Gott, wie bescheuert,* dachte sich Kairi, weil sie ja eigentlich gar nicht lauschen wollte, aber dann doch irgendwie schon …

»Mein Leben war so völlig normal und langweilig. Und jetzt bin ich hier. Ich habe mich immer noch nicht so richtig hier eingelebt. Wie ist es mit dir, Fynn?«, wollte Kristin von ihm wissen. Fynn starrte zur Höhlendecke: »Einerseits vermisse ich die Erde, oder Kaomos, wie sie alle hier nennen. Aber irgendwie fühle ich mich mit Fermania auch verbunden. An was ich mich eher noch nicht so richtig gewöhnen kann, ist, dass wir hier Feuer und Wasser spucken können, wenn wir auf Beeren kauen.« Er lachte, als würde er es selber nicht ernst nehmen, was er da sagte.

Kristin lachte. »Ja, früher hat man so etwas in Filmen gesehen und hier ist es alles … nun, real.«

Fynn nickte. »Mit was ich mich aber am schwersten tue,

ist das, was wir in uns haben sollen …« Er fasste sein Mal an der Brust an.

Kristin tat es ihm gleich. »Du meinst die Teufelsmonster?«

»Ja.«

»Glaub mir, ich habe es schon am eigenen Leib erfahren. Sie sind real!«

»Ja, ich glaube dir, Kristin. Ich habe von dem Zwischenfall im Dorf der Meerjungfrauen erfahren. Kommst du dir nach dem Ereignis irgendwie anders vor?«

»Was meinst du?«

Fynn suchte nach der passenden Formulierung. »Na ja, ich habe bisher nichts von meinem Teufelsmonster mitbekommen. Wie ist es bei dir? Nach dem Vorfall, hörst du es da nun oder spürst du es eher in dir als zuvor? Immerhin muss dein Siegel lockerer sein als meins, wenn dein Teufelsmonster schon einmal an die Oberfläche getreten ist. Oder?«

Kristin wusste die Antwort auf die Frage selbst nicht wirklich. »Also, hören tu ich es jedenfalls nicht. Was das Spüren betrifft, bin ich mir unsicher. Ich weiß nicht, wie ich es beschreiben soll. Es fühlt sich an wie eine böse Vorahnung. Ein dunkler Vorhang, der weit weg über dir schwebt, du aber keinen Schimmer hast, wann er auf dich fallen gelassen wird und du vor Dunkelheit nur noch durchdrehst.«

Fynn schaute schockiert.

»Oh, bei den Engeln, ich wollte dir jetzt keine Angst machen, Fynn! Ich war selber gerade etwas versunken, tut mir leid.«

Fynn schüttelte den Kopf. »Nein, nein, Quatsch. Du machst mir keine Angst. Im Gegenteil, ich bin dir sehr dankbar für diese Schilderung. Es ist gut, wenn ich weiß, wie sich das vielleicht ankündigt, weißt du. Immerhin kann das, was dir passiert ist, jedem Teufelskind passieren.«

»Ja, das stimmt. Wir sind ja zurzeit noch die einzigen Teufelskinder, die an der Zauberuniversität sind,« erinnerte sie ihn. »Chloe ist mit ihrer Gruppe ja aktuell in der Festung

Mauerstein und Maio mit seiner im Weißen Wetterschloss. Bisher gab es noch keine Meldung, dass Cassiopaia dort angegriffen hat, oder?«

Fynn schüttelte den Kopf. »Soweit ich weiß, nein. Ja, stimmt, die beiden wurden ja jeweils mit ihren Teams zur Verstärkung zu den Großstädten geschickt, um die Verteidigung der dort lebenden Teufelskinder zu erhöhen. Somit befinden sich im Weißen Wetterschloss und in der Festung Mauerstein auch jeweils zwei Teufelskinder. Wie es ihnen wohl geht?«

Kristin hatte eine Idee. »Ja, hör doch mal, wenn wir wieder zurück an der Zauberuniversität sind, fragen wir sie einfach. Während des Unterrichts holt Merdin sie ja mit einem Zauber per Astralprojektion an die Universität.«

Einleuchtend. Fynn wurde jetzt erst klar, dass er, obwohl er mit ihnen das gleiche Schicksal teilte, sich noch nie groß mit Chloe und Maio unterhalten hatte. »Klar, machen wir!« Sie klatschten sich leise ab und grinsten.

Kairi hatte natürlich gelauscht und fand das alles zum Kotzen.

***

»Hey, Fynn? Komm schon, wach auf, du Schlafmütze«, sprach eine Stimme sanft zu Fynn, der noch schlummernd auf dem gewärmten Felsboden der Höhle lag. Er spürte sogar ein sanftes Streicheln an seiner Schulter. Es war behutsam und vorsichtig. War es Kristin? Oder Kairi?

Fynn öffnete langsam seine Augen und konnte die ersten paar Sekunden nur verschwommen sehen. Die Person trug sehr helle Klamotten, fast alles in Weiß und hellen Grautönen. Und jetzt erkannte Fynn auch erschrocken, wer ihn so fürsorglich aufweckte. Es war nicht mal ein Mädchen. Es war Zayne!

Fynn war ruckartig wach und entfernte sich anstandshalber

von der Hand. Er war zwar generell nicht gewohnt, so berührt zu werden, aber dann noch von einem Jungen?!

Zayne war von Fynns Zurückweichen leicht irritiert. »Oh, verzeih mir. Sehe ich im Gesicht nicht allzu frisch aus, weil du dich vor mir erschreckst?«

»Ähm, nein. Du siehst sogar für so früh morgens sehr gut aus. Ich war nur noch nicht richtig wach und du warst zu nah vor meinem Gesicht.« Er lachte verschmitzt.

»Oh, ach so! Aber danke für das Kompliment. Das ist lieb von dir. Sowas hört man gerne.«

Kompliment?, dachte sich Fynn. *Ach so, wegen dem »gut aussehen«. Also man kann's auch übertreiben.* »Ja, ähm … gerne.«

Fynn schaute sich um und erkannte, dass viele schon aufgestanden waren. Kairi hatte schon mit der Seelenwaffenübung angefangen, allerdings weniger, um Kampftechniken zu trainieren, als mehr, um ihren Seelenspiegel dafür zu benutzen, sich etwas zu schminken.

Als alle fertig waren, löste Chamuela ihre Eiswand auf. Sie kaute wieder auf einer Blaubeere und nutzte ihre Fähigkeit, den Aggregatzustand von Wasser verändern zu können und überführte das Eis schlagartig in den dampfförmigen Zustand. Und es zog davon.

Die Sonne strahlte der Gruppe entgegen. Ein herrliches Wetter. Fynn wollte sich am liebsten auf eine Wiese setzen und grillen, aber so etwas kannte man in Fermania bestimmt nicht einmal.

Jeder schickte wieder Pandra in seine Füße, um auf dem Baumgeäst weiter voran springen zu können.

Die Bäume wurden allerdings immer weniger, was bedeutete, dass sie sich dem Tal der Feuerflechten immer stärker näherten und dass sie ihre Reise bald weiter auf dem Boden fortsetzen mussten. Allerdings versicherte ihnen Metatron, dass es nicht mehr weit zu der Rampe sei.

Fynn kam es vor, als ob sich das Klima von Minute zu Minute veränderte, seitdem sie den Wald verlassen hatten.

Es wurde sehr schnell sehr viel wärmer. War das wolkenlose Wetter daran schuld oder etwas anderes?

»Ah, da vorne ist sie. Wir sind da, meine Lieben!«, rief Metatron, der mit Avio die Gruppe anführte, den anderen hinter sich zu.

Als die Gruppe an der Rampe ankam, waren alle etwas überrascht. Denn es gab überhaupt keine Rampe!

Stattdessen erwarteten sie vier kleine Mädchen, die an der unendlich tiefen Klippe saßen und ihre Beinchen baumeln ließen.

Die Engelskrieger des Feuers und Wassers gingen zu den kleinen Geschöpfen und stellten diese zur Rede.

»Wo ist Charly, der Wächter der Rampe?«, wollte Chamuela mit ihrem autoritären Ton wissen.

Eines der Mädchen drehte ihren Kopf und blickte die erzürnte Frau an. »Der ist tot. Tut mir leid.«

Chamuela blinzelte kurz ungläubig und nahm an, sich verhört zu haben. »Wie bitte?«

Dasselbe Mädchen drehte wieder den Kopf zu Chamuela um. »Spreche ich undeutlich oder sind Sie taub, Madame? Er ist tot!«

Chamuela musste sich zusammenreißen, dem Gör keine auf die Zwölf zu geben, deswegen übernahm Metatron instinktiv. »Hey Kleine, wieso ist Charly gestorben? Und was ist mit der Rampenanlage passiert?«

Alle Mädchen standen nun auf und richteten ihre Aufmerksamkeit auf die reisende Gruppe. Das Mädchen antwortete erneut: »Er war halt alt, deswegen ist er gestorben. Ganz einfach. Die Rampe haben wir abgerissen. Die hat uns optisch so gar nicht gefallen, wissen Sie, Herr in der Rüstung.«

Chamuela bekam eine Stresspustel mehr. *Abgerissen? Weil die Rampe ihnen optisch so gar nicht gefallen hat?*

Metatron gab ihr erst gar keine Möglichkeit, sich zu Wort zu melden, um dann zu explodieren. Er sprach schnell weiter mit dem Mädchen »Und wie kommen Reisende nun ins Tal der Feuerflechten? Und wie kommen die geernteten Rotbeeren hier herüber für den Handel?«

»Wir machen das«, stellte das Mädchen wie selbstverständlich klar.

»Ihr? Tut mir leid, ich will euch jetzt nicht zu nahe treten, aber ihr seid Kinder!«

Das Mädchen schaute grimmig. »Ach, wirklich? Danke für diese Info. Wissen wir selber! Wir sind die Enkelinnen von Charly und WIR sind nun die Rampe, über die alles läuft. Uns war langweilig.«

Für Metatron passte das alles nicht zusammen. Chamuela hatte schon vorhin aufgegeben, den Sinn von dem Zeug, das die Kinder da redeten, zu verstehen.

Metatron lächelte, weil er sonst nicht wusste, wie er in dieser Situation hätte reagieren sollen. »Hör mal, Kleines, kann es sein, dass ihr etwas dehydriert seid und deswegen fantasiert?«

Das Mädchen wurde zornig. »Hey, Opa! Hör mal zu. Pass auf, wie du mit mir redest, IHR wollt was von UNS!«

Jetzt musste auch Metatron schlucken. Wussten diese Halbstarken nicht, wer Chamuela und er waren? Jeder in Fermania kannte Merdin und seine vier Engelskrieger: Metatron, Chamuela, Japhiel und Haniel.

Das Mädchen erhob den Finger. »So. Egal jetzt. Wir erklären es euch. Wir vier sind die neue Rampe, wenn man das so nennen kann. Uns ist langweilig, also bringen wir euch jetzt rüber.«

Metatron fragte erst gar nicht mehr nach und nahm das Angebot einfach an.

»Bitte lass es einfach gut sein, sonst kommen wir da heute gar nicht mehr rüber«, sprach er leise zu seiner Kollegin Chamuela. Und diese tat ihm sogar den Gefallen.

Die Kleine begann mit der Erklärung: »Schaut, jede von uns beherrscht ein Element sehr gut. Damit werden wir euch sicher auf die andere Seite geleiten. Schaut her!«

Die vier Schwestern positionierten sich und aktivierten ihr Pandra. Jede von ihnen aß Beeren. Und jede in einer anderen Farbe und Menge. Somit wusste nun jeder aus Fynns Gruppe, wer welchem Element zugeneigt war.

Zwei der Schwestern umarmten sich gegenseitig. Wasser und Erde verbanden sich und aus diesen Elementen entstand ein neues: Holz! Dasselbe hatte Chamuela mit Japhiel, dem Engelskrieger der Erde, bei den Prüfungen gemacht, um die Bohnenstange zu erschaffen. Also das Vermischen der Elemente auf eine professionelle Art, und nicht mit Umarmungen.

Aus dem Boden sprossen Wurzeln und kleine Bäume. Es sah aus wie eine Art gymnastische Übung, als die beiden Schwestern daraus das Holzboot erschufen. Nur ohne Segel.

Das dritte Mädchen war für das Element Wind zuständig. Sie wirbelte mit ihren Händen wild umher, man mochte kaum glauben, dass dies etwas bewirken sollte, tat es aber! Das Holzboot wurde in die Luft gehoben und schwebte über dem Steinboden. Dann kam noch einmal das Mädchen für Wasser. Sie machte ein Geräusch, das sich wie ein Schluckauf anhörte. Dabei kam etwas aus ihrem Mund, was aussah wie ein Staubknäul. Es wuchs an und stellte sich als kleine graue Gewitterwolke heraus. Zuletzt kam das Mädchen zum Einsatz, mit der Metatron und Chamuela die ganze Zeit gesprochen hatten. Sie presste ihre Handflächen zusammen und eine Art kugelförmige Barriere umschloss das fliegende Gefährt. »So, wir sind fertig. Es kann losgehen!«

Zu viel Kristall

Eine fliegende Festung, eine Burg und eine Ecke davon, die völlig aus Kristall bestand. Es war das Quartier der Hexe von Cassiopaia.

Die Ruhe wurde durchbrochen von einem Aufschrei und einer darauffolgenden Explosion! Ein Teil des Kristallquartiers wurde abgetrennt und durch die Druckwelle in die Luft gewirbelt.

Am anderen Ende der fliegenden Festung hatte Chandria in ihrem Garten ein wohltuendes Bad genommen. Ihre Haut duftete so gut wie schon lange nicht mehr. Während sie sich ihr Gewand überstreifte, hörte sie eben diesen Aufschrei. Sie rollte mit den Augen. »Oh Mann, diese blöde Kuh. Kann man hier nicht einmal in Ruhe Wellness machen, ohne gestört zu werden? Jetzt liegt mein Quartier schon möglichst weit weg von ihr …«

Als sie sich mit einem Schwung umdrehte und gerade beginnen wollte, ihre Wasser-Murmeln zu putzen, sah sie einen bedrohlichen Schatten auf dem Boden. Und dieser wurde immer größer! Etwas kam von oben auf sie herabgestürzt! Ein riesiger Kristallturm kam rotierend auf sie zu.

Mit einem Satz konnte sie sich gerade noch rechtzeitig vor dem Aufprall retten. Ihr Garten hingegen wurde einmal auf den Kopf gestellt und ihr Brunnen war völlig zerschmettert.

Zornig riss sie ihren Kopf nach oben und schrie in den Himmel: »JENNIPHER! ICH HASSE DIIIICH!!!«

Wieder zurück bei Jenniphers Quartier legte sich der Staub aus kleinen Kristallsplittern wieder. »Hast du was gehört, Ednan?«, wollte sie von ihrem Teamkollegen wissen, denn sie hatten jemand ihren Namen rufen hören.

»Nein, das war mein Bauch. Ich habe ganz arg Hunger. Tut mir leid.«

»Ach so, ich dachte schon. Ja, dann hol dir doch was, ich brauch hier Ruhe, damit ich mich auf diesen dämlichen Zauber konzentrieren kann!«

Lustigerweise ließ sie ihm die Zeit überhaupt nicht und startete einen weiteren Versuch. Sie stand vorm goldenen Buch des Salomo und streckte ihre Hände über ihm aus. Sie wiederholte den Zauberspruch, den sie schon so langsam nicht mehr hören konnte: »Gehe gern weg und komme gern wieder. Mag diese Stadt mit ihren Lichtern, ich hänge an den Gesichtern. Hör die Worte, hör mein Flehen, muss dich wiedersehen. Werde gefunden, denn du warst versteckt, zeig mir den Weg, den du hinter dir lässt! Himmlische Steppe!«

Eine Säule aus starkem Licht und Magie stieg vom Buch empor. Das kannte Jennipher auch, nur ging sie diesmal anders vor. Da sie den Zauber bisher nicht richtig lenken und kanalisieren konnte, griff sie nun zu Plan B. Nahe der Decke hatte sie überall kristallene Reflektoren positioniert. Anstatt also die Magie des Buches an der Decke zu bündeln, um es dann nach der himmlischen Steppe suchen zu lassen, leitete sie diesmal alles um.

Reflektor eins schickte es zu Reflektor zwei und dieser weiter zu drei. Das ging immer so weiter. Das Licht im kristallenen Raum wurde immer heller und der Druck der magischen Welle zerfetzte diesmal keinen von Jenniphers Kristalltürmen, von dem sie beim besten Willen nicht wusste, wo er hingeflogen war, sondern die Gewänder an ihrem Körper. Ednan hätte dieser Anblick entzücken müssen, wenn er nicht so dumm gewesen wäre. Jennipher stand nur noch in reizender Unterwäsche da und konzentrierte sich auf ihre Magie. Sie stöhnte vor Anstrengung. Die Absätze ihrer Keilschuhe hielten dem Druck erstaunlicherweise stand.

Als das Buch fertig war, seine Magie in den Raum zu speien, war es für Jennipher an der Zeit, die Reflektorenspielchen zu beenden für den eigentlichen Grund: Nun leitete sie die zwischen den Reflektoren umherwirbelnde Energie um. Und zwar in ein aus – wie könnte es anders sein – Kristall bestehendes Fernrohr. Dieses schleuderte sie auf Ednan und es preschte mit ihm in die Wand.

Sie konnten den Zauber zwar nicht wie ursprünglich gedacht einsetzen, aber sie hatte ihn an einen Gegenstand gebunden und konnte ihn nun auf diese Weise nutzen.

Jennipher war überglücklich. Ednan fehlte stattdessen ein Zahn.

Sie lief auf ihn zu, nahm den verzauberten Gegenstand an sich und lachte Ednan an: »Haha, du Schwachkopf. Ich hab doch gesagt, geh in Deckung. Wer nicht hören will; der verliert sein Gebiss, das weiß doch jeder.«

Ein lautes Hallen kündigte sich an. Diesmal vernahm Jennipher wirklich ihren Namen und nicht Ednans übergroßen Magen. »Jennipher, Ednan, kommt bitte auf den Hof. Ich will wissen, wie weit ihr seid.« Die Stimme kam von Sky, der Anführerin von Cassiopaia.

Die Hexe antwortete ihr, während sie sich neue Klamotten zauberte. Da es ein förmliches Treffen war, beugte sie sich wieder dem Dresscode und wählte die allgemeine Kutte der Organisation als Kleidungsstück. »Wir kommen, Anführerin Sky.«

Sie gab Ednan zu verstehen, dass er augenblicklich aufstehen und ihr nachlaufen sollte. Vor lauter Kristall hätte er den Ausgang bestimmt nicht alleine gefunden.

Draußen angekommen, kam Sky in der Luft schwebend auf die beiden zugeflogen. »Ich habe dir schon einmal gesagt, nenne mich nicht Sky! Das ist nur die Gestalt, in die ich schlüpfen musste, um mich an der Zauberuniversität einzuschleichen und nicht entdeckt zu werden. Ich heiße Zaramon!«

Jennipher nickte. »Natürlich.«

Doch die beiden konnten ihre Konversation kaum richtig ausklingen lassen, als eine erzürnte Blauhaarige über den Boden gescheppert kam. »Du blöde Kuh, dein Scheiß-Kristallirgendwas hat meinen schönen Brunnen zerschmettert und mich fast mit dazu!«

Jennipher hatte keinen Plan, wovon die von Waschneurosen geplagte Chandria da sprach, trotzdem antwortete sie ihr: »Mist, verfehlt.«

Diese glaubte, sich verhört zu haben, und ließ mit einer Handbewegung das zerronnene Wasser ihres Brunnens zu sich kommen, bündelte es zu einem Würfel und ließ diesen auf Jennipher zurasen. Die Hexe verzog nicht einmal eine Miene. Auf dem Weg dorthin veränderte Chandria den Aggregatzustand des Würfels von flüssig zu fest. Aus Wasser wurde Eis. Das war der Hexe aber noch mehr egal.

Doch bevor der Angriff auf Jenniphers Schutzschild traf, wurde der Würfel von einer anderen Kraft auf den Boden gepresst und zerstört. Die Cassiopaia-Mitglieder schauten zu Sky, die ihre Handfläche ausgestreckt hatte. Es war ihr Werk. »Genug mit diesem Kindergarten. Ich habe euch nicht wegen Brunnenproblemen hergebeten!«

Sie setzte zur Landung an und kam sachte auf. Zuerst richtete sie sich an die wasserstoffblonde Hexe. »Wie weit bist du mit dem Zauber gekommen? Weißt du, wo sich die himmlische Steppe befindet?«

Ednan ließ sich plump auf den Boden nieder und setzte sich, weil er solchen Hunger hatte.

Jennipher blickte ihn abwertend an und wendete sich dann wieder Sky zu. »Na ja, nicht so richtig.«

»Wie meinst du das?«

»Ich konnte den Zauber leider nicht so lenken, wie ich es gerne gehabt hätte. Allerdings habe ich jetzt das hier!« Jennipher hielt das kristallene Fernrohr hoch. Rundherum waren Buchstaben eingraviert. Das erkannte Jennipher auch zum ersten Mal. Es war der Zauberspruch, den sie angewandt hatte. Dieser stand nun wie eine Verzierung auf dem Gegenstand.

»Und was willst du damit?«, wollte Sky wissen und runzelte ihre kleine Stirn. Da sie ein kleines Mädchen war, sah dies besonders witzig und zickig aus.

»Ich habe den Zauber hier hinein kanalisiert. Wenn er mich schon nicht direkt zur Steppe führt, so müsste dieses verzauberte Fernrohr mir nun die Möglichkeit geben, die Steppe wenigstens zu erkennen, wenn sie in meinem Sichtfeld liegt.

Sky verlor ihre Skepsis nicht. »Ähm, hast du eine Ahnung, wie groß die Welt ist? Wo willst du bitte mit der Suche anfangen?«

Aber auf diese Frage war Jennipher vorbereitet. »Das Buch des Salomo hat in verschiedenen Textpassagen die himmlische Steppe erwähnt. Somit kann ich ungefähr die Region bestimmen, in der sie liegen muss. Und ja, alles andere ist dann halt suchen, suchen und noch mal suchen.«

Sky grinste. »Nun, mir bleibt nichts anderes übrig, als optimistisch zu sein. Kannst du bitte drei weitere dieser Kristallfernrohre machen?«

Jennipher verstand nicht. »Wieso?«

»Weil Ednan und du, zusammen mit Chandria und ihrer neuen Partnerin Simona, ein Team zur Suche und Zerstörung der Steppe darstellen werdet.«

Beide Frauen blickten sich hysterisch und erschrocken an und sprachen gleichzeitig. »ICH, mit DER?«

Sky stieg grinsend wieder in die Luft empor. »Ja, genau. Kommt mit einander klar, ein Versagen wird nicht geduldet!«

Und während die kleine Anführerin Richtung Hauptgebäude der fliegenden Festung verschwand, überlegten die beiden Rivalinnen, wie sie die jeweils andere am besten töten könnten.

Ednans Magen knurrte erneut. *Menno, ich hab soooo Hunger …*

Das Tal der Feuerflechten

Das Holzboot, welches die vier Mädchen erschaffen hatten, war groß genug, um jeden aufzunehmen. Mit einem Satz sprangen alle in das sich schon in der Luft befindliche Gefährt. Die Barriere gab ihnen weder einen Widerstand noch war es sonst irgendwie zu bemerken, dass sie da war.

»Wozu diese Barriere um das Boot? Ähm, und wozu diese kleine Wolke da?«, wollte Kairi wissen, die mindestens einen so frechen und zickigen Ton hatte wie eines der vier Mädchen.

Die anderen drei Mädchen hatten immer noch so gut wie gar nichts gesprochen, stattdessen antwortete wieder nur die eine. »Also, es ist wirklich nicht kompliziert, ich hoffe, du verstehst es trotzdem«, gab diese den zickigen Ton an Kairi zurück. Diese hätte ihr am liebsten ihren Handspiegel über den Schädel gezogen, aber sie wollte ihre Seelenwaffe nicht demolieren.

Das feueraffine Mädchen fuhr fort: »Meine Barriere hier ist eine auf Feuer basierende Tech. Du musst wissen, das Tal der Feuerflechten ist extrem warm! Und um das Tal weht ein noch viel wärmerer Wind. Dieser zirkuliert hier in der Schlucht um das Tal herum und würde mindestens deine Haare wegkokeln. Willst du das?«

Kairi gab darauf keine Antwort, weil ihr Blick genug aussagte. Wer wollte das schon?

Nach einer kurzen Pause, um Kairis Reaktion abzuwarten, die ja aber recht bescheiden ausfiel, fuhr sie fort. »Jedenfalls ist das hier eine Art Hitzeschild. Es bewahrt uns also vor der brennend heißen Luftströmung. Die Wolke da oben von meiner einen Schwester wird permanent nieseln. Somit bleibt das Holz des Bootes frisch und beständig, zudem erfrischt es auch euch. Und meine andere Schwester lässt mit ihren Windfertigkeiten das Boot herüberfliegen, aber diesen Vorgang muss ich wohl nicht erläutern, oder etwa doch?«

Kairi war genervt. »Glaubst du, ich bin dumm, oder was?«

»Du siehst auf jedenfalls danach aus!«

Ihre Blicke wünschten sich gegenseitig den Tod.

Metatron ging zwischen die beiden Mädchen. »Okay, okay. Wir beruhigen uns jetzt alle! Wir wollen einfach nur da rüber. Mehr nicht. Das werden wir wohl alle überstehen, ohne uns an den Hals zu fallen, oder? Sag, Mädchen, wie lange werden wir brauchen?«

Sie schaute sich aufs Handgelenk, als würde sie eine Uhr tragen, tat sie aber nicht. »Hmmm, ich denke, so ungefähr drei Stunden. Die Schlucht hier ist nicht nur extrem tief, sondern auch weit.«

Dass sie tief war, konnte Fynn sehen und es kam ihm fast wie eine Untertreibung vor. Sie war so tief, dass man den Boden nicht einmal erahnen konnte. Und die Tiefe der Schlucht strahlte auch etwas Unheimliches aus, Fynn wollte da einfach nur schnell drüber, denn seine Höhenangst meldete sich wieder. Da war die Höhe der Transportwolken an der Zauberuniversität ja gar nichts dagegen.

Der Flug zum Tal dauerte so lange wie angekündigt. Das Nieseln der Wolke war sehr angenehm und Fynn konnte nur ab und zu abschätzen, wie heiß es außerhalb der Barriere sein musste, weil er glaubte, öfters ein Flimmern am Schild entlangzüngeln zu sehen.

»Wir sind gleich da«, kündigte das Mädchen an und zeigte mit dem Finger auf das Ziel. Mitten im Nichts der Schlucht ging es wieder bergauf. Fynn fand das witzig, weil ein Tal eigentlich etwas war, was tiefer als das um es herum Befindliche lag. Als Hügel oder Berg konnte man das Tal aber nicht bezeichnen. Dazu fehlte die Spitze. So, als hätte sie jemand abgeschnitten, und auf der flachen Fläche befand sich das Dorf, welches sich Tal der Feuerflechte nannte. Und im Zentrum dieser Fläche war ein Loch. Fynn dachte zuerst, dass dort mal etwas eingeschlagen wäre, aber um das Loch herum gab es keinen Kraterrand. Dieser Anblick war für ihn irgendwie unnatürlich …

Das Holzboot begann zu schaukeln und alle versuchten sich irgendwo festzuhalten. Es machte sich zur Landung bereit.

Kairi lief nach vorne, wo sie das Mädchen vorfand, die als Einzige sprach. »Ähm, ich will ja nicht deine … Kompetenz … anzweifeln, aber da vorne ist keine Landerampe. Wir fliegen viel zu schnell an, wir zerschellen am Steinboden!«

Das Mädchen drehte sich nicht einmal zu ihr um. »Mach dir nicht in die Hose, Kleine. Wir sind Vollprofis, klar?«

Kleine?, dachte sich Kairi. *Ich bin zwei Köpfe größer als die! Ach, mir doch egal. Gott sei Dank bin ich die Schnepfe gleich los.*

Das Boot kam in der Tat sanft auf dem Boden auf. Die Landung war kaum spürbar. Doch dann wurde die Geschmeidigkeit durch eine, nicht in den Vorgang passende, Vollbremsung unterbrochen. Kairi war der festen Überzeugung, dass dies Absicht war, da sie ihren Lipgloss nun in ihrem Nasenloch hängen hatte, weil genau dann abgebremst worden war, als sie diesen angesetzt hatte.

Das Mädchen grinste Kairi an. »Oh, Verzeihung. Auch Vollprofis machen mal Fehler.«

Kairi hätte explodieren können!

Die drei Mädchen lösten ihre Techs fast gleichzeitig wieder auf.

»Wisst ihr, wo wir Anisa finden können?«, fragte Metatron anschließend das Mädchen.

»Ah, du meinst die Dorfprotectorin? Ja, klar, kommt gerade mit uns, wir bringen euch hin.«

Metatron war überrascht. Keine Widerworte?

Während sie den Mädchen folgten, musterten Fynn und die anderen, die noch nie hier gewesen waren, die Umgebung. Er erinnerte sich auch daran, was Kairi mal über diesen Ort gesagt hatte, nämlich dass es hier sowas wie Feuerfüchse, Lavabeißer und Glutgleiter gäbe. Zu gerne würde er welche davon zu Gesicht bekommen wollen, es sei denn, sie waren gefährlich.

»Bald kommt die Flut, Anisa ist deswegen bestimmt am Zentrum«, erklärte das kleine Mädchen.

Kaum gesagt, kamen sie auch schon im Zentrum an, da, wo das Loch im Boden klaffte.

»Flut? Gibt es hier Wasser?«, wollte Fynn von ihr wissen.

Sie drehte sich grinsend um. »Nein, du Blödmann, damit mein ich die Lavaflut.« Wie auf Kommando begann das Loch hinter ihr zu dampfen und eine Fontäne aus geschmolzenem Gestein kam in den Himmel geschossen.

»Ahhhhh, weg hier!«, schrie Kairi und wollte flüchten, aber eines der anderen Mädchen blockierte ihr den Weg. Kairi wollte sie gerade beiseite schupsen, erkannte dann aber den Grund für ihr seltsames Handeln.

Kairi erinnerte sich, etwas darüber gelesen zu haben. Und die Informationen, die sie wieder aus ihrem Gedächtnis hervorholte, erklärte eine unbekannte Stimme allen laut: »Die Gebäude hier im Tal der Feuerflechten sind auf schwimmenden Steinplatten gebaut worden. Sie wurden extra angefertigt und sind extrem hitzebeständig. Wenn die Lava aufsteigt und das Gebiet überflutet, so schwimmen diese Platten darauf wie Holzstämme bei steigendem Wasser.«

Kairi erkannte, dass sie auf einer solchen Platte standen. Und während das Gebiet in rotes Licht der glühenden Lava getaucht wurde, blickten alle zum Ursprung der Stimme. Aus der Nähe der hitzig dampfenden Fontäne erblickten sie ein zartes Frauengesicht. »Ich erkläre euch noch alles, Kinder. Und für alle von euch, die mich noch nicht kennen, ich bin die Dorfprotectorin Anisa.«

***

Diese Augen! Es war nur für den Bruchteil einer Sekunde, als Anisa aus dem Licht kam, dass Fynn glaubte, in jedem Auge der Dorfprotectorin eine sternförmige Iris zu sehen. Aber mit nur einem Wimpernschlag waren ihre Augen doch ganz normal.

Er blickte zu den anderen, aber ihren Gesichtern konnte er nichts Verdächtiges entnehmen. Fynn dachte, dass es vielleicht eine Fata Morgana gewesen sei. Immerhin war es hier sehr heiß und viel getrunken hatte er auch nicht.

Anisa flog auf die Gruppe zu. Sie flog deswegen, weil sie auf einem schwebenden Objekt saß. Eine übergroße Katze mit brennenden Flammen an den Tatzen und an den Spitzen ihrer drei Schweife. Sie saß auf ihr wie eine Dame auf einem Pferd. Nicht breitbeinig, sondern beide Beine überschlagen auf einer Seite. Als die Katze auf der durch die Lava treibenden Steinplattform landete, sprang Anisa elegant ab.

»Hallo meine Lieben, willkommen im Tal der Feuerflechten! Leider habt ihr den dümmsten Zeitpunkt für eure Ankunft gewählt. Tut mir leid wegen dem hier.« Sie zeigte auf das Lavameer überall um sie herum.

Dann blickte die Dorfprotectorin gezielt in die Gruppe. »Oh, wie schön euch wiederzusehen, Meisterin Chamuela und Meister Metatron.« Sie verbeugte sich leicht und erhaschte dabei einen Blick auf Fynn und Kristin. Fynn sah zwar keine sternförmige Iris, aber er entdeckte, wie messerscharf ihr Blick seinen kreuzte, und er wusste, dass sie Bescheid wusste. »Und ihr habt interessante Gäste mitgebracht!« Sie richtete sich wieder auf. »Zwei Teufelskinder und eines davon ist sogar ein magisches Wesen. Unglaublich! An Seltenheit kaum zu überbieten! Das haben meine Augen wirklich noch NIE gesehen!«

Fynn zuckte bei dem Wort »Augen«.

Nachdem sie das bestätigende Nicken der beiden Engelskrieger eingeholt hatte, lief sie auf die beiden Kinder aus Kaomos zu und reichte ihnen die Hand, bevor sie sich allen anderen, die sie noch nicht kannten, vorstellte.

»Ich hoffe, Meister Merdin geht es auch gut? Und wie machen sich die Schüler?«, wollte Anisa wissen, immerhin war sie einst selbst einmal Schülerin an der Zauberuniversität gewesen.

Metatron antwortete ihr freundlich. »Er ist zurzeit wegen mehrerer kleiner Dinge besorgt, aber nichts Weltbewegendes. Sonst geht es ihm hervorragend.«

Anisa kannte den Engelskrieger des Feuers gut genug, um zu erkennen, dass das nicht ganz zu stimmen schien. Sie vermutete aber auch, dass er vor den Kindern nicht offen reden konnte oder wollte. Deswegen beließ sie es vorerst dabei. Später würde es schon eine Möglichkeit geben, um ungestört mit ihm zu sprechen. Sie setzte ein natürliches Grinsen auf. »Super, das freut mich aber sehr.«

Fynn musterte seine Umgebung. »Passiert das hier oft?«

Anisa antwortete. »Zurzeit etwas häufiger, aber sonst ist dieses Ereignis auch keine Seltenheit. Ich würde sagen, üblich ist so einmal pro Tag.«

Fynn war erstaunt, aber auch entsetzt. »Was? So oft?«

»Ja, deswegen die Vorkehrungen mit den Platten hier.«

»Und wie lange dauert es, bis das aufhört und die Lava erkaltet ist?«

Anisa gefiel die natürliche Neugierde von Fynn. »Sie fließt kreisrund am Rand ab, den Berg hinunter. Aber bevor du mir noch mehr Fragen stellst, biete ich euch einfach eine kleine Führung an, sobald die Lava abgeflossen ist und keine Gefahr mehr droht. Na, was sagst du dazu?«

Fynn grinste. »Tut mir leid. Sehr gerne natürlich.«

Anisa mochte Fynn jetzt schon, diese Seltenheit für ihre Augen …

***

Vogelähnliche Wesen flogen über der Gruppe hinweg, die von Anisa herumgeführt wurde. Ihre Schwanzfedern bestanden aus Flammen und zogen einen langen Schweif hinter sich her. Mit jedem Flügelschlag versprühten sie goldrote Funken. Sie sahen elegant und anmutig aus.

Anisa sah, wie wissbegierig die Kinder zu diesen Geschöpfen hochschauten. »Das sind Glutgleiter. Sie leben dort, wo es vulkanische Aktivitäten gibt, da sie sich vorzugsweise von der nährstoffreichen Asche ernähren, die bei Ausbrüchen in die Luft geschleudert wird. Es sind sehr friedvolle Tiere.«

Fynn musste grinsen, denn Kairi hatte unter anderem wegen dieser Tiere einen großen Aufstand gemacht, als wären sie menschenfressende Monster.

Anisa fuhr fort. »Das Dorf der Feuerflechten besteht grundsätzlich aus Gesteinsbauten, da hier wegen des Wassermangels keine Bäume für Holz wachsen und diese ja auch bei der Hitze anbrennen würden. Das einzige Holz, das geeignet ist, wäre Siebenholz, aber das ist auch nur suboptimal und zudem sehr teuer.«

»Siebenholz?«, fragte Fynn.

»Ja. Es heißt deswegen so, weil es sieben Mal nicht zerstört werden kann. Egal wie heiß die Flammen sind oder wie stark ein Angriff ist. Das Holz hat also sozusagen sieben Leben, weißt du?«

»Ach so, okay!« Fynn fand das sehr witzig. Er kannte ein Sprichwort mit sieben Leben, aber das bezog sich auf Katzen und nicht auf Holz. So unterschiedlich die Welten auch sein konnten, die kleinen Parallelen, die existierten, gaben ihm ein Gefühl der Sicherheit. »Warum wurde an einem solchen Ort überhaupt ein Dorf errichtet? Die Umgebung hier ist nicht optimal und eher erschwerend als bequem.«

»Gute Frage, Fynn! Ich erkläre dir erst einmal den Grundgedanken. Das zentrale Thema sind die Rotbeeren. Sie gedeihen besonders gut in heißen Gegenden. Ein paar kann man bestimmt in der Wüste finden, klar. Jedoch spreche ich von wirklich heißen Gegenden. Und ja, diese sind nun einmal Vulkane. Die Ernte von Rotbeeren ist also nicht nur sehr mühsam, sondern kann auch lebensgefährlich sein. Deswegen sind Rotbeeren auch besonders teuer.«

Fynn verstand. Darum waren sie ja auch da – um selbst einmal ernten zu müssen und den Wert der Rotbeeren besser schätzen zu lernen.

»Bei normalen Vulkanen werden Dörfer im sicheren Abstand errichtet. Nach jedem Ausbruch, und diese finden bei normalen Vulkanen ja sehr viel seltener statt als hier, können Rotbeeren geerntet werden, da die enorme Hitze sie besonders schnell reifen lässt. Es muss also nur ab und zu mal eine Gruppe Erntehelfer hingeschickt werden, um die Rotbeeren zu pflücken. Dieser Ort hier ist aber … etwas spezieller.«

Die Kinder horchten auf und die Lehrer ließen sie gewähren. Alles, was Anisa erzählen konnte, waren keine geheimen Informationen.

»Wir befinden uns hier nicht, wie es sonst bei Vulkanen üblich ist, auf einem Berg, welcher über dem Meeresspiegel liegt. Nein, die Schlucht um uns herum ist nur in sich zusammengefallen. Der Boden, auf dem wir stehen, liegt also genau auf dem Meeresspiegel. Und das Loch im Boden reicht nicht einfach nur bis zu einem Lavastrom unter der Erde, wie es sonst üblich ist, sondern führt direkt zum Erdkern! Daher kommt es zu häufigen und intensiven Ausbrüchen. Ein Segen für das Gedeihen von Rotbeeren. Und deswegen war es so attraktiv, hier ein Dorf zu gründen. Es musste also ein System entwickelt werden, um die Dorfbewohner und -gebäude vor der Vernichtung zu bewahren. Deswegen diese Platten, die auf der Lava treiben. Mindestens unter jedem Gebäude steht eine solche Platte, aber natürlich auch zwischen den Gebäuden.«

»Und was passiert dann mit der Lava? Fließt sie in das Loch zurück? Wenn ja, würde die Lava doch irgendwann das Loch verstopfen, oder?«

»Ein Teil fließt schon zurück, aber das verstopft nichts. Das Wesentliche hier sind diese vier Lichtsäulen.« Sie zeigte auf diese. Sie waren in gleichen Abständen rings herum am Rand der Schlucht angeordnet. Sie waren Fynn noch gar nicht aufgefallen, obwohl diese eigentlich sehr auffällig waren. »Was bewirken die Säulen diesbezüglich denn?«

»Es sind die Pfeiler einer Hitzebarriere.«

Fynn erinnerte sich. Das kleine Mädchen vom Boot hatte sowas Ähnliches benutzt. »Eine auf Feuer basierende Tech, welche vor Hitze schützt, oder?«

Anisa nickte. »Ja, so ähnlich. Eine Hitzebarriere ist sehr flexibel einsetzbar, je nachdem wie talentiert der Anwender ist. Die Hitzebarriere im Tal der Feuerflechten hat mehrere Funktionen: Die erste wäre das Ableiten der Hitze vom Schlund. Bei jedem Ausbruch wird nicht nur Lava ausgestoßen, sondern auch eine enorme Hitze. Diese wird in die Schlucht ausgeworfen. Deswegen werden die Luftströmungen in der Schlucht um das Tal immer heißer. Zum anderen wird die Lava an sich abgeführt.« Sie zeigte an den Rand der Barriere, denn dorthin waren die Platten mit den Gebäuden getrieben worden. Da erkannte Fynn auch, dass diese Hitzebarriere anders war, denn die des Mädchens war durchlässig und kaum erkennbar, diese hier war intensiver und auch undurchlässiger, auf eine für Fynn eigenartige Art und Weise. Denn während die Platten mit den Gebäuden an der Barriere aufgehalten wurden, ließ sie die Lava durch und den Abhang ablaufen.

Anisa erklärte es ihm unaufgefordert. »So beseitigen wir das flüssige Gestein. Alles Flüssige wird durchgelassen, das Harte zurückgehalten. Wie ein Filter sozusagen. Die Feuerelementler, die die Barriere kreieren, werden natürlich in Schichten abgelöst. Leider benötigen sie zum Erhalt der Barriere eine nicht zu unterschätzende Menge an Rotbeeren. Da hier ja genügend wachsen, können wir uns das leisten. Ansonsten würden keine mehr übrig bleiben zum Handeln und somit auch für die Zauberuniversität. Die Gebäude und die Steinplatten werden dann von ein paar Erdelementlern wieder gleichmäßig verteilt, sonst würde sich das Dorf ja am Rand der Barriere sammeln.«

Sie liefen langsam, aber sicher auf den Schlund zu, der vor wenigen Minuten noch Lava gespuckt hatte. Anisa erklärte weiter: »Zum Schlund hin werden die Gebäude weniger. Zwar können wir sie durch die Steinplatten auf der Lava schwimmen lassen, aber gegen die Druckwelle, die beim Hinaufschießen der Lava verursacht wird, sind sie nicht geschützt.«

Je näher sie zur Mitte kamen, desto wärmer wurde es. Dann standen sie direkt am Rand. Fynns Herz pochte, denn um Höhenangst zu haben, musste er nicht zwingend in der Luft sein. Ein Blick hinunter bei so etwas Steilem reichte auch. Alle anderen hatten eher Bedenken hinunterzuschauen, weil sie befürchteten, dass wieder Lava hochspritzen und ihnen den Kopf wegbrennen könnte. Sie wagten dennoch einen Blick, genauso wie Fynn.

Dieser Schlund war genauso tiefschwarz wie die ganze Schlucht um das Tal der Feuerflechten herum. Der Boden war nicht zu erkennen und die Luft, die ihm entgegenwehte, hätte aus dem feurigen Maul eines Drachen stammen können. Gleichzeitig fragte Fynn sich selbst, ob es diese Fabelwesen wohl in dieser Welt gäbe.

Kaum hatte Fynn diesen Gedanken beendet, fing etwas fürchterlich an zu brennen. Denselben Schmerz schien auch Kristin zu spüren, denn beide fassten sich mit schmerzverzerrtem Gesicht an die Brust. Ihre Male brannten.

Anisas Augen mussten nicht außergewöhnlich scharf sehen können, um das mitzubekommen.

»Das Interessante ist, dass sich die Leute zwei Geschichten über diesen Schlund hier erzählen«, wollte Anisa die Geschichte beginnen, als Chamuela sie kommentierte.

»Du weißt, dass das nur Ammenmärchen sind. Nichts davon ist bewiesen. Alles Spekulationen.«

Anisa zuckte in ihrem hellen Gewand mit den Schultern.

Ihr Gesichtsausdruck war immer sehr freundlich. »Dann ist es ja erst recht nichts Schlimmes, wenn ich es erzähle. Besonders Fynn und Kristin kennen noch nicht alles aus dieser Welt, ich will nur, dass sie sich heimisch fühlen.«

Chamuela konnte dagegen nichts sagen. »Na gut.«

Anisa wusste sofort, wer die beiden waren, als sie die Teufelsmonster in ihnen erkannte. Sie war damals zwar noch sehr jung, war aber schon an der Zauberuniversität gewesen, als die Babys aufgeteilt wurden. Daher wusste sie auch, dass Fynn und Kristin zwei der vier Babys waren, die nach Kaomos gebracht wurden.

»Welche Geschichten denn?«, wollte Fynn nun wissen.

Anisa lächelte. »Es sind lustigerweise sehr unterschiedliche Geschichten, die sich aber nicht unbedingt ausschließen müssen. Eine Geschichte besagt, dass dieses Loch der Einschlagkrater von etwas war, das vom Himmel fiel. Es soll aber kein Komet gewesen sein, denn wie ihr seht, gibt es keinen Einschlagskrater. Angeblich war es etwas Heiliges, war hier hinabstürzte! Und zwar ein Engel!«

Stille.

Fynn war perplex. »Ein Engel soll für diesen Schlund verantwortlich sein?«

»Genau. Angeblich bekamen die Engel Streit, welcher darin mündete, dass einer von ihnen verbannt und auf die Erde niedergeschickt wurde.«

»Ich sag's doch: Märchen«, kommentierte erneut Chamuela. »Es wurde keiner der Engel verbannt.«

»Es ist doch nur eine Geschichte, Chamuela. Die andere Geschichte wiederum besagt etwas anderes.«

»Nämlich?«, wollte Fynn wissen.

»Sie beschreibt diesen Ort hier nicht als heiligen Niedergang eines Engels, sondern als Geburtsstätte der zerstörerischsten Mächte, welche je existierten. In dieser Überlieferung sind nämlich die acht Teufelsmonster aus diesem Loch zur Welt emporgestiegen und überzogen daraufhin diese Welt mit ihren tiefen Schatten! Die Schlucht um das Tal der Feuerflechten sollen ihre ersten Fußabdrücke auf dieser Welt gewesen sein.«

Fynn und seine Freunde waren starr vor Angst. So lieb Anisa auch aussah, diese Geschichte verpasste ihm eine Gänsehaut, wenn er sich bildlich vorstellte, wie groß diese Monster gewesen sein mussten, um eine solch riesige und tiefe Schlucht entstehen lassen zu können.

»Aber wie Chamuela sagte: Das sind nur dumme Geschichten, die man sich erzählt. Und so unterschiedlich, wie sie sind, können sie ja gar nicht wahr sein«, versuchte sie die Lage etwas zu entspannen, weil sie die verängstigten Gesichter der Kinder sah.

»Jedenfalls müssen wir da morgen runter, um die Beeren zu ernten, nicht vergessen«, lächelte sie und fügte diese Information noch einmal beiläufig an, als wäre das nach diesen Geschichten nun eine Leichtigkeit.

Ein leichtes Beben erschütterte den Boden. »Oh, die Verschiebungen haben begonnen. Gebt acht, wo ihr steht.«

Fynn erkannte, was die Dorfprotectorin meinte. Die Erdelementler hatten begonnen, mit Erd-Techs die Steinplatten mit den Gebäuden darauf wieder auf die richtigen Positionen zu schieben.

Anisa drehte sich mit ihrem hellen Gewand zur Gruppe um. »So, wollt ihr mitkommen? Ich zeige euch, wo eure Unterkunft steht. Oder besser gesagt, wo sie gleich wieder stehen wird.« Sie lachte, während die Kinder Angst hatten, von den tüchtigen Erdelementlern und ihren Techs zerdrückt oder überrollt zu werden.

In Gedanken versunken führte Anisa die Gruppe an. *Es ist verboten, hierher zu kommen! Es muss etwas Schlimmes passiert sein, wenn zwei der vier Engelskrieger sogar persönlich hier erscheinen. Bei den Engeln …*

Schlimme Erkenntnis

Der Krankenflügel der Zauberuniversität hatte schon immer eine große Fläche, um Heilkräuter anzupflanzen. Da die Sonne zurzeit mehr schien als üblich, dachte sich Frau Wuchsbaum, dass es die perfekten Tage seien, genau dies zu tun. Ihr Seelengeist, eine lebendige und übergroße fleischfressende Pflanze, reichte ihr mit ihren vielen Tentakeln einen Setzling nach dem anderen. Sie konnte es kaum abwarten, ihre Süßen jeden Tag zu gießen und von Zeit zu Zeit zu düngen, um sie dann irgendwann zu zerhacken und als Heilkräuter zu verwenden. Und was sie nicht für Medizin verwerten konnte, daraus würde sie sich dann einen Salat machen.

Plötzlich entdeckte die Lehrerin und gleichzeitig leidenschaftliche Gärtnerin einen kleinen Fleck auf ihrem Beet. Dieser wurde immer größer und als ihr klar wurde, dass dies ein Schatten war, der von oben immer näher kam, war es schon zu spät.

»Vorsicht, ein Notfall!!!«, schrien zwei Personen fast synchron. Es waren zwei Späher, die mit ihren Seelengeistern verschmolzen waren und deswegen Hybriden zwischen Vogel und Mensch darstellten. Beide hatten während ihres Sturzfluges etwas Großes im Schlepptau. Frau Wuchsbaum konnte allerdings kaum etwas erkennen, da die Sonne am Himmel sie blendete, wenn sie nach oben sah. Und so konnte sie nichts unternehmen, als der eine großflächig in ihrem frisch bearbeiteten Beet landete und der andere Wuchsbaum selbst über den Haufen flog und sie in den anderen Teil ihres Beets stolperte.

Beide Späher trugen die Körper huckepack und rannten

in den Krankenflügel von Schwester Lilly. Sie konnten nicht hören, dass Wuchsbaum sie als »Scheißpenner« bezeichnete, weil sie nun im Dreck saß und die tagelange Mühe umsonst war …

***

»Schöne Spritze, oder Meister?«

Merdin war es nicht gewohnt, dass jemand mit einer Nadel so dicht vor seinem Gesicht hantierte. Er konnte immer noch nicht verstehen, wie man so besessen von etwas sein konnte wie Lilly. »Ja, diese Nadel ist … besonders …. spitz«, versuchte er sie zufriedenzustellen. Eigentlich wollte er nur kurz in den Krankenflügel, um sich die neuen Medi-Buluts anzusehen. Immerhin waren sie sehr teuer gewesen. Doch die verrückte Krankenschwester ließ ihn nicht richtig in Ruhe. Natürlich würde Merdin sie nie so bezeichnen, zumindest es nicht laut aussprechen.

Plötzlich ging der Alarm im Krankenflügel los. Merdin hatte den Komplex damals so verzaubert, dass dieser sofort Alarm schlug, wenn ihn jemand mit kritischen Körperfunktionen betrat.

»Schwester Lilly! Schwester Lilly? Bitte, wir brauchen Sie hier«, ertönte eine Stimme, deren Klang die Dringlichkeit wiedergab, welche die Situation barg. So verpeilt und irre Lilly sein konnte, plötzlich wurde sie ernst.

Mit einem Stabschwung ließ Merdin die Krankenzimmertür auffliegen, damit Lilly und er einen Blick auf den langen Flur werfen konnten.

Die Krankenschwester machte sich sofort auf den Weg, den zwei Spähern entgegen. Mental rief sie zwei Transportwolken herbei, welche den beiden die bewegungslosen Körper abnahmen.

»Schnell mir nach, in Saal zwei!« Die Wolken wussten, wohin sie mussten.

Dort angekommen, legten die Transportwolken die beiden Körper in die neuen Medi-Buluts.

Merdin kam nur schleppend nach, da er schon älter war, konnte er nicht mehr so schnell rennen. »Oh, bei den Engeln, was ist mit den beiden nur passiert?« Dann erkannte Merdin das Ausmaß der Wunden. Ansem hatte eine Hand verloren und in Magnetos Brust klaffte ein Loch. Der alte Zaubermeister war schockiert. Wäre es nicht automatisch passiert, so hätte er das Atmen vergessen.

Schwester Lilly holte eine Spritze aus dem Medizinschrank. »Die Medi-Buluts werden den Gesundheitszustand stabil halten. Dieser wird sich nun nicht mehr verschlechtern. Somit habe ich Zeit, aber die brauche ich nicht, weil ich weiß, was ich zu tun habe. Ich werde ihn retten können!«

Merdin blickte sie hektisch an. »Wieso sprichst du im Singular, Lilly? Es sind doch zwei!«

Sie setzte die Spritze an und schaute zu Merdin herüber. »Habt ihr es noch nicht bemerkt? Magnetos ist tot!«

Merdin wusste es, aber wollte es nicht wahrhaben. *Wie konnte das nur passieren?* Der Affekt ließ Merdin darüber nachdenken, seine Magie einzusetzen, aber gegen den Tod kamen nicht einmal die Engel persönlich an. Er ließ sich auf einer Wolke nieder und begann schwer zu atmen. Es kam ihm vor, als würde er seine gesamte Kraft verlieren. Ihm wurde schwindelig. Seine Gedanken wurden immer unklarer.

Lilly hatte die Spritze verabreicht. »Dieses Medikament wird den Rest seines Pandras zu den lebensnotwenigen Organen leiten. Somit wird das Pandra optimal im Körper eingesetzt und unterstützt die Vitalregeneration.«

Merdin bekam das noch alles mit, er versuchte sich zu konzentrieren. *Es ist nur ein kleiner Schwächeanfall, gleich vorbei*, tat er das Geschehende ab.

Ein Husten war zu vernehmen, denn Ansem reagierte auf Lillys Behandlung. Sogar schneller als gedacht. Merdin und Lilly blickten zu ihm.

»Wie geht es dir, mein Junge?«, wollte der alte Mann wissen, stützte sich mit seinem Gehstock ab und lief hinüber zu den beiden.

Ansem konnte seine Augen nur halb öffnen und man konnte erkennen, dass das Licht des Lebens nur noch schwach in ihm brannte. Einige Minuten später und er hätte sterben können.

»Was ist passiert? Wer hat euch das angetan?«, wiederholte Merdin seine Frage und berührte Ansem. Merdin war zwar nicht völlig auf der Höhe, aber er stellte während der Berührung einiges von seinem Pandra wieder her.

Das Licht in Ansem loderte dadurch wieder etwas heller und er gab Merdin seine Antwort: »Leon will uns alle vernichten! Und mit Magnetos hat er angefangen.«

Merdins Stock fiel zu Boden, so wie der Meister der Magie selbst …

Der Saal gab nur den Schrei des Entsetzens von Schwester Lilly wieder:

»Nein, Meister Merdin!!!«

Der Sternenblick

Fynn und seine Freunde konnten kaum schlafen. Selbst in der Nacht war es im Tal der Feuerflechten extrem warm. Das war natürlich vollkommen klar, wenn man bedachte, dass aus dem Loch im Boden permanent heiße Luft hinaufströmte.

»Wie, hier gibt es keine Dusche?«, wurde Fynn endgültig aus seinem Halbschlaf gerissen. Kairi diskutierte mit einem der Dorfbewohner, welcher ihnen gerade Essen gebracht hatte.

»Ja, tut mir leid, junge Dame. Aber wir haben hier nicht viel Wasser. Das wenige, was wir haben, trinken wir.« Er stellte das Essen auf den Tisch und verließ kommentarlos die Steinhütte.

Kairi war fassungslos. »Na toll, dieser Ort wird immer skurriler. Erst diese verrückten Gören, das Loch im Boden, wo ein Engel reingefallen sein soll, dann diese komischen Tiere hier, die überall herumkrabbeln und herumfliegen und jetzt gibt es hier auch noch kein Duschwasser. Unglaublich!«

Fynn musste etwas grinsen über die Reihenfolge der Aufzählung: das Schlimmste zum Schluss …

»Hey Kairi, ich habe da eine Idee.« Kristin kam auf sie zugelaufen. Lehrer wie Schüler der Zauberuniversität hatten gemeinsam in einer Steinhütte übernachtet. Somit bekam jeder die Duschproblematik mit.

»Echt? Und welche?«

»Na ja, wir sind Wasserelementler. Ich weiß nicht, ob Meisterin Chamuela sich dafür hergeben würde, aber ich habe vor kurzem die Tech der Wasseranreicherung gelernt. Ich kann also aus Blaubeerenmasse und meinem Pandra Wasser entstehen lassen. Sonst nutzen wir ja schon bestehendes Wasser um uns herum. Da wir aber wussten, dass es hier sehr trocken ist, haben wir diesbezüglich etwas trainiert. Aber eigentlich gibt es sogar noch eine viel einfachere Möglichkeit, an Wasser zu kommen. Lustigerweise hat mein Seelengeist diese Fähigkeit.«

Kairi fand die Idee super. »Hey, lasst uns doch alle mal wieder unsere Seelengeister rufen. Dann sehen sie auch mal etwas anderes als immer nur die Zauberuniversität. Außerdem sind sie bestimmt wieder ein Stück gewachsen«, richtete sie sich an alle Schüler um sie herum.

Fynn und seine Freunde hatten bisher noch nicht oft ihre Seelengeister gerufen. Nach der Ernte, damals vor einem halben Jahr, mussten sie erst einmal Wochen in ihren Seelen ruhen, um sich zu festigen und gesund zu wachsen. Denn Seelengeister lebten im jeweiligen Geist ihres Beherrschers.

»Tut mir leid, aber ich werde da nicht mitmachen können«, sprach Zayne.

»Wieso nicht?«

Zayne zuckte nur mit den Schultern. »Meine Seele war bei der Ernte für keinen Seelengeist vorgesehen. Sowas passiert auch. Fünfunddreißig Prozent der Schüler, die eine Seelengeisternte vornehmen, erhalten keinen Geist. Daher kann ich nicht mitmachen«, erklärte dieser ganz nüchtern und sachlich.

Kairi schaute traurig. »Oh, das wusste ich nicht, tut mir leid.«

»Muss es nicht. Fangt an.«

Die Kinder konzentrierten sich.

Fynn versuchte seine innere Mitte zu finden. Er hatte immer etwas Bedenken, wenn er seinen Seelengeist rufen wollte. Nicht aus dem Grund, dass er ihn nicht mochte, sondern vielmehr, weil er ihn in seiner Seele suchen musste. Und jeder wusste, was außer seiner eigenen Seele und der des Seelengeistes noch dort ruhte … der Phönix-König, eines der acht Teufelsmonster!

Gleichzeitig erspürten die Studenten ihre Seelengeister und beschworen sie. Eine Blüte aus reinem Licht erstrahlte und erwuchs aus ihren Handflächen. Als sich die Blütenkelche öffneten, gebar ein Leuchten jedermanns Seelengeist.

Kairi eine Katze, Kristin einen blauen Hund mit Flecken, Aquarius eine Krabbe, Daniel einen Kraken und Fynn sein Einhorn.

Ihre Seelengeister sahen schon nicht mehr aus wie Babys, sondern wie Jungtiere. Das Hörnchen von Fynns Einhorn war auch etwas größer geworden.

Jeder kuschelte seines, aber lange konnten die Seelengeister von Team Wasser nicht bleiben, die Hitze war zu groß. Deswegen beeilte sich Kristin und verschaffte Kairi etwas Wasser zum Duschen. Natürlich nicht vor den Jungs im Raum. Sie gingen in einen abgeschotteten Bereich.

Kristins Hund schoss einen Strahl reines Wasser nach oben. Die Schwerkraft zwang es natürlich wieder nach unten und so kam es Kairi vor, als wäre es eine normale Duschbrause. Das Wasser war auch gar nicht so kalt, wie sie anfangs dachte. Aber die Umgebungstemperatur war sowieso hoch genug, um nicht zu frieren.

Weil sie eh grade dabei waren, nahm auch Kristin eine kurze Dusche. Dann musste sie aber ihren Seelengeist abberufen, da dieser erschöpft war, Wasser anzureichern.

»So, genug Zeit vergeudet mit unnötigem Zeugs. Wir gehen jetzt!« Chamuela hatte gesprochen.

Keiner sagte etwas und alle folgten ihrem Befehl. Chamuela drängte deswegen, weil sie eine Verabredung mit Anisa am Schlund hatten. Morgens war die Wahrscheinlichkeit für Magma-Ausbrüche niedriger. Anisa wartete schon mit ihrer übergroßen Katze. Sie saß auf ihr und trank aus einem Becher gemütlich mit Asche angereicherten Tee.

»Hallihallöchen. Ich hoffe, ihr habt alle gut geschlafen. Die meisten haben bei der Hitze hier eher Probleme, in den ersten Tagen ein Auge zuzukriegen.«

Keiner antwortete.

»Oh?!« Anisa verstand und musste grinsen. »Tut mir leid, das ist natürlich nicht lustig. Ich hoffe, ihr Kinder seid heute trotzdem bei der Sache. Wenn wir da runtersteigen, brauche ich eure volle Aufmerksamkeit. Ein falscher Schritt oder einmal zu spät reagiert, das kann euch oder einen Kameraden in ernste Schwierigkeiten bringen!«

Kairi musste einmal lautstark schlucken.

»So, ich muss noch kurz etwas mit euren Lehrern besprechen. Ich bin gleich wieder da, checkt noch mal eure Ausrüstung, damit ihr sicher nichts vergessen habt!«

Anisa lief hinüber zu Wodahs, Avio, Britanie, Chamuela und Metatron. Ihr Grinsen verging. »Wieso seid ihr wirklich hier? Ihr reist doch nicht mit so einem Aufgebot an, um Beeren zu pflücken!«

Chamuela übernahm die Konversation. »Der Grund ist Cassiopaia.«

Anisa schreckte auf. »Was? Sie sind wieder aktiv geworden?«

»Leider ja. Schon vor einem halben Jahr. Es passieren immer seltsamere Dinge an der Zauberuniversität, die sich nicht einmal Merdin erklären kann. Zudem ist auch noch einer unserer Schüler spurlos verschwunden. Wir kennen die Zusammenhänge noch nicht völlig, aber wer sonst könnte dafür verantwortlich sein als diese Verbrecher?«

»Vielleicht der auf Fermania verbannte Engel?«, sagte Anisa spontan und schaute in Richtung Schlund.

Sie erntete missbilligende Blicke.

»Ähm, das war ein Witz …«, versuchte sie ihren ernst gemeinten Satz zu revidieren.

Chamuela fuhr fort: »Jedenfalls hat Merdin beschlossen, dass wir nicht mehr darauf warten sollen, bis Cassiopaia weitere Schritte gegen uns einleitet, um die Teufelskinder zu fangen.«

»Und deswegen soll ich wieder zurückkommen, um mit

euch gegen sie zu kämpfen? Ihr wisst doch, dass ich keine gute Kriegerin bin.«

Die Engelskriegerin des Wassers schüttelte den Kopf. »Nein. Lass mich doch ausreden! Merdin will den Schatz der himmlischen Steppe gegen die Hexe von Cassiopaia einsetzen. Sie stellt eine große Gefahr dar und kann, da sie jetzt das Buch des Salomo besitzt, ein ernstes Problem werden. Merdin wird laut eigener Aussage immer schwächer, während Jenniphers Kraft wächst. Du hast bestimmt schon bemerkt, dass Fynn auch ein Magier ist. Merdin bezweifelt auch, dass er ihn schnell genug ausgebildet bekommt, um gegen die Hexe anzukommen.«

Anisa verstand. »Und was habe ich mit der himmlischen Steppe zu tun?«

»Nun ja, nach Überlieferung kann der Schatz alle magischen Veranlagungen neutralisieren. Perfekt gegen die Hexe Jennipher, aber diese Überlieferung besagt auch, dass sich die himmlische Steppe in einer parallel gelegenen Dimension befindet. So, wie man es auch bei den Dimensionen der Engel und Götter annimmt. Und da kommen deine Augen ins Spiel!«

Anisa fasste sich in ihr Gesicht. »Meine Augen?«

»Ja. Du hast als Einzige den dritten und höchsten Grad des Sternenblicks erlangt. Wir brauchen ihn, um den Eingang zur himmlischen Steppe zu finden, denn niemand kann diesen sehen oder weiß, wo er ist. Die Späher der Zauberuniversität, die ebenfalls den Sternenblick besitzen, sind dazu nicht in der Lage. Deswegen sind wir in der Tat hier, um dich zurückzugeleiten. Und damit auch ja nichts passiert, sind wir so viele.«

Anisa war über diese Geschehnisse schockiert. An ein solches Ausmaß hatte sie nicht gedacht. »Habe verstanden. Ich werde mit den Kindern jetzt die Beeren pflücken gehen. Wir können dann morgen früh den Rücktritt zur Zauberuniversität antreten.«

Chamuela nickte. »So war es auch geplant.«

»Gut.« Anisa trat ab und lief wieder zurück zu den Kindern. Sie hatte wieder ihr liebliches Lächeln aufgesetzt, welches absolut natürlich aussah.

Anisa war zwar stolz auf ihre Gabe mit dem Sternenblick, aber gleichzeitig hatte sie dieses Thema eigentlich satt. Sie musste immer großen Erwartungen entsprechen und wurde nie wirklich als Person betrachtet. Wenn man etwas von ihr wollte, dann ging es immer um ihre Augen. Ihren Namen musste man sich nicht merken, denn sie war einfach das Mädchen mit den göttlichen Augen. Ja, ihr Stammbaum hatte diese Gabe vor Urzeiten erhalten, als Götter auf ihre Dimensionsebene herabgestiegen waren und sich mit Sterblichen vermischt hatten, aber das war keine Rechtfertigung dafür, wie man mit ihr umging.

Anisa blickte in den Schlund hinunter, um den Stand der Lava zu überprüfen. Natürlich konnte nur sie das erkennen.

»Kinder, merkt euch eins: Wer mit Monstern kämpft, muss aufpassen, nicht selbst zu einem Monster zu werden. Und wenn ihr lange in einen Abgrund blickt, so vergesst bitte nie, dass der Abgrund auch in euch hineinblickt.«

Die Kinder konnten diesen komischen Satz nicht einordnen. Als Fynn zu Anisa blickte, erkannte er, dass er vorhin doch richtig gesehen hatte. Und alle anderen sahen es auch. Ihre Augenfarbe war gelb geworden und ihre Pupillen hatten die Form eines Sterns erhalten!

Und ihr Lächeln sah plötzlich nicht mehr natürlich aus …

***

Ihr Blick reichte bis auf den Grund der Dunkelheit, bis das Licht des Magmas ihr entgegenkam. »Okay, wir haben noch Zeit, bevor die nächste Eruption kommt.«

Anisa bemerkte die neugierigen Blicke der Studenten und klärte sie auf. »Ah, meine Augen, stimmt's? Das ist der Sternenblick. Anscheinend hab ihr ihn an der Zauberuniversität noch nicht entdecken können. Es ist ein Yetenek. Jeder aus meinem Stammbaum hat diese Fähigkeit in seinem Erbgut. Die meisten, die den Sternenblick erwecken, treten der Einheit der Späher bei. Eine Gruppe innerhalb der Zauberuniversität. Niemand hat wachsamere Augen als sie.«

»Und was genau bewirken diese Augen?«, wollte Fynn wissen.

Anisas Grinsen wurde wieder natürlich. »Je nachdem welchen Grad des Sehens du erreichst, ist das unterschiedlich. Der erste Grad erlaubt dem Anwender, sehr weit in die Ferne zu blicken. Was an sich schon super ist, aber nichts bringt, falls sich Gegenstände im Sichtfeld befinden. Der zweite Grad negiert dieses Problem und erlaubt, durch Gegenstände hindurchzusehen. Diese beiden Grade sind üblich für alle Späher, die an der Zauberuniversität beschäftigt sind.«

»Also kannst du noch mehr?«, fragte Fynn auf ihre Anspielung hin.

»In der Tat. Ich bin zurzeit die Einzige, die den dritten Grad gemeistert hat.«

»Oh, wow, cool. Und was kannst du damit anstellen?«, wollte diesmal Kairi wissen.

Anisa drückte es sehr banal aus. »Ich kann Dinge sehen, die andere nicht sehen können. Ich kann also Unsichtbares ausfindig machen.«

Kairi kratzte sich am Kinn: »Hm, brauchst du diese Fähigkeit denn oft? Ich wüsste jetzt nicht, was alles unsichtbar sein sollte.«

Anisa erzählte ihr natürlich nichts von der himmlischen Steppe und den phasenverschobenen Dimensionen.

»Und? Ist die Luft rein?« Die Frage kam von Wodahs, der zusammen mit Avio zu ihr gelaufen kam. Wodahs war Teamleiter von Team Feuer und Avio von Team Wasser, somit ergab es nur Sinn, dass sie mitkamen. Anisa hätte sich nie auf sechs Studenten gleichzeitig konzentrieren können.

Anisa zeigte nur mit dem Daumen nach oben, sprang auf

ihre große Katze und begab sich mit dieser in den Schlund. Ihre Haare wie auch ihr weißes Kleid wedelten durch die warme aufsteigende Luft umher.

Gruppe Feuer und Gruppe Wasser folgten ihr. Im Gegensatz zu ihnen musste Anisa nicht mit Pandra in den Füßen an der Steinwand des Schlundes entlanglaufen, denn ihr Seelengeist hatte die Fähigkeit, auf warmen Luftströmungen zu reiten. Und dank ihres Sternenblicks konnte sie sogar genau erkennen, wo im Schlund die warmen Luftwirbel am stärksten ausgeprägt waren.

»Wir müssen weiter hinunter, hier oben ist es nicht warm genug für Rotbeeren«, rief Anisa den beiden Gruppenleitern zu.

»Wir haben aber leider keinen Sternenblick, so wie du. Noch weiter unten werden wir nichts mehr sehen können.«

»Lasst mich das für euch machen, okay?«, schallte eine Stimme von oben hinunter. Es war Metatron, der mit Chamuela und Britanie oben geblieben war. Er presste seine Handflächen zusammen, bündelte Pandra und ließ etwas fallen. Es war eine Feuerkugel, die sich in große Funken teilte und in kleine, leuchtende Glühwürmchen verwandelte.

»Ich wusste gar nicht, dass du einen Sinn für Ästhetik bezüglich deiner Techs hast?«, sprach Chamuela. In ihrer Stimme schwang Verwunderung mit.

Metatron lachte verschmitzt. »Ab und zu steht mir Sinn danach, weißt du.«

Die Glühwürmchen zogen an Fynn und seinen Freunden vorbei und begannen den tieferen Teil des Schlundes zu erleuchten.

Anisa zeigte auf verschiedene Stellen. Dort wuchsen Büsche. »Da, schaut, das sind die Büsche der Rotbeeren! Nicht an jedem hängen welche, allerdings muss man sie immer aufs Neue gut abtasten, da inzwischen neue Beeren fertig gereift sein können.

Jeder rannte zu einem Busch hin und untersuchte ihn. Genug Licht war nun ja vorhanden.

»Hey, mega! Ich hab eine gefunden, haha, geil!«, kreischte Kairi stolz und unterschätzte den Widerhall im Schlund. Fynn und die anderen mussten sich teilweise die Ohren zuhalten. Kairi erkannte ihren Fehler. »Sorry«, entschuldigte sie sich kleinlaut.

Nach und nach fanden auch die anderen immer mehr Rotbeeren, die sie in ihre Beutel stecken konnten.

Während die Kinder fleißig an den Wänden entlangrannten und sammelten, beobachtete Anisa in der Mitte schwebend auf ihrer Katze die Ereignisse. Es schien so, dass Avio und Wodahs wirklich nicht hätten mitgehen müssen. Sie schien alles im Griff zu haben.

Kairis Beutel war fast voll. Sie wollte grade den letzten Busch inspizieren, als sich genau neben dem Busch ein Felsbrocken bewegte. Sie war etwas verwundert, weil der Luftzug im Schlund nicht stark genug war, um einen solch massiven Stein zum Wackeln zu bringen … also hob sie ihn an.

Im Schatten des Steines erstrahlten zwei bösartige Augen und durch ein ruckartiges Aufreißen der Wand unter ihr blickte sie in das Gesicht eines Lavabeißers!

Kairis Schrei hallte erneut durch den Schlund, nur das diesmal alle wussten, dass es nicht aus Freude war. »Ahhhhhh! Scheiße, warum passiert immer mir so ein Mist? Hilfeee!«

Alle Blicke wurden auf Kairi gerichtet. Diese war gestolpert und lag nun auf dem Rücken. Vor Schreck hätte sie fast ihre Pandrakontrolle vernachlässigt. Dadurch hätte sie sich von der Wand gelöst und wäre der Schwerkraft folgend in den Abgrund gestürzt.

Wodahs wollte das Tier mit seinem Schatten einnehmen und somit seine Bewegung paralysieren. Allerdings ließen die Glühwürmchen nicht genügend Schatten durch ihr Licht zu. Verdammt, dachte er sich.

Avio begann schon zwei Blaubeeren in seinen Händen zu zerreiben, aber Anisa war schneller. Ihr Seelengeist war blitzschnell zu der Stelle geflogen. Während ihre Katze das steinige Wesen mit dem übergroßen Maul und der ewig langen Zunge, die eingerollt in seinem Maul ruhte, angriff, schickte Anisa ebenfalls Pandra in ihre Füße und blieb neben Kairi an der Steinwand haften. »Geht es dir gut, Kleine?«

»Jaja, alles okay. Ich bin vor Schreck nur gestolpert.«

»Gut, dann steh schnell wieder auf, Lila kann den Lavabeißer nicht ewig aufhalten.«

Aber das musste die Katze auch gar nicht, denn Avio war zur Stelle und schnitt den Kopf des Wesens mit scharfen Wasserklingen ab. Jeder aus seiner Gruppe hatte immer einen kleinen Vorrat an Wasser dabei. Dieses war weniger zum Trinken geeignet als mehr zur Tech-Bildung. Denn wenn kein Wasser in der Nähe war, musste Wasser mitgetragen werden oder man reicherte es mit Pandra und Blaubeeren selbst an. Dies war allerdings eine Tech auf hohem Level. Avios Schüler beherrschten diese Tech nicht perfekt, daher würde es sie viel Pandra kosten.

Avio ließ die Klingen einsatzbereit an seinen Armen. »Los, wir gehen wieder rauf. Wir haben genug Beeren gesammelt.«

Als Anisa und Avio Kairi aufhalfen, fiel ihr etwas aus einem der kleinen Hüftbeutel, die sie bei sich trug. Es war ein kleines Sprayfläschchen zum Haarefixieren für unterwegs. Anisa sah zwar etwas im Augenwinkel, hielt es aber für etwas Unwichtiges.

Es dauerte sechzig Sekunden, bis das Fläschchen in das Magma fiel. Und es war Zündstoff für sehr viel mehr!

Ein minimales Beben erschütterte den Schlund und für Anisa war dies höchst alarmierend, weil das nicht sein konnte. Ihre Augen hatten vorhin die Lage unten im Magmafeld kontrolliert. Es war noch lange nicht Zeit für eine Eruption!

Und ein weiteres Beben folgte, diesmal etwas stärker.

»Schnell, nach oben! Rennt! Das Magma kommt jetzt schon und zwar massiv!«

Fynn schaute zu Anisa und erkannte ihre weit aufgerissenen Augen. Ihre sternförmig geformten Pupillen und die gelbe

Färbung der Augen zeigten ihm, dass sie den Sternenblick erneut aktiviert hatte.

Fynn erkannte nichts außer Dunkelheit, als er sich umdrehte und in den Schlund zurückblickte. Anisa schien mehr zu sehen. Und es schien schockierend zu sein!

Dann aber bemerkte Fynn, dass etwas nicht stimmen konnte. Denn die Temperatur im Schlund stieg schnell stark an.

»Verdammt, das schaffen wir nicht«, glaubte Fynn Anisa murmeln zu hören, die wieder auf ihrem Seelengeist Lila saß.

Sie flog zu Avio. »Kannst du uns etwas Zeit verschaffen? Die Lava kommt viel zu schnell nach oben, meine Augen haben die Geschwindigkeiten berechnet und wir werden es nicht alle rechtzeitig hier raus schaffen.«

Avios Blick war extrem entgeistert. »Wie bitte? Erst hieß es, dass keine Gefahr besteht und nun sagst du mir, dass einige von uns verbrennen werden? Du lebst hier doch schon seit Jahren, kennst du keine Tech, die uns helfen kann?«

Anisa schüttelte den Kopf. »Ich habe mich immer sehr auf meine Augen verlassen. Ich war die Einzige, die hier geerntet hat. Mit dem Sternenblick konnte ich immer alles rechtzeitig erkennen. Rechtzeitig aber auch nur deswegen, weil ich Lila hier habe, die schneller hochfliegen kann, als ich hätte rennen können. Ich habe also nie die Notwendigkeit gehabt, eine Tech zu entwickeln.

Avio blieb keine Zeit zum Diskutieren. »Team Wasser, zuhören!«

Kristin, Aquarius und Daniel horchten, während sie zurück nach oben rannten.

»Ich sage es, wie es ist: Anisa meinte, wir würden es nicht alle rechtzeitig nach oben schaffen. Ich will jetzt, dass wir alle zusammen die stärksten Wasser-Techs einsetzen, die wir kennen, und versuchen, das Magma etwas zu verlangsamen. Ich bezweifle, dass wir es völlig anhalten können. Dabei müsst ihr während des Wirkens der Techs rückwärts weiter nach oben laufen.«

Wodahs und seine Gruppe bekamen diese Information natürlich auch mit und hatten kaum Zeit, über das Gesagte Avios nachzudenken.

Sie öffneten ihre Wasserbeutel und Blaubeeren wurden in Händen zerrieben und in Mündern zerkaut. Die drei Studenten pressten ihre Hände zusammen. Aus dem bisschen Wasser konnten sie doch recht große Kugeln formen. Diese Techs waren auf Level drei. Sie mussten dabei also drei Blaubeeren einsetzen und es stellte gleichzeitig ihre ranghöchste Tech da, die sie zum jetzigen Zeitpunkt beherrschten.

Sie sprachen gleichzeitig. »Tech der zerreißenden Wasserdruckwelle!« und schleuderten ihre Techs nach unten.

Avio hatte fünf Beeren zerrieben und auch einige zerkaut. Normalerweise brauchte er keine Beeren zur Tech-Wirkung, aber die Beeren würden seine Techs extrem verstärken. Er presste seine Handflächen zusammen und bildete gleich mehrere Techs: »Wasserelement, Tech der Wasseranreicherung und Tech der tiefblauen Windhose!« Beides waren Level-vier-Techs.

Zuerst setzte Avio unter Aufwand einer großen Menge Pandra Wasser frei. Er produzierte es mit der Tech selbst und Wasser strömte aus seinem Mund. So viel Wasser hatte er noch nie freisetzen müssen und es setzte ihm sichtlich zu. Dann fokussierte er das Wasser, brachte es in Rotation und wirkte die angekündigte Windhose.

Die Wasserdruckwellen der Kinder verdampften ziemlich schnell und hatten kaum Auswirkungen. An ihnen vorbei kam dann die Tech von Avio gezischt und hätte sie fast von den Wänden gefegt, so stark war der Druck dieses Angriffs. Die Kinder hatten ihr Bestes getan und rannten nun wieder vorwärts den Schlund hinauf.

Das Beben erregte auch die Aufmerksamkeit von Britanie, Metatron und Chamuela, die oben am Rand auf die anderen warteten.

Avios Tech prallte mit einem lauten Tosen auf das

emporschießende Magma. Schlagartig verdampfte der vordere Teil des Wasserstrahls, aber Avio konnte das Magma dadurch tatsächlich verlangsamen. Der entstandene Dampf rauschte mit einer unglaublichen Geschwindigkeit nach oben.

Avio war durch den ausgehenden Druck seiner eigenen Tech vor dem Dampf geschützt, die anderen im Schlund wurden von den Wänden gerissen und nach oben geblasen. Unkontrolliert, was wiederum gefährlich war. Überall flogen kleine und große Gesteinsbrocken herum. Der Dampf blockierte zudem die Sicht, man konnte den Geschossen also nicht einmal rechtzeitig ausweichen.

Kristin dachte darüber nach, einen Teil ihres versiegelten Mals zu lösen, um mit dem Pandra des in ihr schlummernden Teufelsmonsters das Magma endgültig zurückzudrängen. Aber sie zögerte wegen der Angst des Kontrollverlusts.

Fynns Körper durchströmten Unmassen an Adrenalin, wie bei den anderen wohl auch. Auch er versuchte etwas freizusetzen. Seit einem halben Jahr bekam er privaten Unterricht von Merdin höchstpersönlich. Das lag nicht daran, dass Merdin ihn gegenüber anderen präferierte, sondern weil er herausgefunden hatte, dass Fynn neben ihm selbst und der Hexe Jennipher auch ein Wesen reiner Magie war. Da Merdin immer schwächer wurde und Jennipher stärker, war es für den Magier nur die logische Konsequenz, dass er Fynn unterrichten musste. Magier und Hexen konnten nicht nur wundersame und unerklärliche Magie einsetzen, sondern verstanden das System der Elemente so weitreichend, dass sie in der Lage waren, sich jedes Elements zu bedienen.

Fynn wurde zwar stark in Feuer-Techs ausgebildet, aber er wusste, dass er allen Elementen zugeneigt war. Er blendete alles um sich herum aus. Den Lärm, den heißen Wasserdampf und die Schwerelosigkeit, welche auf ihn wirkte. Er versuchte in sein Inneres zu hören und da gab es so viel!

Er sah sein Inneres zum ersten Mal klar und deutlich vor sich. Ein langer Gang mit einigen geschlossenen Türen. Er wusste auch, was sich hinter welcher verbarg. Die eine Tür führte zu Erinnerungen, die er schon lange verdrängt hatte. Eine andere zu seinem Seelengeist, dem kleinen Einhorn. Die nächste Tür stellte den Zugang zu seiner Seelenwaffe da, die ebenfalls in seinem Geiste hauste. Und dann blieben zwei Türen übrig. Von ihrer Ausstrahlung hätten sie unterschiedlicher nicht sein können. Gekennzeichnet durch ein Siegel, pulsierte etwas Dunkles und Böses hinter der Tür rechts von ihm. Genau gegenüber glänzte die Tür in einem reinen und hellen Licht. Teufelsmonster und Magie. Ganz schön viel, was in Fynn so vorzufinden war, darüber war er selbst sehr überrascht.

Er hatte den Drang, eine dieser Türen zu öffnen, nur wusste er nicht, welcher Weg genug Kraft barg, um alle zu retten. *Ich kenne die Kraft des Teufelsmonsters zwar nicht, aber das, was ich durch diese Tür pulsieren spüre, würde auf jeden Fall reichen, um das Magma zu stoppen. Allerdings, wie weit würde ich dabei noch Kontrolle über mich selbst behalten? Kristin hat mir ja erzählt, was geschah, als sie ihr Teufelsmonster gewähren ließ. Magie war bestimmt auch mächtig genug, aber habe ich schon genug Übung, um sie gezielt und wirksam einzusetzen? Oder reicht mir mein Instinkt, wie damals, als ich die Magie des Buches des Salomo genutzt habe? Allerdings weiß ich bis heute nicht, ob das Buch hauptverantwortlich dafür war oder ich selbst.*

Fynn öffnete die Tür und …

Anisa sah mit ihrem Sternenblick sofort die Veränderung in Fynns Pandrasystem und sie empfand es als sehr … aufregend.

Energie durchströmte ihn und um ihn herum wurde es hell und warm. Hinter der Tür wartete ein weißer Tisch. Der Raum, in dem er sich befand, war lichtdurchflutet. Auf dem Tisch lagen Kugeln. Eine grüne, braune, rote und blaue. Die letzte Stelle war leer, dort schien einmal eine Kugel gelegen zu haben. Fynn wusste mit diesem Anblick nichts anzufangen, deswegen dachte er nicht groß nach und griff mit seiner Hand nach der braunen Kugel. Und mit dem Griff um diese wurde er wieder in die Realität geschmissen. Die braune Kugel stand für das Erdelement und mit dem Schließen seiner Hand zu einer Faust bewegte sich mit ihm das Gestein mitten im Schlund. Ohne Konzentration oder Kraftaufwand wurden diese Massen an Erde bewegt und schlossen unter ihm den Schlund ringsherum ab. Wie ein Deckel, den man gesetzt hatte. Fynn fragte sich, ob dies Magie gewesen war. Einfach ein Element auswählen und sich diesem auf so simple Art und Weise bedienen? Ohne Beeren und ohne Ausformulierung einer Tech, es funktionierte einfach so, wie er es sich in seinen Gedanken ausgemalte? Unglaublich!

Natürlich hatte dieses Geschehen jeder gesehen und alle waren gleichermaßen verwundert. Mindestens genauso wie Fynn selbst.

Erst war es ein kleiner Punkt, dann wurde dieser schnell größer. Das Magma und der hohe Druck ließen sich von dieser Blockade nur kurz aufhalten, aber das war vielleicht schon lang genug.

Fynn spürte, wie eine Frau an ihm vorbeizog und nach unten sprang.

Es war Chamuela höchstpersönlich!

Die von Fynn gewirkte Gesteinskruste gab nach und fügte sich geschmolzen dem Magma hinzu.

Chamuela zerkaute Beeren im Mund. Auch sie hatte als Engelskriegerin des Wassers keine nötig, aber es verstärkte ihre Macht.

»Chamuela, ich hätte das einfacher lösen können«, rief Metatron, der Engelskrieger des Feuers, ihr nach.

»Das glaubst auch nur du!«, antwortete sie frech. »Ein Feuer, welches mein Wasser schlägt, muss erst noch erschaffen werden.«

Die Magmawand kam auf sie zugeschossen, noch schneller als zuvor, da sich der Druck aufgestaut hatte. Sie streckte ihre Handflächen aus und fokussierte ihren Verstand wie auch ihr Pandra: »Meisterkunst des Wassers,

Aqua-vital-Kugelgeschoss!« Dann erhob sie nur ihren Finger, denn Chamuela brauchte keine Tech der Wasseranreicherung. Für sie war durch ihre Kameraden schon genügend Wasser in der Luft. Die Engelskriegerin war nicht umsonst die Meisterin der Wasser-Techs. Ihr war es ein Leichtes, den Aggregatzustand von Wasser zu wechseln. Sie lokalisierte sofort jedes verdampfte Wassertröpfchen und überführte es von gasförmig in flüssig. Sie ließ auch nicht zu, dass die Hitze die Tröpfchen wieder verdampfen ließ. Und so sammelte sich das Wasser blitzschnell zu einer riesigen Kugel über Chamuelas Finger, welche sie dann hinabfallen ließ. Erneut trat, wie einige Male davor, Wasser auf Magma, nur diesmal ging es anders aus, denn die Gesetze der Natur schienen außer Kraft gesetzt, weil das Wasser nicht verdampfte.

Chamuela hielt weiterhin den flüssigen Aggregatzustand ihrer Tech stabil. Das Magma schien schnell auszuhärten durch die Abkühlung des Wassers, aber Chamuela ging das noch nicht schnell genug. Ihr Gesicht wurde noch ernster und Anisa erkannte mit ihrem Sternenblick, dass sie innerlich noch mehr Pandra freisetzte als zuvor. Sie war beeindruckt, wie viel Pandra ein Engelskrieger zu besitzen schien. Und dann erkannte Anisa, für was das zusätzliche Pandra benötigt wurde:

Die Wasserkugel begann sich langsam in Eis zu verwandeln. Chamuela versuchte, um die Abkühlung des Magmas zu beschleunigen, das Wasser in den festen Aggregatzustand überzuführen.

Diese Frau ist der Wahnsinn, dachte sich Anisa und betrachtete mit ihren gelben, sternenförmigen Augen weiter die Geschehnisse tiefer im Schlund.

Chamuela schaffte nicht völlig, was sie geplant hatte, deswegen griff sie in einen ihrer Beutel und nahm zwei Kügelchen heraus. Es waren Wasser-Murmeln. Fynn erkannte diese Murmeln wieder. Wodahs hatte ähnliche, nur in Schwarz, benutzt – und Chandria von Cassiopaia sogar die gleichen, damals im Kampf gegen Wodahs bei ihm zuhause auf der Erde. Die Murmeln dienten als eine Art verlängerter Arm. Techs konnten nur in gewissen Reichweiten des Anwenders wirken. Sonst lösten sie sich auf. Murmeln erhöhten diese Reichweite, so viel hatte Fynn im Kopf behalten.

Chamuela benutzte sie auch genau aus diesem Grund. Sie warf die beiden Murmeln in zwei noch flüssige Stellen des Magmas. Sie verbrannten nicht und wurden auch nicht flüssig und so tauchten die verlängerten Arme der Engelskriegerin des Wassers immer tiefer in die Hitze ab.

Dann begann sie ihren finalen Schachzug, um dieses Naturschauspiel endgültig zu beenden! Sie presste ihre Handflächen zusammen und wirkte eine Level-vier-Wasser-Tech. »Doppelter Wasserdrache!«

Sie aktivierte ihre Murmeln. Diese begannen zu leuchten und stellten eine Verbindung zu der Wasserkugel her. Links und rechts erwuchsen zwei aus Wasser gebildete Drachenköpfe, die mit ihren schier unendlich wirkenden Hälsen sich einen Weg durch das Magma bissen, um zu den Murmeln zu gelangen. Chamuela musste nun nicht mehr das Wasser gegen das Magma drücken, sondern zog es über die Murmeln in gewisser Weise an sich heran. Sehr viel einfacher. Nun wurde das Magma nicht nur von oben gekühlt, sondern auch an zwei zusätzlichen Stellen, welche sich einen Weg ins Innere bahnten.

Obwohl alle froh waren, dem Schlund zu entkommen, warfen sie dennoch einen Blick zurück, um sich das Farbenspiel nicht entgehen zu lassen. Das Bild aus nicht verdampfendem Wasser, halbgefrorenen Wassersplittern und der blauroten Reflektion des Wassers, das sich ins Magma fraß. Und inmitten dessen eine kleine Frau, deren Gewänder stark in der Luftströmung umherwirbelten, genau wie ihr Haar.

Und mit einem dumpfen Geräusch und dem rapiden Abfallen der Temperatur wusste jeder, dass sie es geschafft hatte.

Nun ließ Chamuela das Wasser verdampfen und schaute ihren Murmeln nach, die außerhalb ihrer mentalen Reichweite waren und deswegen ohne Reaktion in den Schlund fielen.

Ein paar Tropfen Wasser behielt sie und formte daraus eine dünne Plattform aus Eis.

»Wieso muss immer alles maximal kompliziert sein?«, sprach sie leise vor sich hin und ließ sich von der Platte nach oben zu den anderen schweben.

Stolz

Die Gefahr war gebannt.

Chamuela ließ sich von ihrer erschaffenen Eisplatte nach oben tragen. Dort erwarteten sie schon die anderen, welche nicht umhin kamen, dem Spektakel im Schlund zuzusehen.

Mit einem Handwisch ließ sie das Eis verdampfen und landete sanft auf dem staubigen Boden.

Anisa verbeugte sich demütig. »Tut mir leid, ich lag mit meiner Einschätzung, was das Magma betraf, wohl falsch. Ich habe die ganze Gruppe damit in Gefahr gebracht.«

Chamuela schüttelte den Kopf. »Nein. Du liegst jetzt falsch. Es ist nicht deine schuld. Etwas ist in den Schlund gefallen, als ihr da unten wart.« Sie blickte zu Britanie und Metatron. »Leider haben wir nicht so scharfe Augen wie du, wir konnten nicht erkennen, was es war.«

Anisa runzelte die Stirn. »Aber ein Stein, der von der Steinmauer des Schlunds hinunterstürzt, löst doch keine frühzeitige Eruption aus?!«

»Und wenn es etwas war, was einer von EUCH bei sich trug?«

Anisa rieb sich den Hinterkopf. »Was sollten wir oder die Schüler dabeigehabt haben, was eine Eruption auslöst? Hm?«

Kairi dämmerte etwas und sie griff unbemerkt in einen ihrer Beutel. Und als sie dort etwas nicht mehr ertastete, stockte ihr das Herz und sie bekam kalten Schweiß. »Kacke, mein Haarspray!«

Die Lehrer drehten sich zu ihr um. »Hast du was gesagt, Kleine?«, wollte Britanie liebevoll wissen. Ihr blondes Haar war perfekt gestylt und ihre Smokey Eyes stellten einen perfekten Kontrast zu ihrem weißen Outfit dar.

Kairi schüttelte hektisch den Kopf. »Nein, nichts! Ich habe nur gesagt, dass ich später frisches Haarspray brauche für meine Frisur, die ist durch diese Aktion eben total zerstört.« Sie grinste unnatürlich, um ihre Unsicherheit zu verbergen.

Britanie tippte mit ihrem Finger an Kairis Kopf. »Es ist wichtig, schön auszusehen, ja. Aber dein Leben sollte dir wichtiger sein! Ich glaube also, dass Haarspray jetzt nun wirklich das kleinste Problem darstellen sollte, oder?«

Britanie hatte natürlich recht. Gleichzeitig blickte sie in den Schlund hinab und fragte Anisa: »Bleibt der Schlund durch das erkaltete Magma nun ewig verschlossen? Dann würde ja keine Ernte mehr stattfinden können?«

»Die Erdelementler, die auch für das Verschieben der Platten unter den Häusern zuständig sind, werden das schon wieder hinbekommen. Außerdem müssen die Dorfbewohner eh erst einmal schauen, wen sie zur Ernte hinunterschicken wollen und können. Wie gesagt, ich war die Einzige, die dies ohne Gefahr erledigen konnte«, entgegnete Anisa.

Britanie nickte: »Ja, klar, verstehe.«

Nun richteten die Lehrer ihre Aufmerksamkeit auf Fynn. Das, was sie eben dort sehen konnten, war der Einsatz von Magie!

Chamuela war begeistert, ließ es sich aber nicht anmerken. »Ich wusste nicht, dass du so große Fortschritte durch Meister Merdin verbuchen konntest. Das war eine erhebliche Masse an Gestein und Erde, die du da eben bewegt hast.«

»Na ja, ich wusste selber nicht, dass ich so etwas kann«, gab Fynn offen zu.

»Heißt das, dass das eben spontan geschah?«

»So in etwa. Ich habe in den letzten Monaten mit Meister Merdin eher geübt, alle Elemente in mir zu finden und zu erspüren. Erst dann kann man sich ihrer auch bedienen.

Bisher hatte ich dahingehend aber keinen Erfolg. Nun ja, aber ich glaube, eben das Element Erde in mir entdeckt zu haben …«

Wodahs kam auf Fynn zugelaufen und legte seine Hand väterlich auf Fynns Schulter. »Ich bin stolz auf dich! Ohne diesen Erfolg von dir wäre Chamuela vielleicht nicht mehr rechtzeitig angekommen, um alle zu retten.«

Fynn konnte das aufkommende Gefühl nicht beschreiben, aber er fühlte sich irgendwie gerührt. Er hatte nie wirklich eine Vaterfigur in seinem Leben gehabt, da seiner ihn und seine Mutter früh verlassen hatte. Anerkennung bekam er nicht oft, weil seine Mutter viel mit Arbeiten beschäftigt und Fynn in der Schule nie beliebt gewesen war. Ihm wurde ganz warm ums Herz. Er konnte sich nur knapp bedanken, weil ihm die Worte fehlten.

Chamuela zerstörte die Stimmung, ohne es zu wissen: »Natürlich wäre ich so oder so rechtzeitig gekommen. Was glaubst du, wer ich bin?« Sie hustete in ihre Faust. »Nun ja, ich habe heute genug von diesem Schlund hier. Wie ich sehe, sind eure Säcke fast alle voll mit Rotbeeren, wir gehen also zurück zu unserem Quartier und morgen früh geht es zurück an die Zauberuniversität. Und Anisa wird uns begleiten!«

Die Kinder waren überrascht, aber nicht im Negativen: »Echt? Ist ja super! Aber ich dachte, sie muss hier im Dorf bleiben, weil sie die Einzige ist, die mit ihrem Sternenblick gefahrlos die Beeren in diesem Schlund ernten kann. Außerdem ist sie doch auch Dorfprotector, oder?«, wollte Fynn wissen. »Allein schon aus diesem Grund müsste sie doch hierbleiben, oder?«

Chamuela war genervt von der ständigen Fragerei: »Wodahs, erkläre du das deinem Schützling«, wehrte sie die Frage mit einem Handwink ab und lief davon.

»Erinnerst du dich an Magnetos?«, wollte Wodahs von Fynn wissen.

»Ja, wieso?«

»Nun ja, er ist auch ein Dorfprotector und befindet sich zurzeit an der Zauberuniversität. Du siehst schon mindestens an seinem Beispiel, dass Dorfprotectoren nicht an ihre Dörfer zwingend gebunden sind.«

»Und wieso heißen sie dann so?«

»Also, generell muss Folgendes geklärt werden: Nicht jedes Dorf hat einen eigenen Protector. Diese besondere Art eines Bodyguards wurde nur für die vier Großstädte eingeführt und auch nur deswegen, weil dorthin vier der Teufelskinder verteilt wurden. Die Dorfprotectoren waren also weniger die Beschützer des Dorfes als vielmehr der Kinder.«

Fynn nickte, verstand aber eine Tatsache nicht: »Wieso war denn hier kein Teufelskind?«

»Doch, hier lebte bis vor kurzem noch eines der Teufelskinder!«

»Und wer?«

»Du hattest bisher nicht viel mit ihr zu tun, es ist Chloe.«

Fynn überlegte: »Acht von uns gibt es. Vier wurden auf die Erde … ähm, Kaomos geschickt. Kristin und ich kommen beide von Kaomos, welche der anderen noch?«

»An die eine wirst du dich erinnern, sie kam einst in deinen Träumen vor.«

Und Fynn fiel es wie Schuppen von den Augen. »Simona, stimmt!«

Bevor Fynn von Wodahs nach Fermania geholt wurde, hatte er einen seltsamen Traum gehabt, indem ein Mädchen von einer unbekannten Person aus ihrem Zimmer entführt wurde. Diese Person stellte sich als der Anführer von Cassiopaia heraus. Am Handgelenk mit dem Zeichen der Unendlichkeit tätowiert, hatte er mit einer Tech den Körper gewechselt und war nun ein kleines Mädchen. So konnte er als die unschuldig wirkende Sky die Zauberuniversität infiltrieren. Da das Tattoo von Merdin einst zum Zeichen ihrer Freundschaft in seine Seele eingebrannt wurde, war dies das eindeutige Erkennungsmerkmal dieses Verbrecheroberhauptes.

Wodahs nickte. »Genau, Simona kommt auch aus Kaomos. Die vierte Person ist Maio, welcher mit seiner Gruppe gerade im Weißen Wetterschloss ist. Chloe ist, wie gesagt, vom Tal der Feuerflechten. Dann gibt es noch Beto von der Festung Mauerstein, Yuffie vom Weißen Wetterschloss und Noel aus dem Dorf der Meerjungfrauen.

Dieser wurde aber, ebenfalls wie Simona, von Cassiopaia entführt. Aber das wisst ihr ja schon.«

Nicht nur Fynn hatte Wodahs, dem Meister der Schatten, gelauscht, auch die anderen Kinder waren sehr aufmerksam. Gut, nun hatte Fynn wirklich mal eine gute Übersicht über alle Teufelskinder und woher sie kamen. Es stimmte ihn irgendwie traurig, sich mit dem Gedanken auseinanderzusetzen, Simona und Noel nie kennenlernen zu dürfen. Aber Fynn verwarf diese Gedanken sofort wieder! Natürlich würde er sie bald kennenlernen, weil sie Cassiopaia aufhalten und die beiden Entführten retten werden! Da war er sich sicher.

Nur wusste Fynn nicht, dass genau das der Grund war, wieso Anisa zurück zur Zauberuniversität gebracht wurde. Denn mit ihren Augen sollte die himmlische Steppe gefunden und deren Schatz geborgen werden, um mit einer Offensive gegen Cassiopaia diese völlig zu vernichten.

Eine außergewöhnliche Unterrichtsstunde

Eine Nadel pumpte Medizin in Merdins Körper.

Sein Ohnmachtsanfall war nichts fürchterlich Schlimmes gewesen, er war einfach nur müde, weil der Stress der letzten Monate seinen Körper und Geist geschwächt hatte.

»Danke, meine Liebe.«

Lilly verließ den Raum, in dem sich Meister Merdin aufhielt, wieder. Dieser saß an seinem Tisch und blickte in seine Kristallkugel und dachte über alles nach. Er merkte immer stärker, wie schnell er schwächer wurde und vielen anderen dürfte es auch schon aufgefallen sein. Seine Kristallkugel hatte er früher nur bei großen Zaubern als Verstärker benutzt, doch in letzter Zeit kam es immer häufiger vor. Ihm war klar, dass er Fynn schnell beibringen musste, seine Magie vollkommen zu finden und diese einzusetzen. Ansonsten würde er irgendwann gegen Jennipher keine Chance haben, falls es zu einem Kampf Magie gegen Magie kommen sollte.

Hysterisch klopfte es an der Tür und Merdin wurde aus seinen wichtigen Gedanken gerissen. »Herein.«

Ein kleines Wesen trat ein. Es erinnerte an ein kleines Schweinchen, nur dass es auf zwei Beinen laufen konnte. Zudem hatte es zwei kleine Flügel am Rücken. Es war Amot. Er war halbjährlich für das Eröffnen der Semesterfeier verantwortlich, um die neuen Studenten zu begrüßen.

Er verbeugte sich: »Meister, die Engelskrieger Chamuela und Metatron sind vor wenigen Minuten wieder hier eingetroffen. Sie haben Anisa unversehrt begleiten können.«

Endlich gute Neuigkeiten, dachte sich Merdin. »Sehr gut. Sie sollen alle, sobald sie sich kurz erholt haben, zu mir kommen.«

»Jawohl, Meister!« Er hob mit seinen kleinen Flügeln ab und zog die Tür hinter sich zu.

Merdin erinnerte sich an die damalige Zeit mit Anisa. Sie hatte schon in sehr jungem Alter den Sternenblick erweckt und konnte noch viel schneller als die meisten anderen damit umgehen. Der Sternenblick war ein mächtiges Yetenek und fast alle, die ihn meisterten, stellten ihren Dienst Merdin persönlich zur Verfügung als Späher und Aufklärungstruppen. Anisa war die Einzige, die den dritten Grad dieser Gabe erreichen konnte. Er konnte sich an ihr verzweifeltes Gesicht erinnern, als sie plötzlich meinte, ganz merkwürdige Dinge sehen zu können, die außer ihr aber sonst niemand sah. Hätte man es nicht besser gewusst, so hätte Anisa genauso gut den Verstand verloren haben und halluzinieren können.

Doch Merdin hatte sich damals ihrer angenommen und entdeckte ihre unglaubliche Gabe. Und es war nicht übertrieben, wenn man ihre Augen die göttlichen Augen nannte, denn immerhin stammten alle Yeteneks von Göttern ab, die durch eine Sünde ihre Gabe vererbbar auf die Welt Fermania brachten.

Eben noch sah er das Gesicht der kleinen Anisa von damals vor sich, als plötzlich die heutige Anisa durch seine Tür trat, zusammen mit den anderen aus der Gruppe, welche sie zurück begleitet hatten.

»Hallo Meister, lange nicht gesehen.« Ihr Lächeln war immer noch so unschuldig und sympathisch wie damals.

Merdin musste auch Grinsen. »Hallo Anisa. Ja, es ist etwas her. Ich hoffe, dir ist es gut ergangen im Tal der Feuerflechten. Danke, dass du auch so lange auf Chloe achtgegeben hast. Sie ist zu einer aufmerksamen und intelligenten Frau herangewachsen.«

Anisa winkte ab. »Das ganze Dorf muss Euer Lob erhalten, Meister, nicht nur ich. Ich hatte oft viel zu tun, Chloe wurde von vielen lieben Menschen im Tal der Feuerflechten aufgezogen. Aber ich bedanke mich trotzdem für das Lob.«

Merdin blickte zu seinen beiden Engelskriegern: »Gab es Zwischenfälle oder Komplikationen?«

»Wenn Ihr Cassiopaia damit meint, Meister, dann nein, es gab keine Vorkommnisse. Es gab nur eine, nun ja, etwas brenzligere Situation, aber die konnte Chamuela schnell auf Eis legen, wenn ich das mal so nennen darf.« Metatron hatte geantwortet und dabei seine Kollegin angeschaut.

»Sehr gut!«

Dann trat Chamuela einen Schritt vor. »Meister, gab es einen Grund, wieso wir mit Studenten und Gruppenleitern zusammen hier erscheinen sollten?«

Merdin schaute in die Ferne. »Ja. In der Tat, meine Liebe. Leider habe ich nicht so erfreuliche Nachrichten zu verkünden. Ich wollte es dir schon früher sagen, aber die Gelegenheiten hatten sich nicht ergeben.«

Anspannung lag in der Luft, denn wenn das schon Meister Merdin sagte, dann bedeutete dies wirklich größere Probleme.

»Es gab Angriffe auf mehrere Dörfer. Darunter auch das Dorf der Meerjungfrauen. Es wurde komplett ausgelöscht!«

Stille.

Keiner wusste etwas zu sagen, oder auch nur zu denken …

»Nein, das kann nicht sein. Nein … nein. NEIN!« Chamuela schlug auf den Tisch. Ihr Blick war verzweifelt und um Hilfe suchend. »Die Schweinebande! Ich hätte Chandria damals vernichten sollen, als sie mir gegenüberstand!« Die Engelskriegerin des Wassers konnte sich kaum beherrschen, denn das Dorf der Meerjungfrauen war ihr Heimatdorf. Dort war sie geboren und großgezogen worden und hatte lieben gelernt. Das war zwar schon lange her, aber es waren schöne Gefühle. Und nun sollte alles einfach weg sein? Das konnte und wollte sie nicht akzeptieren. »Meister, bitte, lasst Anisa das Hauptquartier mit ihrem Sternenblick aufspüren und dann werde ich höchstpersönlich jeden Einzelnen dieser Kuttenträger vernichten!«

Merdin schüttelte den Kopf und versuchte Chamuela

durch eine sanfte Berührung an der Schulter wieder zu beruhigen, denn das war nur ein Teil der Wahrheit.

»So hör doch zu. So kenne ich dich gar nicht. Ich weiß, wie du dich fühlst, ich habe auch schon liebe Menschen, die mir nahestanden, verloren. Das ist leider der traurige Lauf der Zeit. Sowas gab es schon immer und wird es auch immer geben. Nur richtet sich deine Wut gegen die falschen, denn Cassiopaia hatte mit diesem Vorfall, allem Anschein nach, nichts zu tun.« Es fiel ihm schwer, dies auszusprechen.

Chamuela, die schon Tränen in den Augen hatte, schaute verdutzt den Magier an. Genau wie alle anderen der im Raum Anwesenden.

Merdin konnte es kaum in Worte fassen. Es kam ihm vor wie ein Kloß, der in seinem Hals steckte: »Nicht Cassiopaia hat die Dörfer angegriffen und ausgelöscht, und sie haben auch nicht Magnetos getötet, als ich ihn und Ansem zur Aufklärung dort hinschickte. Sondern es war … Leon!«

Das Entsetzen in den Gesichtern war nicht zu beschreiben.

***

Als dieses Entsetzen der Realität zu weichen schien, wollten viele das eben Erfahrene nicht wahrhaben:

»Meister, sowas ist nicht witzig. Das kann doch alles nicht sein. Magnetos und mein Dorf, ausgelöscht von einem halbwüchsigen Schulanfänger?« Chamuela sprach etwas hektisch, in der Hoffnung, so schneller die Auflösung dieses Streiches zu erfahren. Aber dies passierte nicht. Chamuela wollte es sich nicht eingestehen, aber sie erkannte an Merdins Gesichtsausdruck, dass er es ernst meinte.

Doch Chamuela war nicht die Einzige, die bis aufs Mark erschüttert war.

Fynn und Kairi bekamen von ihrer Außenwelt nichts mehr mit, weil sie so tief in ihren Gedanken versunken waren. Ohnmacht machte sich in ihnen breit.

Fynn wollte diese Erkenntnis über Leon abschütteln, aber je mehr er darüber nachdachte, desto schlüssiger wurde Leons Verhalten zum Ende hin. Er kapselte sich immer mehr von ihnen ab, gab nur wenig über sich preis und schien auch immer unzufriedener geworden zu sein. Fynn schüttelte seinen Kopf, weil sein Körper sich gegen seinen Verstand wehrte. *Das kann doch alles nicht sein. Wieso sollte Leon aus Unzufriedenheit Dörfer angreifen und einen Lehrer töten? Und generell, wie soll Leon es bitte geschafft haben, gegen zwei Lehrer der Zauberuniversität anzukommen und dabei einen sogar zu töten und dem anderen zu entfliehen? Das ergibt doch alles keinen Sinn …*

Kairi war einfach nur sprachlos und das hatte etwas zu heißen.

Chamuela hakte noch einmal nach: »Seid Ihr Euch sicher, Meister?«

Er nickte. »Ja, Ansem ist zwar noch nicht völlig wieder aufgewacht, aber mein Zauber hat seine Gedanken geöffnet und in ihnen konnte ich alles lesen. Es war Leon! Und er war von einer tiefen Dunkelheit umgeben, denn es war noch jemand bei ihm, der ihm geholfen hat.«

»Was? Und wer bitte, wenn nicht Cassiopaia?«

»Der Clown!«

Chamuela schaute erst ungläubig, aber dann erinnerte sie sich an eine solche Figur, die Metatron und seine Gruppe damals beschrieben hatten: Metatron, Wodahs und Britanie waren zusammen mit Fynn, Kairi und Leon auf der Suche nach dem Buch des Salomo. Laut ihren Angaben besaß dieser Clown eine unglaublich kalte und dunkle Kraft und konnte jeden niederstrecken, sogar Cassiopaia. Und zudem hatte er dann das Buch des Salomo an sich genommen und verschleppt.

»Soll das heißen, dass die Gefahr, die von diesem Wesen ausging, noch viel größer geworden ist, weil er Leon gegen uns aufgewiegelt hat? Das kann doch alles nicht wahr sein!« Metatron konnte es nicht fassen. »Trotzdem verstehe ich nicht, wie Leon stark genug für etwas Derartiges gewesen sein konnte. Das sprengt seine Fähigkeiten. Hat der Clown dann den Großteil des Kampfes bestritten?«

»Nein, laut dem, was ich in Ansems Verstand sehen konnte, war es zum größten Teil ein Eins-gegen-Eins-Kampf gewesen. Der Clown hatte Leon nur am Ende gerettet, als Magnetos ihn mit seinem letzten Atemzug ausschalten wollte. Ansem kämpfte vorher alleine gegen Leon, da er und Magnetos sich aufgeteilt hatten. Magnetos starb dann beim Versuch, Ansem zu beschützen.

»Und warum hat der Clown schlussendlich nicht auch noch Ansem getötet? Den Engeln sei Dank, dass das nicht passiert ist, aber wisst Ihr, was ich meine, Meister?«

»Ja, ich bin mir dessen auch nicht ganz sicher. Aber es ist ein Satz bezüglich dieser Tatsache gefallen, die zu Ansem gesagt wurde, bevor er schwarzsah. Angeblich kann dieser Clown wohl nicht töten!«

Chamuela musste ungläubig auflachen, weil immer verrücktere Sachen ans Licht kamen. »Wie soll man, nach allem, was ich gehört habe, bitteschön glauben, dass dieses Ding nicht tötet? Das ist doch alles konfus, oder sehe nur ich das so?«

Metatron versuchte, sie zu beruhigen. »Nein, so warte doch. Wenn er es wirklich nicht könnte, dann erklärte das auch den Fakt, dass er damals weder einen von uns noch von Cassiopaia umgebracht hat, oder? Also ist es durchaus eine Option, ob du das wahrhaben willst oder nicht. Wenn man dann noch den Fakt hinzufügt, dass Leon Erbe der schwarzen Flammen ist und somit großes Potenzial birgt, ein starker Krieger zu werden, kann man sich vorstellen, dass der Clown Leon als Waffe zum Töten benutzt, weil er es selber wohl wirklich nicht kann. Verstehst du?«

Chamuela wusste, dass ihre Wut gerade ihren Verstand etwas benebelte. Denn das, was Metatron da behauptete, war durchaus im Bereich des Möglichen.

Merdin wollte die Diskussion nun aber langsam beenden. »Spekulationen bringen uns jetzt nicht weiter. Die anderen Schüler an der Zauberuniversität wissen schon über die Geschehnisse Bescheid, der Seelenwaffenunterricht fällt erst einmal aus, bis ich einen Vertretungslehrer für Ansem organisiert habe. Ansonsten würde ich Britanie, Wodahs und Avio bitten, ihre Studenten auf ihre Quartiere zu begleiten und ihnen beiseitezustehen. Ich denke, dass besonders Fynn und Kairi jemanden zum Reden brauchen werden.«

Und während die Studenten den Raum verließen, beschloss Merdin, niemandem zu erzählen, dass Leon Magnetos nur besiegen konnte, weil er ein Element beherrschte, welches gar nicht mehr existieren dürfte.

***

Fynn und seine Freunde wurden von ihrem Gruppenleiter Wodahs zu deren Quartier begleitet. Trotz dieser turbulenten Neuigkeiten waren alle außergewöhnlich ruhig.

Zayne war weniger schockiert, da er zu Leon keinen wirklichen Bezug hatte. Er kannte ihn nur vom Namen her und wusste, dass er seinen Platz in dieser Konstellation eingenommen hatte.

Am Quartier angekommen, mussten die Kinder bei Usna ihr Pandra abschmecken lassen, um Einlass gewährt zu bekommen. Natürlich akzeptierte Usna jedes Pandra der vier und ließ sie ins Haus der Feuer-Studenten.

»Meint Ihr, Ansem wird es wieder besser gehen?«, wollte Fynn von Wodahs wissen.

»Leider konnte ich seinen Zustand noch nicht begutachten, aber so wie ich ihn kenne, wird er bald wieder fit sein. Er ist eine Kämpfernatur.«

Wodahs blieb nicht lange, denn jeder von ihnen wollte einfach nur noch schlafen. Sie waren von der Reise sehr erschöpft.

Während Fynn in seinem Bett lag und zur Decke blickte, welche durch Magie durchsichtig war und einen Blick auf den Nachthimmel zuließ, dachte er über viele Dinge nach: *Wie geht es Meister Ansem? Was wird als Nächstes passieren? Wann meldet sich Cassiopaia wieder? Kann ich diese vielen verschiedenen Kräfte in mir jemals kontrollieren? Und was hat das mit Leon zu bedeuten? Wie konnte er nur aus der Zauberuniversität entführt werden, ohne dass irgendwer es bemerkt hat? Was wurde Leon angetan, dass er so handelte, wie er es getan hat?*

Fynn wollte am liebsten aus dem Bett springen und sich auf die Suche nach ihm begeben, weil er die Antworten sofort haben wollte. Natürlich wusste er, dass dies nicht möglich war. Aber eins wollte er auf jeden Fall: Leon wieder zurückbringen!

»Du weißt, was für Konsequenzen Leon zu erwarten hat, wenn sich herausstellt, dass er all dies unter Vollbesitz seines Willens getan hat?«

Fynn blickte in Richtung von Zaynes Bett. »Was denn?«, fragte er zögerlich.

»Leon muss gefangen werden, ob lebendig … oder tot! Das sind die Regeln!«

***

Am nächsten Tag hatte Fynn privaten Unterricht bei dem Schulleiter Merdin. Er war der Einzige, der Fynn in reiner Magie unterrichten konnte.

Fynn kam nur mühselig aus den Federn, als der Türknauf ihres Zimmers ihn zu wecken versuchte. Dieser Knauf in Form einer Schnecke war so laut und energisch, dass auch die anderen beiden davon aufgeweckt wurden.

Nach einer kurzen Dusche zog sich Fynn neue Klamotten an und verließ das Zimmer mit einer Entschuldigung, weil durch ihn Kairi und Zayne im Schlaf gestört wurden.

Er beschloss, nicht die Transportwolke zu nehmen, die sich

im Flur vor seinem Zimmer anbot. Er konnte mit Höhe zwar mittlerweile besser umgehen, aber wenn es nicht unbedingt notwendig war, wollte er nicht abheben.

Für Fynn war es schon völlig normal geworden, dass er bei jeder Tür, die er passierte, seinen Arm in die Lippen von Usna stecken musste, damit diese das Pandra abschmecken und die Durchgangsberechtigung ermitteln konnte. Obwohl es für ihn unlogisch war, weshalb er diese Prozedur auch beim Verlassen von Räumen auf sich nehmen musste. Wer schon mit Berechtigung hinein kam, müsste doch auch ohne Prüfung wieder hinauskommen?

Er verließ sein Quartier, überquerte die Wiese des Innenhofs und steuerte auf das Hauptgebäude der Zauberuniversität zu. Dort waren viele wichtige Räumlichkeiten, so auch die von Meister Merdin.

Er hatte dem Meister noch nichts von seiner spontanen Magie-Aktion im Tal der Feuerflechten erzählt, aber er war sich sicher, dass die Lehrer oder Engelskrieger es ihm schon mitgeteilt hatten.

An der Zauberuniversität waren Schlösser an Türen nicht das Einzige, was fehlte. Es gab zudem keine Treppen! Jedenfalls nicht aus massiven Stein, wie Fynn das sonst kannte. Einzelne Teppiche flogen einen entweder in die jeweiligen Etagen oder man nahm sich einen mobilen Teppich von der Wand. Diese hingen überall da, wo sie notwendig waren.

Natürlich wollte Fynn nicht fliegen, deswegen griff er sich eine mobile Variante und rollte diesen aus. Er war größer, als er zusammengerollt vermuten ließ. Fynn nannte sein Ziel, »Merdins Gemach«, und der Teppich dehnte sich aus wie Knete. Dabei formte er Treppenstufen in Richtung des Stockwerks, wo Fynn hinwollte. Klar, Fynn hob ab, aber da er Stufen lief, kam ihm das nicht wie fliegen vor. Hinter ihm rollte sich der Teppich wieder zusammen, damit er vorne wieder genug Masse hatte, um sich weiter auszudehnen.

Auf der richtigen Höhe angekommen, rollte sich der

Teppich mit einem Schnalzen ruckartig zusammen und fügte sich an eine freie Stelle an der Wand wieder ein, um auf seinen nächsten Benutzer zu warten.

Für jeden Unwissenden war dieses Stockwerk einfach nur leer. Das Einzige, was sich dort befand, waren - wie verwunderlich - Teppiche. Diese waren aber nicht zum Fliegen gedacht, sondern stellten eine Art Schloss da. Nur dem, der wusste, an welchen drei Stellen man auf die Muster des Teppichs drücken musste, offenbarte sich das eigentliche Stockwerk.

Natürlich wusste Fynn als einer der wenigen dieses Geheimnis, da er für sein Training zu ihm gelangen musste. Er berührte also die drei Muster in der richtigen Reihenfolge und plötzlich begann sich etwas zu verändern. Seine Umgebung begann zu verschwimmen, wie als würde jemand Ölfarben mit einem Schwung Wasser von einer glatten Oberfläche wischen. Fynn spürte sofort, dass Magie wirkte. Die Proportionen des Stockwerkes veränderten sich, Farben ordneten sich um ihn herum neu an und als Fynn glaubte, ihm würde schwindelig, war es auch schon vorbei. Und das alles für … eine Tür. Ein Mustercode auf Teppichen und eine Karussellfahrt der Farben nur für eine einfache Tür, die sich nun vor Fynn aufgebaut hatte. Hier musste er nun warten, bis Merdin kommen würde, denn die Usna-Lippen an Merdins Tür ließen Fynn natürlich nicht durch, das wusste er. Er nahm an, dass dies nur den Engelskriegern erlaubt war.

Allerdings musste Fynn nicht lange warten, bis die Tür aufschwang und Merdin ihn hereinbat.

Als der junge Schüler das Gemach von Merdin betrat, musterte er erst einmal eingehend den Raum. Jede Ecke schien sich durch den Einfluss von Magie zu bewegen. Merdin lief zu seinem Schaukelstuhl und flog wippend empor, um wieder zu den offenen, schwebenden Büchern zu gelangen, die er wohl eben noch studiert hatte. Es bewegten sich Stifte am Schreibtisch von selbst und unterzeichneten Blätter, Nymphen flogen in Gruppen umher und spendeten Licht und seltsame fliegende Fische saugten sich am Glas von Vitrinen fest und schienen diese damit zu reinigen. Auf einem anderen Tisch lag eine Kristallkugel, die unterschiedlich intensiv pulsierte und eine magische Ausstrahlung hatte, und direkt daneben stand Merdins … Mittagsessen. Es sah aus wie ein Sandwich, so weit Fynn erkennen konnte.

»Tut mir leid, mir ging es in letzter Zeit nicht so gut, deswegen bin ich nicht zum Aufräumen gekommen. Da kann ich schon zaubern und bekomme sowas Simples nicht gebacken – witzig, oder?«

Fynn fand es schön zu sehen, dass Merdin trotz seines Ansehens auch etwas Normales an sich hatte. »Macht Euch keine Umstände, Meister. So unordentlich sieht es gar nicht aus, finde ich.« Und Fynn sprach damit die Wahrheit. Er hatte es schon öfters erlebt, dass jemand seine eigene Wohnung als unaufgeräumt empfand, aber Fremde es als aufgeräumt betrachteten.

Merdin brauchte auch weniger lang als gedacht und begab sich mit seinem Schaukelstuhl wieder in den Sinkflug.

»Meister. Was hat es mit Leon auf sich? Ich kann das immer noch nicht ganz glauben, was uns da gestern mitgeteilt wurde. Es kommt mir vor wie ein schlechter Traum …«

Merdin lief zu seinem Tisch und schaute dabei auf den Boden. »Es tut mir leid, Fynn. Ich wünschte mir selbst auch, dass es nicht wahr wäre, aber ich habe es klar und deutlich in Ansems Verstand gesehen. Er ist heute Morgen aufgewacht. Ich kann dich zu ihm bringen, vielleicht glaubst du mir dann.«

»Ich glaube Euch, Meister, so ist das nicht. Nur will ich es vielmehr nicht glauben. Wieso sollte denn Leon so etwas tun? Er hat sich zwar in der Zeit, bevor er verschwand, seltsam verhalten, aber Dörfer angreifen und Leute ermorden? Das ist etwas viel.«

Merdin zuckte mit den Schultern. »Bisher kenne ich nur die Fakten, aber noch nicht Ansems persönliche Einschätzung. Er stand Leon gegenüber und kann eventuell besser abschätzen, ob er unter einer Art Gehirnwäsche oder Hypnose stand, oder sogar mit Gewalt dazu gezwungen wurde.«

Da fiel Fynn wieder Zaynes Kommentar vom Vorabend ein. »Meister, was würde mit Leon passieren, wenn er all dies doch aus Eigenantrieb verübt haben sollte?«

Merdins Gesichtsausdruck sagte eigentlich schon alles: »Nun ja, im besten Fall würden wir ihn ohne Gewalt gefangen nehmen und befragen können. Allerdings bin ich für das Leben von so vielen hier verantwortlich, wenn die Bedrohung zu groß scheint, ist auch der Tod des Fahnenflüchtigen in Betracht zu ziehen …«

Fynn war schockiert, dass diese Information zu stimmen schien.

»Aber man kann doch nicht einfach den Tod eines Schülers verantworten, wo man sich bis zum Schluss nicht sicher ist, ob er nicht unter irgendeiner Manipulation steht!«

»Wenn dich jemand mit einem Messer angreift und dich ernsthaft töten will, fragst du ihn dann erst, wieso er das machen möchte, ohne dich zu verteidigen? Und wenn du dich verteidigst, wie lange willst du dies tun? Bis er dich irgendwann ins Herz trifft?«, entgegnete der Magier Fynn nüchtern.

»Nein, ich denke, ich würde mich um jeden Preis selbst verteidigen.«

»Siehst du, das hier ist nichts anderes. Du hast eine Frage gestellt und ich habe dir ehrlich geantwortet, Fynn. Aber nur, weil das die Regeln sind, ist das keine Option, die zwingend auftreten muss. Leon ist immer noch auf dem Niveau eines Schülers, die Wahrscheinlichkeit, dass Lehrer unserer Zauberuniversität ihn töten müssen, weil er eine zu große Bedrohung darstellt, ist sehr gering.«

»Na ja, er hat ja auch Magnetos töten können und Ansem in Ohnmacht geprügelt.«

Merdin schüttelte den Kopf. »Dieses Wesen hat Leon zur Seite gestanden, das ist etwas anderes.«

Fynn widersprach wieder. »Nein, eigentlich nicht. Dieses Wesen wird bestimmt auch beim nächsten Mal an Leons Seite sein. Und ich habe die Kraft dieses clownsähnlichen Wesens mit eigenen Augen gesehen. Es ist furchtbar stark!«

»Meinst du, ich weiß das nicht, Fynn?« Fynn spürte zum ersten Mal Zorn in Merdins Stimme. Dieser versuchte sich wieder zu beherrschen, aber dieses Thema nahm ihn mehr mit als sonst.

»Hör zu, Fynn. Ich hatte so eine ähnliche Situation schon selbst, wie du weißt. Zaramon hat mich damals auch verraten und ich wollte das nicht wahrhaben. Und weil ich es so lange einfach nicht akzeptieren wollte, habe ich viele Fehler begangen. Und diese Fehler wirken sich bis heute aus, weil es Cassiopaia nicht geben würde, wenn ich damals andere Entscheidungen getroffen hätte. Zaramon hat sich nicht nur einen neuen Körper mit einer verbotenen Technik gesucht, sondern vergreift sich nun auch an ganz Fermania! Deswegen möchte ich dich nur auf das schlimmste Szenario vorbereiten.«

Jetzt wurde Fynn klar, wieso Merdin so emotional war. Er erinnerte sich an die Geschichte mit diesem Zaramon. Er war Merdins bester Freund, bis er ihn aus Neid verriet, weil die Engel nach ihrem Kampf mit den Teufelsmonstern nicht ihm die Geschicke der Zauberuniversität und der Welt Fermania gegeben hatten, sondern Merdin.

Der Zauberer fuhr fort: »Deswegen sind deine Lehrstunden bei mir hier so wichtig. Nicht nur dieser Clown stellt eine unglaubliche Bedrohung dar, sondern auch Zaramon und die Hexe Jennipher. Ich bin alt und ich gebe offen zu, dass meine Glanzzeiten hinter mir liegen. Ich werde eher schwächer als stärker und ich weiß nicht, wann eine große Konfrontation eintreten wird und umso weniger, ob ich dann noch stark genug sein werde, um jeden von ihnen zu neutralisieren. Deswegen ist es mir so unglaublich wichtig, dass du deine Gaben so schnell wie möglich optimal ausbildest, weil du vielleicht bald helfen kannst, sehr viele von hier zu beschützen!«

Fynn fühlte sich geehrt, aber spürte gleichzeitig, wie sich eine Last auf seine Schultern lud.

»Natürlich habe ich von deinem spontanen starken Zauber erfahren, den du im Tal der Feuerflechten vollbracht hast. Und ich muss sagen, dass ich äußerst überrascht war. Es ist unüblich, einfach so ein Element in den Griff zu bekommen, weil du bisher nur auf Feuer trainiert warst.«

Fynn wusste darauf nichts zu sagen, weil er nicht wusste, was normal war für einen Magier und was nicht.

»Magst du mir erzählen, wie es dazu kam, Fynn?«

Dieser musste nicht lange überlegen, weil es ja grad vor wenigen Tagen passiert war. »Nun ja, der Schlund hatte eine frühzeitige Eruption und mir kam es vor, als würden wir es nicht mehr rechtzeitig raus schaffen. Dann habe ich mich an das erinnert, was mir Kristin einmal über das Teufelsmonster in ihr erzählt hatte. Ich muss zugeben, dass ich kurz mit dem Gedanken gespielt habe, die Kraft meines Teufelsmonsters zu verwenden. Ich fühlte mich irgendwie in der Lage dazu. Und als ich diesen Entschluss gefasst hatte, befand ich mich plötzlich in einem langen weißen Flur mit Türen. Jetzt weiß ich, dass es mein Inneres war, weil die Türen Durchgänge zu allem darstellten, was ich wohl in meinem Geist verborgen halte. Mein Seelengeist, meine Seelenwaffe, Erinnerungen und eben auch das Teufelsmonster. Eine andere Tür stellte das genaue Gegenteil zur Tür des Teufelsmonsters dar. Sie war warm und gut. Ich wusste irgendwie, dass es Magie war, und habe deswegen diese Tür geöffnet und nicht die des Monsters. Dann stand ich in einem weißen Raum mit Kugeln verschiedener Farben auf einem ebenso weißen Tisch. Und als ich nach einer dieser Kugeln gegriffen habe, wurde ich wieder in die Realität gerissen und habe die Erde unter mir bewegt. Ohne darüber nachzudenken und ohne großen Kraftaufwand.«

Merdin horchte auf. »Sehr gut, mein Junge, ich weiß, wovon du sprichst. Genauso bediene ich mich auch der Magie.«

»Was, wirklich?«

Merdin nickte. »Ja, nur mit dem Unterschied, dass ich nicht so viele Türen habe wie du. Das Schwierige wird für dich aber sein, in genau diesen Zustand gezielt zu gelangen. Wenn du nämlich nicht weißt, wie es geht, und zudem den Weg nicht kennst, dann kann es mühselig werden.«

Das hörte sich für Fynn natürlich logisch an.

»Komm mit, mein Junge, ich möchte dir was zeigen, das dir helfen kann.«

Merdin führte Fynn an seinen Tisch, auf dem die pulsierende Kristallkugel lag. »Das hier ist ein magisches Item, es verstärkt meine magische Energie. Die Kugel stellt für mich dasselbe dar wie für Jennipher ihr Kristall auf ihrem Stab, den sie immer mit sich trägt. Magier und Hexen können auch ohne Verstärker zaubern, aber jeder ist anders veranlagt. Jennipher lernt schnell, ist aber aus ihrer Eigenveranlagung im Wirken starker Sprüche eher schwächer, deswegen braucht sie ihren Stab mit dem Item als Verstärker unbedingt! Ich hingegen habe früher nur langsam gelernt, aber dafür war meine Eigenkraft an Magie viel stärker. Ich habe früher nie einen Verstärker gebraucht, aber ich werde alt. Und so wie ich bist auch du. In deinen jungen Jahren brauchst du so etwas noch nicht.« Er zeigte auf seine Kugel.

Fynn nickte. »Okay, ich wusste nicht, dass es auch innerhalb von magischen Wesen noch einmal feine Unterschiede gibt.«

Merdin grinste. »Nur, dass du einen entscheidenden Vorteil hast. Nämlich mich! Denn ich kann dir einen schnelleren Weg zeigen, da ich die Erfahrung schon gemacht habe. So, und jetzt versuche dich zu sammeln und berühre die Kristallkugel.«

Fynn tat, was ihm befohlen wurde. Sie fühlte sich warm an und versprühte eine angenehme Aura. Fast hätte Fynn gedacht, dass die Kugel auch angenehm roch, aber er glaubte, dass das dann doch von Merdins Essen kam, welches nicht weit weg ebenfalls auf dem Tisch lag …

Fynn konzentrierte sich, aber nichts geschah. Er schloss

sogar seine Augen, um einen noch größeren Fokus zu erlangen, aber wieder geschah nichts.

»Meister, vielleicht hat das nur geklappt, weil meine Freunde und ich in Gefahr waren? Diese Situation kann ich nicht einfach so nachempfinden.«

»Aber genau das ist es! Erst wenn du gelernt hast, Magie einzusetzen, unabhängig von deinen Gefühlen und der Situation, hast du sie wirklich gemeistert. Schau, versuche Zugang zu deinem Inneren zu bekommen.«

»Versuche ich ja, aber irgendwie geht es nicht.« Entmutigung lag in seiner Stimme.

»Stelle dir einfach vor, du willst deine Seelenwaffe oder deinen Seelengeist rufen. Das ist nichts anderes, als einen Zugang in dein Inneres zu legen. Versuche es mal, das dürftest du doch sehr leicht hinbekommen, oder Fynn?«

Fynn bemerkte, dass Merdin ihn herauszufordern versuchte. Und es funktionierte.

Fynn spürte, wie er in sein Inneres abtauchte, das lag daran, dass er wusste, wie es ging, denn seine Seelenwaffe oder seinen Seelengeist hatte er schon öfters beschworen.

Fynns Hand wollte die Tür zu seiner Seelenwaffe öffnen, als Merdin seine Hand festhielt. Fynn öffnete wieder die Augen und erkannte nun, dass er wieder in demselben weißen Flur stand wie vor einigen Tagen.

»Siehst du, du hast es geschafft. Nur darfst du das Beschwören nicht durchführen, sonst öffnest du die entsprechende Tür und verlässt den Flur wieder. Dabei sind die anderen Türen hier viel interessanter.«

Und das meinte Merdin ernsthaft, denn zum ersten Mal sah er das Innere eines Teufelskindes. Merdin konnte den Geist anderer durch Magie lesen, ja, aber das hier war etwas völlig anderes. So viel mehr und nicht einschichtig. Der Magier versuchte sein Staunen zu überspielen und sich nichts anmerken zu lassen. »Da vorne!« Er zeigte auf zwei Türen ganz am Ende des mentalen Ganges. Dort angekommen erkannte Merdin an einer der Türen etwas, was Fynn noch nicht aufgefallen war: das Versiegelungszeichen der Engel!

Dieses hielt die Tür verschlossen und erlaubte keinem Tropfen des Teufelsmonsterpandras zu entkommen. Das Siegel war hoch komplex aufgebaut, das konnte Merdin am Muster erkennen. Selbst er könnte es mit seinem Kenntnisstand nicht lösen, was ihm natürlich nie in den Sinn kommen würde. Somit bestätigte sich allerdings seine Vermutung, dass die Teufelskinder selbst das Siegel entfernen konnten, wenn sie das wollten. Nur dies würde den Kontrollverlust von Kristin damals erklären und warum sich Fynn so sicher war, dass er das Pandra des Teufelsmonsters hätte verwenden können. Somit fühlte sich der Magier noch bestärkter darin, die Teufelskinder mental aufzubauen und zu festigen, denn nur wer unüberlegt handelte und sich unbedacht von seinen Gefühlen beeinflussen ließ, würde eine Gefahr für alle darstellen.

»Bekommst du diese Tür auf?«, wollte der Magier wissen und zeigte auf die Tür der Magie.

»Ich denke schon.« Fynn musste den Knauf der Tür nicht einmal berühren, da schwang diese auf und zog beide in sich hinein.

Merdin war beeindruckt, er hatte damals acht Anläufe gebraucht, um die mentale Stärke zu entwickeln, dies zu schaffen. Der Raum von Fynn sah allerdings aus wie seiner. Komplett weiß und in der Mitte ein ebenso weißer Tisch mit verschiedenfarbigen Kugeln. Vier an der Zahl, obwohl von der Anordnung her auch fünf hätten passen können …

»Ja, Meister. Genau so sah es aus. Und dann habe ich die Kugel angefasst, die mich am ehesten angesprochen hat und …« Während Fynn den Satz sprach, berührte er mit seinem Finger die blaue Kugel. Merdin wollte ihm untersagen, dies zu tun, aber bevor beide einen weiteren Ton aus ihren Mündern bekamen, waren sie wieder in der Realität und schwammen in einem Raum voll mit Wasser!

Fynn war so schockiert, dass ihm der Sauerstoff aus Mund und Nase kroch. Er glaubte, er müsse ersticken, obwohl er eigentlich länger als drei Sekunden die Luft anhalten konnte. Merdin musste etwas unternehmen. Er war nicht so schockiert wie Fynn, da er wusste, dass so etwas passieren würde. Er rümpfte die Nase und das Wasser floss kreisförmig von den Wänden ins Rauminnere, direkt in sein Glas neben dem Essen auf dem Schreibtisch und füllte es damit auf.

Fynn griff sich an den Hals und musste etwas husten, da er Wasser geschluckt hatte.

»Und hier haben wir ein Problem«, erklärte Merdin. »Du aktivierst ein Element, aber kanalisierst es noch nicht richtig. Das kann auf Dauer nicht nur gefährlich sein, da es unberechenbar ist, sondern es kann auch deine Pandrareserven aufbrauchen, wenn du beim Wirken von Magie immer gleich das Maximum an Ausmaß freisetzt.«

Fynns Husten hatte aufgehört und er konnte wieder normal atmen. »Und wie mache ich das am besten?«

»Konzentriere dich erneut, wir müssen wieder in dein Inneres!«

Fynn tat, wie ihm befohlen wurde. Merdin war sonst immer sehr milde und zuvorkommend, wenn es aber um Magie ging, war er doch immer sehr direkt.

Nach kurzer Konzentration befanden sich beide wieder in dem weißen Flur mit den Türen.

Merdin schaute sich um und erkannte, dass die Tür zur Magie wieder zugefallen war. Fynn musste sie erst erneut öffnen, um zu dem Tisch mit den Kugeln zu gelangen.

»Bevor wir das mit dem Kanalisieren lernen, möchte ich dir einen weiteren Tipp geben. Dabei geht es um diese Tür hier. Wenn du kaum Zeit hast, Magie zu wirken, können die Sekunden, die du immer benötigst, um durch diesen Flur hier zu laufen und die Tür zur Magie zu öffnen, überlebenswichtig sein. In meinem Inneren existiert nur eine Tür, denn ich habe weder ein Teufelsmonster noch eine Seelenwaffe oder einen

Seelengeist, die in mir schlummern. Und die einzige Tür, die ich habe, habe ich mir mit einem gedanklichen Blocker offen gehalten. So kann ich mit maximaler Geschwindigkeit Magie einsetzen.«

Dem Magier kam eine skurrile Idee. Er wollte in Fynns Innerem Magie einsetzen. »Ich werde versuchen, deine Räumlichkeiten hier etwas umzugestalten. Ein langer Flur ist nicht optimal, um an alle Türen gleich schnell zu kommen, obwohl ich eine Tür am liebsten ganz weit weg platzieren würde …«

Fynn wusste natürlich, welche Tür.

Merdin fuhr fort. »Aber die Tür ist eh tabu für dich, deswegen ist es egal, weil ich dir da vertraue. Jetzt meine Frage: Darf ich versuchen, deinen Flur umzuformen?«

Fynn nickte, obwohl es ihm schon etwas gefährlich vorkam, in seiner Seele umformende Magie einzusetzen.

Merdin streckte seine Arme aus und konzentrierte sich. Lichtstrahlen züngelten um ihn herum und verankerten sich in den weißen Wänden des Flurs. Fynn hatte Angst, davon etwas zu spüren, dem war aber nicht so. Die Ketten von Merdin zogen und drückten wie verrückt hin und her und als sie fertig waren, erkannte Fynn, welche Form Merdin am optimalsten fand: ein Kreis.

Fynn grinste. »Ja, einfach wie genial.«

»Genau. Wenn du nun hierher abtauchst, kannst du jede Tür schnell erreichen. So, nun kommen wir zu der Tür. Ich könnte dir jede Tür mit einem Blocker offen halten, aber ich glaube nicht, dass du deinen Seelengeist oder deine Seelenwaffe in den anderen Räumen suchen willst, wenn diese mal umherwandern. Deswegen werde ich dir nur diese eine Tür hier offen halten.«

Fynn verstand, was Meister Merdin meinte. »Vielen Dank, Meister. Und wie sieht dieser Blocker aus?«

Merdin hatte einen Kristallsplitter in seinen Händen. »Das ist ein Stück von meiner Kristallkugel. In diesen Splitter habe ich meinen Wunsch gespeichert, diese Tür hier offen zu halten.« Merdin steckte ihn unter die Tür, so konnte diese nicht mehr zufallen.

Der Zaubermeister trat in den Raum mit den Kugeln ein und schwang sich zu Fynn um. »Und nun zeige ich dir, wie man am besten kanalisiert.«

Auch bei Regen und Wind …

Der Sonnenaufgang war immer etwas Schönes, auch wenn die Wolken ihn manchmal verbargen.

So auch an diesem herrlichen Tag. Nur waren es nicht die Wolken, die die Sonne am Scheinen hinderten, sondern etwas anderes, dass dort oben flog.

Ein riesiger Gesteinsbrocken schwebte über dem Erdboden, auf dem eine steinerne Burg thronte.

Gläserne Keilschuhe stampften auf den Boden und ein kleines Stück des fliegenden Gesteins löste sich vom Mutterstück. Die schwarze Kutte und das wasserstoffblonde Haar Jenniphers flatterten im starken Wind.

Die Hexe wollte so hoch wie möglich, um über Fermania einen guten Blick zu haben. So würde sie die himmlische Steppe schneller mit ihrem verzauberten Fernrohr finden können. Sky, die Anführerin Cassiopaias, hatte die fliegende Burg auf die maximale Höhe bringen können, allerdings war dies noch nicht hoch genug.

Sky hatte die Hexe gewarnt, beim Aufstieg vorsichtig zu sein, da die Atmosphäre sich schnell drastisch ändern konnte. Aber wen kümmerten ausgehender Sauerstoff, Kälte und sich verändernde Schwerkraft, wenn man einen undurchdringlichen Schild hatte?!

Dieser Schild aktivierte sich auch prompt, als Jennipher eine kritische Höhe erreichte. Natürlich hatte Jennipher nicht völlig freie Hand durch den Schutzschild, denn dieser konnte den Sauerstoff am Sich-Verflüchtigen hindern, aber würde trotzdem irgendwann aufgebraucht sein. Unbeeindruckt von den starken Windströmungen um sie herum, schwebte die Hexe mit verschränkten Armen weiter nach oben und gelangte in eine dunkle Wolkenfront.

»Na toll, da fliegt man einmal Richtung Atmosphäre und schon kommt man in ein Unwetter!«

Hagel prasselte hinab und auch einige Blitze bissen sich an ihrem Schild die Zähne aus. Da Jennipher aber zügig höher stieg, konnte sie schnell aus dem Tumult kommen.

Dann fiel ihr die nächste Sache auf, die sie neben der Tatsache, dass sie überhaupt hier hinauf musste, nervte. Gerne hätte sie die Aussicht genossen, aber die ganzen Wolken verbargen alles Schöne der Welt. Aber für eine Magierin, wie sie eine war, sollte das kein Problem darstellen. Der Kristall auf ihrem Stab begann grün zu leuchten und schon bediente sie sich dem Element Wind. Da sie sehr viel von Fermania überblicken wollte, musste sie eine ziemlich große Fläche von dem weißen und grauen Flaum befreien. Sie streckte ihre Hand durch ihren Schutzschild hindurch und begann die tosenden Windströmungen in ihrer Handfläche zu fangen und zu verdichten. Als es ihrer Meinung nach genug war, ließ sie die komprimierte Kugel in den Abgrund fallen. Sie fiel weniger schnell, als es normale Gegenstände getan hätten. Am richtigen Punkt angekommen, gab die Hexe den mentalen Befehl zur Ausdehnung. Wie eine Bombe, die kreisförmig alles um sich herum wegdrückte, wurden die Wolken vom Himmel gewischt. Auch das dunkle Gewitter hatte gegen diese Gewalt keine Chance.

Jennipher war zufrieden: »Ach, so ist es schon viel besser.« Aus dem übergroßen Ärmel ihrer Kutte ließ sie ihr Fernrohr herausgleiten. Wunderschön weiß und aus Kristall. Und vollgepumpt mit der Magie des Buches des Salomo. Es war überzogen mit kleinen, kaum leserlichen Schriftzeichen einer alten Sprache. Diese hielten den Zauber im Fernrohr gefangen. Das war super, denn so hatte die Hexe sehr wenig Aufwand.

Sie suchte sich eine Himmelsrichtung aus, in der sie mit der Suche beginnen wollte. Sie musste darauf vertrauen, dass der Suchzauber des Buches auch wirklich funktionierte, denn überprüfen konnte sie das nicht. Andernfalls konnte sie sich dumm und dämlich suchen.

Und so erhob sie ihr verzaubertes Fernrohr und blickte mit einem Auge hindurch und mit dem, was sie sah, hatte sie eigentlich so gar nicht gerechnet.

Auch bei Regen und Wind …

Die Engelskriegerin des Wassers, Chamuela, und der Engelskrieger der Erde, Japhiel, begaben sich mit Anisa auf die Grünfläche der Zauberuniversität. Sie nickten sich zu und begannen mit dem, was sie vorhatten. Sie konzentrierten ihr Pandra, dann klatschten sie ihre Handflächen gegenseitig aufeinander. Genauso, wie sie es bei der Abschlussprüfung der Erstsemestler taten. Sie vermischten auf eine ganz spezielle Art und Weise ihr Pandra miteinander und aus Wasser und Erde entstand dadurch ein neues Element: Holz!

Ein dünner Sprössling bahnte sich aus dem Boden seinen Weg nach oben und kaum erblickte er das Licht der Welt, wuchs er rasant weiter in die Höhe. Der Boden riss auf, weil die Pflanze schnell immer dicker und dicker wurde. Sie entwickelte sich zu einer riesigen Bohnenstange mit großen Blättern ringsherum.

Diese Bohnenstange diente als Verbindungsglied zur fliegenden Arena, die weit über Fermania schwebte. Sie war für Übungskämpfe gut, aber auch dafür, um praktische Prüfungen abzulegen. Anisa erinnerte sich.

Im Tal der Feuerflechten war sie gewohnt, mithilfe ihres Seelengeistes Lila fliegen zu können. Allerdings ging das nur dort, wo auch starke warme Luftströmungen waren. Und das konnte sie hier vergessen. Somit war sie auf die immer noch wachsende Bohnenstange angewiesen.

Sie sprang auf eines der großen Blätter und ließ sich nach oben tragen. »Danke, Meisterin Chamuela und Meister Japhiel, ich werde versuchen mich zu beeilen!«, schrie sie den beiden noch zu, bevor sie sich außer Reichweite befand. Und schnell waren die beiden Engelskrieger nur noch zwei kleine Punkte am Erdboden.

Anisa blickte andächtig nach oben. Die Arena wurde immer größer, je näher sie kam. Es war schon lange her, seit sie dort oben war. Damals war sie selbst noch Studentin dieser Zauberuniversität gewesen. Nun war sie wieder hier, und alles begann dort, wo es einst endete.

Anisa musste deswegen zur fliegenden Arena, weil sie einen Punkt brauchte, der sehr hoch lag. Nur so konnte sie mit ihrem Sternenblick ein großes Areal überblicken, was wiederum die Wahrscheinlichkeit erhöhte, die himmlische Steppe schneller zu finden. Bevor sie sich also auf den Weg zu einem hohen Berg machte, war dies die absolut beste Option. Sie hätte selbst auch gar nicht daran gedacht, wenn die Engelskrieger nicht auf diese glorreiche Idee gekommen wären.

Die Bohnenstange dockte an der unteren Seite der Arena an. Die Blätter begannen sich zu lösen und in die Arena hineinzufliegen. Sehr bequem, Anisa hatte keine Bemühungen.

Dort angekommen wollte sie aber nicht lange Zeit in Nostalgie verbringen und begab sich an den höchsten Platz der Arena.

Der Himmel war zwar mit vielen Wolken übersät, aber das kümmerte Anisa nicht. Sie hielt kurz inne, denn es war schon lange her, dass sie den dritten Grad ihres Sternenblicks aktiviert hatte. In ihrer Kindheit hatte sie schlechte Erfahrungen damit gemacht. Aber gut, nun MUSSTE sie es tun!

Sie fokussierte ihr Pandra in ihren Augäpfeln.

Ihre Augen färbten sich gelb und ihre Pupillen verformten sich zu einem Stern. »Sternenblick! Grad eins!«, sprach sie leise für sich selbst. Wie durch ein verstellbares Fernrohr konnte Anisa nun weit in die Ferne schauen. Das brachte ihr nur wenig, weil die Wolken ja im Weg waren. Dann löste sich die Regenbogenhaut der Augen auf und die gelbe Farbe floss in die sternförmigen Pupillen. »Sternenblick, Grad zwei!« Nun wurden die Wolken für Anisa durchsichtig, denn jetzt konnte sie durch jedes Hindernis, egal welches, hindurchblicken! Für die letzte Stufe des Sternenblicks schloss sie ihre Augen, weil diese ihr viel Konzentration abverlangte. Sie spürte, wie ihre Augen heißer wurden, und in der Tat begannen ihre Augenlider leicht zu glühen.

Sogleich riss sie ihre Augen wieder auf und sie sah die Welt in völlig anderem Licht. Es kam immer wieder einer Erleuchtung gleich und genauso sahen auch ihre Augen nun aus. Randvoll mit hellem und reinem Licht. Ein Licht, das alles sah. Ein Licht, das von Göttern abstammte!

Jetzt, wo sie sich seit Jahren wieder in diesem Zustand befand, erinnerte sie sich, wie mächtig sie sich immer vorkam, wenn sie den dritten Grad aktiviert hatte. Nachdem sie erfahren hatte, dass sie nicht verrückt war, weil sie Dinge sah, die sonst keiner wahrnahm, musste sie aufpassen, sich diese Macht nicht zu Kopfe steigen zu lassen. Sie wollte nie übermütig werden, weil das auch gar nicht zu ihr passte, aber es stellte sich früher einfach so ein. Jetzt wo sie etwas älter und erfahrener war, hatte sie damit keine Probleme mehr.

Anisa war teilweise immer selbst noch verblüfft, wie machtvoll diese Stufe ihrer Augen war. Es kam ihr vor, als würde sie frei in der Luft schweben, da sie so etwas Unnötiges wie die Arena oder die Bohnenstange schon durchsichtig geschaltet hatte, die Wolken sowieso.

Sie konnte nicht nur alles anvisieren, was sie wollte, sie sah auch energetische Strömungen, den Wind, Sonnenstrahlen, die Pandra-Einfärbung aller Menschen, ja auch die magische Aura von Merdin, wenn sie das wollte. Sie erinnerte sich aber auch schnell, wieso sie damals fast verrückt geworden war. Es war nicht nur die Tatsache, dass niemand anderes dies sehen konnte, sondern es stellte auch eine Reizüberflutung dar. Besonders wenn man noch ein Kind war. Überall Lichter in verschiedenen Farben und Mustern. Jedes mit anderer Bedeutung und anderem Ursprung. Nun hatte sie es aber besser im Griff. Sie konnte die Dinge einsortieren und sogar bestimmte Lichtquellen komplett ausblenden, um mehr Klarheit und Fokus auf die wichtigen zu bekommen.

Anisa ging kurz in sich und überlegte, nach welchen Lichtquellen sie am ehesten Ausschau halten sollte. Sie nahm an, dass man die himmlische Steppe mit Magie oder spezieller Lichtbrechung vor dem menschlichen Auge verbergen konnte. Da aber selbst Merdin die himmlische Steppe nicht lokalisieren konnte, ging sie stark davon aus, dass es keine Lichtbrechung war. Somit war für sie klar, nach welchen Lichtmustern sie suchen musste. Sie blendete alle Lichtquellen aus, bis auf die, die von Magie herrührten.

Ziemlich direkt unter sich erkannte sie die zwei Lichtpunkte von Fynn und Merdin, denn beide hatten eine magische Aura. Dann begann sie, in die Ferne zu blicken, um nach einem weiteren Lichtpunkt zu suchen. Um dies zu beschleunigen, entschloss sie sich dazu, den Farbkontrast ebenfalls aus ihrer Sicht zu streichen, somit erschien ihr die Welt wortwörtlich nur noch schwarzweiß. Nur die magischen Schwingungen würde sie als farbig erkennen. Das erhöhte die Wahrscheinlichkeit, die Steppe schnell zu finden.

Allzu viel Zeit hatte sie auch nicht, da ihre Augen Unmengen Pandra verschlangen. Sie begann in eine Richtung zu schauen und erhöhte die Blickdistanz Stück für Stück auf maximale Reichweite. Dann drehte sie ihren Kopf langsam im Uhrzeigersinn, aber wirklich nur minimal, da eine kleine Kopfbewegung bei maximaler Blickreichweite schon sehr, sehr viel ausmachte. Und sie wollte ja immerhin nichts übersehen. Es dauerte wirklich nicht lange, bis sie mit dieser Art des Filterns einen Erfolg verbuchte, denn plötzlich wurde sie von etwas Hellem geblendet. Die Muster dieser magischen Schwingungen waren auch anders als die von Merdin oder Fynn. Irgendwie reifer und älter. Sie konzentrierte sich auf diese Lichtquelle und filterte das überschüssige Licht weg, und das war sehr viel! Und dann sah sie auch schon das, wonach wohl alle zu suchen schienen: die himmlische Steppe!

Vor Freude durchströmte plötzlich Adrenalin ihren Körper. Sie war glücklich, dass sie es gefunden hatte und das auch noch so schnell. Anisa war selbst überrascht.

Als sie dabei war, ihre Blickdistanz wieder zu verringern, erspähte Anisa aber noch einen farbigen Punkt am Horizont. Sie war kurz perplex, wer das hätte sein können, und noch während sie nachforschte und ihre Blickdistanz in diese Richtung wieder erweiterte, erkannte sie, wer es war und wer sie beobachtet hatte:

Es war die Hexe Jennipher!

Anisa war schockiert: Wie hatte sie Jennipher nur vergessen können? Sie hatte diese als magisches Wesen gar nicht mehr auf dem Schirm. Wie lange sie dort wohl schon stand? Etwas an der Lichtform bei Jennipher war allerdings seltsam, deswegen riskierte Anisa einen Blick und holte den Ausschnitt näher zu sich. Sie sah, dass Jennipher wohl auch nach etwas Ausschau hielt. Dies verriet nicht nur das offensichtliche Fernrohr in ihren Händen, sondern auch der Zauber, der in diesem verankert war. Zudem war die Magie, die im Fernrohr steckte, eine andere, als Jennipher benutzte. Viel älter und reifer. Und dann begann Anisa zu kombinieren und was sie sich da ausmalte, gefiel ihr ganz und gar nicht. Diese magischen Symbole auf dem Fernrohr, welches zudem gefüllt mit dieser altertümlichen Magie war, das konnte nur ein Zauber aus dem Buch des Salomo sein! Je länger sie dort hinstarrte, desto mehr verstand Anisa. Das Fernrohr war so verzaubert, dass es nach derselben Magieströmung suchte wie Anisa. Aber konnte das sein? Wieso sollte Cassiopaia auf einmal auch nach der himmlischen Steppe suchen? Und dann stellte sich die Frage, ob Anisa Cassiopaia sogar geholfen hatte: Durch ihr freudiges Auf- und Abspringen wusste Jennipher nun, dass sie die himmlische Steppe entdeckt hatte.

Sie schüttelte ihren Kopf und riss sich selbst aus ihren Gedanken. Um Pandra zu sparen, deaktivierte sie den dritten

Grad ihres Sternenblicks wieder und musste sofort Bericht erstatten, denn jede Sekunde zählte.

Sie sprang von der Arena auf die Ranke zurück, schickte Pandra in ihre Füße und rannte senkrecht daran hinunter. Sie musste aufpassen, dass die Schwerkraft sie nicht unkontrolliert beschleunigte. Obwohl die beiden Engelskrieger am Boden noch weit entfernt waren, konnte Anisa sie natürlich erkennen. Diese waren wiederum überrascht, wieso Anisa mit solch einer Hektik nach unten gerannt kam. Und als eine Staubwolke die Ankunft von Anisa bestätigte und sie den beiden Engelskriegern alles erzählte, waren für Chamuela zwei Sachen klar: Cassiopaia war nicht nur in den Besitz des Buchs des Salomo gekommen, sondern es gab höchstwahrscheinlich auch wieder ein Informationsleck innerhalb der Zauberuniversität!

Üben mit dem Sensenclown

Es war dunkel und still.

Ohne Kraft und ohne fixen Gedanken ließ Leon sich treiben, in einem Meer voller Lügen und Dunkelheit. Als er ein Echo vernahm, kam Leon wieder zu sich und öffnete seine Augen. Das Echo war eher ein Quietschen und kam von direkt neben ihm.

Leon saß auf einer Schaukel, die in einem Scheinwerferlicht inmitten eines dunklen, unendlich scheinenden Raumes stand. Neben ihm befand sich der Akrobatenclown, seine Sense zwischen die Beine geklemmt, und schaukelte: »Ah, du bist wach geworden. Das hat aber lange gedauert! Du hast meinen energiereichen Bommel gegessen und musstest dich trotzdem noch so sehr von dem Kampf erholen. Eine Schwäche, die es noch zu eliminieren gilt!«

Leon war noch nicht in der Realität angekommen, wobei sich die Frage stellte, inwieweit diese Szenerie als real betrachtet werden konnte. Langsam konnte er sich an das erinnern, was er als Letztes gesehen hatte. Und als ihm alles wieder klar wurde, konnte er es kurz nicht glauben, dass er einen Lehrer der Zauberuniversität umgebracht hatte. Er war schockiert, wie viel Hass und Wut ihn in diesem Moment hatten treiben müssen, aber andererseits fand er es auch unglaublich erregend, dass er so viel Macht und Kraft besaß. Er konnte sich gegen Ansem bis zum Schluss behaupten. Er erinnerte sich an die Situation, als er im ersten Semester den Lehrer Ansem zum ersten Mal beobachtete. Es war bekannt, dass Ansem ihnen Waffenkunde im zweiten Semester beibringen würde, daher interessierten Leon seine zukünftigen Lehrer immer sehr. Ansem war in einem Show-Kampf gegen Metatron angetreten, um Stärken und Schwächen verschiedener Seelenwaffen und deren Führung aufzuzeigen. Und er war von beiden sehr begeistert gewesen. Und nun war er selbst auf diesem Level, unglaublich. Leon konnte diese Tatsache noch nicht verarbeiten. Die Geschenke, die ihm der Clown gegeben hatte, waren einfach unschlagbar.

»Wo bin ich?«, wollte Leon wissen, denn die Umgebung gab wenig Auskunft darüber.

»In Sicherheit.«

Leon sprang von der Schaukel. »Ich brauche keine Sicherheit. Ich brauche noch mehr Macht! Ohne dein Eingreifen wäre ich gestorben.«

Der Clown grinste und seine Schaukel blieb abrupt stehen. »In der Tat!« Er sprang von seiner Schaukel, seine Sense hielt er nun in seiner Hand. »Mehr Macht kann ich dir nicht geben, Leon, aber ich denke, das Problem liegt in dem Fakt, dass du mit deinen Geschenken noch nicht richtig zu spielen verstehst. Deswegen: Kämpfe doch gegen mich, hier und jetzt«, schlug der Clown vor.

Leon wusste nicht nur von damals, wie stark der Clown war, sondern er konnte auch permanent den Druck seiner Anwesenheit spüren. Und wenn jemand eine solche Aura hatte, war das noch lange kein Gegner, gegen den Leon auch nur im Ansatz bestehen konnte. Er wollte den Vorschlag zu seiner eigenen Sicherheit gerade ablehnen, als ihm der Clown mit wichtigen Details zuvorkam. »Ich werde auch nur mit einem Arm kämpfen und außerdem einen erheblichen Teil meiner Macht abgeben, während wir kämpfen. Deal?«

Leon hatte kaum über diesen Vorschlag nachgedacht, als er auch schon spürte, wie die Aura des Clowns abnahm und dieser grinsend einfach schon angenommen hatte, dass Leon den Deal eingehen würde. Und er hatte recht.

»Deal!«, sprach Leon energisch und rief seine Seelenwaffe, während er mit einem schnellen Satz auf seinen Gegner zuhechtete. Ein kurzes Licht zuckte an seinem Ring auf und seine Seelenwaffe war erschienen. Mächtig schwang Leon das Schwert um seine eigene Achse, um mehr Schwung zu bekommen.

Der Clown blieb einfach stehen. »Erinnere dich an unser Trainingskonzept.« Kaum wurde dieser Satz beendet, konnte Leon plötzlich nichts mehr sehen. Die Augenbinde, die er beim Kampf gegen Ansem abnehmen musste, war wieder um seinen Kopf gewickelt. Das war Leon aber egal, denn die Aura des Clowns war immer noch so immens, dass er sie förmlich greifen konnte.

Leon hackte mit schnellen und präzisen Hieben auf seinen Gegner ein. Und er traf auch immer, allerdings machte der Clown auch keine Anstalten, den Angriffen auszuweichen. Er schlug das Schwert immer so geschickt mit seiner Handfläche weg, dass er keinen Schaden nahm. »Einfach mit Kraft draufloszuschlagen, wird dir keinen Sieg verschaffen, Junge!«

Leon hatte schon verstanden. Er löste eine Zahnplombe voll mit Weißbeeren und schickte Pandra hinein. Elektrizität durchströmte seinen Körper und sammelte sich in seinen Füßen an. Dem Clown blieb kaum Zeit, dies zu bemerken, als Leon rapide an Geschwindigkeit zulegte. Er warf sein Schwert hoch in die Leere des Raumes und begann im Geiste zu zählen. Mit einem Male befand sich Leon hinter dem Clown. In einer leichten Hocke versuchte er mit seinen geladenen Füßen die Beine des Clowns zu treffen. Dieser sprang allerdings noch rechtzeitig in die Höhe und kicherte. Natürlich hatte der Clown das Schwert in der Luft nicht vergessen, aber nach seiner Einschätzung war es noch weit entfernt.

Leon fasste sich mit seiner Hand an seinen Fuß und nahm nun dort die Elektrizität auf. »Zehnfach geladene Donnerkugeln!«, sprach er den Namen seiner Tech aus. Aus seinen fünf Fingerspitzen schoss er seine Angriffe in die Luft. Der

Clown grinste, weil die hellen Geschosse in einer so dunklen Umgebung herrlich zu erkennen waren. Dementsprechend konnte er ihnen spielend leicht ausweichen, fast so, als würde er in der Luft laufen können. Doch etwas erschien dem Clown seltsam. Nicht jede Donnerkugel war das, was sie zu sein schien.

Diesmal grinste Leon. Er hatte zwischen seinen hochenergetischen Angriffen auch kleine Metallkugeln geschossen und sie als Tarnung in genauso helles Licht getaucht. Plötzlich fand sich der Clown umzingelt von genau diesen Kügelchen. Mit einem mentalen Befehl Leons flogen diese mit einer hohen Sprengkraft in die Luft!

Der Clown konnte sich mit leichten Schrammen den Explosionen entziehen. Als er aus der Staubwolke fiel, war Leon schon für den nächsten Schlag zugegen. Da er seine Blitz-Tech schon fast aufgebraucht hatte, legte er zwei Weißbeeren nach, die er in seiner Handfläche zerrieb. Dank der starken Aura des Clowns wusste Leon auch genau, an welcher Stelle aus der Wolke er kommen würde.

»Einfingerspeer!«, benannte Leon seine für sich finale Tech. Ein langer Stab aus Elektrizität erstreckte sich in Richtung seines Gegners. Dieser verzog weiterhin keine Miene und stoppte den Speer mit seiner einen freien Hand. Die elektrische Energie hatte keine sonderlichen Auswirkungen auf ihn. Aber der Clown war nicht der Einzige, der ab und zu grinste. Denn Leon hatte genau diese Reaktion erwartet!

Der Clown vernahm ein metallisches Ziehen und der Glanz eines hauchdünnen Drahtseils bestätigte seine Vermutung. Der Draht verband Leons andere Hand mit seinem Schwert, welches er zu Beginn des Kampfes weit nach oben geworfen hatte. Diese Strategie hatte er sich beim Kampf gegen Ansem abgeguckt. Nur konnte Leon die Zeit nicht richtig einschätzen, deswegen hatte er, falls er doch früher als vermutet seine Waffe wieder brauchte, einen Strang aus Elektrizität daran befestigt. Und so zog er es mit einem heftigen Ruck wieder zurück zu sich. Aus dem Nichts kam es angeschossen, mit der scharfen Spitze auf den Rumpf des Clowns zeigend. Da er mit seiner einen Hand Leons Speer festhalten musste, konnte dieser sich entscheiden, ob er seine Abmachung brach und seine andere Hand benutzte oder ob er sich aussuchen wollte, von welcher Spitze er aufgespießt werden würde.

Doch der Clown hatte anderes vor: Er ließ den Blitz-Speer von Leon los und brachte seinen Körper mit akrobatischer Leichtigkeit aus der Schusslinie. Es sah schon fast unmenschlich aus, wie er sich verbog, aber er schaffte es, von keiner Bedrohung durchstoßen zu werden. Stattdessen benutzte er seine Handfläche und durchschnitt den elektrischen Strang mit einem so schnellen Schlag, dass er kaum wahrzunehmen war.

Leon spürte, wie er keine Kontrolle mehr auf die Flugrichtung und Fluggeschwindigkeit hatte, denn noch immer konnte er wegen der Augenbinde nichts sehen. Er war perplex und wusste nicht, was er tun sollte. Würde ein Abberufen seiner Seelenwaffe ihn vor dem Zusammenstoß bewahren, oder verschwand das Schwert womöglich nicht schnell genug wieder in seinen Ring? So direkt mit einem solchen Ausgang konfrontiert zu werden, war zu viel für Leon, er war wie gelähmt, weil er sich nicht zu helfen wusste. Als Funken sprühten und sein eigenes Seelenschwert ihn verfehlte, erkannte Leon, was geschehen war. Ohne seine Abmachung zu brechen, hatte der Clown ihn vor Schlimmerem bewahrt, indem er seine übergroße Sense geworfen hatte. Diese befand sich die ganze Zeit an dessen Rücken, war also jederzeit griffbereit.

Der durchgeschnittene Draht kam langsam am Boden an und Leon berief seine Seelenwaffe ab. »… Danke.«

Der Clown kam zu ihm gehechtet. Er bewegte nun auch wieder seinen anderen Arm, den er die ganze Zeit hinter seinem Rücken gehalten hatte. Zudem bemerkte Leon, wie seine Aura wieder stärker wurde. Die Kraft, die der Clown für den Kampf abgelöst hatte, kehrte wieder zu ihm zurück. »Ich bin beeindruckt! Bis auf das Ende, bei welchem du dich selber umgebracht hättest, war alles ganz super«, lobte er Leon.

Dieser schaute etwas skeptisch, weil er die Worte nicht ganz glauben wollte. »Findest du?«

»Ja. Du hast die schwarzen Flammen nicht benutzt, die ich dir ja vorerst verboten hatte, hast aber dafür mit Strategie das Blitzelement eingesetzt und mit deiner Seelenwaffe Dinge ausprobiert, die du aus anderen Kämpfen gelernt hast.«

So ausgedrückt hörte sich das wirklich ganz vernünftig an, kam Leon zum Schluss.

Dann erhob der Clown seine Stimme: »So, weiter, gleich noch einmal, ich kann dir noch eine Menge zeigen …«

Das Gebirge der ewig weinenden Flüsse

»Wow. Dieser Ort verschlägt einem fast die Sprache.« Fynn war überwältigt von dem Anblick, der sich ihm bot.

Nachdem Anisa den Standort der himmlischen Steppe lokalisiert hatte, beschloss Merdin, Gruppe Feuer um Metatron und Gruppe Wasser um Chamuela sofort am nächsten Tag loszuschicken. Auch die Tatsache, dass Cassiopaia nun das Buch des Salomo zu besitzen schien und auch auf der Suche nach der himmlischen Steppe war, zwang ihn zu schnellen Entscheidungen, da die Reise dorthin drei Tage benötigte.

Die beiden Teams funktionierten gut und hatten sich schon bei der Mission im Tal der Feuerflechten super eingespielt. Nur Anisa war als ergänzendes Element hinzugekommen.

Was Fynn nun betrachtete und so atemberaubend fand, nannte sich *das Gebirge der ewig weinenden Flüsse*. Vor ihnen erstreckte sich ein riesiger, klarer See. Ringsherum befanden sich hohe Gebirge mit größeren und kleineren Wasserfällen. Die Sonne schien hell und die durch den Wind aufgewirbelten Wassertropfen ließen an vielen Stellen kleine Regenbögen entstehen.

Fynn spürte die feinen Tröpfchen auf seiner Wange und sie verschafften ihm zeitgleich eine angenehme Abkühlung. Es gediehen die verschiedensten Arten von Pflanzen und wohlduftenden Blumen. Es schien schon fast wie ein kleines Paradies.

»Ein sehr abgelegener, aber auch gleichzeitig gefährlicher Ort für Ungeübte«, gab Chamuela zum Besten. »Der See vor euch sieht ruhig aus, aber unter der Oberfläche verstecken sich extrem viele und starke Strömungen, die von den herabfallenden Wassermassen herrühren.«

»Aber Meisterin Chamuela, wir können doch auf Wasser laufen, das dürfte ja dann kein Problem darstellen, oder?«, fragte Fynn vorsichtig, ohne unverschämt wirken zu wollen.

»Das stimmt, ja. Aber ihr erinnert euch bestimmt, was passiert, wenn das Wasser mal unruhig wird. Wellen sind dabei ein gutes Beispiel. Ihr müsst euer Pandra dann schnell präzise regulieren, sonst verliert ihr den Halt und geht unter. Ihr müsst euer Pandra den Wellen anpassen. Und hier mit diesen Strömungen ist das noch viel schwieriger. Ihr könnt sie nicht sehen und euch somit nicht darauf vorbereiten und zudem sind hier viele verschiedene Strömungen, ihr müsst euch permanent neu anpassen, ohne Vorwarnung.«

»Und was machen wir nun?«, wollte Kairi wissen.

Chamuela machte eine Geste, dass keiner die Nerven zu verlieren brauchte. »Jetzt warten wir erst einmal ab, wo genau hier der Eingang zur himmlischen Steppe ist. Das wird uns Anisa bestimmt gleich verraten, oder?« Sie lächelte diese streng an, da Anisa ja bekanntlich auch gerne lächelte. Nur um ein paar Ecken natürlicher.

Fynn war gespannt, er hatte noch nie alle Stufen des Sternenblicks gesehen.

Anisa allerdings mochte die Aufmerksamkeit um ihre Augen nicht sonderlich, aber sie musste ihre persönliche Einstellung hintanstellen, denn hier ging es um mehr.

Fynn beobachtete, wie sich ihre Pupillen zu einer Sternenform veränderten und ihre Augen nun gelb waren. Dann aktivierte sie die zweite Stufe und das Gelb trat in die sternförmigen Pupillen ein. Nun schloss Anisa ihre Augen und fokussierte ihr Pandra. Ihre Augen wurden immer wärmer und Fynn bildete sich ein zu erkennen, wie sie leicht zu glühen begannen. Ein leichtes Prickeln lag in der Luft, denn ein mächtiges Yetenek kündigte sich an. Anisa riss ihre Augen wieder auf und Fynn erschienen diese nun fast doppelt so groß wie zuvor!

Licht, das ihm wie Magie vorkam, erfüllte ihre Augen und wieder einmal konnte Anisa alles in einem anderen Licht betrachten. Die atemberaubende Landschaft mit den Wasserfällen war für sie nur noch sekundär, denn sie suchte etwas viel Spektakuläreres: den Eingang zur himmlischen Steppe. Es dauerte auch nicht lange, bis sie diesen ausfindig gemacht hatte.

Sie zeigte mit dem Finger hin: »Der zweite Wasserfall von links, unter Wasser.«

»Wie weit unter Wasser?«, wollte Chamuela wissen.

»Ungefähr neuneinhalb Meter.«

Chamuela krempelte ihre Ärmel hoch. »Perfekt. So, als Erstes mache ich für euch Kinder das Wasser begehbar.« Sie schlug mit der Handfläche auf die Wasseroberfläche. Die wilden Strömungen unter Wasser wurden dadurch gebändigt. »Kommt mit!«

Fynn und die anderen Studenten folgten der Aufforderung. Sie schickten Pandra in ihre Fußsohlen und tatsächlich konnten sie daraufhin über Wasser laufen, ohne von den wilden Strömungen behindert zu werden.

An dem Punkt angekommen, wo der Wasserfall in den See fiel, presste Chamuela ihre Handflächen erneut aufeinander. Ohne eine Miene zu verziehen, begann sie einen Teil des Wassers zu gefrieren und bildete eine Art Glocke, die den Rest des herabfallenden Wassers abblockte. Dann kümmerte sie sich um den Eingang. Das Wasser wölbte sich beiseite und ein Loch entstand genau an der Stelle, wo der Eingang zu sein schien. Der Wasserspiegel senkte sich zudem auch, bis alle genau auf der Höhe waren, wo der Eingang hätte genau vor ihnen liegen müssen.

»Sind wir hier richtig?«, erkundigte sich Chamuela noch einmal bei Anisa, denn man konnte wirklich nichts Ungewöhnliches erkennen.

Diese drehte sich ruckartig um und stach mit ihrem Zeigefinger in die Luft. »Ja, genau hier!«

Die Spitze ihres Fingers verschwand in etwas Unsichtbarem und gleichzeitig hörte man ein Geräusch, als würde Glas zerbrechen.

Fynn konnte beobachten, wie alles um ihn herum Risse bekam. Erst einen einzigen großen, dann viele kleine, die zusätzlich entstanden. So als würde die Realität zerspringen. Dann zerfiel, wie in Zeitlupe, die ganze Umgebung in umherfliegende Splitter, gleichzeitig spürte er eine Geschwindigkeit auf seinen Körper wirken. Die Kinder bekamen Panik, weil sie mit diesem Geschehen nichts anzufangen wussten.

Die Kräfte wurden stärker. Fynn und seine Freunde mussten sich gegenseitig festhalten. Kristin wie auch Kairi hielten sich an Fynn fest. Im ersten Moment war er etwas überfordert, aber auch geschmeichelt, die beiden Mädchen fanden das aber überhaupt nicht gut und schauten sich gegenseitig böse an. Die Lehrer blieben unbeeindruckt. Die wirkenden Kräfte steckten sie locker weg, vielmehr beobachteten sie die sich rasant verändernde Umgebung. Anisa hatte immer noch ihre Finger in dem Unsichtbaren stecken.

»Eine Illu-Tech ist das auf keinen Fall«, stellte Chamuela selbstsicher fest.

Metatron pflichtete ihr bei.

»Vielleicht eine Teleport-Tech?«, gab Britanie zum Besten, die, genau wie die anderen, um sich blickte. »Das würde auch die wirkenden Kräfte erklären.«

Wodahs schüttelte den Kopf. »Nein, nein. Teleports sehen anders aus.«

Chamuela grinste. »Wollte ihr damit andeuten, dass es Magie ist?« Doch keiner antwortete.

Anisa war verwirrt: Von was sprachen sie da? Sie selbst konnte nichts Außergewöhnliches an der Umgebung erkennen. Der Eingang hatte sie lediglich an einen verlassenen und einsamen Ort gebracht. Deswegen entschloss sie sich, kurz ihren Sternenblick zu deaktivieren, und dann erkannte sie, was die anderen zu sehen schienen. Das Durcheinander der

Umgebung, welche in sich zusammenzufallen schien, konnte in der Tat angsteinflößend wirken. Anscheinend war es eine abschreckende Maßnahme der himmlischen Steppe. Sie aktivierte den dritten Grad des Sternenblicks wieder und erklärte den anderen ihre Vermutung.

Die Lehrer hatten verstanden.

»Okay, wir brauchen einen Fixpunkt, um unsere Sinne in der Realität zu verankern. Britanie, das kannst du doch bewerkstelligen, oder?«, erkundigte sich die Engelskriegerin des Wassers.

Britanie nickte, als wäre das etwas Selbstverständliches. »Klar, mach ich.«

Daraufhin löste sich Britanie in Papierschnipsel auf, die sich in alle Richtungen verstreuten. Dadurch entging sie nicht nur der visuellen Fehlleitung, sondern lokalisierte auch die wahre Beschaffenheit des Raumes. »Ich habe den Boden gefunden. Ich setze dort einen Fokus, bitte alle diesen anvisieren und etwas Pandra dorthin fließen lassen«, sprachen die Lippen von Britanie, die sich aus ein paar zusammengesetzten Blättern geformt hatten. Der Fokus, von dem Britanie sprach, war ein einfaches Blatt mit einem Kreuz darauf. Fynn fand es schon fast zu banal, dass das etwas an der Situation ändern sollte, in der sie sich befanden. Die Lehrer taten, was Britanie empfahl. Die Studenten nach kurzem Zögern auch. Und tatsächlich wurde die Umgebung immer ruhiger und löste sich in Vernunft auf. Fynn erinnerte sich an einen ähnlichen Effekt beim Karussellfahren: Fokussierte man dabei einen Punkt, so wurde einem auch weniger schwindelig.

Nun erkannte jeder, was auch Anisa die ganze Zeit mit ihren göttlichen Augen sah: gähnende Leere!

Weit und breit war nichts zu sehen. Der Boden war auch seltsam, das fiel Fynn sofort auf. Er stampfte auf und tatsächlich bestand der Boden nicht aus Erde. Er schien aus Glas zu bestehen und spiegelte den weiten, fast wolkenlosen

Himmel wider. Ein sehr skurriler Anblick, als würde er auf dem Himmel stehen.

»Dieser Ort scheint sich um jeden Preis schützen zu wollen«, sprach Metatron.

Doch kaum an diesem Ort angekommen, fing Anisa an zu schreien. Jeder blickte sich zu ihr um, denn sie schien furchtbare Schmerzen zu haben. »Was ist los?« Metatron sprang zu ihr.

»Ich weiß es selbst nicht, aber meine …«, gab diese zurück und ihre blutigen Augen waren zu erblicken.

»Ach du liebe Güte, hast du dich überanstrengt? Ist dir das schon einmal passiert?«, fragte Britanie, nachdem sie sich aus ihren Papierstücken wieder vollständig zusammengesetzt hatte.

Anisa schüttelte nur sanft mit dem Kopf, denn jede Bewegung tat ihr weh. »Nein, nicht dass ich wüsste.«

Fynn und die anderen Studenten waren schockiert, wie viel Blut über ihre Wangen floss. Es war so viel, dass es sogar regelmäßig von ihrem Kinn tropfte. Fynn hatte eigentlich noch nie Probleme damit gehabt, Blut zu sehen, aber spontan fiel ihm nur dieser Grund ein, wieso ihm plötzlich etwas schlecht wurde. Es fühlte sich an, als würde etwas Dumpfes auf ihn wirken. Er begann leicht verschwommen zu sehen, versuchte sich aber angestrengt zu fokussieren. Zayne hatte Fynns seltsames Verhalten bemerkt und konnte ihn rechtzeitig liebevoll stützen, als er auf die Knie gehen musste.

Wodahs erkundigte sich sofort nach seinem Befinden.

»Fynn, du auch? Was bei den Engeln geht hier vor?« Chamuela traute der Sache nicht.

»Ist die Luft vergiftet?«, äußerte der Gruppenleiter Avio einen Verdacht.

Metatron schaute besorgt Chamuela an und blickte dann zu Britanie. »Hast du einen Luftindikator dabei?« Britanie durchsuchte ihren Gürtel, denn ihr fiel ein, dass sie vor geraumer Zeit wirklich mal einen eingepackt hatte. Und tatsächlich fand sie ihn. Es war ein einfaches Stäbchen, aber nur bis zu dem Zeitpunkt, als sie Pandra zur Aktivierung hineinschickte. Dann entfaltete sich das Stäbchen aus Papier und eine weiße Blüte öffnete sich. Die dünnen und weichen Blätter inhalierten fast schon wie ein lebendiges Wesen die Luft um sie herum, um anhand einer Einfärbung ihrer Blätter eine Analyse zu geben. Fynn hatte natürlich keine Ahnung, was die vielen Farben, die erschienen, zu bedeuten hatten. Allerdings erinnerten sie ihn an selbst gefärbte Ostereier, die mit einem Bindfaden in einen Topf mit verschiedenen Farben getaucht und mit völlig zufälligen Farbmustern wieder herausgezogen wurden.

»Nein, die Luft ist zwar etwas anders zusammengesetzt, aber weit von etwas Giftigem entfernt«, sprach Britanie laut aus, was Metatron und Chamuela auch abgelesen hatten.

Während die bunten Blüten vom Stäbchen fielen, vernahmen alle Anwesenden, dass eine massive Aura auf sie zukam. Die Studenten nahmen es als etwas wahr, was sie nicht zuordnen konnten, die Lehrer allerdings waren schockiert über diese übermächtige Kraft, die da angerollt kam.

Sie drehten sich alle mit einem Schwung um, da es hinter ihnen aufgetaucht zu sein schien.

Wie aus dem Nichts, noch etwas in der Ferne, war ein Baum erschienen. Allerdings war der Anblick nicht nur wegen des spiegelnden Bodens abstrus. Die blattreiche Krone des Baumes befand sich am Boden, während die Wurzeln hoch in den Himmel ragten.

Fynn glaubte, einen Knick in der Optik zu haben, als er den verkehrt herum stehenden Baum sah. Erst jetzt fiel ihm auch auf, dass sich der wolkenlose Himmel in Sekundenschnelle zugezogen hatte. Die Wurzeln des Baumes schienen sich von den wasserreichen Wolken zu ernähren.

Erst als alle dieses Naturschauspiel fertig bewundert hatten, fiel ihnen auf, dass dieser Baum von steinernen Figuren umgeben war. Diese schienen doppelt so groß wie sie selbst zu sein und hatten allesamt … Gießkannen in den Händen. Diese bestanden ebenfalls aus Stein und mit ihnen befeuchteten sie durch sanfte Wasserstrahlen die Blätterkrone des Baums.

Den Lehrern entging nicht, dass auch von diesen Steinfiguren eine starke Aura ausging. Sie mussten also auf jeden Fall lebendig sein. Sie stellten sich vor ihre Studenten. »Bleibt hinter uns, wir wissen nicht, womit wir es zu tun haben!«, befahl Metatron ihnen.

Das Wasser plätscherte weiter aus den Gießkannen, bis bei zwei der Statuen das Wasser ausgegangen zu sein schien.

Mit einem steinernen Knirschen drehten sich die beiden Köpfe dieser Statuen in Richtung der Schüler und Lehrer. Dann bewegten sie ihre Arme und griffen in ihre Kannen.

Die Lehrer gingen in Alarmbereitschaft und nahmen ihre Kampfstellungen ein. »Wir hatten recht, ihre Aura hat es schon verraten: Diese Dinger leben!« Metatron beobachtete alles ganz genau.

Und als würden die Statuen ihre Geschwindigkeit um das Zehnfache erhöhen, zogen beide lange, schlichte Kampfstäbe aus Stein aus ihren Kannen und sprinteten auf die Gruppe zu.

Metatron ging einen Schritt nach vorne und rief seine Seelenwaffe. Mit seiner Axt blockte er beide Stabhiebe der übergroßen Statuen.

Ihre Kraft war immens. Der Engelskrieger des Feuers hatte Mühe, sie zurückzuhalten.

»Fremde, ich kann euch kein Geleit gewähren. Ihr habt jemanden in euren Reihen, der unrein und nicht würdig ist«, hörte man eine Stimme hinter den Statuen raunen. Sie kam von dem großen Baum.

Metatron wunderte sich schon gar nicht mehr, dass dieser nun auch noch sprechen konnte.

Chamuela kam von unten angezischt und streckte ihre Hand zu einer der Statuen aus. »Ich übernehme diesen hier!« Sie ließ eine massive Wasserkugel in ihrer Hand entstehen und schoss damit das steinerne Ungetüm weg. »Sie scheinen diesen

Baum zu beschützen. Ich denke, genau zu diesem müssen wir gelangen, um zu erfahren, was der Schatz der himmlischen Steppe ist.«

Chamuela hatte gedacht, dass diese Wasserkugel ausreichend wäre, um die Statue außer Gefecht zu setzen, aber sie hatte sich zu früh gefreut. Über den Spiegelboden schlitternd zerschlug die Statue mit ihrem Stab die Wasserkugel.

Chamuela entging dies natürlich nicht. »Okay, sie sind doch zäher als gedacht. Sie bestehen nicht aus gewöhnlichem Gestein. Ich bin gleich wieder da.« Chamuela ließ Metatron bei seinem Gegner und begab sich ein paar Schritte näher zu ihrem eigenen. Sie formte abermals eine Wasserkugel, nur diesmal platzierte sie diese an ihrem Rücken und ließ insgesamt sechs Wasser-Tentakel aus ihr ragen. Sie ließ der Statue überhaupt keine Zeit mehr zum Handeln. Ihre Tentakel schossen blitzschnell auf sie zu und umschlangen jedes wichtige Gelenk. Dann nutzte sie ihre Fähigkeit der Veränderung von Aggregatzuständen und gefror die Spitzen der Tentakel zu Eis. Und das Eis, welches Chamuela erschaffen hatte, konnte sogar Stein durchschlagen!

Und so ließ sie die Spitzen auf den Körper ihres Gegners niedergehen. Umso überraschter war sie, als jede einzelne davon in hunderte Splitter zersprang.

»Wie bitte?«, sprach Chamuela fassungslos und war genau in diesem Moment unachtsam.

Die Statue packte das stark verdichtete Wasser der Tentakel und zog feste daran. Chamuela konnte rechtzeitig die Spannung in ihrer Tech spüren und löste sie auf. So stolperte sie nur ein paar Schritte vorwärts, anstatt ganz herangezogen worden zu sein. Doch kaum hatte sie sich gefangen, verspürte Chamuela einen heftigen Schlag auf die Stirn. Ohne einen Ton flog sie nach hinten weg!

Die Statue hatte ihren Steinstab wie eine Lanze auf die Engelskriegerin geworfen. Eine Blutspur auf dem spiegelnden Boden zeigte auf, wo Chamuela entlang flog.

Sie wurde wütend. *Dieses Miststück!*, dachte sie wutentbrannt, machte einen Rückwärtssalto und bremste sich mit Füßen und Händen am Boden ab. Es dauerte etwas länger, da der Boden nicht aus Erde, sondern aus Glas bestand und deswegen weniger Halt gab. Sie fokussierte sofort ihren Feind, so etwas wie eben sollte nicht noch einmal passieren. Etwas schwerer atmend wischte sie sich das Blut aus dem Gesicht, was aber nichts daran änderte, dass sie rotsah.

»Brauchst du Hilfe?«, rief ihr Metatron zu, der sich einen heftigen Schlagabtausch mit seiner eigenen Statue lieferte.

»Sehe ich etwa so aus?«

»Um ehrlich zu sein, ja!«

Die Statue sprintete erneut los.

Chamuela machte sich bereit. Sie zerrieb zwei Blaubeeren in der Hand und nahm eine in den Mund. Die Beeren würden ihre Techs immens verstärken!

Auf halbem Weg erreichte die Statue ihren Stab, welcher auf dem Boden lag. Chamuela hatte die Zeit genutzt, sich eine Tech zu überlegen. Sie spuckte überschüssige Flüssigkeit auf den Boden, welche sich durch den Schlag auf den Kopf angesammelt hatte. Sie presste ihre Handflächen zusammen, als etwas geschah, womit sie überhaupt nicht rechnete.

Die Statue griff nicht einfach nur zu ihrem Stab, sondern versank mit einem Ruck im Spiegelboden und kam genau zur selben Sekunde hinter ihr wieder hinauf. Ein Schatten legte sich über die Engelskriegerin, als das Ungetüm ohne zu zögern mit Schwung den Stab niederschlug. Er halbierte ihren Körper!

Es spritzte heftig, aber es war kein Blut, sondern … Wasser! Chamuela hatte eine lebensechte Kopie von sich erstellt, indem sie Wasser auf den Boden gespuckt und daraus einen Wasserklon von sich geformt hatte. Nun wirkte sie einen weiteren Angriff. Sie nutzte das Wasser ihrer Kopie und legte es über die Beine der Statue, um sie dann erneut auf Eis zu legen. Bewegungsunfähig, genau wie Chamuela es wollte. Nun benutzte sie die Tech der Wasseranreicherung und erschuf Wasser, um dieses dann mit ihrer nächsten Tech zu einer Waffe umzuformen. »Hier, eine Level-fünf für dich! Wasser-Tech. Neptuns Amboss!« Dieser war viermal größer als die Statue selbst. Wenn Chamuela die Statue schon nicht aufspießen konnte, dann würde sie sie nun in tausend Stücke zerschmettern! Mit einem Schlag nach dem anderen ließ Chamuela ihre Wut walten. Der erste Hieb traf genau auf den Kopf. Nichts geschah. Der zweite Schlag folgte. Und tatsächlich entstand ein kleiner Riss. Kleiner als von Chamuela gedacht, aber zumindest zeigte es ihr, dass ihr Gegner nicht unzerstörbar war. Ihr Feind schien den plötzlichen Riss zu bemerken und begann daraufhin, seine Arme über dem Kopf zu verschränken. Und diese hielten jeden Schlag ohne Schaden aus.

Chamuela musste lächeln. »Hey, Metatron! Ich habe es mir anders überlegt. Ich würde gerne eine Tech von dir in Anspruch nehmen.«

»Was brauchst du denn, meine Liebe?«, fragte er voll konzentriert, da er sich immer noch im Nahkampf befand.

»Etwas richtig Heißes.« Sie überlegte kurz, während neben ihr immer noch massiv auf die Statue eingeschlagen wurde. »Ich hätte gerne einmal den Höllen-Feuer-Wall.«

»Klar, einen Moment. Am besten schützt du dich.«

»Das weiß ich!«, gab sie besserwisserisch zurück.

Metatron schlug seiner Statue die Beine vom Boden und kickte sie mit seinen beiden eigenen Beinen in die Luft. Das Geschehnis spiegelte sich eins zu eins im Boden wider. Die Statue tat dasselbe, wie zuvor die andere Statue bei Chamuela: Sie warf ihren Stab auf den Engelskrieger. Da er diese Strategie schon im Kampf von Chamuela beobachtet hatte, war er darauf vorbereitet, fing den Stab ab und schleuderte ihn zurück zum Absender. Dieser durchschlug den Körper der Statue wie ein Pfeil.

Beiden Engelskriegern wurde nun klar, wie die Statuen

zu besiegen waren, aber Chamuela wollte es auf ihre Weise machen. Und so wirkte Metatron die bestellte Tech: »Einmal Tech Level fünf, kommt sofort: Höllen-Feuer-Wall!«

Chamuela löste ihren Wasser-Amboss auf und verdichtete das Wasser um sich selbst. Als der Schwall aus Hitze über sie hinweg donnerte, ließ sie das Wasser um sich herum zirkulieren, dadurch wurden nicht dieselben Stellen des Wassers erhitzt und so verdampfte es weniger schnell. Auch die Statue wurde von der mächtigen Attacke Metatrons getroffen. Das Eis um ihre Beine verdampfte sofort. Die Tech war so enorm heiß, dass der graue Gesteinskörper hell zu glühen begann, aber mehr auch nicht.

Chamuela hatte die Statue misstrauisch im Blick. »Okay, wie vermutet schmilzt er nicht, dann muss doch Plan B her«, sprach sie leise zu sich selbst und bereitete sich auf ihren nächsten Angriff vor. Metatrons Tech verlor nun seine Wirkung. Chamuela ließ das Wasser um sie herum auf den Boden fließen, da sie es nicht mehr benötigte. Sie verbrauchte die letzte Beerenmasse in ihren Händen und konzentrierte sich. Mit dem Zeigefinger auf ihren Feind zeigend sprach sie: »Level-vier-Tech. Kuss des frostigen Dämons!«

Fynn spürte von weiter Entfernung, wie ein Schwall Kälte sich in der Umgebung breit machte. Und die Quelle war Chamuela. Es war unglaublich, wie schnell sie ihre Umgebung von dieser Hitze herunterkühlen konnte.

Erst wurde ihr Nagel, dann ihr gesamter Finger blau vor Kälte, fast sogar schon lila.

Die Statue hatte sich nach Metatrons Angriff wieder aufgerafft. Aber Chamuela war schneller. Und so übergab sie mit ihrer Tech diese unglaubliche Kälte an ihr Gegenüber.

Doch es schien nichts zu passieren.

Die Statue bewegte sich einen Moment nicht weiter, doch dann drehte sie ihren Kopf in Chamuelas Richtung und brach dann vom Hals ab! Chamuela grinste. Die starken Temperaturschwankungen hatten das Gestein porös gemacht und es zersprang. Und so hatte Chamuela ihren durch Spiegelböden schwebenden Gegner besiegen können.

Für Metatron war es auch Zeit, seinen Teil zu erledigen: Seine Statue legte einen Sturzflug hin zurück zum Boden, nachdem er ihr seinen eigenen Steinstab durch die Körpermitte gejagt hatte. Mit einem festen Sprung flog sie ihm entgegen und er fokussierte Pandra in seiner Faust. Mit einem Krachen zerlegte er sie in tausend Bröckchen.

Und als beide Statuen besiegt waren, erschienen zwei helle Lichter aus ihnen, die schwächer wurden und erloschen. Jeder fragte sich, was genau das eben war und zu bedeuten hatte.

Kaum hatte sich der Staub der zerfallenen Statuen gelegt, erklang erneut die Stimme, die vom Baum zu kommen schien: »Fremde, ich kann euch kein Geleit gewähren. Ihr habt jemanden in euren Reihen, der unrein und nicht würdig ist.«

Als Chamuela und Metatron zu diesem blickten, erkannten sie, dass weitere vier Statuen noch um ihn standen. Wenn alle gleichzeitig auf sie losgehen würden, hätten sie echte Probleme.

Metatron trat einen Schritt vor: »So wartet doch, Bewohner der heiligen Steppe. Wir kommen nicht in kriegerischen Absichten.«

Dem Baum schien dies egal. »Ihr lügt! Dieses unreine Wesen kann keine guten Absichten haben. Entfernt euch sofort!«, forderte er drohend.

»Schaut doch her!« Er holte eine Schriftrolle heraus und zeigte dem Baum das Emblem. Wenn der Baum überhaupt sehen konnte, das wusste er nicht genau.

Und tatsächlich hielt der Baum kurz inne. »Ist das das Wappen von Magier Merdin?«

»Ja. Ja, genau! Wir kommen in seinem Namen zu dir, wir brauchen deine Hilfe.«

Der Baum hielt wieder inne. Da die Statuen noch nicht losgerannt waren, hofften alle, dass es ohne Konflikte weitergehen konnte.

»Und wieso habt ihr SIE dann mitgebracht? Sie ist die Wurzel allen Übels.«

Metatron schaute verwirrt Chamuela an, die aber auch nicht wusste, was gemeint war.

»Was genau meinst du?«, wollte Chamuela diesmal wissen.

»Ich kann es nicht sehen, nur spüren. Und es ist abgrundtief böse.«

Dann fiel bei Chamuela der Groschen: »Metatron, kann es sein, dass der Baum die beiden Teufelsmonster im Inneren von Fynn und Kristin meint?«

Jetzt ergab alles einen Sinn. »Natürlich!«, pflichtete er ihr bei. »Was sonst? Diese Urgewalten sind das manifestierte Böse.« Dann richtete er sich an den Baum. »Aber habe keine Bedenken, die Engel haben diese Monster versiegelt. Sie stellen keine Gefahr für dich dar.«

»Dabei stellt der Engel genau das Problem dar, aber ich vertraue euch. Jedoch nur, weil ihr unter Merdins Schutz steht.«

Wieder konnte niemand diese Aussage völlig richtig zuordnen, aber sie ließen es einfach so stehen.

»Warum seid ihr zu mir gekommen, Freunde des Merdin?«

»Genau wissen wir das selbst nicht, Meister Merdin meinte nur, dass wir den Schatz der himmlischen Steppe bräuchten«, gab Metatron offen zu.

»Meinen Schatz wollt ihr also? Dabei ist mein Schatz das Schlimmste, was Merdin passieren kann. Das wisst ihr hoffentlich«, klärte der Baum die Gruppe lautstark auf.

»Wie meinst du das?«

Ein schallendes Lachen ertönte. »Jetzt seid ihr so weit gekommen und wisst doch so wenig. Ich bin der Beginn dieser Welt, wie ihr sie kennt. Ich bin der Anfang Fermanias. Ich habe damals den Samen ausgelegt, der erfolgreich gekeimt ist. Nun stehen meine eigenen Früchte vor mir, welch ein Witz. Da ich und alles um mich herum der Anfang ist, wird auch mein Schatz ein Teil des Anfangs sein. Und am Anfang gab es zwar Elemente, aber keine Magie. Und genau das ist mein Schatz! Und da ich die Natur des Menschen kenne, wollt ihr ihn bestimmt als Waffe einsetzen.«

»Wie gesagt, wir wissen nicht, was dein Schatz genau ist. Und dass es als Waffe genutzt werden kann, höre ich zum ersten Mal. Was ist oder kann dein Schatz denn?«, fragte der Engelskrieger des Feuers so höflich, wie es nur ging.

Kurze Stille.

»Er setzt alles um ihn herum auf null zurück. In seiner Nähe ist alles wie am Anfang. Er neutralisiert eure Gegenwart. In seiner Anwesenheit existiert keine Magie. Sie wird ausnahmslos erstickt!«

Dann ging den Lehrern ein Licht auf. Deswegen fühlte sich Fynn so schwach und auch Anisas blutige Augen wurden dadurch erklärt.

Der Baum bemerkte, dass sie es verstanden hatten. »Genau, zwei in eurer Gruppe haben etwas Magisches in sich ruhen. Der eine ist wie Merdin, ein Magier, und der andere hat Spuren eines Gottes in sich. Und Götter bestanden aus reiner Magie!«

Metatron nickte. »Stimmt. Die Yeteneks kommen ursprünglich von Göttern, die vor Urzeiten auf Fermania niederkamen und einen Akt der Sünde mit Menschen begangen haben. Seitdem sind verschiedenste Yeteneks in den Genen der Menschen verankert. Also hat Anisa einen Hauch Magie in sich und wird ebenfalls beeinflusst.«

Der Baum antwortete mit einem »Genau«.

Chamuela setzte langsam die Puzzleteile zusammen. »Deswegen hilft uns also der Schatz gegen Cassiopaia! In der Anwesenheit des Schatzes wird Jennipher völlig hilflos sein. Sie kann weder ihre Magie wirken, noch wird ihr undurchdringlicher Schutzschild wirken. Fantastisch! Das ist eine einzigartige Gelegenheit!« Sie war sehr begeistert. »Dürfen wir uns den Schatz ausborgen?«

Erneut kurze Stille.

»Nicht ohne eine Gegenleistung! Von nichts kommt nichts!«

Chamuelas Euphorie wurde gedämpft. »Oh. Was verlangst du dafür von uns?«

»Da ich Magie nicht leiden kann und diese von mir persönlich nie für diese Welt vorgesehen war, möchte ich als Gegenleistung das Eigentum an der Seele des heranwachsenden Magiers unter euch!«

Fynn lief es eiskalt den Rücken hinunter, als ihn alle schockiert anblickten. Zitternd sagte er: »Er … w… will meine … Seele?«

Chamuela schüttelte den Kopf. »Das kann nicht sein, wir haben etwas falsch verstanden. Kannst du es bitte wiederholen?«

Der Baum tat ihr den Gefallen. »Ich kann es sogar noch deutlicher formulieren: Ich will als Preis für meinen Schatz die Seele des Magiers. Er gehört dann MIR!«

Chamuela hob die Stirn und musste aus Verzweiflung lachen. »Nein, nein. Stopp! Wir werden doch niemanden aus unseren eigenen Reihen opfern, dazu sind wir nicht hergekommen.«

»Aber ihr seid gekommen, um den Schatz zu bekommen, oder? Von mir aus könnt ihr ihn haben, um ein weiteres magisches Wesen zu neutralisieren, das ist mir recht. Aber das andere noch verbleibende magische Wesen neben Merdin, das möchte ICH! Ich beruhige euch auch, ich werde ihn nicht töten. Ich möchte nur, dass sobald ich es einfordere, seine Seele in mein Eigentum übergeht.«

Chamuela atmete arrogant aus. »Das ist doch ein Scherz. Das macht die Sache nicht viel besser.«

Plötzlich erhöhte sich der Druck auf jede einzelne Person, wie als hätte jemand die Schwerkraft hochgedreht.

»Du bezeichnest MICH und das, was ICH sage, als einen SCHERZ?«, ließ der Baum lautstark verkünden, woraufhin sich die restlichen Statuen rührten.

Chamuela relativierte sofort ihre Aussage. »Nein, natürlich nicht! Nur ein Leben ist schwer aufzuwiegen. Weißt du, was ich meine?«

Der Baum entgegnete: »Nein!«

Chamuela wusste darauf nichts zu antworten.

Fynn schluckte kurz schwer, dann entschied er selbst: »Ich mache es!«

Jeder in der Gruppe schaute ihn schockiert an.

»Fynn, was redest du da? Du machst das nicht!«, sprach Chamuela, als würde Fynn kein Recht haben, über sich selbst zu verfügen.

»Perfekt, also Deal?«, ignorierte der Baum den Einwand der Engelskriegerin.

Fynn sah den Baum selbstbewusst an, als wären die Bedingungen nichts.

Diesmal versuchte Wodahs, seinen Schützling zu Vernunft zu bringen. »Fynn, denk nach! Wir wissen, was wir machen. Lass es bitte. Das ist es nicht wert.«

Doch Fynn ignorierte ihn schweren Herzens. »Deal!«

Erneut entstand ein mächtiger Druck auf allen Anwesenden und die Blätter des Baumes begannen vor Erregung zu wedeln, obwohl kein Wind ging.

Schneller als Fynn denken konnte, griff etwas unglaublich Mächtiges in seine Seele und wütete in ihr herum. Diese Kraft interessierte sich für keine von Fynns geistigen Türen, sondern es kam ihm eher so vor, als würde er das Fundament seiner Seele lösen und umgraben. Als diese Kraft mit Fynn fertig war, fühlte er sich wie vorher, nur mit der Gewissheit, dass er nun jemandem seine Seele verschrieben hatte.

»Es ist vollbracht! Nun nimm das hier«, sprach der Baum triumphierend und ein braun funkelnder Schimmer flog auf Fynn zu. Es war eine Kette mit einem Holzsplitter daran. »Das ist ein Stück meiner Rinde. Du bist verpflichtet, ihn immer zu tragen, denn durch ihn werde ich eines Tages deine Seele einberufen und für mich beanspruchen. Solltest du ihn vorher ablegen oder verlieren, so wird deine Seele vorzeitig zu mir kommen. Und das wäre eine Schande, oder?«

Fynn schluckte erneut schwer, weil ihm klar wurde, was er, ohne groß darüber nachzudenken, getan hatte.

Die Lehrer hatten kaum Zeit, mit Fynn über seine Entscheidung zu diskutieren, als der Baum nun zu seinem Teil der Abmachung kam. »Kommen wir nun zum Schatz, welchen ihr von mir haben wolltet.« Die Statuen zerbarsten und die Lichter, welche zuvor auch aus den beiden zerstörten Statuen kamen, bündelten sich an einer Stelle des Baumes, wo eine dicke Knospe wuchs. Die Lichter bewirkten eine Art Wachstum. Obwohl der Baum an sich sehr bedrohlich wirkte und seine Forderungen schwerwiegend waren, war dieses Licht so unglaublich warm und irgendwie lieblich. Fynn konnte diese Diskrepanzen nicht erklären. Das Licht der Knospe war so hell, dass es fast die gesamte Sicht raubte. Bis es abglomm und sich am Boden manifestierte. Und aus dem Licht wurde das geboren, was den Schatz der himmlischen Steppe darstellte: eine junge Frau mit einem perfekten und faltenlosen Gesicht mit einer Haut, die makellos war. Ihr reines Gewand legte sich optimal um ihren ebenso perfekten Körper und auf ihrem Kopf war ein riesiges Geäst zu sehen, welches aussah wie ein sehr verzweigtes Hirschgeweih.

»Seid gegrüßt. Ich bin Phelia, die Tochter der himmlischen Steppe.«

Dreimal Mondlicht, bitte!

»Jetzt hast du schon dieses Teil verzaubert und trotzdem findest du den Weg nicht. Ich glaub das jetzt alles nicht!«, beschwerte sich eine zickige Frauenstimme lautstark.

Jennipher, die den Weg der Cassiopaia-Gruppe bestimmte, wedelte mit ihrem wasserstoffblonden Haar umher und blickte böse zu ihrer Kollegin Chandria. »Ich sag es dir gerne noch mal, sogar extra langsam, damit du es besser verstehst: Wir haben uns nicht schon wieder verlaufen! Wir sind richtig! Wenn wir auf dem Gebirge sind, ist es nicht mehr weit.«

Chandria schaute sie misstrauisch an. »Gibst du immer noch nicht zu, dass du dich vorhin kurz verlaufen hattest? War immer noch der Wassertropfen auf der Linse schuld?«

Jenniphers Kristall begann bedrohlich zu glühen. »Willst du Ärger mit mir?«

»Du hast meinen Brunnen zerstört, du blöde Kuh!«

»Also geht es dir immer noch darum?! Es war keine Absicht!«

Der dicke, dümmliche Ednan versuchte zu schlichten: »Bitte, nicht streiten! Die Anführerin hat gesagt, dass ihr euch mögen sollt. Wir sollen alle als Freunde zusammenarbeiten. Habt ihr das denn schon vergessen?«

»Misch du dich da nicht ein, Holzkopf!«, sagten beide Frauen gleichzeitig, besannen sich dann aber auf seine Worte und beruhigten sich wieder.

Simona, das Teufelskind, welches Cassiopaia in seine eigenen Reihen gestellt hatte, stand nur apathisch neben dran und gab keinen Muckser von sich. Sie schien ein typischer Mitläufer zu sein, im wahrsten Sinne des Wortes.

Jennipher wandte sich ihrem Teamkollegen zu: »Hast du

auch genug gegessen? Wir werden höchstwahrscheinlich bald auf den Feind treffen, da brauche ich dich in Top-Form.«

Ednan nickte nur und gab mit einer Geste zu verstehen, dass er randvoll war.

»Hey Hexe«, sprach Chandria flapsig Jennipher an, »du kannst doch zaubern. Mach mal was, dass wir da schneller aufs Gebirge kommen. Ich muss meine Kraft sparen für die Menschen der Zauberuniversität. Ich hoffe, dass Chamuela mit dabei ist, mit der habe ich noch ein Hühnchen zu rupfen!«

Jennipher tat ihr den Gefallen, da es jedem aus der Gruppe etwas brachte. Der Kristall auf ihrem Stab leuchtete abermals, diesmal nicht zur Abschreckung, sondern um etwas Magisches zu erzeugen. Vor einem jeden Cassiopaia-Mitglied erschien eine passend große Kristallplatte. »Springt auf! Und keine Angst Ednan, sie hält auch DICH aus.«

Ednan war zu blöd, um die Beleidigung zu verstehen. »Oh, danke liebe Jennipher, mega cool. Und hopp.« Mit einem Satz sprang dieser auf die fliegende Kristallplatte.

Jennipher musste kurz nachdenken, ob die Platte auch wirklich halten würde …

Als jeder bereit war, wurden sie immer höher in die Luft gehoben und flogen den Hang des Gebirges hinauf.

Dort angekommen nahm die Hexe ihr verzaubertes Fernrohr erneut vor ihr Auge und blickte hindurch. »Tatsächlich, da vorne ist der Eingang zur himmlischen Steppe, gleich haben wir es geschafft!« Sie zeigte auf das Gebirge der ewig weinenden Flüsse.

Auch dieses Ziel hatten sie schnell erreicht. Die Kristallplatten lösten sich auf, denn sie hatten ihr Soll erfüllt. Chandria, Simona und Jennipher sprangen elegant Richtung Boden. Nur Ednan stürzte eher, als dass er grazil sprang.

»Was zum …?«, fragte Jennipher verdutzt, als sie neben einem der vielen Wasserfälle stehend hinab auf den See blickte.

»Was ist?«, wollte Chandria wissen, die auch zum Abhang lief.

»Da, wo der Eingang zur himmlischen Steppe ist, sehe ich eine komische Wölbung.«

Für Chandria war alles klar. »Jemand hat den See gewölbt, um an den Eingang zu kommen. Bedeutet, dass sie schneller waren als wir. Bestimmt, weil du dich verlaufen hattest!«

Jennipher wurde sauer. »Fängst du schon wieder damit an?«

Chandria wedelte mit der Hand ab. »Rege dich nicht so auf, du wasserstoffblonde Zicke. Diese Situation hat auch etwas Erfreuliches.«

Die Hexe schaute perplex. »Und was, bitte?«

Chandria rieb sich die Hände. »Na ja, es ist eine Wasser-Tech auf hohem Level, die da angewandt wurde. Wenn die Schüler der Zauberuniversität nicht riesige Fortschritte gemacht haben, kann das nur Chamuelas Werk sein.«

Jennipher erinnerte sich. »Ah ja, stimmt. Dein Hühnchen rupfen und so …«

»Genau. Okay, gut, dann lass uns diese Bande gebührend empfangen, wenn sie zurückkommen. Zeit für Vorbereitungen haben wir ja nun. Beginnen wir doch mit dem, weswegen wir zusammen gehen sollten.« Chandria grinste gierig, weil sie wusste, dass Jennipher nun das machen musste, wovor sie sich am meisten ekelte. Sie musste Chandria stärken und ihr Macht verleihen. Sie blickte zum Himmel: Die Hälfte des ersten Mondes können wir schon sehen, fehlen noch die anderen zweieinhalb!«

Jennipher tat, was die Anführerin ihr vor Tagen aufgetragen hatte, und verzauberte das Licht aller drei Monde Fermanias. »Glaub aber ja nicht, dass ich dir bei deinem Kampf helfen werde, die Monde sind mehr als genug.«

Und niemand freute sich wohl so sehr, drei Vollmonde zu sehen, wie Chandria. »Ich will meinen, dass diese Vorbereitung vollkommen ausreicht!« Ihr Lachen hallte im Gebirge zwischen den vielen Wasserfällen wider. Sie konnte eh niemand hören …

Kampf gegen die Zeit

Im Gebirge der ewig weinenden Flüsse herrschte vollkommene Stille, als Fynn und seine Freunde von der himmlischen Steppe wieder zurückgebracht wurden. Sie befanden sich dort, wo einst alles begonnen hatte. Das Wasser war immer noch von Chamuelas Tech zur Seite gewölbt und vor ihnen lag der für sie nicht sichtbare Eingang zur Steppe. Nur diesmal hatten sie, was sie brauchten, doch zu welchem Preis konnte noch niemand so wirklich abschätzen.

Kairi, die sonst immer sehr vorlaut war, gab die ganze Zeit keinen Pieps von sich. Sie atmete erleichtert aus: »Puh, das war vielleicht irre! Ich kann das alles noch gar nicht glauben, was ich da gesehen habe!«

Was sollte Fynn dann erst sagen, er hatte seine Seele verpfändet.

Chamuela spürte einen Pandrastoß durch das Wasser rasen, dann blieb es plötzlich stehen, wie als hätte jemand die Zeit angehalten. Auch die Wasserfälle standen still. Die Gruppe war verdutzt und plötzlich legte sich ein großer Schatten über sie.

Chamuela vermutete nichts Gutes und blickte nach oben. Eine riesige Wassermasse hatte sich über ihr platziert und wurde auf sie niedergelassen.

»In Deckung! Wir werden angegriffen!«, schrie sie und streckte ihre Handflächen der Wassermasse entgegen. Anfangs war Chamuela noch stark genug, die Wucht des aufprallenden Wassers umzulenken, aber der Druck war so immens, dass sie es nicht lange aushalten konnte. Fynn, die anderen Studenten wie auch die Engelskrieger wurden unter Wasser gedrückt. Nun bemerkte Chamuela auch, dass die Strömungen wieder aktiv waren. Jemand hatte ihre Tech aufgelöst. Jeder wurde von einer anderen Strömung erfasst und davongetrieben. Die Engelskriegerin musste den anderen helfen, das war immerhin ihr Element! Daher wirkte sie eine Level-drei-Tech: »Heilende Wassernixen!«, blubberte sie kaum verständlich unter Wasser und bündelte Pandra in jeder ihrer Fingerspitzen. Daraus entstanden die eben von ihr benannten Wasserdamen, welche grazil durch die harten Strömungen schwammen, um die Kinder und anderen Lehrer einzusammeln. Chamuela wusste, dass sie sie schnellstmöglich wieder an die Wasseroberfläche bringen musste.

Und sie wusste auch, dass sie die Angreifer finden und ausschalten musste. Deswegen suchte sich Chamuela jemand ganz Besonderen heraus, den sie sich schnappte und aus dem Wasser zog: Es war Anisa. Mit einem Ruck hatte sie sie sich unter die Arme geklemmt und schwamm schnurstracks nach oben mit ihr.

Explosionsartig kamen sie aus dem Wasser geschossen. Ein Salto in der Luft befreite beide von überschüssiger Flüssigkeit, die sich in der Kleidung angesammelt hatte. »Hör zu, Anisa, wir haben nicht viel Zeit! Benutze sofort deine Augen und sage mir, wo sich der Feind versteckt, bevor sie erneut angreifen können!«

Anisa war etwas überfordert. Nicht nur, dass sie vor wenigen Minuten noch aus ihren Augen geblutet hatte, das Schleudern unter Wasser hatte ihr auch noch die Luft geraubt. Sie hatte immer noch das Gefühl, fast zu ersticken. Deswegen fiel ihr das Atmen so schwer.

»Bitte!«, beschwor Chamuela Anisa nochmals.

Und sie schaffte es!

Mit einem Aufschrei aktivierte sie den zweiten Grad ihres Sternenblicks, der nun, nachdem der Baum nicht mehr in ihrer Nähe war, wieder funktionierte.

Hastig schaute sie umher und fand ziemlich schnell das, wonach Meisterin Chamuela suchte.

»Dort oben!«, Anisa zeigte mit dem Finger auf die Stelle.

Chamuela schwang umher und nahm sich etwas Wasser aus dem See, auf welchem sie stand. Sie schickte schmale, kaum sichtbare Wasserstreifen in verschiedenen Längen und Winkeln genau auf diese Stelle. Durch die Geschwindigkeit, die diese Attacken an den Tag legten, wurden sie messerscharf. Wie Drahtseile zerschnitten sie einen Teil des Gesteins, hinter dem sich der Feind zu verstecken schien.

Vier Gestalten wurden dahinter enttarnt!

Ihre schwarzen Kutten wedelten im aufbrausenden Wind.

Chandria schlug Chamuelas Wasserangriff mit einem Lächeln und einem Handschlag beiseite.

Jennipher blieb einfach stehen, denn ihr Schild bewahrte sie vor den scharfen Wasserfäden und den Gesteinsbrocken.

Ednan war da etwas tollpatschiger: Ihm wurde durch den Angriff ein Stück Bauchfett abgeschnitten. Das schien ihn aber nicht sonderlich zu kümmern, da er keinen Schmerz zu verspüren schien.

Und das neue Mitglied Cassiopaias, und selbst Teufelskind, machte keine Anstalten, irgendetwas auszuweichen. Es schien, als wüsste sie, dass keiner der scharfen Wasserstreifen ihr zu nahe kommen würde. Die Gesteinsbrocken schürften hier und dort ihre Haut auf, aber sie stand einfach nur da, wie eine Marionette, die man vergessen hatte zu bewegen.

Das Gebirge fiel in sich zusammen und mit ihm der dazugehörige Wasserfall.

Während die vier Gestalten grazil vor Chamuela auf dem Wasser landeten, schlugen hinter diesen die gewaltigen zertrümmerten Steine ins Wasser. Es schäumte und spritzte und versetzte das kühle Nass unter ihren Füßen noch mehr in Aufruhr.

Chamuela bemerkte sofort die Veränderung in Chandrias Gesichtsausdruck. Sie war extrem selbstsicher. Und dann fiel es Chamuela wie Schuppen von den Augen: Da es noch Tag war, hatte sie es nicht sofort bemerkt. Die Lichter aller drei Monde Fermanias standen hoch am Himmel. Und das machte ihr sichtlich Sorgen, denn Chandrias Stärke war abhängig von eben diesen Monden. Je mehr von ihnen zur selben Zeit zu sehen waren, desto stärker war sie, am günstigsten waren dabei Vollmonde für sie. Gleichzeitig wusste die Engelskriegerin des Wassers aber auch, dass es laut des Kalenders noch nicht zu so einer Konstellation kommen sollte. Wie konnten also alle drei Monde dort oben stehen, und dann auch noch als Vollmond? Dann sah sie, dass der Kristall auf Jenniphers Stab permanent weiß leuchtete, was bedeutete, dass sie eine Technik wirkte. Je nach Farbe war er einem Element zuzuordnen, da er aber weiß war, musste sie aktuell Magie wirken. Konnte es also sein, dass Jennipher das Mondlicht verzaubert hatte? War sie zu so etwas Mächtigem schon in der Lage? Chamuela war sich sehr unsicher, aber es würde Sinn machen.

»Na, alte Frau, vier gegen einen ist etwas unfair, oder? Aber weißt du was? Mir egal! Jetzt bist du fällig!«, sprach Chandria voller Überzeugung und kam einige Schritte näher.

Chamuela blickte kurz unter sich ins Wasser. »Tut mir leid, aber du hast dich mal wieder etwas verschätzt.« Mit einem Lächeln sprang sie einen Satz nach hinten und ließ dabei ihre Nixen aus dem Wasser aufsteigen, die jeden Einzelnen einsammeln und somit vor der Strömung retten konnten.

Chandria nahm sich nicht die Zeit, um festzustellen, dass jemand Wichtiges bei den geretteten Personen fehlte.

Licht fokussierte sich an etlichen Stellen unter Wasser um Cassiopaia herum und Feuersäulen schossen aus dem kalten Nass hervor. Nur schien keine von ihnen ein Cassiopaia-Mitglied treffen zu wollen.

Blitzschnell schoss inmitten der vier Cassiopaia-Mitglieder Metatron aus dem Wasser und hatte seine Seelenwaffe gerufen. Alle vier Mitglieder waren in unmittelbarer Reichweite, um durch seine Axt gespalten zu werden. Und so drehte er sich mit großem Schwung einmal heftig im Kreis. Dabei ließ er Simona aber aus, denn sie war ein Teufelskind, welches er aus den Fängen Cassiopaias retten wollte. Ednan wurde ein tiefer Schnitt in den Bauch zugefügt. Über Jennipher glitt seine Klinge einfach hinweg wegen des Schutzschildes. Ihr Blick war gelangweilt und überhaupt nicht erregt. Chandria konnte mit überraschten Augen gerade noch so eine stark verdichtete Wassersäule bilden, die den Angriff stoppte. »Nicht schlecht! Die Feuersäulen waren also nur Ablenkung«, gab sie zu und versuchte es locker zu nehmen, fast halbiert worden zu sein.

Metatron, der sie fast um zwei Köpfe überragte, grinste. »Glaubst du, das war ein nicht erfolgreicher Versuch von mir?«

Chandria verzog ihr Gesicht. »Ähm, ja, ist doch offensichtlich!?«

Doch dann wurde sie eines Besseren belehrt:

Metatron schickte einen starken Hitzewall über seine Klinge und ließ Chandrias schützende Wassersäule schneller verdampfen, als sie reagieren konnte. Die Axtklinge hatte sich bei dieser Aktion leicht verdreht und so wurde Chandria nicht in zwei Teile gespalten, sondern von der breiten, flachen Seite wie ein Ball nach hinten geschlagen.

Doch sie strotzte dank der Monde vor Kraft. Wie aus dem Nichts rief sie Wasser aus dem See und formte dieses zu einer großen Hand, welche sie in der Luft auffing. An der Stelle im Gesicht, wo Metatron sie getroffen hatte, hatte sie kaum Schaden erlitten.

Somit wurde ihm und auch allen anderen klar, dass die Monde auch ihre Defensive und körperliche Resistenz erhöhten.

Chandria schlug vor Wut in die übergroße Hand aus Wasser: »Geh mir aus dem Weg, Opa, ich will Chamuela, nicht dich!«

Metatron ließ sich davon nicht beeindrucken. »Tut mir leid, ich bin aber dein Gegner und werde es auch bleiben!«

Metatron wusste, dass Chamuela bei drei Vollmonden gegen Chandria verlieren würde. Gleichzeitig ließ er die anderen drei Mitglieder nicht aus den Augen, jedoch machten sie keine Anstalten, sich einmischen zu wollen.

»Hey, Jennipher! Sag den anderen beiden, sie sollen uns helfen, den hier fertig zu machen. Dann können wir uns den wichtigen Dingen widmen.«

Jennipher blickte verdutzt zu ihrer Kollegin: »UNS helfen? Ich hatte nicht vor, dir zu helfen, geschweige denn jemandem das zu befehlen.«

Chandria biss sich auf die Lippen. »Dann halt nicht, ich brauche dich nicht!« Sie fokussierte Pandra. Die Finger der Hand aus Wasser wurden zu langen Tentakeln, deren Spitzen Chandria gefrieren ließ. Blitzschnell schwang Metatron seine Axt und schnitt jeden einzelnen Angriff in kleine Wassertropfen.

Chamuela, die weiter hinten mit ihren Wassernixen alle an Land gebracht hatte, kam lautstark zu dem Teil des Konfliktes, der alles entscheiden würde: »Ihr von Cassiopaia seid stark, das gebe ich zu, aber die Schlausten seid ihr nicht! Euren Erfolg ganz allein einer Strategie anzuvertrauen, ist höchst fahrlässig. Es wird Zeit für euch zu lernen, wie schädlich eure Fehleinschätzung hier war!« Sie blickte zur Tochter der himmlischen Steppe: »Bitte, Phelia, ersticke jegliche Magie.«

Jennipher blickte auf. Erst jetzt fiel ihr die Person auf, zu der Chamuela sprach. Ein Mädchen mit perfektem Gesicht und einem Geweih auf dem Kopf.

Phelia faltete ihre Hände wie bei einem Gebet. »Jawohl. Vom JETZT zurück auf NULL.« Kleine Knospen trieben an den Ästen ihres Geweihes aus.

Und plötzlich wusste die Hexe instinktiv, dass etwas nicht stimmte. Sie konnte es nicht erklären, aber etwas Gefährliches ging von diesem Mädchen aus. »Ednan, komm mit mir! Sofort!«

In einem Sprint rannten die beiden an Metatron vorbei

Richtung der anderen. Dieser wollte sie schon aufhalten, aber Chamuela gab Entwarnung: »Lass sie, Metatron. Jennipher wird eh gleich keine Gefahr mehr darstellen.« Diese Aussage passte Jennipher noch weniger. Sie rannte noch schneller, ihren Stab kampfbereit und mit der Kutte kräftig im Wind umherwedelnd.

Chamuela begab sich wieder auf den See, um die beiden Cassiopaia-Mitglieder gebührend zu empfangen.

Der Kristall auf Jenniphers Stab glühte tief rot und ein Feuerstrahl schoss über die Oberfläche des klaren Wassers auf Phelia zu. Doch eine plötzliche Wand aus Dampf verriet, dass ihr Angriff von einem massiven Wall aus Wasser geblockt wurde.

»So einfach ist das nicht, meine Liebe!«

Jennipher änderte ihre Strategie, indem sie die Anzahl der Angreifer erhöhte. »Ednan, du weißt, was zu tun ist!«

Dieser nickte nur, öffnete während des Sprints seine Kutte und griff zu seinem Pinsel. An seinem Gürtel hingen viele kleine Fläschchen gefüllt mit Blut. Er riss ein Stück Papier von seinem Block, der ebenfalls an seinem Gürtel hing, tunkte den Pinsel in eines der Blutgefäße und begann damit zu zeichnen. Dann klatschte er sich das Stück Papier auf die Haut. Während seine Tech zu wirken begann, ein Teil seines Fettes sich von seinem Körper löste und das Tier nachbildete, dessen Blut er verwendete, rief Jennipher ihre Seelengeister: »Snow, Jade und Inula, erscheint und helft mir!« Eine Blüte wuchs in Jenniphers Handfläche und drei Wölfe wurden durch das Licht geboren. Ein größerer weißer, und zwei kleinere graue. Währenddessen hatte sich Ednans Fettmasse in ein tollwütiges übergroßes Nashorn verwandelt. Jedes von Ednan auf diese Weise erschaffene Wesen hatte zusätzlich zwei krumme Hörner auf dem Kopf.

Chamuela erinnerte sich. Metatron, Wodahs und Britanie hatten ihr von diesem Yetenek berichtet. Doch das machte Chamuela nichts aus. Jennipher würde eh gleich schmerzerfüllt zusammenbrechen. Und da jedes Yetenek die Abstammung eines Gottes darstellte und somit auch magisch war, würde Ednan gleich mit ausgeschaltet. Genauso wie es bei Anisa und ihren Augen war.

Und so wartete Chamuela … und wartete … und wurde langsam nervös.

Die beiden Cassiopaia-Mitglieder waren mit ihren Gefährten schon bedrohlich nahe, als Chamuela etwas hektisch Phelia fragte: »Bist du denn jetzt so weit?«

Phelia hatte die Augen geschlossen, um sich besser konzentrieren zu können. »Leider nein, es wird noch dauern, bitte habe Geduld.«

Die Engelskriegerin des Wassers glaubte, sich verhört zu haben. »Wie bitte? Was dauert da bitte so lange?«

Phelia ließ sich nicht aus der Ruhe bringen. »Daran seid ihr selbst schuld. Ich konnte nur durch das lebensspendende Licht der Statuen geboren werden, die die himmlische Steppe zu ihrem Schutz erschaffen hatte. Weil ihr zwei dieser Statuen ausgelöscht habt, fehlt mir Kraft. Dadurch dauert es länger, bis meine Knospen erblühen und die Magie vergehen lassen können.«

Chamuela glaubte das alles nicht. Nun ergaben die Lichter für sie Sinn, welche aus den Statuen aufgestiegen und verglommen waren, nachdem Metatron und sie diese zerstört hatten.

Für die Engelskriegerin war nun klar, dass sie Gegenmaßnahmen einleiten und Cassiopaia so lange fernhalten musste, bis Phelia bereit war. Sie hatte auch schon die perfekte Tech dafür im Kopf.

Sie presste ihre Hände zusammen. »Die beiden vergessen wohl, dass sie sich auf meinem Element befinden. Ich habe den Feldvorteil!« Chamuela schlug ihre Handflächen auf die Oberfläche des Sees, um daraus spitze Wasserspeere schießen zu lassen und damit Cassiopaia und ihr Tiergesindel aufzuspießen.

Doch es geschah nichts!

Nun begann Chamuelas Herz wirklich heftig zu schlagen. »Was zum …?« Das Wasser unter ihr färbte sich pechschwarz. Nur ein Gedanke schoss ihr durch den Kopf. Sie blickte zu Chandria und Metatron herüber und sah, was erstere so eben getan hatte. Mit einem Lächeln hatte Chandria ein kleines Fläschchen geöffnet und ins Wasser gegossen. Metatron hatte darin keine Gefahr gesehen und sie machen lassen. Chamuela wusste hingegen, dass dies ein fataler Fehler war! Das Gleiche hatte Chandria schon einmal im Kampf gegen sie eingesetzt. Der Inhalt dieser Flasche war der Überrest einer der drei Gottheiten, die den Götterkrieg vor ewigen Zeiten überlebt hatten. Das Wasser des Triton! Dieses dunkle Wasser verhinderte, dass Chamuela ihr eigenes Pandra in das Wasser pressen und es somit kontrollieren konnte.

Kein Ausweg! Chamuela blieb keine Zeit mehr, sich einen anderen Plan zurechtzulegen. Das spitze Horn und die scharfen Krallen der Wölfe rasten auf sie zu, bereit, die Engelskriegerin in Stücke zu reißen.

Doch noch sollte es nicht sein! Kurz vor ihrem Gesicht blieben die angriffslustigen Tiere stehen und Chamuela schaute diese von Schreck verzehrt an.

Ein Hilfe spendender Schatten hatte sich auf den See begeben und die Tiere durch ihre eigenen Schatten paralysiert. Sie schaute zur Quelle. »Wodahs!«, rief sie ihm dankend zu.

Dieser lachte verschmitzt, musste sich aber unglaublich anstrengen, die Gestalten bewegungsunfähig zu halten, besonders das von Ednan erschaffene Ungetüm hatte immense Kraft. Deswegen entschied Wodahs, ihrer Existenz ein Ende zu setzen. Er benutzte sein Yetenek nun dreidimensional und spießte die drei Wölfe und das Nashorn mit seinem Schatten auf. Seelengeister konnten nicht getötet werden, sie zogen sich einfach in die Seele des Herrschers zurück, um sich zu regenerieren. So auch die Wölfe Jenniphers. Das

Nashorn allerdings starb und wurde zu einer nutzlosen verschrumpelten Fettmasse.

Es verging keine Sekunde, bis eine weitere Figur dem Kampf beitrat. Britanie löste einen Teil ihres Körpers in Papier auf und schickte die Schnipsel auf Jennipher und Ednan zu.

Die Hexe blickte mit ihren lila geschminkten Augenlidern genervt drein: »Du schon wieder! Hätte ich dich damals nur abgefackelt! Nun ja, tut mir leid, aber ich habe keine Zeit für dich. Keine Zeit für euch alle!« Sie wollte sich dem Angriff entziehen und weiter auf Phelia zusteuern, aber etwas hielt sie fest. Sie grinste, weil sie eine sehr starke Vermutung hatte, was es war.

Wodahs grinste ebenfalls. »Dein Schild schützt dich nicht vor einem Schatten.«

»Danke für die Info«, gab sie sarkastisch zurück. Natürlich wusste sie das, immerhin waren sie und Wodahs einst Kameraden bei Cassiopaia gewesen, bis er die Organisation verraten hatte. Er sollte von Anfang an nur Daten für Merdin über alle Mitglieder sammeln.

Jennipher sah, dass auch Ednan von der Paralyse betroffen war, deswegen dehnte sie ihren Schutzschild aus. »Es ist zwar nur Papier, aber wer weiß, was die Blondine mit zu viel schwarzem Lidschatten vorhat«, sagte sie leise zu sich selbst, obwohl sie noch blonder war als Britanie.

Die Schnipsel prallten also auf den Schutzschild und machten ihn dadurch sichtbar. So erkannten Britanie und Wodahs, dass sie auch Ednan damit schützten. »Schade, sie arbeiten zusammen, das ist man von den Bösen gar nicht gewohnt«, scherzte Britanie in dieser ernsten Situation.

Wodahs musste sich allerdings weiter konzentrieren und konnte nicht darauf eingehen. »Kleb ihren ganzen Schild zu, weiter so!«

Britanie tat, was ihr gesagt wurde.

Jennipher beobachtete das Schauspiel. Sie erkannte auch,

dass jeder Schnipsel mit Sprengstoff beschichtet war. Es waren Briefbomben. Sie schüttelte ihren Kopf: »Die haben es damals nicht verstanden und heute immer noch nicht. Sie kann noch so viele Briefbomben platzieren, es wird nichts durch meinen Schild kommen. Auch die Explosion nicht.«

Während Britanie den Schutzschild zukleisterte, wurde es um Jennipher und Ednan immer dunkler.

Dann vernahm die Hexe ein gequältes Gurgeln. »Was ist denn jetzt schon wieder, Ednan, hast du schon wieder Hunger?«, blökte sie ihren Teampartner an und erkannte, weshalb er diese Geräusche von sich gab. Und kaum erkannte sie, dass Wodahs Schatten durch das Abdunkeln stärker geworden und an Ednan hochgekrochen waren, um ihn zu würgen, so kam der Schatten auch über ihren Körper gewandert. Er begann sie nicht nur ebenfalls zu würgen, sondern ein anderer Teil des Schattens versuchte ihr Handgelenk so weit umzuknicken, dass sie ihren Stab fallen lassen musste. Die Hexe blieb unbeeindruckt und war über die Kreativität ihrer beiden Gegner etwas verzückt. Dann beendete sie aber die Hoffnung: »Licht vertreibt Schatten, das weißt du doch, Wodahs!«, schrie sie und ihr Kristall löschte Wodahs Angriff in Sekundenschnelle durch ein helles Aufleuchten völlig aus. »Ich sagte bereits, ich habe keine Zeit für euch«, sprach sie weiter und bediente sich einem Zauber. Mit diesem löste sie das Schießpulver von den Briefbomben um sie herum und fackelte diese dann mit einem bedrohlich rot leuchtenden Kristall ab. Das explosive Pulver ließ sie im schwarzen Wasser versinken.

Weiter hinten auf dem See erkannte Metatron, dass er die Situation und das schwarze Wasser von Chandria falsch eingeschätzt hatte. Er entschloss sich, das mit Chandria schnell zu beenden, um den anderen dabei zu helfen, Jennipher abzuwehren, denn anscheinend dauerte es wohl etwas, bis Phelia ihre Fähigkeit wirken konnte.

»Hey, wenn du mich schon nicht zu Chamuela lässt, dann

habe wenigstens den Respekt und lasse deine Aufmerksamkeit nicht schweifen!«, schrie Chandria, die nun akzeptiert hatte, dass sie erst den Engelskrieger des Feuers aus dem Weg räumen musste, bevor sie an Chamuela rankam.

Dann spürte Metatron, wie sich plötzlich die gesamte Masse des Sees zu bewegen schien.

»Damit du dich nicht mehr ablenken lässt, verlege ich unseren Kampfplatz mal woanders hin. Und Chamuela kann das Wasser eh nicht mehr gebrauchen, haha!« Chandria hob ihre Arme in die Luft und verfrachtete den See in die Luft. Seine Form wurde dabei beibehalten. Da das gesamte Wasser schwarz gefärbt war, sah es schon fast aus wie eine Erdmasse.

»Ihr habt meine Kollegin gehört, sie möchten alleine sein«, sprach Jennipher und schlug Chamuela, Wodahs und Britanie mit einer schnellen Wind-Tech vom Rand des Sees an das Ufer. Ednan und sie selbst folgten ihnen und hatten nun auch wieder festen Boden unter den Füßen.

Metatron war überrascht, mit was für einer Leichtigkeit Chandria den See anheben konnte. Die drei Vollmonde schienen sie erheblich stärker zu machen. Das Teufelskind von Cassiopaia wurde ebenfalls durch den See mit nach oben genommen, nur schien es ihr völlig egal zu sein. Sie stand einfach nur da und blickte verloren in die Weite. Als der See seine maximale Höhe erreichte, lag er weit über dem Gebirge. Die Wasserfälle flossen natürlich weiter und füllten das nun leere Sandbecken mit neuem Wasser.

Chandria kam auf dem Wasser zwei Schritte näher. »Na dann, ich glaube es ist in unser beider Interesse, diesen Kampf schnell zu beenden.«

Metatron nickte: »In der Tat.«

Chandria rannte los. Ihre Kutte wedelte im Wind. Sie presste ihre Hände zusammen und fokussierte Pandra: »Wasser-Tech. Multiple Wasserdrachen!«

Metatron kannte die Wasserdrachen-Tech von Chamuela schon, aber diese hier war auf einem völlig anderen Level!

Der ganze See begann unruhig zu werden und überall klafften Mäuler aus dem Wasser, die nach ihm schnappten. Doch Metatron bewegte sich kein Stück. Er schätzte alle Distanzen ein und holte zum Gegenangriff aus. »Feuer-Tech. Glühende Feuerkugeln!« Durch starkes Ausatmen feuerte er die flammenden Geschosse in alle Richtungen ab. Er erwischte jeden einzelnen Wasserdrachen. Er wunderte sich, wieso Chandria auf ihn zugerannt kam. Es sollte in ihrem Interesse liegen, auf Distanz zu bleiben, weil sie im Nahkampf unterlegen wäre. Metatron war sich sicher, dass sie entweder etwas im Schilde führte oder ihren Verstand und ihre Selbsteinschätzung verloren hatte. Und da er niemand war, der seinen Gegner auf die leichte Schulter nahm, traf er Vorkehrungen: »Entfesslung des Feuers«, war seine nächste Tech, die er wirkte. Dadurch hüllte Metatron seinen Körper völlig in Feuer. Chandria verstand natürlich sofort. »Ah, er traut der Sache nicht und erhöht seine Verteidigung durch diese lächerliche Feuerrüstung!« Sie begann zu grinsen. »Leider wird diese mich in keinerlei Weise aufhalten.« Was sie allerdings nicht beachtete: Metatron nutzte die Feuerrüstung nicht für seine Verteidigung, sondern für seine Geschwindigkeit! Durch die enorme Hitze an seinen Fußsohlen verdampfte das Wasser unter ihm sofort und der dadurch entstehende Wasserdampf katapultierte ihn blitzschnell in jede Richtung, die er vorgab.

Chandria hatte kaum Zeit, einen Schrei des Aufschreckens von sich zu geben, als Metatron plötzlich fast direkt vor ihr stand und sie in ihn hineinflog. Mit einem Schlag, der sonst ihr Rückgrat gebrochen hätte, schlug Metatron Chandria auf den Rücken und ließ sie in den schwarzen Abgrund des schwebenden Sees preschen. Er wusste, dass die Monde sie so stark gemacht hatten, dass sie diesen Angriff überlebte. Er blickte ihr nach und obwohl niemand etwas in diesem schwarzen Wasser hätte erkennen können, konnte Metatron sie sehen. Er presste seine Hände zusammen und wendete die Tech an, die er auch schon in der himmlischen Steppe benutzt hatte. Dazu aß er eine Rotbeere, um seine Tech zu verstärken: »Feuer-Tech! Höllen-Feuer-Wall!« Wie eine Klinge bahnte sich der Angriff durch das schwarze Wasser und drohte auch Chandria zu zerschneiden. Der See wurde in zwei Teile gespalten, doch Chandria hatte es überstanden. Sie hatte sich mit massiv verdichtetem, rotierendem Wasser umgeben. Eine ähnliche Strategie, wie Chamuela sie verwendet hatte, um sich vor der gleichen Tech zu schützen. Allerdings war es knapp, Chandria hatte kaum noch Wasser um sich, welches sie länger beschützt hätte. Ihr Rücken knackte vor Schmerz und das machte sie wütend. Der Schnitt im See begann sich hinter Chandria wieder zu schließen, damit sie nicht hinunterfiel. »Argh, langsam reicht es mir! Ich habe alle Monde auf meiner Seite und den Elementvorteil! Ich kann gar nicht verlieren! Nimm das: Meisterkunst des Wassers, schwarze rotierende Schlangen!« Eine Tech, die Level fünf sprengte. Es kostete enorm viel Pandra, aber Chandria hatte dank der drei Vollmonde eh keinen Sinn mehr für Verschwendung. Metatron erkannte natürlich sofort die Bedrohung, die aus dem sich schließenden Spalt des Sees auf ihn zuraste. »Du bist zwar sehr viel stärker geworden, aber du kannst deine Kraft nicht optimal einsetzen. Dir fehlt die Erfahrung. Ich glaube nicht, dass diese Mondkonstellation oft aufkommt.« Seine Feuerrüstung war immer noch aktiv und so nutzte er abermals die Hitze, um durch den Wasserdampf schneller zu werden. So baute er blitzschnell Entfernung auf. Aber Chandrias Tech war ebenfalls unglaublich schnell. Bedrohlich züngelten sich die langen Monster aus schwarzem Wasser auf ihn zu, nachdem sie aus dem Spalt gekommen waren. Metatron wusste, dass die schwarze Färbung ihn nicht einzuschüchtern brauchte. Tritons Wassers war nur im Kampf gegen andere Wasseranwenderinnen von Vorteil. Allerdings war eine Meisterkunst nicht zu unterschätzen, denn egal wie die Tech aussah, sie war gefährlich und wurde am besten mit einer anderen Meisterkunst pariert. Er stach sich den Finger an seinem scharfen

Eckzahn auf und schmierte ein paar Spritzer Blut auf seine Gliedmaßen. Viel war es nicht, aber mehr war auch nicht nötig. Blut stellte das Leben dar, und so konnte Metatron seine nächste Tech noch perfekter fokussieren: »Meisterkunst des Feuers: Blutige Kopfwumme des roten Stiers!« Und auch Metatron kostete eine Tech, die höher als Level fünf war, enorm viel Pandra. Sein Körper wurde in die Luft gehoben und auf dem See bildete sich ein riesiger Feuer-Stier, in dessen Stirn er nun saß. Mit einem Aufschrei stürzte er sich mit seiner Tech gegen Chandrias Schlangen. Manche der riesigen Wasser-Ungetüme prallten von der Geschwindigkeit des Stiers ab, andere bissen ihm feurige Wucht aus dem Leib und ließen ihn dadurch etwas kleiner und schwächer werden. Aber noch sah Metatron keinen Grund zur Sorge.

Chandria erhob sich aus dem Spalt des Sees, der nun wieder komplett verschlossen war. Ihre Haare waren etwas durcheinander und ihre Kutte hatte großen Schaden genommen. Als sie das rote Monster auf sich zurennen sah, musste sie handeln. Es war ihr schon zu nahe. Sie konzentrierte sich und steuerte ihre Meisterkunst-Tech an, um noch mehr und größere Schlangen zu erschaffen, die sich dem Engelskrieger des Feuers entgegenstellten. Nur griffen die Schlangen nicht mehr weiter an, sondern wickelten sich um die Beine und Körper des Stiers und blockierten so sein Weiterkommen. Metatron und Chandria schauten sich verbissen an. Während Metatron sich mit aller Kraft allmählich von dem Klammergriff lösen konnte, spürte er plötzlich einen stechenden Schmerz in seiner linken Schulter. Blut begann zu fließen und ohne zu wissen, was geschehen war, blickte er an sich hinab. Der Engelskrieger musste feststellen, dass Chandria eine stark verdichtete Wasserspitze aus dem Wasser hatte wachsen lassen. Die starke Verdichtung bewirkte, dass sie durch den Feuer-Stier hindurch stach und nicht verdampfte. Die Spitze, die sich in Metatrons Schulter befand, war zu Eis erstarrt. Er schickte einen Hitzeimpuls durch seine Wunde, ließ somit die lange Wasserspitze verdampfen und versiegelte gleichzeitig seine Wunde. Metatron wurde nun klar, dass sie immer gefährlicher wurde. Er musste es beenden. Beflügelt von der Wut, dass er im Kampf überrascht und verletzt worden war, löste er seinen Stier von den festen Griffen des Wassers und schlug mit seiner Faust in Richtung Chandria. Die Macht des Stiers entlud sich.

Chandria wurde von dem glühenden Geschoss aus purer Gewalt erleuchtet, als sie schnell in den See verschwand, um Deckung zu finden.

»Bringt dir rein gar nichts, meine Liebe!«, schrie Metatron. In seiner Stimme schwang leichte Fassungslosigkeit, die er zu überspielen versuchte. Wie als hätte ein Komet eingeschlagen, begann die Hälfte des Sees zu strahlen und verdampfte augenblicklich! Die Wucht der feurigen Meisterkunst riss sogar einen deutlichen Krater in das Gebirge der ewig weinenden Flüsse tief unter ihm. Metatron kam auf dem Rest des fliegenden Sees auf. Er war leicht außer Puste. Immerhin hatte er schon bei der himmlischen Steppe etwas kämpfen müssen. Er hatte kaum Zeit nachzudenken, ob Chandria pulverisiert wurde, als diese ihren nächsten Angriff plante.

Sie konnte sich in die andere Hälfte des Sees retten und fokussierte sich. »So, mein Lieber, erst einmal setze ich das wieder in Gang, was durch die fehlenden Wasserfälle, die üblicherweise in den See stürzen, unterbrochen wurde«, sprach sie unter Wasser zu sich selbst. Dann streckte sie ihre Hand von sich und aus ihren fünf Fingern kamen fünf Strömungen, welche alle in unterschiedliche Richtungen brausten.

Metatron bekam einen Schock, als das ruhige Wasser plötzlich in alle Richtungen unruhig wurde. Er musste permanent sein Pandra in den Füßen an die unterschiedlichen Strömungen anpassen. Das war eigentlich kein Problem für ihn, aber diese Strömungen waren vollkommen abnormal.

»Chandria!«, rief Metatron und versuchte sie im schwarzen Wasser zu lokalisieren. Jetzt hätte er Anisa gut gebrauchen können, aber diese befand sich bei Chamuela.

Der Engelskrieger des Feuers hatte massiv Probleme, sich über Wasser zu halten, und versank immer tiefer mit seinen Beinen. Er knirschte mit seinen Zähnen vor Zorn, besann sich aber wieder auf seinen klaren Verstand. Er ließ seine Feuerrüstung wieder aufflammen, so kam Chandria nicht so gut an ihn ran.

Allerdings stellte Metatron fest, dass sich ringsherum um ihn eine Windhose aus vielen kleinen Wassertröpfchen bildete. Es waren so viele, dass seine Rüstung dadurch gelöscht wurde.

Metatron versuchte gerade, seine Beine wieder aus dem Wasser zu ziehen, weil er sich stabilisiert hatte, als Chandria etwas so laut rief, dass man es aus dem Wasser heraus hören konnte: »Technik des H2O-Käfigs!«

Eine Kugel kam aus dem Wasser geschossen und legte sich über Metatrons Kopf. Er bekam keine Luft mehr. Durch die Hektik verlor er komplett den Halt. Mit einem Armschwenk ließ Chandria die Windhose aus Wassertröpfchen zu einer großen Welle werden und schlug Metatron damit endgültig ins Wasser. Dort hielten ihn die Strömungen fest. Der H2O-Käfig schnürte ihm noch zusätzlich den Hals zu. »Haha, das ist deine Schwäche. Unter Wasser! Hier bist du langsamer, deine Feuer-Techs zünden nicht und … du kannst nicht atmen. Aber das ist natürlich nur eine vage Vermutung.« Sie lachte über ihren eigenen Sarkasmus.

***

Und keiner der Kämpfenden wusste, dass zwei Personen schon vor allen anderen am Gebirge der ewig weinenden Flüsse angekommen waren und alles beobachteten. »Ich habe dir doch gesagt, dass sie uns nicht bemerken werden.«

Die zwei unbekannten Personen waren die ganze Zeit Beobachter des Konfliktes gewesen. Ihr Ziel bestand allerdings nicht darin, sich dort einzumischen.

Die beiden Schatten sprangen unentdeckt das Gebirge hinunter in Richtung des Eingangs zur himmlischen Steppe. Das Becken des Sees war noch lange nicht mit frischem Wasser nachgefüllt, deswegen musste einer der beiden eine Erd-Tech wirken, damit sie an das Loch zum Eingang gelangten.

»Ich werde den Zugang nun freilegen. Deine Aufgabe wird es sein, die himmlische Steppe auszulöschen. Hast du das verstanden? Das ist sehr wichtig!«, sprach die eine zur anderen Person.

»Und wieso machst du es nicht selbst oder kommst mit mir?«, entgegnete die andere Person.

»Weil ich dort machtlos bin! Ich werde es dir erklären, wenn es so weit ist. Und nun geh!«

Das Portal wurde erneut aufgerissen und eine Person drang dort ein.

Kairos

Die himmlische Steppe war ein Ort der Leere, aber somit auch ein Ort der absoluten Stille. Der Baum, der in dieser Steppe hauste, befand sich dort schon eine sehr, sehr lange Zeit. Er wusste nicht einmal mehr, wann er das Saatgut für die Welt Fermania gestreut hatte. Doch eins war ihm klar, Magie hätte nicht entstehen dürfen. Magie führte zu großer Macht und mit großer Macht fand irgendwann einmal Machtmissbrauch statt. Und daraus resultierten dann Konflikte und Krieg. Da neben Merdin nun noch andere magische Wesen wieder aufgetaucht waren, waren Probleme vorprogrammiert.

Der Baum der himmlischen Steppe wurde durch ein leichtes Beben aus seinen Gedanken gerissen. Dann verzerrte sich vor ihm der Raum, denn der Eingang zu seinem Reich wurde gewaltsam aufgebrochen. Er spürte sofort die böse Aura, die dahintersteckte.

Eine bedrohliche, lila leuchtende Fratze tauchte vor dem himmlischen Baum auf und grinste diesen breit an.

»Ich wusste doch, dass DU dahintersteckst. Du warst vorhin schon einmal hier, du unwürdiges Wesen, warum bist du zurückgekehrt? Sag schon, Luzifer!«, wollte der Baum mit seiner dunklen, bedrohlichen Stimme wissen.

Die Fratze grinste weiter: »Ich bin begeistert, du hast eine feine Wahrnehmung! Sagen wir es so: Nach meiner Verbannung aus dem Himmel habe ich mich in verschiedene Richtungen entwickelt. Du meinst also höchstwahrscheinlich den winzigsten Teil von mir, der noch existiert. Und ja, dieser Teil war dich vorhin schon einmal besuchen. Nur weiß das noch niemand. Selbst der große Merdin hat keine

Ahnung, dass ich höchstpersönlich seine eigenen Reihen unterwandert habe.«

Der Baum warnte das, was von dem fünften Engel noch übrig geblieben war: »Du unterschätzt Merdin. Egal was du vor hast, es wird nicht funktionieren! Lass Fermania in Ruhe und verschwinde einfach!«

Die Fratze des fünften Engels schüttelte den Kopf. »Nein, das kann ich leider nicht tun. Ich bin sogar gekommen, um dich endgültig auszulöschen.«

Der Baum verspürte keinerlei Bedrohung. »Wir beide wissen, dass du das nicht kannst. Sobald du einen Schritt in diese Steppe setzt, wird der letzte Funke Magie, der dich am Leben hält, ausgelöscht.«

Der gefallene Engel kicherte. »Aber das weiß ich doch. Deswegen wird das auch jemand anderes für mich übernehmen!« Dann öffnete die Fratze ihren Mund und ein Schatten trat aus ihr heraus.

Als Leon in der fremden Umgebung ankam, stand er sofort vor diesem riesigen, auf dem Kopf stehenden Baum. »Wo bin ich denn hier gelandet?«, wollte dieser vom fünften Engel wissen, der ihm das Tor dorthin geöffnet hatte.

»Das hier ist die himmlische Steppe. Und das vor dir, mein lieber Leon, ist dein Ziel. Darf ich vorstellen, einer der letzten drei Götter, die den Götterkrieg überstanden haben, und der letzte Gott, der jetzt noch lebt. Kairos!

Leon glaubte, sich verhört zu haben. »Was? Du willst, dass ICH einen Gott vernichte? Weißt du, was du da von mir verlangst?«

Der fünfte Engel, der am Rand des Eingangs stand, wusste das sehr wohl: »Hör zu. Das hört sich schwieriger an, als es ist. Kairos war noch nie ein kämpfender Gott. Er war damals für die Erschaffung von Welten verantwortlich, die die Götter dann regieren wollten. Als dann jedoch der Krieg der Götter ausbrach, versteckte er sich hier und zählte somit zu den drei Überlebenden, obwohl er nichts dazu beitrug. Außerdem ist er nach der Erschaffung der ganzen Welten nur noch ein Schatten seiner selbst, so wie ich zurzeit. Von daher geht von ihm keine große Gefahr aus. Ich hätte dich nicht darum gebeten, wenn ich nicht wüsste, dass du es schaffen könntest.«

»Und wieso machst du es nicht selbst? Du bist mächtiger als ich.«

»Weil er, egal wie schwach Kairos auch sein mag, die Fähigkeit hat, alles um sich herum auszulöschen, was eine magische Komponente besitzt. Es würde also meinen Untergang bedeuten, dort einzutreten.«

Leon verstand. Und irgendwie verspürte er ein leichtes Prickeln bei dem Gedanken, gegen einen Gott anzutreten.

»Ihr seid doch des Wahnsinns, alle beide. Ich werde das hier jetzt beenden!«, sprach der Baum bedrohlich. Normalerweise wäre dieser von seinen Statuen beschützt worden. Nun musste er es selbst übernehmen. Kairos löste ein paar seiner Wurzeln aus Wolken, die am Himmel schwebten, und schlug damit auf Leon ein. Dieser konnte dem extrem langen und dicken Geflecht gerade so aus dem Weg springen. Er wollte nicht groß mit einem Gott herumexperimentieren und setzte eine Tech ein, die ihm bisher verboten war, welche ihm aber den schnellen Sieg in diesem Kampf versprach. Nämlich seine schwarzen Flammen: »Verbotene-Tech: Flammen des schwarzen Phönix!« Leon würde für diese Tech zwar einen Teil seines eigenen Fleisches am Körper verbrennen und aufzehren müssen, aber dafür würden diese Flammen alles verbrennen, was sie berührten. Das war Leons einzigartiges Yetenek, welches der fünfte Engel in ihm freigesetzt hatte. Und gleichzeitig mit diesem Gedanken durchzog Leon ein heftiger Schmerz am ganzen Körper. Er ging auf die Knie und musste Blut spucken. Der fünfte Engel hinter ihm sprach das aus, an was Leon gerade dachte: »Du Dummkopf! Warum setzt du den einzigen Angriff ein, der einen magischen Ursprung hat? Yeteneks rühren von Göttern her, damit fallen sie unter die Kategorie *magisch,* die hier nicht eingesetzt werden kann!«

Leon begriff, dass er einen Fehler gemacht hatte, und musste weiterhin zuschauen, wie er den peitschenden Angriffen des Kairos ausweichen konnte.

Ein alter Freund

»Da ich kein Wasser mehr zur Verfügung habe, müssen wir es uns selbst besorgen. Avio, du weißt was zu tun ist?« Er nickte Chamuela zu und beide pressten gleichzeitig ihre Hände zusammen, um eine Level-vier-Tech zu wirken: »Wasseranreicherung!«, schrien beide und begannen riesige Wassermassen zu spucken. Der Boden wurde mit einer Schicht dieses Wassers bedeckt. Beide ließen zudem ihr Wasser nicht im Boden versinken.

»Du bleibst bei Anisa, den Kindern und Phelia, Avio. Beschütze sie um jeden Preis! Britanie und Wodahs, greift erst ein, wenn es notwendig ist. Ich will nicht, dass zu viele Gefahrenherde entstehen.«

Beide nickten, obwohl sie gerne sofort vorgestoßen wären.

Chamuela schickte Pandra in ihre Fußsohlen und schlitterte los.

Jennipher war kurz über die enorme Geschwindigkeit überrascht, allerdings erkannte sie dann ziemlich schnell, wieso dies so war. »Sie rennt nicht, sondern steuert ihr Pandra so präzise durch ihre Füße, dass sie auf dem Wasser entlanggleitet wie auf einer Eisbahn. Nicht schlecht!«

Die Engelskriegerin brauchte nicht lange, um nahe an die beiden Cassiopaia-Mitglieder vorzurücken. Sie presste abermals ihre Hände zusammen und ließ einen Streifen Wasser verdampfen. Dadurch raubte sie der Hexe und Ednan kurzzeitig die Sicht. Unbeeindruckt blieb Jennipher stehen und versuchte sie mit aller Gelassenheit zu lokalisieren. Sie war durch ihren Schild sowieso geschützt.

Aus dem Wasser erwuchs in Blitzeseile die Gestalt von

Chamuela, direkt neben Ednan. Dieser hatte sich gerade zu ihr drehen können, als eine Tech auf ihn wirkte und ihn vollkommen umschloss. »H2O-Käfig!«, hatte Chamuela gerufen und dem dicken Cassiopaia-Mitglied die Luft geraubt. Mit einem Fußtritt verfrachtete sie die Wasserkugel in die Luft und wirkte erneut eine Tech, aber diesmal eine über Level fünf: »Meisterkunst des Wassers, Aqua-vital-Kugelgeschoss!« Unter Aufopferung einer großen Menge Pandra schleuderte Chamuela dieses Geschoss auf Ednan, um ihn in Stücke zu schmettern! Allerdings sprang Jennipher ihr in die Schusslinie. »Verdammt, die schützt ihn schon wieder!«, stellte sie verzweifelt fest.

Jennipher hätte einfach ihren Schild benutzen können, aber sie hatte etwas anderes vor. Ihr Kristall begann braun zu glühen. Das Element Wasser war Erde unterlegen und so ließ die Hexe aus ihrem Stab eine überproportionale Steinsäule erwachsen, die sich dem Vital-Kugelgeschoss entgegenstellte. Die Meisterkunst fraß sich zwar durch das Gestein, aber da Jennipher wie von der Magie geküsst einfach immer mehr Gestein aus ihrem Kristall nachkommen ließ, wusste Chamuela schon, dass ihr Angriff nicht durchkommen würde.

Mit einer Explosion wurde der Angriff beendet. Die Druckwelle befreite Ednan aus seinem Wasserkäfig und ließ ihn aufatmen. Während er mit einem Scheppern auf den Boden fiel, hatte die Hexe schon zum Gegenangriff ausgeholt. Ihr Kristall leuchtete diesmal grün.

»Eins!«, sprach die Hexe und Chamuela traf eine fast unsichtbare Luftkugel an der linken Schulter und drückte sie zurück. »Zwei!«. Chamuela wurde erneut von einer Luftkugel getroffen, nur diesmal war sie um einiges größer und sie hätte fast das Gleichgewicht verloren. »Und drei!«, beendete Jennipher aggressiv ihre Aufzählung und Chamuela konnte förmlich die Masse des Luftschwalls spüren, der auf sie zugerollt kam.

Doch eine Gestalt stürzte sich vor Chamuela: »Schattenverschlinger!«

Wodahs hatte seinen schwarzen Zylinder abgenommen und ließ den Angriff von diesem verschlingen. Die Attacke war heftig, das spürte Wodahs auf jeden Fall. Er hätte bei einem direkten Treffer viel Schaden anrichten können.

Die Gefahr war vorerst gebannt.

»Vielen Dank.« Chamuela war erleichtert, aber auch erfreut, weil sie Zypra, den sprechenden Zylinder von Wodahs, lange nicht mehr aktiv gesehen hatte.

Die zwei Augen des Zylinders begrüßten die Engelskriegerin des Wassers ergeben: »Es war mir eine Ehre, Meisterin Chamuela.«

Auch Fynn erinnerte sich wieder. Er hatte schon völlig vergessen, dass der Hut von Wodahs lebte. Zypra hatte ihn damals auch gerettet, als Wodahs ihn nach Fermania gebracht hatte und auf Chandria gestoßen war. Er hatte die Fähigkeit, so manche Techs verschlucken zu können.

Chandria ließ das Eis auf dem Boden wieder zu Wasser werden, denn es behinderte eventuell ihre eigenen Leute.

Jennipher war sichtlich genervt. Ihr Stab leuchtete weiß, denn sie wirkte reine Magie. Acht glühende Lichtquellen kamen zum Vorschein. Vier davon schwirrten um Ednan herum, die anderen vier um sie selbst. »So, mit diesen Lichtquellen werfen wir keinen Schatten mehr. Du kommst nicht mehr an uns heran, da Schatten Licht meiden.« Die Hexe hatte schlau entschieden. Außer durch die Schatten von Wodahs konnte sie mit ihrem Schutzschild nicht aufgehalten werden. Dem hatte sie nun entgegengewirkt. Sie sprach weiter: »So. Der Mann mit dem schwarzen Schatten ist schon einmal neutralisiert, kommt die Nächste dran!« Sie blickte zu Britanie.

Diese hatte den Blick der Hexe bemerkt und wollte angreifen, indem sie sich in Papier auflöste. Doch zu spät! Der Kristall von Jennipher leuchtete grün und sie wirkte eine Wind-Tech: »Sturmkäfig der tosenden Winde!«

Britanie bemerkte sofort, dass sie erwischt wurde, ohne die Tech kommen zu sehen. Wind war überall, Jennipher hatte einfach die Luft unmittelbar um Britanie herum für ihre Tech verwendet. Die Hexe lachte: »Diese Tech wäre für jeden deines Ranges harmlos. Aber ich kenne dein Yetenek seit unserem letzten Treffen. Solltest du es wagen, dich in diesem Sturmgefängnis in Papier aufzulösen, werden die Winde dich auseinandertreiben.«

Somit war auch Britanie außer Gefecht gesetzt. »Ednan, übernimm du die Dame hier, ich widme mich anderen Dingen.« Jennipher blickte zu Avio, der bei den Kindern und Phelia stand. Sie sprintete los.

Ednan preschte direkt hinter ihr auf Chamuela zu. Sein Blick änderte sich und er sprach nun völlig ernst. Das Dümmliche und Naive war wie weggewischt. »Tut mir leid, aber ich werde dich nun töten und dann essen.« Er verlagerte einen Großteil seines Fetts in seinen rechten Arm. Dadurch vergrößerte dieser sich massiv und er schlug wie ein Hammerschlag auf Chamuela ein. Am liebsten hätte diese Jennipher aufgehalten, aber sie musste Ednans Angriff blocken. Sie presste ihre Hände zusammen und bildete aus dem Wasser am Boden einen Schild. Ednan erhöhte die Kraft, um Chamuela unter Druck zu setzen.

Die Engelskriegerin des Wassers erkannte, dass Ednan etwas mit seinem anderen Arm zu machen schien. Etwas fiel von Ednan ab. Es war nicht groß und als es ins Wasser fiel, wurde es flach und begann auf Chamuela zuzukommen. Sie musste an Ort und Stelle bleiben, da Ednans andere Faust sie am Ausweichen hinderte. Vorsichtshalber erschuf sie einen weiteren Schild aus Wasser, allerdings brachte ihr das nichts! Ednan hatte durch eine Zeichnung aus Blut und sein Fett ein weiteres Wesen geschaffen und dieses kam nun direkt vor Chamuela aus dem flachen Wasser geschossen. Es handelte sich um eine Qualle. Den Wasserschild von Chamuela durchschwamm sie einfach und heftete sich an ihren linken Arm. Sie erlitt sofort starke Verbrennungen. Deswegen handelte sie instinktiv: Den Schild formte sie zu einer Waffe um und stach in Ednans übergroße Hand. Während sie einen Satz zurück machte, um noch mehr Abstand von Ednan zu bekommen, ließ sie das Wasser innerhalb der Qualle zu Eis erstarren und tötete somit das Wesen. Wasser in lebendigen Objekten gefrieren lassen konnte sie nur bei niederen Lebensformen.

Ednan schrie erbärmlich, als er seinen Arm wieder auf Normalgröße schrumpfen ließ, um dem Wasserspieß zu entkommen. Doch auch Chamuela war geschwächt. Der Kampf in der himmlischen Steppe, dann gegen Jennipher und nun gegen Ednan. Auch an einer Engelskriegerin ging das nicht ohne Spuren vorbei.

Die Hexe rannte wiederum weiter auf Avio, Fynn und seine Freunde zu.

»Stellt euch um Phelia auf und beschützt sie! Ich werde versuchen, das blonde Monster aufzuhalten!«, rief Avio und die Kinder gehorchten.

»Wie hast du mich gerade genannt?«, schrie Jennipher ihm entgegen.

Dieser überlegte, welche Tech ihre Geschwindigkeit drosseln würde. Direkte Angriffe würden einfach vom Schutzschild abprallen. Dann kam ihm eine Idee! Er schlug seine Handflächen auf den nassen Boden. »Sinkender Schlammsand!« Avio ließ das Wasser in den Boden sinken und konnte so das Element Erde mitbenutzen, obwohl er nicht Erd-affin war.

Zuerst blieb Jennipher in der schlammigen Erdmasse stecken, dann wurde sie nach unten gezogen. »Meine schönen Schuhe sind wegen dir nun ruiniert, na warte!« Ihr Kristall leuchtete rot und mit einem Feuerschwall trocknete sie die Erde um sich herum und machte sie brüchig. Sie wollte sich gerade aus der Erde ziehen, als ein Wurfmesser auf sie zugeflogen kam. Ein Stück Papier flatterte daran. Jenniphers Schild fuhr hoch, als der Zettel zu explodieren schien. Allerdings war es keine Explosion, diese hätte nichts ausgerichtet. Jennipher wurde erneut mit schlammiger Erde konfrontiert, die über ihrem Schild erstarrte und sie weitere Sekunden fixierte. Avio war nie gut darin gewesen, Techs in Papier zu bannen, aber für etwas Schlamm hatte es ausgereicht. Den Rest seiner Tech hatte er ihr also entgegengeworfen. Jede Sekunde zählte!

Avio rannte zu den Kindern und gab jedem einen Zettel in die Hand. Dann fügte er sich eine Wunde am Finger zu und zeichnete auf jeden Zettel Symbole. Er musste sich beeilen! »Kinder, hört zu! Falls sie es zu euch schaffen sollte, dann schickt Pandra in diese Zettel, dann aktiviert sich …« Ein Aufschrei unterbrach Avio plötzlich.

Jennipher hatte die verfestigte Erde um sich in harmlosen Sand verwandelt. »Es reicht mir jetzt!« Ihr Kristall leuchtete grün und ein heftiger Schlag aus Wind schleuderte Avio in einen der Wasserfälle.

Fast wie durch Zauberhand stand Jennipher plötzlich vor Fynn und seinen Freunden.

Kurz waren sie in eine Schockstarre gefallen, doch dann reagierten sie auf Fynns Ansage: »Leute, die Zettel!«

Instinktiv taten die jungen Studenten das, was Avio ihnen vor ein paar Sekunden aufgetragen hatte. Die Symbole fingen an zu glühen, als sie mit Pandra durchflutet wurden und eine Barriere umhüllte die Kinder, Anisa und Phelia. Anisa war leider nutzlos, denn sie war in Kämpfen nicht erprobt und konnte wegen ihren geschädigten Augen auch immer noch kaum etwas sehen.

Die Hexe lachte, war aber gleichzeitig genervt von dieser weiteren Hürde. »Soll das ein Witz sein? Diese Level-zwei-Barriere kann mich doch nicht ernsthaft aufhalten! Aber etwas Stärkeres hätten die kleinen Nervensägen mit ihrem wenigen Pandra auch nicht zustande bekommen.« Sie legte ihre Hand auf die leicht rötlich schimmernde Barriere und ließ ihre Magie walten. Risse machten deutlich, dass die Barriere nicht lange halten würde.

»Ahhh, was machen wir nur? Wir haben doch keine

Chance gegen die!«, verkündete Kairi hysterisch. Fynn und die anderen wussten das natürlich auch, aber in Panik zu geraten, würde niemandem nützen.

»Phelia, wie lange brauchst du noch?«, fragte Fynn ganz direkt.

Diese antwortete ihm mit geschlossenen Augen: »Dreißig Sekunden!«

Fynn war überglücklich, aber auch schockiert zu gleich. Eine halbe Minute war an sich wenig, aber so schnell, wie die Risse sich in der Barriere ausbreiteten, war das zu lange.

Dann spürte Fynn ein Pochen und ihm wurde warm. Das Pochen kam von Jennipher und schien nach ihm zu rufen. Er kannte dieses Gefühl und diese Art von Ruf.

Jennipher war verwirrt, wieso Fynn sie so eindringlich anschaute.

Dann wusste Fynn Bescheid: Jennipher hatte das Buch des Salomo bei sich!

Der Hexe lief es eiskalt den Rücken herunter, als sie plötzlich das geöffnete Buch vor Fynn fliegen sah. Es hatte sich wieder für Fynn entschieden, diese Erfahrung hatte sie schon vor einem halben Jahr machen müssen.

Fynns Augen waren wie besessen von dem kräftigen magischen Licht des Buches. Er berührte nun ebenfalls die Barriere und las Sätze aus dem Buch vor. Eine Energie durchströmte Jennipers Körper und kurz glaubte sie vernommen zu haben, wie mächtig Fynn einmal werden könnte, welches magische Potenzial in ihm schlummerte. Gleichzeitig verschwanden die Risse in der Barriere und sie bemerkte, dass Fynn diese von Level zwei auf Level fünf angehoben hatte. Das war für die Hexe auch kein Problem, aber Sorgen machte ihr die zusätzliche Zeit, die sie dafür benötigen würde. Jennipher wurde sauer: »Ich lasse mich doch nicht von einem Halbstarken vorführen!« Sie stemmte eine viel größere Menge an Magie gegen die Barriere, als sie eigentlich aufwenden wollte. Selbst bei voller Konzentration konnte Fynn die erneut auftauchenden Risse nicht vermeiden und die Barriere zersplitterte wie Glas in alle Richtungen.

»Ich muss es wenigstens versuchen!«, schrie Wodahs. Sein Schatten kam auf Jennipher zugerast, um sie zu stoppen. Allerdings waren da noch die Lichter um die Hexe herum, die keinen Schatten zuließen. Doch sein Eingreifen war nicht von Nöten.

Phelia spürte plötzlich tief im Inneren einen großen Verlust und öffnete ihre Augen: »Etwas Furchtbares ist mit Vater passiert …«, murmelte sie leise zu sich selbst. Doch sie hatte eine Aufgabe: »Ich bin schon etwas früher fertig!« Ihre Knospen erblickten das Licht der Welt und setzten alles von Magie Abstammende auf null. Kreisförmig, wie eine sich ausdehnende Aura wirkte Phelias Macht.

Fynn und Jennipher spürten, wie ihre magischen Fähigkeiten gesperrt wurden. Auch das Buch des Salomo verlor sein Leuchten und wurde zu einem normalen Buch mit leeren Seiten.

Die Aura von Phelia dehnte sich weiter aus.

Die Schattenfähigkeit von Wodahs bekam einen Aussetzer, da diese ein Yetenek war. Dann kam Britanie dran, die sich nun, selbst wenn sie es im Sturmgefängnis wollte, nicht mehr in Papier auflösen konnte.

Als Ednan getroffen wurde, war er einfach nur noch ein viel zu dicker Mann mit einem leeren Magen.

Doch Jenniphers Ausfall hatte viel weitreichendere Auswirkungen!

Ohne ihre Magie wirkte die Verzauberung der Mondlichter nicht mehr, was wiederum dazu führte, dass Chandria von jetzt auf gleich eine große Menge an Kraft entzogen wurde.

Wie ein Hammer, der auf sie einschlug, spürte sie, wie sehr es sie schmerzte, diese enorme Wassermasse im Himmel zu halten. Sie musste von dieser Tech loslassen, um nicht an Pandra-Überlastung zu sterben! Und so stürzte der See wieder abwärts in das Gebirge. Mit ihm fielen auch Metatron und Simona, welche sich immer noch nicht rührte.

Metatron nutzte sofort die Tatsache, dass er sich nun, befreit von Chandrias Tech, wieder bewegen konnte. Explosionsartig kam Metatron aus dem Wasser geschossen, konnte endlich wieder aufatmen und hatte nur eines im Sinn: »Jetzt bist du dran! Stirb, Hexe!«

Jennipher war entsetzt von der Leere in ihrem Inneren. Hätte sie den Schrei von Metatron nicht gehört, hätte sie Phelia gerne den Hals mit bloßen Händen umgedreht für das, was sie ihr eben angetan zu haben schien.

»Aus dem Weg, Kinder!«, schrie der Engelskrieger des Feuers.

Kristin reagierte, aß eine Beere und bildete eine Level-eins-Tech: »Wasserkelche der Seenixen!« Sie verwendete dafür das Restwasser des noch teilweise nassen Bodens und ließ schalenförmige Kelche unter jedem entstehen. Diese düsten auf dem Boden entlang und brachten die Kinder, Anisa und Phelia schnell in Sicherheit.

Jennipher war immer noch von der Situation überfordert. Und gewohnt, etwas auszuweichen, war sie auch nicht. Aber nun, ohne ihren Schild …

»Höllen-Feuer-Wall!«, und Metatrons Angriff machte sich blitzschnell auf den Weg, die entmachtete blonde Hexe in Asche zu verwandeln.

In den entsetzten Augen Jenniphers spiegelte sich der Feuerwall wider.

Eine allmächtige Explosion war das Resultat!

Unerwartete Wendung

»Du elender Mistkerl! Damit werdet ihr nicht durchkommen!«, schrie eine hallende Stimme durch das Tor, welches der Clown für Leon offen hielt. Dieser war gerade dabei, mit einem Sprung zurück ins Gebirge die himmlische Steppe zu verlassen. Mit einem starken Auspusten spuckte Leon noch einmal einen massiven Wall aus Feuer auf den göttlichen Baum, der sich, so geschwächt wie er war, nicht mehr wehren konnte, da jede einzelne seiner Wurzeln von den Wolken getrennt und mit Blitzen im Spiegelboden verankert war. Während der Clown, innerlich frohlockend, das Tor zu schließen begann, konnte man den letzten Gott sterben hören.

Leon war völlig aus der Puste. Der Clown klopfte ihm auf die Schultern. »Sehr gut gemacht, ich bin stolz auf dich! Ich habe dir doch gesagt, dass er nur noch ein Schatten seiner selbst ist. Besonders, weil er einen Ableger von sich erschaffen hat, denn er an Merdins Gefolgsleute gab. Er war selbst schuld an seinem Untergang.«

Leon konnte nichts entgegnen, da er immer noch nach Luft schnappte.

»Und? Wie war es, einen Gott zu töten?«, wollte der Clown voller Gier von Leon wissen, als seine Frage durch eine große Eruption in Vergessenheit geriet.

Leon und der Clown konnten erkennen, wie die Lichter der drei Monde nur noch zu einem einzigen verglommen und der schwebende See zurück in das Gebirge fiel, in welchem sie selbst sich befanden. Da es nur der halbe See war, wurden sie von den Wassermassen allerdings weder getroffen noch überflutet.

»Verdammt! Die Gören haben es tatsächlich vollbracht! Jetzt haben wir ein riesiges Problem!«

Leon keuchte: »Was meinst du?«

Der Clown drehte sich hastig zu Leon um, so hatte er das sonst so mächtige Wesen noch nie erlebt: »Leon! Der Ableger der himmlischen Steppe hat gerade seine Macht erlangt, ich werde gleich nicht mehr da sein. Es ist wichtig, dass ....« Und als der Clown Leon seine letzten Befehle und einen seiner Bommeln zum Essen gab, damit sich seine Kraft wieder erholte, wurde auch er von Phelias Aura getroffen und sein Körper fiel zusammen wie eine Luftmatratze, aus der man die Luft gelassen hatte.

Leon wusste, was er zu tun hatte.

***

Metatrons Höllen-Feuer-Wall-Attacke nahm unweigerlich seinen Lauf und erhitzte die Luft des Gebirges um etliche Grad. Der Angriff war so breit gefächert, dass Jennipher nicht einmal ausweichen konnte, selbst wenn sie nicht starr vor Schreck wäre.

Die Explosion war gigantisch, und ein Wesen der reinen Magie wurde ausgelöscht!

So zumindest hatten es alle gehofft.

Doch Metatron spürte gleich nach dem Aufschlag, dass etwas nicht stimmte. Und dann erkannte er es!

Als sich der Staub der Explosion legte, stand dort Leon! Seine Klamotten stark zerfetzt, hatte er seine Seelenwaffe gerufen und mit Unmengen von Elektrizität geladen. Funken züngelten noch um seine Klinge, die gerade so den Angriff blocken konnte. Um Jennipher und Leon herum war alles höchstgradig verbrannt. Er zitterte vor Anstrengung und seine Klinge begann zu schmelzen. Die Waffe musste sich erholen und wurde zurück in Leons Seelenring berufen.

Jeder war schockiert über Leons plötzliches Auftauchen.

Und genauso schockiert darüber, dass er Jennipher gerettet hatte.

»Was zum … wieso hast du das getan?«, wollte die Hexe von Leon wissen.

»Mir wurde es so aufgetragen. Ich weiß es selber nicht.«

»Aufgetragen?«

Doch für große Gespräche blieb keine Zeit. Fynn wäre gerne zu ihm gerannt, genauso wie Kairi. Aber Leon würdigte beide keines Blickes.

»Bei den Engeln, was tust du da, Leon?«, schrie Metatron ihm entgegen. Er konnte das nicht glauben. Chamuela war nüchterner zugange: »Metatron, das kannst du ihn auch noch fragen, wenn wir ihn zurück an die Zauberuniversität gebracht haben!«

Und sie hatte recht. Metatron aktivierte erneut seine Feuerrüstung und wollte auf Leon und Jennipher zuhechten, als Chandria sich wieder gesammelt hatte: »Nein! Du bleibst schön hier!« Wassertentakel schossen aus dem noch schwarz gefärbten See und wollten ihn am Losrennen hindern.

»Nein, diesmal nicht, meine Liebe!« Chamuela presste ihre Handflächen zusammen.

Chandria lachte: »Schon vergessen, das Wasser des Triton ist noch aktiv, du kannst das Wasser im See nicht gegen mich einsetzen!«

»Das wollte ich auch gar nicht!« Chamuela schickte an ihre zwei Wassermurmeln einen Impuls. Sie hatte diese heimlich unter zwei Wasserfällen Platz nehmen lassen. Deren Wasser war von Triton unbeeinflusst, da es sich noch nicht im See befand. Wie zwei Lassos peitschten die Wasserfälle um Chandria und schnürten sie fest. Ihre Tech gegen Metatron löste sich auf, da sie die Konzentration verlor.

»Beeil dich, Metatron!«, rief Chamuela ihrem Kollegen zu. Dieser konnte wie geplant mit seiner Feuerrüstung Wasser unter seinen Füßen verdampfen lassen und raste mit enormer Geschwindigkeit auf Leon und die Hexe zu.

Leon biss sich auf die Lippen. So gerne er gegen Metatron hätte kämpfen wollen, die Attacke von eben hatte ihn eingeschüchtert. Vielleicht war er doch noch nicht so weit …

Hastig blickte er umher, denn viele Optionen blieben ihm nicht. Und die eine, die ihm in den Sinn kam, war die einzige, die er in dieser kurzen Zeit umsetzen konnte. Er schüttelte sich drei Weißbeeren aus dem Ärmel und zerdrückte sie in seiner Hand.

Metatron blickte erschrocken auf. »Also habe ich vorhin wirklich Blitze um seine Klinge zucken sehen. Er besitzt das verlorene Element!«, sprach er zu sich selbst, als würde er es selbst nicht glauben. Aber das machte nichts, Metatrons Feuerrüstung war stark.

Doch Metatron war überhaupt nicht Leons Ziel.

Kaum erkennbar streckte Leon seinen Finger in Richtung seiner Zielperson. Er bündelte sein Pandra: »Blitz-Tech. Einfingerspeer!«

Wie aus einem Gewehrlauf schoss der elektrische Speer auf Phelia zu.

Metatron sah keine Möglichkeit, ihn zu blocken, der Angriff war viel zu schnell!

Fynn reagierte geistesgegenwärtig und warf sich in Richtung Phelia. Blut spritzte, als Fynns linke Handfläche durchbohrt wurde, aber aufhalten konnte er den Angriff damit nicht. Phelia wurde mitten ins Herz gestochen!

Ihr markloses Gesicht verzog keine Miene, nur Blut begann aus ihrem Mundwinkel zu laufen. Und zugleich, mit dem Loch im Herzen, ließ die Wirkung ihrer Knospen nach. Jeder der Betroffenen merkte, wie langsam die Magie und Yeteneks zurückkehrten.

»Verdammter Mist!« Metatron war bei Leon angekommen. »Was tust du da?«, schrie er diesen an und wollte ihn zu Boden drängen, um an Jennipher heranzukommen, bevor es zu spät war. Doch mit dem Abebben von Phelias Aura trat eine andere Figur wieder auf den Plan. Metatron krachte gegen eine Sense.

Und wie eine halb aufgeblasene Gummipuppe stand der Clown vor ihm, mit jeder Sekunde wurde sein verschobener Körper praller. Da Phelias Aura noch wirkte, hatte der Clown seine volle Stärke noch nicht erlangt, und das spürte Metatron, denn er konnte ihm Einhalt gebieten. Von daher war noch nichts verloren!

Metatron versuchte sich durchzusetzen und rief seine Seelenwaffe, die Feueraxt. Damit konnte er den Clown zur Seite drängen. Dieser gab sich allerdings nicht so leicht zu schlagen. Wenn er aktuell kräftemäßig unterlegen war, so konnte er immer noch ausweichen. Und so schnappte sich der noch geschwächte Clown Leon und brachte ihn vor Metatron in Sicherheit.

Doch der Engelskrieger des Feuers musste sich entscheiden: dem Clown hinterher, um Leon zurückzuholen, oder die Hexe töten? Und so entschied er sich für Letzteres. Er holte aus, um die Hexe zu zerteilen, aber diese grinste nur.

»Du hast was vergessen, mein lieber Metatron!«

Dieser ließ sich nicht drauf ein und schlug zu.

Der Kristall der Hexe leuchtete blau: »Ja, Phelia hat meine Magie erstickt. Und ja, ich war entsetzt und unaufmerksam, als ich bemerkte, dass mein Schild nicht mehr da war, ABER auch ohne Magie beherrschen Magier und Hexen alle Elemente im Einzelnen! Ich war also nie so hilflos, wie ihr wohl alle angenommen habt!«

Das Leuchten des Kristalls färbte Metatrons vor Schreck verzerrtes Gesicht in blaues Licht, als eine Kaskade an Wasser ihm entgegenschoss. Im Dreck landend erlosch seine feurige Rüstung.

Die Hexe tappte auf ihn zu: »So schnell, wie sich die Blätter in diesem Kampf wenden, müsste mir ja schon fast schwindelig werden.«

»Der Meinung bin ich auch!« Diese Stimme war ganz nahe neben Jennipher. Vor Schreck wedelte sie umher. Sie hatte niemanden kommen spüren. Und das konnte sie auch gar nicht, weil diese Person der Inbegriff des Nichts war. Es war Phelia! »Der Tod meines Vaters soll nicht umsonst gewesen sein.«

Jennipher hatte Panik vor diesem Mädchen. Gleichzeitig spürte sie, dass ausreichend Magie in sie zurückgekehrt war, um ihren Schutzschild hochzufahren. Doch Phelia lief einfach durch diesen hindurch und berührte mit ihrem Finger die Stirn der Hexe. Dabei sprach die Tochter der himmlischen Steppe: »Auch wenn ich nichts dazu beitragen konnte, dass ein weiteres Wesen der Magie verschwindet, so werde ich mit dem letzten Nektar meiner Knospen dich auf ewig verfolgen.«

Und mit dem Tippen auf die Stirn spürte Jennipher, wie ihr Schild zerbrach. Nicht nur äußerlich, sondern auch im tiefsten Inneren. Ihr wurde klar, dass ihr auf ewig etwas Wertvolles genommen wurde.

Aus Phelias Augen wich das Licht des Lebens und ihr Körper fiel plump auf den Boden.

Jennipher keuchte schwer. Sie konnte ihren Herzschlag heftig spüren, so stark war er. Es kam ihr vor, als ob all ihre Sinne verrücktspielten. Sie sah leicht verschwommen und bekam einen Tinnitus. So konnte sie nicht weiterkämpfen.

Sie blickte wutentbrannt zu der toten Phelia: »Du verdammtes Miststück!«

Der Clown, mit Leon im Arm, hatte seine volle Stärke wiedererlangt und durchschnitt Chandrias Fesseln. Er gab allen Anwesenden einen Rat: »Ich würde meinen, dass ein kollektiver Rückzug für jeden hier die optimalste Lösung wäre.« Daraufhin verschwand er hinter den Gebirgen der ewig weinenden Flüsse.

Und tatsächlich war das in dieser Situation keine schlechte Idee.

»Rückzug!«, schrie Chandria zu Ednan und Jennipher und machte sich schon auf den Weg, als sie bemerkte, dass das Teufelskind Simona nicht reagierte. »Du dummes Gör!«, rief sie und ließ einen Wassertentakel aus dem See wachsen, um sie mitzunehmen. Doch zu spät, denn Chamuela hatte Simona auch schon die ganze Zeit auf dem Schirm und hatte mit ihren Wassermurmeln das Teufelskind schneller einkassieren können.

Ednan und Jennipher sprangen Chandria nach und verließen das Gebirge auf demselben Weg, wie zuvor der Clown mit Leon.

Und als sie weit genug in Sicherheit waren, wäre Jennipher fast haltlos zusammengebrochen, weil ihr etwas Schockierendes in den Sinn kam: »Der Bengel hat noch das Buch des Salomo!«

Simonas Reinigung

Fynn blickte in ein Licht.

Es war hell, aber nicht die Sonne. Und er schien durch etwas hindurch zu blicken.

Fynn lag im Krankenflügel der Zauberuniversität und hatte durch das Loch in seiner Hand das Lichtflackern an der Zimmerdecke angestarrt. Anisa und Avio wurden schon in einem anderen Krankenzimmer geheilt.

»So, ich setze dir einmal eine Spritze, die alle Keime und Infektionen an der Wunde abtötet und dann noch eine, um den Fleischnachwuchs zu beschleunigen«, sprach Schwester Lilly, die immer noch gerne ihre Nadeln in Menschenfleisch stach, egal wie notwendig diese waren. Dann umschloss sie seine Wunde mit Mullbinde.

»Wieso hast du Meister Merdin deine Wunde nicht heil zaubern lassen? Du hättest nicht einmal eine Narbe. Das ist ein Kinderspiel für ihn, obwohl er zurzeit etwas schwächer ist als sonst«, ergänzte die verrückte Krankenschwester.

Fynn blickte auf seine verbundene Hand: »Es soll mir als Mahnung dienen, als Erinnerung!«

Lilly konnte erahnen, was Fynn meinte, und fragte nicht weiter nach.

Fynn richtete sich gedankenverloren auf und drückte sich mit seiner gesunden Hand den Nacken. Er war etwas verspannt.

Zwei Hände schlangen sich zärtlich um seine angespannte Nackenpartie und begannen diese zu massieren. Die Daumen trafen perfekt! Es war eine Mischung aus Schmerz, der aber unglaublich guttat. Fynn bekam vor Wohltun leicht rote

Bäckchen. Das war die beste Massage, die er bislang bekommen hatte. Er war hin und weg.

Diese absolut entspannende Berührung konnte nicht lange genug dauern, als Fynn sich umdrehte, um nicht zu gierig zu viel zu verlangen. Er wollte sich bedanken.

Umso verdutzter war er, als er sah, dass Zayne ihn so massiert hatte: »Danke …«, sagte er etwas zögerlich, da er nicht genau wusste, ob Jungs sich so … anfassten.

Zayne, mit seinem glänzenden weißen Haar, kam um ihn herum: »Schmerzt es noch stark?« Dabei nahm er Fynns Hand behutsam, als wäre sie aus Porzellan. Fynn legte ein unnatürliches Lächeln auf, da auch dies ihm etwas zu … intim vorkam. »Es geht, könnte schlimmer sein.«

»Du hättest sterben können! Nur ein Stück tiefer hätte Leon auch dein Herz getroffen! Ist dir das bewusst?«

Fynn nickte: »Ich habe nicht darüber nachgedacht. Ich wollte einfach nur das schützen, was uns von der himmlischen Steppe gegen Jennipher anvertraut wurde.«

Zayne schubste Fynn mit seiner Faust etwas an: »Hey, wenn du nicht besser auf dich achtgibst, werde ich es tun. Versprochen! Ich mag dich nämlich sehr!«

Fynn sah etwas in Zaynes Augen, das er nicht deuten konnte …

Zayne wollte gerade zu einem wichtigen Satz ausholen, als plötzlich jemand hereinkam.

»Ahhhh, ich kann es wirklich nicht glauben, was Leon getan hat! Meister Ansem hat es uns von Anfang an gesagt. Er ist nun wirklich unser Feind!«, kam Kairi in den Raum gestürzt und rannte zu Fynns Medi-Bulut.

»Sieht so aus«, entgegnete Fynn ihr und erinnerte sich an den kurzen Blickkontakt zurück, den er mit Leon im Gebirge der ewig weinenden Flüsse hatte. Es war in dem Moment, als er seine Hand durchbohrte. Und dieser Blick war kalt und leer. Es war Leon völlig egal gewesen, dass er Fynn auch erwischt hatte. Und bestimmt war es ihm auch egal gewesen, wo er ihn hätte erwischen können. Unweigerlich musste Fynn auch an etwas längst Vergessenes denken: Vor nicht allzu langer Zeit hatte er Visionen. Diese wurden damals im Laufe des ersten Semesters immer deutlicher und zeigten ihm einen Konflikt in der Zukunft. Er wollte diesen damals nie wahrhaben, aber nachdem, was vor wenigen Tagen vorgefallen war, erschien es ihm immer realistischer. Würde sich diese Zukunft wirklich ereignen? Ein heftiger Kampf zwischen ihm und Leon? Merdin meinte, dass er auch solche Visionen hatte, als er zum Magier heranreifte, und dass diese immer genau so eingetroffen waren. Fynn versuchte immer, alles daranzusetzen, diesen Konflikt nie entstehen zu lassen. Aber nachdem, was Leon bereit war zu tun, nämlich ein Dorf niederzubrennen, Menschen zu töten und Freunde zu verletzen, wusste Fynn nicht mehr, ob er diesen Konflikt wirklich vermeiden wollte. Vielleicht war er notwendig, um alles zum Guten zu wenden. Oder er war notwendig, um das zu beschützen, was ihm lieb und teuer war. Und wenn Leon wirklich bereit sein sollte, auch seine eigenen Freunde zu töten, dann konnte er nur gegen ihn ankommen, wenn er selber bereit war, Leon mit allen Mitteln aufzuhalten. Das Wort »töten« wollte Fynn nicht einmal denken …

Aquarius und Daniel kamen zusammen mit Kristin herein. Beide Jungs erkundigten sich nach Fynns Befinden. Kristin hatte ihm sogar etwas mitgebracht. Einen kleinen Korb mit Obst und Heilkräutern. Sie kam, so wie Fynn auch, zwar nicht aus Fermania, hatte sich aber genaustens erkundigt, welche Sorten man am besten kaufen sollte, um eine Genesung zu beschleunigen. Fynn war gerührt: »Vielen Dank, das ist sehr lieb, Kristin.«

Kairi belächelte diesen Korb nur müde.

»Dieses Grünzeug soll besser wirken als meine Spritzen?«, zerstörte Schwester Lilly die Atmosphäre mit einem Zwischenschrei.

Und als Fynn so um sich sah, erkannte er, dass er viele gute

Freunde besaß. Als er dabei auch an Zayne dachte, konnte er erkennen, wie dieser den Raum des Krankenzimmers verließ. Was hatte er Fynn nur sagen wollen?

***

Sanftes, helles Licht erstrahlte den gesamten Raum Merdins. Seine Kristallkugel leuchtete kräftig, denn er wirkte Magie. Vor ihm befanden sich Siegelkreise am Boden und an der Decke. Und in dessen Mitte schwebte Simona, gefangen in den magischen Wellen Merdins.

Zayne trat, ohne ein Wort zu sagen, in das Gemach Merdins ein. Dieser musste sich nicht umdrehen, um zu wissen, wer es war, der dort eintrat: »Ich habe schon auf dich gewartet, mein Kind!«

Zayne verneigte sich leicht: »Tut mir leid, ich wollte mit Fynn noch etwas Wichtiges … besprechen.«

Merdin schreckte auf: »Doch nicht etwa …?«

»Nein, Meister. Es ging um etwas anderes.«

Der alte Magier entspannte sich wieder: »Gut. Es ist noch nicht an der Zeit zu enthüllen, weshalb du hier bist.«

Zayne spürte die heilige Macht, die Merdin benutzte, um Simona zu reinigen.

»Eure Heiligkeit ist so gütig, Meister«, konnte Zayne einfach nie oft genug sagen, wenn er diesen zaubern sah.

»Du bist deswegen so von meiner Magie begeistert, weil du selbst aus Magie bestehst. Immerhin habe ich dich selbst erschaffen!«

Der Magier richtete seine Aufmerksamkeit wieder auf Simona. »Da ist es!«

Auf der Stirn des Teufelskindes erschien ein kompliziertes Siegel. Merdin erkannte sofort: »Cassiopaia hat uns Simona wohl mit Absicht schnappen lassen. Das Siegel an ihrem Kopf hat eine hohe Speicherkapazität und bunkert eine große Menge des Pandras des Teufelsmonsters! Sie wollten es wohl gegen uns einsetzen, wenn der Zeitpunkt gekommen wäre. Kein schlechter Plan! Das ist bestimmt auf Zaramons Mist gewachsen. Aber ich werde ihn nicht siegen lassen!«

Mit einem kleinen Aufschrei, der zur besseren Fokussierung half, richtete er einen Zauber auf dieses Siegel und es begann sich langsam aufzulösen. Dabei schickte Merdin das bösartige Pandra wieder in das ursprüngliche Siegel der Engel.

Zayne war beeindruckt und stolz, ein Teil eines so mächtigen Wesens wie Merdin zu sein.

Er blickte an seinem Körper herunter, um sich noch einmal in Erinnerung zu rufen, was er war und wozu er erschaffen wurde.

Merdin hatte währenddessen die gefährlichste Phase geschafft und das Teufelsmonsterpandra wieder in das sichere Mal der Engel verfrachtet.

Er löste seine eigenen Siegel am Boden und der Decke auf und das Licht seiner Kristallkugel verglomm. Simona ließ er sanft in eine weiche Wolke fallen, die als Matratze diente. Dann begab er sich zu Zayne: »Jetzt, wo die Gefahr umso größer ist und ich immer schwächer werde, musst du alles tun, um Fynn zu beschützen. Das weißt du?«

Zayne nickte.

Niemandem war aufgefallen, dass Merdin seit Beginn des zweiten Semesters einen Zahn weniger hatte. Wie auch, es war ein Backenzahn. Aus diesem Zahn, welcher seine DNA besaß, hatte er unter Einbuße einer großen Menge seiner eigenen Magie Zayne erschaffen. »Mein Junge, bleib an Fynns Seite! Er wird bald eine große Rolle spielen, das habe ich in einer Vision gesehen. Und wenn es so weit ist, wirst du sein Schlüssel sein!«

Zayne verstand. »Er wird meine Sonne werden. Ich will und kann ohne ihn nicht mehr existieren«, sprach er fast schon gefühllos.

Merdin hatte einen zufriedenen Gesichtsausdruck.

Die Tür zu Merdins Gemächern öffnete sich erneut und die vier Engelskrieger Japhiel, Haniel, Metatron und Chamuela traten ein.

»Meister, ihr hattet nach uns verlangt?«, sprach Metatron und alle vier Engelskrieger verbeugten sich auf unterschiedliche Art und Weise.

»Ich werde mich nun von Euch verabschieden, Meister. Ich wünsche Euch einen schönen Abend«, begann Zayne und lief Richtung Ausgang. Nachdem er nahe den Engelskriegern kurz stehen geblieben war, um sich zu verbeugen, trat er aus dem Raum.

Da die Engelskrieger sofort über die Lage um Cassiopaia und das wieder in Erscheinung getretene verlorene Element sprachen, war klar, dass sie um Zaynes Herkunft und Auftrag in Kenntnis gesetzt waren. Die Diskussion ging einige Stunden und das Resultat war, dass Merdin nicht drum herumkam, den Engelskriegern von der Existenz des fünften Engels zu erzählen. Dementsprechend schockiert waren diese, denn Jennipher hatte so etwas, damals während des Kampfes um das Buch des Salomo schon angedeutet. Metatron wollte ihr aber nicht glauben, weil Merdin jedem nur die Existenz von vier Engeln gelehrt hatte.

»Warum habt ihr dieses Wissen auch vor UNS verheimlicht, wir sind doch Eure engsten Vertrauten?«, fragte Chamuela den Magier.

Merdin blickte beschämt zu Boden, da er schon vermutete, dass nun das Vertrauen in ihn Schaden genommen hatte. »Es gab zwei Gründe. Der eine war, dass er bei den anderen Engeln in Ungnade gefallen war und das bestimmt nicht ohne Anlass. Der zweite Grund war, dass das Gerücht umherging, dass der fünfte Engel etwas mit dem Auftauchen der acht Teufelsmonster zu tun hatte. Und ich wollte selbst nicht Anlass zur Spekulation geben, dass unsere heiligen Engel mit so etwas in Verbindung gebracht wurden. Und selbst wenn dieser fünfte Engel etwas mit den Bestien zu tun hatte, das

Element Blitz war so gut wie von der Welt verschwunden. Dieser Fakt hat nahegelegt, dass er ausgelöscht wurde. Wozu also diesem Wesen dann einen Platz in der Geschichte einräumen? Doch nun, wo das Blitzelement wieder gesichtet wurde, steht es eigentlich so gut wie fest, dass der Engel noch existieren muss, egal in welcher Form. Entweder er schläft, so wie die anderen vier Engel, oder er wandelt unter uns. Das würde aber auch erklären, wieso urplötzlich meine Sicht auf die Teufelskinder in Kaomos getrübt wurde und wir sie nach Fermania holen mussten. Ich dachte, dass es Jennipher gewesen sein muss, die meine Sicht trübte, aber ich gehe immer noch davon aus, dass sie dazu nicht in der Lage war.«

Wenn das alles stimmte, begriff jeder, in welcher Lage Leon sich nun befand. Im direkten Einfluss eines bösen, verbitterten Engels! Und jetzt, als Merdin diese Option zuließ, ergab so vieles einen Sinn. Der Clown, den Ansem bei Leon gesehen hatte und der ihn beim letzten Konflikt gerettet hatte. Dieser hatte damals Jenniphers Schutzschild durchschnitten und konnte so das Buch des Salomo an sich nehmen und mit der Engelskriegerin mithalten. Zudem schien er auch von Phelias Macht betroffen gewesen zu sein. Also musste der Clown seine Kraft aus Magie beziehen, die mächtiger als Jenniphers und seine war. Es war also sehr wahrscheinlich, dass dieser Clown der fünfte Engel war!

Und als Merdin mit seinen vier Engelskriegern erneut Blicke austauschte, wusste jeder Einzelne, dass ein Stück Vertrauen verloren gegangen war …

Die vier noch Unbekannten

»Wie bitte? Du hast das Buch des Salomo VERGESSEN?«, fragte Zaramon, der im kindlichen Körper eines Mädchens Namens Sky steckte. Der Schall erfüllte den gesamten Raum. Sie befanden sich im Versammlungssaal in Cassiopaias fliegender Festung. Dieser Saal war kreisrund geschnitten und schien unendlich weit nach oben zu gehen. Auf dem Weg hinauf schwebten in verschiedenen Höhen die Stühle eines jeden Mitgliedes. Stühle wie auch die Wände waren in sterilem Weiß gehalten, nur die schwarzen Kutten von Cassiopaia bildeten einen Kontrast.

Jennipher hatte Sky alles erzählt, allerdings mochte sie es nicht, angeschrien zu werden, auch wenn es die Anführerin war: »Tut mir leid, aber mir war mein Leben wichtiger! Diese Hirnis hatten den Schatz der himmlischen Steppe vor uns gefunden. Magie und Yeteneks wurden außer Kraft gesetzt, wir waren fast am Ende!« Sie zeigte auf die anderen beiden Mitglieder.

»Ich muss ihr ausnahmsweise beipflichten«, mischte sich Chandria ein.

Sky rieb sich den Kopf: »Okay, das war allerdings nicht geplant …«

Chandria sah, dass die Anführerin wirklich wütend war, daher traute sie sich kaum zu erwähnen, dass sie auch das Teufelskind Simona an sich reißen konnten. Sie räusperte sich kurz: »Ähm, da gibt es noch etwas …«

»Ihr habt Simona ebenfalls an den Feind verloren?«, komplettierte Sky den Satz.

»Leider ja.«

Sky grinste. »Das hoffe ich doch! Dann ist ja doch nicht alles in die Hose gegangen. Mein Plan kann also in die nächste Phase gehen. Bitte setzt euch auf eure Stühle, ich muss mit jedem von euch sprechen!«

Während sich Chandria am Wasser des Brunnens bediente, der in diesem Raum stand, und Jennipher mit Kristallplatten sich den Weg schwebend zu ihrem Stuhl bahnte, lief Ednan schwerfällig die Wand entlang, indem er Pandra in seine Füße schickte.

Sky holte zu einem kleinen Sprung aus, der aber dann doch bis zum obersten Stuhl reichte und nahm dort Platz. Sie liebte es, wie alle Mitglieder zu ihr aufsahen. Leider war wegen der fehlenden Simona ein Stuhl nicht besetzt. Sie begann: »Ich hatte Jennipher, Chandria, Ednan und Simona auf die Mission geschickt, den Schatz der himmlischen Steppe zu vernichten, bevor sie ihn gut durchdacht gegen uns eingesetzt hätten. Jedenfalls haben sie den Schatz zwar vernichtet, aber das Buch verloren. Somit sehe ich das Ergebnis als neutral an. Allerdings war der Hauptgrund ein ganz anderer!«

Die Mitglieder horchten auf. Nur der rothaarige Veritas wusste, was kommen würde, und blickte in sein großes Reagenzglas, gefüllt mit grünem Wasser und schlangenartigen, sich hektisch bewegenden Wesen.

Sky fuhr fort: »Unser Ziel ist es, alle Teufelskinder in unsere Gewalt zu bringen. Eines, von dem Dorf der Meerjungfrauen, haben wir schon konserviert. Fehlen noch sieben! Zwei dieser sieben sind in zwei weiteren Städten versteckt. Vier andere, und nun auch Simona, sind an der Zauberuniversität. Zu meiner Zeit als Spion habe ich allerdings vernommen, dass Merdin nicht zu viele Teufelskinder an einer Stelle versammelt haben wollte, deswegen hat er zwei Teufelskinder, die an der Zauberuniversität ausgebildet werden, mit ihren Teams zu den zwei verbleibenden Städten geschickt. Sie nehmen am Unterricht via Astral-Magie teil und verstärken gleichzeitig die Dörfer, falls wir dort auftauchen würden. Nun ja, da ich eben eine Zeitlang unentdeckt an der Zauberuniversität verweilen durfte, weiß ich, dass nur zu einem ganz besonderen Ereignis alle wichtigen Lehrer und Schüler zurück an die Universität kommen. Und das ist die Jubiläumsfeier!«

Die Mitglieder schauten sich fragend an.

»Wollt ihr damit sagen, dass wir die Zauberuniversität direkt angreifen sollen?«, fragte ein Mitglied von Cassiopaia mit einer sehr höflichen Stimme.

Sky schüttelte bestimmt den Kopf: »Bei den Engeln, nein! Wir sind noch nicht gut genug aufgestellt, um das zu versuchen. Wir würden höchstens großen Schaden anrichten und das bringt uns nichts, wenn wir dabei alle ausgelöscht oder gefangen genommen werden.«

»Und was soll des bitte fürn Plan sein?«, hallte ein starker Dialekt durch den großen Raum. Sie kam von einem Mitglied, das eine Zigarette rauchte.

Sky erläuterte ihren geheimen Plan.

Jedes Mitglied war begeistert von der Idee. Wenn das klappen sollte, so waren sich alle sicher, würden sie ihrem Ziel ein großes Stück näher kommen!

»Und deswegen ist es wichtig, dass wir noch die anderen zwei Kinder aus den Städten in unsere Gewalt bringen«, beendete Sky ihre Ausführung.

Jennipher meldete sich daraufhin zu Wort: »Leider habe ich ja das Buch des Salomo nicht mehr, ich weiß nicht, ob ich den Lokalisierungszauber noch einmal rezitiert bekomme …«

Die Anführerin tippte sich an ihre Stirn. »Na na, hast du vergessen, dass ich eine Weile an der Zauberuniversität gehaust habe? Natürlich konnte ich in Erfahrung bringen, in welchen zwei der unzähligen Städte Fermanias die beiden Teufelskinder untergebracht sind!«

Sky nannte nun die Aufteilung der Cassiopaia-Mitglieder,

die zur jeweiligen Stadt gingen, und zeigte mit den Fingern auf diese:

»Can und Desmond, ihr geht zu der Festung Mauerstein! Die Burg ist sehr defensiv ausgerichtet, genau wie die Kämpfer und der Dorfprotector dort. Ihr beide habt eine hohe offensive Angriffskraft, deswegen erwarte ich, dass ihr die Festung im Sturm erobert und Beto zu mir bringt. Beto ist das Teufelskind, welches dort von Merdin versteckt wurde.«

Can zog an seiner Zigarette: »Isch kanns kaum erwarten, geil!«

Dann blickte Sky zu den anderen beiden, noch nicht in Erscheinung getretenen Cassiopaia-Mitgliedern: »Und ihr beide geht zum Weißen Wetterschloss und holt mir Yuffie, habt ihr verstanden, Zero und Creditor? Sie ist das letzte Teufelskind. Leider bewegt sich das Wetterschloss, so wie unsere eigene Station, permanent über den Wolken fort. Ich kann euch leider nicht sagen, wo genau es sich aufhält. Ihr müsst vielleicht ein paar Dörfer abbrennen, um aus den Dorfbewohnern nützliche Infos zu bekommen«, schlug sie vor, als wenn es eine Selbstverständlichkeit wäre.

Creditor rückte sich sein übergroßes Holzkreuz, welches an seinem Rücken befestigt war, zurecht. »Es wird uns eine Freude sein, die armen Geschöpfe auf dem Weg der Schmerzen zur Erleuchtung begleiten zu dürfen.«

Sky war zuversichtlich: »Sehr schön! Ich sehe schon, ihr könnt es alle kaum erwarten. Wichtig ist, dass ihr die Dörfer zeitgleich angreift, damit Merdin keine Mobilisierung organisieren kann. Deswegen wird erst auf mein mentales Kommando gehandelt, ist das klar?«

Die Mitglieder nickten.

»Gut, aber jetzt warten wir erst einmal die Jubiläumsfeier ab.« Sie blickte zu Veritas, denn der rothaarige Wissenschaftler hatte diesbezüglich eine zentrale Rolle.

»Can, Desmond, Zero und Creditor, ihr könnt euch sofort

auf den Weg machen. Die Städte sind ein ganzes Stück entfernt, das Weiße Wetterschloss vielleicht noch weiter.« Sie lachte unbeholfen.

Und die Versammlung wurde aufgelöst, denn vier der Mitglieder machten sich auf den Weg und starteten ihre Mission.

Die Jubiläumsfeier

Mit einem hölzernen Kochlöffel wurde auf drei hohle Köpfe geschlagen: »Ihr dummen Trolle, ich habe euch doch gesagt, dass die blauen Servietten auf die linken Tische kommen. Spreche ich undeutlich oder seid ihr taub?«

Diese beschwerten sich kleinlaut wegen der Hiebe auf die Köpfe und hielten sich die Stirn. »Ihr sammelt sie jetzt wieder ein und legt sie da drüben aus. V E R S T A N D E N?«, sprach er besonders langsam, damit sie es auch ja verstanden. Die Trolle machten sich auf.

Amot, der ein bisschen aussah wie ein kleines Schweinchen mit Flügeln und Ringelschwanz, war in höchster Alarmbereitschaft. Das fünfzehnjährige Jubiläum stand an und er war der Organisator von diesem Event. So wie eigentlich bei jedem Event, welches stattfand. Heute vor fünfzehn Jahren war ein erfreuliches, aber auch ein trauriges Ereignis geschehen: Die Engel konnten die Gefahr, die von den Teufelsmonstern ausging, bezwingen, mussten sich dafür aber im Gegenzug in einen tiefen Schlaf legen.

Amot flog mit seinen kleinen Flügeln schnell und hektisch flatternd an die Decke des Saals. Er kontrollierte die verschiedenen aufgespannten Fäden an der Decke und ging mit seiner Checkliste alles durch. Er konnte alle Häkchen vergeben, was ihm zeigte, dass hier nicht geschludert wurde. Diese Fäden würden später wichtig für die spektakuläre Lichtshow sein. Darauf freute er sich besonders, denn er hatte lange daran getüftelt. Da er jetzt schon einmal ganz oben war, nutzte er die Aussicht, um sein entstehendes Werk zu betrachten. Überall sprangen seine Leute herum, um alles perfekt herzurichten.

Als er dann seinen Kochlöffel in der Hand sah, fiel ihm voller Schreck ein, dass er noch das Essen in der Küche kontrollieren musste. »Ach herrje, ich muss los!« Im Sturzflug raste er durch den Saal, verließ den Raum und wäre dabei fast vollends in die Gruppe rund um Fynn und seine Freunde geflogen, die unweit vom Eingang standen.

Amot konnte nicht erkennen, wen er da fast gerammt hätte und fluchte für sich selbst: »Diese dummen Gören. Stehen einem überall im Weg herum, wenn man in Eile ist!«

Beide, Team Feuer und Team Wasser, standen um Fynn herum, weil er ihnen voller Freude etwas vorführen wollte. Nach den Ereignissen der letzten Monate hatte er sehr viel mit Meister Merdin trainiert und nun endlich alle Elemente im Griff. Somit beherrschte er endlich seine Magie und konnte sich einen Zauberer nennen. Ein Zauberer grenzte sich dahingehend ab, dass er nicht ein oder zwei Elemente beherrschte, sondern alle zu gleichen Teilen. Dieses ermöglichte ihm dann auch die Anwendung von reiner Magie, die auf keinem Element basieren musste. So hatte Merdin es ihm einst erklärt. Trotzdem wunderte sich Fynn immer noch, wieso er aus dem Buch des Salomo zaubern konnte, denn zu diesem Zeitpunkt beherrschte er noch bei weitem nicht alle Elemente …

Im Kreis, von seinen Freunden umgeben, ließ Fynn einen kräftigen Feuerball in seiner Hand züngeln.

»Wow, wie krass! Du hast es geschafft, ich bin sooooo stolz auf dich!«, sprach Kairi euphorisch. Fynn nickte: »Danke. Jetzt, wo ich verstanden habe, wie es geht, ist es eigentlich ganz einfach. Man muss nur den Weg kennen. Abgedroschener Satz, ich weiß, aber es stimmt!«

»Fantastisch!«, sprach auch Zayne. »Los, zeig uns ein anderes Element«, forderte er Fynn auf und berührte ihn zart am Oberarm.

Fynn war es erneut etwas befremdlich, von einem Jungen auf diese … Art und Weise angefasst zu werden, weil es irgendwie nicht nur freundschaftlich war … Und diesmal tat er es auch noch vor allen anderen. Doch als Fynn umherblickte, erkannte er, dass es niemandem auffiel und auch niemand seltsam schaute. Vielleicht bildete er sich das auch nur ein. Fynn tat, was Zayne sehen wollte. Das Feuer in seiner Hand erstickte. Dann konzentrierte er sich auf sein Inneres und befand sich in dem Raum mit den Kugeln, die auf dem Tisch lagen. Er legte die rote Kugel in seine Einkerbung zurück und nahm die grüne.

Alle waren begeistert, als Fynn ein Element wirkte, dass noch nie einer zuvor bei ihm gesehen hatte. Eine Windsäule blies senkrecht von seiner Handfläche aus in den Himmel. Sie war nicht groß, aber ein Anfang. »Wie ihr seht, kann ich noch nicht so genau die Form und Intensität kontrollieren, aber das kommt bestimmt noch.«

»Kannst du denn mehrere Elemente zur selben Zeit wirken?«, fragte Aquarius aus Team Wasser.

Fynn zuckte mit den Schultern. »Gute Frage, das habe ich noch nicht versucht.«

Kristin klatschte in die Hände. »Dann probiere es doch mal aus. Vielleicht kannst du auch so etwas erschaffen wie Meisterin Chamuela und Meister Japhiel.«

Fynn schaute sie fragend an: »Was genau meinst du?«

»Na klar, das wäre mega!«, fügte Daniel aus Team Wasser an. »Erinnere dich an die praktische Abschlussprüfung des ersten Semesters!«

Dann fiel es Fynn wieder ein: »Meinst du, dass die beiden ihre Elemente vermischt haben?«

Daniel nickte hektisch: »Ja, genau. Angeblich kann man durch das Mischen von Elementen völlig neue Elemente erschaffen. Alles, was existiert, beruht darauf, aus den Grundelementen gemischt werden zu können … Ich glaube, wir lernen das erst im dritten Semester, aber man kann nicht nur zwei Elemente vermischen, sondern auch drei oder vier!«

Fynn war erstaunt, was Daniel alles wusste. *Aber wenn das wirklich stimmt, aus welchen Elementen kann man dann Leben erschaffen?*, fragte sich Fynn.

Er ging erneut in sich.

Fynn befand sich wieder in dem Raum mit den Kugeln. Er legte die grüne Kugel zurück und nahm nun die blaue in die eine Hand und die braune in die andere. Zurück im Bewusstsein hielt er zwei Energien in den Händen!

Wasser und Erde warteten auf seinen Befehl. Und als er seine Handflächen zusammenführen wollte, wie es Chamuela und Japhiel damals taten, schnellte die Hand eines Erwachsenen dazwischen und unterbrach den Vorgang. Fynn verlor die Konzentration und beide Energien erloschen.

»Ich glaube, dass du das vorerst noch sein lassen solltest. Du bist noch nicht so weit!«, sprach der Waffenmeister Ansem zu ihm. Die Kinder erschraken kurz, weil dieser nur noch eine Hand hatte. Sie hatten den Lehrer seit seiner Konfrontation mit Leon nicht mehr gesehen. Sein Unterricht in der Seelenwaffenkunst wurde von einem anderen Lehrer übernommen und niemand hatte den Schülern groß Informationen über Meister Ansem gegeben.

Ansem bemerkte natürlich, dass die Kinder auf seine fehlende Hand starrten. Er drehte sich um und lief in den Saal. »Ich hoffe, ihr habt euren Lernstoff genauso lange angestarrt wie meinen Arm eben. In zwei Wochen sind die Abschlussprüfungen des zweiten Semesters. Ach, und genau: Geht bitte auf eure Plätze, das Fest beginnt sehr bald«, sprach er mit dem Rücken ihnen zugewandt.

Und er hatte recht, denn die Kinder hatten schon öfters Amot hektisch herumfliegen gesehen. Was bedeutete, dass er wieder spät dran war und alles rechtzeitig schaffen wollte, weil es bald losging.

Gemäß dem Semester und der Elementzugehörigkeit waren die Studenten im Saal aufgeteilt. Überall wuselten noch Trolle herum, die, aufgescheucht von dem kleinen fliegenden Schweinchen, noch die letzten Feinheiten bezüglich der Dekoration richteten.

Feierliche Schleifen hier, schöne Aufhänger, welche von der

Decke herabhingen, dort. Kleine Duftstäbe waren überall im Saal versteckt worden, denn nicht nur das Auge spielte eine Rolle beim Wohlfühlen. Einige Teppiche kamen angeflogen und positionierten sich wie von Geisterhand an bestimmten Stellen in der Halle. Vereinzelt rasten zudem noch kleine Wölkchen über die langen Tische, um letzte Krümel wegzufegen.

Kairi hatte ihre Seelenwaffe gerufen, um sich ihren Lipgloss nachzuziehen. Da war es praktisch, dass ihre Seelenwaffe ein Spiegel war.

Lustigerweise hatten sich zwei weitere Personen am heutigen Tag vorgenommen, Fynn zu sagen, dass sie ihn mehr als nur mochten.

Doch Kairi, Kristin und Zayne konnten sich nicht dazu überwinden.

An den Tischen angekommen mussten Kristin, Aquarius und Daniel zwei Reihen weiter in den Bereich für die Wasser-Studenten. »Bis später. Nach dem Essen soll Britanie angeblich wieder ein paar neue Lieder auf der Bühne vorne performen. Dann tanzen wir eine Runde zusammen, okay?«, sprach Kristin zu Fynn und winkte ihm.

Dieser grinste: »Ja, gerne.«

Und zu vielen Zeitpunkten fiel Fynn auf, wie selbstbewusst sie doch im Vergleich zu vor einem Jahr geworden war.

Als sie ihre Platznummern suchten, erspähte Fynn auch die anderen beiden Teufelskinder, die mit ihren Teams extra für dieses Event an die Zauberuniversität zurückgeholt wurden, weil eine Teilnahme via Astral-Magie unpersönlich war. Er hatte es immer noch nicht geschafft, die beiden etwas näher kennenzulernen, obwohl er sich dies vorgenommen hatte. Dieses Event würde sich aber hervorragend dafür eignen.

Als Fynn und seine Freunde ihre Plätze am langen Tisch gefunden hatten, fiel ihnen eine Neuerung auf. An jedem Platz war ein kleiner goldener Wasserhahn installiert. Zayne erinnerte sich, darüber etwas in den wöchentlichen Uni-Nachrichten gelesen zu haben.

Die Medi-Buluts waren nicht das einzige Neue. »Ah, ich glaube, das sind die neuen Sauber-Spender«, klärte er Kairi und Fynn auf.

»Sauber-Spender? Sind das also keine Wasserhähne?«, fragte Fynn Zayne.

»Doch, so in der Art. Nur, dass sie vollkommen ohne Wasser auskommen, weil sie Wasch-Wolken verwenden.«

Schon wieder neue Begriffe für Fynn. Er wusste ja, dass einiges hier mit Wolken funktionierte. Sie dienten als Matratzen, Transportmittel und Krankenliegen. Und nun wohl auch als Waschmittel? »Wie funktioniert das?«

Zayne wusste es selbst nicht wirklich, aber er hatte eine gefährlich vage Vermutung: »Einfach den Hahn aufdrehen?« Er konnte Sarkasmus leider nicht gut in seinen Tonfall einbauen.

Fynn grinste beschämt: »Ja, natürlich.«

Aber Zayne wusste, was genau Fynn wissen wollte. »Also, die Waschwolken reinigen deine Hände und fliegen mit dem Schmutz dann in den Himmel. Dort verbinden sie sich mit den herkömmlichen Wolken und wenn sie irgendwann regnen, landet der Schmutz irgendwo draußen. Es ist das identische Vorgehen wie bei Wasser, nur basierend auf einem anderen Medium.«

Fynn war begeistert: »Wow, ist ja cool. Das probiere ich gleich mal aus.«

Obwohl seine Hände nicht sonderlich dreckig schienen, drehte er am Knauf des goldenen Hahns. Und tatsächlich flossen flauschige Wolken heraus, in einer Farbe, die Fynn eigentlich von Zuckerwatte her kannte. Knallig pink! Sie wickelten sich sanft um Fynns Hände und begannen zu schrubben. Allerdings kitzelte es ihn eher.

Er konnte beobachten, wie die Schmutzpartikel in die Wolke aufgenommen wurden. Dann floss die Wolke von Fynns Händen ab und verflüchtigte sich durch eines der vielen Fenster des Saals.

Langsam, aber sicher füllte sich die Halle, auch die Lehrer kamen Stück für Stück herein. Shila Wuchsbaum, welche für die Seelengeisternte zuständig war, hatte jemand ganz Besonderen dabei: Es war Simona!

Diese wurde, nachdem Merdin sie gereinigt hatte, in die Zauberuniversität integriert. Die Semester hatten zwar schon begonnen, aber Simona konnte noch in ein Team des ersten Semesters eingefügt werden, weil dort eine Person krankheitsbedingt die Zauberuniversität verlassen musste. Anfangs war sie noch sehr verschlossen und verstört. Kein Wunder, nach dem, was ihr widerfahren war. Aber sie hatte sich gut entwickelt und wurde immer geselliger. Sie unternahm sogar immer häufiger etwas mit den anderen Studenten außerhalb der Unterrichtsstunden. Den fehlenden Stoff des ersten Semesters hatte sie auch schnell aufgeholt. Frau Wuchsbaum hatte Simona deswegen bei sich, weil sie eben persönlich mit ihr die Seelengeisternte durchgeführt hatte. Das war ein Baustein, den sie hatte nachholen müssen. Aber nach ihrem Gesichtsausdruck zu urteilen, war sie für keinen Seelengeist bestimmt. Das kam öfter vor, als man annahm. Und da sie im ersten Semester war, saß sie noch mal ganz woanders im Saal als Fynn und Kristin.

Wenn er so darüber nachdachte, hatte er noch nie so viele Teufelskinder an einem Ort gesehen.

Vorne auf der Anhöhe hatten sich nun auch fast alle Lehrkräfte eingefunden:

Wodahs, Britanie, Avio, Frau Wuchsbaum, Ansem, die vier heiligen Engelskrieger und einige mehr.

Merdin fehlte noch als Einziger.

Anisa befand sich auch bei den Lehrkräften auf der Anhöhe, obwohl sie streng genommen keine war.

Haniel, der Engelskrieger des Windes und zugleich jüngstes Mitglied der Engelskrieger, nickte jemandem zu und machte dann eine zarte Handbewegung. Mit einem Hauch an Windstoß wurden die Kerzen im Saal gelöscht und Amot konnte beginnen. Denn er war es auch, der dem Engelskrieger das Signal gab.

Seine Stimme schallte mithilfe eines fast perfekt eingestellten Mikrofons durch die Halle: »Liebe Studenten, liebe Lehrkräfte und alles was sonst hier noch so ist. Herzlich willkommen bei der fünfzehnjährigen Jubiläumsfeier der Zauberuniversität in Gedenken an die heiligen Engel, die uns damals vor der großen Gefahr der Teufelsmonster retten konnten. Durch ihre Macht wurde die Gefahr zu einem wertvollen Schatz für die Zauberuniversität. Einige davon sind hier unter uns!«

Fynn war etwas verdutzt. Meinte er unter anderem ihn?

Amot fuhr fort: »Und nun lasst uns den Leiter dieser Einrichtung begrüßen! Der All-Meister, Magier Merdin!« Nun kamen die Fäden an der Decke zum Einsatz. Über die verschiedenen Strecken wurden unterschiedliche Stückchen von Essen entlanggezogen. Zur selben Zeit wurden Käfige geöffnet, um Nymphen frei zu lassen. Diese waren Wesen, welche unglaublich viel Licht spendeten. An der Zauberuniversität wurden sie oft für schöne Lichtschauspiele verwendet. So auch dieses Mal.

Nymphen ließen sich leider nicht dressieren, das wollte aber auch keiner. Vielmehr wurden sie mit ihrem Lieblingsessen dazu gebracht, nach Anweisung zu handeln. Je nach Art der Nymphe leuchteten diese unterschiedlich in Farbe und Glitzer-Intensität.

Die Studenten staunten nicht schlecht, als der Saal mit diesen wunderschönen Farben erhellt wurde. Es schien schon fast wie Magie. Und genau in diesem Moment erschien er. Nach Salomo der mächtigste Magier, der je existierte. Merdin selbst mochte keine großen Auftritte um seine Person, aber es war ein Jubiläum, also machte er eine Ausnahme. Er kam mit seinem Stock zwischen den Reihen angelaufen. Seine große Kristallkugel schwebte dabei hell leuchtend neben ihm, aber das eher aus dem Grund, damit der Boden ausreichend beleuchtet wurde, denn stolpern wollte selbst ein Magier vor einer großen Menschenmasse nicht. Die Studenten blickten zu ihrem Leiter hochachtungsvoll auf.

Der Zauberer versuchte das Hier und Jetzt zu genießen, aber ihn belasteten zu viele Themen, die ganz und gar nicht erfreulich waren. Denn noch nie war der Frieden so sehr in Gefahr gewesen wie aktuell! Davon wussten die meisten Schüler allerdings nichts.

Er stieg die Anhöhe empor.

Die Lehrkräfte standen allesamt auf und verbeugten sich höflichst. Merdin gab ihnen zu verstehen, dass sie sich wieder setzen durften.

»Meine lieben Schüler«, begann er zu den langen Tischen vor ihm zu sprechen, »die Semester vergehen so unglaublich schnell, es ist kaum zu glauben. Das zeigt mir, dass das wertvollste Gut im Leben wirklich die Zeit ist, denn diese ist unwiderruflich und mit nichts auf der Welt zu kaufen. Für einen Teil von euch war es das letzte Semester an der Zauberuniversität, andere werden bald eingeschult. Und jedes Semester hoffe ich erneut, dass sich hier alle Studenten gut einleben werden. Die meisten von euch wissen, was der Anlass dieser Feier ist. Und ich kann nur noch einmal betonen, dass heute vor fünfzehn Jahren uns allen ein großartiges Geschenk gegeben wurde. Ich rede nicht nur von dem Frieden, der einkehrte. Ich rede auch von der Kanalisation dieser Gefahr in Form der acht Teufelskinder. Dieser Begriff ist etwas unglücklich, aber diese Kinder sind ein Segen für uns geworden.« Dabei blickte er auch Fynn an. »Anstatt Angst davor zu haben, was passieren könnte, wenn diese Bestien wieder ausbrechen, haben wir begonnen, es als eine Chance zu betrachten. Eine Chance, das Böse, was passiert ist, in etwas Gutes umzuwandeln. In etwas, das alle unterstützt. Nur durch eine umfangreiche Bildung an dieser Universität könnt ihr zu Erwachsenen heranreifen, die ihr volles Potenzial ausnutzen können. Und besonders für die Teufelskinder ist es wichtig zu wissen: Horcht in euer Innerstes und nehmt das Monster in euch nicht als Feind wahr. Nutzt seine Macht, um Gutes zu tun. Ich weiß, das ist leicht gesagt, aber ihr schafft das!«

Fynn und Kristin waren gerührt von den Worten, denn sie konnten spüren, dass es ihm wirklich ernst damit war. Diese Worte hatten Kraft!

Dann beendete Merdin seine theatralische Ansprache: »So, wer hat noch so Hunger wie ich?« Er lief zum Füllhorn. Jeder kannte es. Pustete man in dieses Horn, so ertönten keine Klänge, sondern wunderbare Fressalien kamen zum Vorschein. Und das Fest konnte beginnen …

***

Tap tap tap.

Ein langer dunkler Korridor, der nur spärlich mit Kerzen an den Wänden beleuchtet war. Eine finstere Gestalt lief diesen entlang und in seiner Brille spiegelte sich das schwache Licht der Flammen. Er trug eine große schwarze Kutte und hatte rote Haare. Veritas war auf dem Weg, sich mit der Anführerin Sky zu treffen, denn es war Zeit, ihren Plan endlich in die Tat umzusetzen.

»Wollen Jennipher und Ednan nicht dabei sein?«, schallte eine Stimme nahe bei Veritas. Er blickte zur Decke. Dort stand Sky, mit ihren Haaren herunterhängend.

»Ednan ist irgendwo am Essen suchen und Jennipher hat sich leider immer noch nicht beruhigt. Armes Ding.« Letzteren Satz kaufte man Veritas allerdings nicht ab.

Sky löste das Pandra in ihren Füßen auf und kam auf den Boden. »Also hat diese Phelia es wirklich irgendwie geschafft, Jenniphers Schild dauerhaft zu vernichten! Auf den ersten Blick scheint das zwar nicht so schlimm, aber das hat unsere Kampfkraft enorm geschwächt«, analysierte Sky und biss sich auf die Lippen.

Veritas nickte. »Ich weiß. Dasselbe habe ich mir auch schon gedacht.«

Beide liefen weiter den Flur entlang. Links und rechts befanden sich Gefängnisse. In manchen war niemand, in anderen kauerten arme Gestalten, die vor Schmerzen, Lähmungen oder Angst nicht reden konnten oder wollten. Sie dienten Veritas für etliche grausame Experimente. Nur durch Wissen konnte er Cassiopaia optimal unterstützen und vorantreiben. Und diese Experimente waren auch dafür verantwortlich, das zu ermöglichen, was nun kommen würde.

»Simona zu benutzen, um in die Zauberuniversität zu gelangen und alle dort befindlichen Teufelskinder zu kidnappen, war eine hervorragende Idee. Und kein Zeitpunkt könnte besser sein«, gab Veritas zu und war neidisch auf die Anführerin, dass er nicht diese Idee hatte.

Sky grinste. »Danke, danke. Aber ohne dich hätte ich den Plan kaum umsetzen können«, gab sie als Kompliment zurück.

»Mit diesen süßen Dingern, welche ich in Simona platziert habe, werde ich Kontrolle über sie und das teuflische Pandra übernehmen und dort für etwas Aufruhr sorgen.«

Sky blickte Veritas an: »Hat Merdin den falschen Köder geschluckt?«

»Das Siegel an ihrer Stirn? Ja, in der Tat! Merdin hat es längst entfernt und wiegt sich in Sicherheit.«

Beide kamen in einen Raum, welcher einem Labor ähnelte. Nasse Gesteinswände, blubbernde Aquarien und das Piepsen von elektronischen Geräten erfüllten diesen.

Sie blieben vor einem dieser Aquarien stehen und blickten die schlangenartigen Wesen an, die in der grünlich schimmernden Suppe hektisch umherschwammen.

Sky grinste teuflisch: »Merdin, du und deine Magie. Genau das wird dir jetzt zum Verhängnis. Du hättest Simona richtig untersuchen sollen, anstatt deine Magie nur das Außergewöhnliche abklopfen zu lassen.«

Veritas nickte: »Genau! Denn so ist ihm entgangen, dass ich der lieben Simona ein Ei meiner süßen Symbionten hier eingepflanzt habe. Es müsste nun reif zum Schlüpfen sein. Es befindet sich in ihrem Rückgrat. Und sobald das Würmchen wach ist, wird es sich an der Wirbelsäule anheften und die Kontrolle über ihre Großhirnrinde übernehmen. Ihre Synapsen werden nach meiner Pfeife tanzen und damit auch die Macht ihres Teufelsmonsterpandras. Und selbst wenn es nicht funktionieren sollte, sie zu zwingen, ihr Teufelsmonster freizusetzen, habe ich damals auch Teufelsmonsterpandra in den Symbionten versiegelt. Es wäre dumm gewesen, alles in das offensichtliche Siegel an der Stirn zu pumpen.«

»Okay, gut, fang an!«, gab Sky den Befehl.

Veritas konzentrierte sich und konnte es kaum erwarten, das Ei schlüpfen zu lassen und durch Simona an der Zauberuniversität handeln zu können. Bei dieser Tatsache war Sky auf Veritas neidisch, denn sie hätte zu gern mit Simonas Kraft Merdin in der Luft zerrissen. Aber Cassiopaia hatte größere Pläne.

Veritas faltete seine Hände und es dauerte nicht lange, bis er Simonas Körper und Verstand in seinen Händen fand.

Das Chaos konnte beginnen!

***

Die Lichter gingen aus. Es war still …

… denn Britanies Bühnenauftritt stand unmittelbar bevor!

Jeder war schon auf diesen Teil der Feier gespannt, weil sie nicht nur ein neues Lied dafür geschrieben hatte und es zum ersten Mal von ihr gesungen wurde, sondern auch, weil alle mittanzen durften. Die Formalitäten waren vorbei und alle konnten etwas lockerer werden.

Eine zärtliche Stimme begann durch die Halle zu schallen. Es war Britanies Gesangsstimme. Einige Nymphen wurden durch geschicktes Füttern wieder dazu gebracht, genau an bestimmten Stellen ganz bestimmtes Licht zu produzieren. Es war einfach perfekt! Links und rechts an der Bühne falteten sich aus Papier zwei Treppen, die mitten im Raum begannen und auf die Anhöhe führten. Dann kamen zwei Engelsflügel ohne Körper von oben herab und platzierten sich in der Mitte der beiden Treppen.

Jeder fragte sich, was das ergeben sollte, wenn es fertig war. Obwohl viele es ja eigentlich schon wussten. Britanie sollte aus dem Papier entstehen, das war immerhin ihre Spezialität.

Die Papierstücke, welche die Treppen gebildet hatten, flogen wie von einer Explosion getroffen auseinander und wurden zu noch viel kleineren Papierstücken. Diese falteten sich dann zu verschiedenfarbigen Schmetterlingen. Ihre Flügel waren mit etwas Besonderem beschichtet, weil sie das sanfte Licht der Nymphen reflektierten.

»Wunderschön«, sagte Fynn zu sich selbst und sprach dabei vielen aus dem Herzen.

Die kleinen Papierkunstwerke verteilten sich im ganzen Saal. Dabei landeten sie bei manchen Studenten und flogen wieder weiter. Es war sehr süß. Auch Fynn wurde von einem Schmetterling »geküsst«. Das Beachtliche war, dass es einem so vorkam, als würde Britanie durch jeden einzelnen Schmetterling singen. Eine bessere Beschallung konnte man sich wirklich nicht vorstellen.

Aber dabei konnte es natürlich nicht bleiben, denn die Kunstwerke von der blonden Britanie versammelten sich wieder auf der Anhöhe und fügten sich langsam zu etwas Größerem zusammen. Farben wurden ineinander gefaltet und ergaben neue Farbtöne. Und so entstand aus all dem Papier die mit Smokey Eyes geschminkte Lehrerin Britanie. Ihr Makeup saß perfekt und ließ sie makellos erscheinen. Die Engelsflügel falteten sich um ihren Körper und bildeten ihr Gewand. Ebenfalls makellos.

»So, Leute!«, schrie sie euphorisch. Fynn war überrascht, warum sie so laut war, aber dann erkannte er, dass sie ein paar Schmetterlinge für die großräumige Beschallung übrig gelassen hatte.

»Es wird Zeit, die Hufe zu schwingen! Ab mit euch auf den Tanzboden und habt Spaß! Und nur zur Info, ich nehme keine Musikwünsche an, also versucht es erst gar nicht. Danke«, sprach sie halb ernst und streckte ihre Zunge heraus, um die Ansage süßer und harmloser wirken zu lassen.

Und tatsächlich begaben sich die meisten der Studenten nach vorne, um sich etwas zur Musik zu bewegen. Kairi lauerte schon, um Fynn vor Kristin abzuschirmen, da diese ihm ja versprochen hatte, mit ihm tanzen zu wollen. Fynn wollte allerdings diese Möglichkeit nutzen, um den beiden anderen Teufelskindern, Maio und Chloe, hallo zu sagen. Auch zu Simona wollte er gehen. In den letzten Monaten hatte er nur flüchtig zwischen Tür und Angel mit ihr reden können. Er hatte den Eindruck, dass diese genauso schüchtern war, wie es Kristin früher einmal gewesen war.

»Fynn Phönix?«

Jemand hatte ihn von hinten angesprochen. Fynn drehte sich um und, eben noch an sie gedacht, stand Simona dort. Sie fragte mit einer Bestimmtheit, die Fynn gar nicht von ihr kannte. »Ja, genau, aber wir kennen uns doch schon«, gab dieser an Simona zurück.

Diese änderte sofort ihren Gesichtsausdruck: »Ja, ich weiß doch, habe dich nur verarscht.« Sie lachte etwas unnatürlich.

Fynn und die anderen fanden das komisch.

»Und? Hast du dich bisher gut eingefunden? War bestimmt alles ganz schön viel für dich, oder?«, versuchte Fynn die komisch begonnene Konversation in geordnete Bahnen zu lenken. Er war immer noch über ihre veränderte Art zu reden verwundert. Auch die anderen hatten sie schon erlebt. Entweder sie hatte sich extrem verändert, oder man konnte meinen, sie wäre ein komplett anderer Mensch geworden …

»Ja, alles gut so weit. Ich wollte noch den anderen beiden Teufelskindern hallo sagen. Ihr seid alle ein Semester über mir, ich komme schlecht an euch ran, um etwas zu quatschen. Wie heißen sie noch mal?«

»Du meinst die anderen beiden Teufelskinder?«, fragte Kristin, die eben dazu gestoßen kam und mitbekommen hatte, um was es ging.

»Ja, genau, aber hey, du bist Kristin, auch ein Teufelskind, oder? Es freut mich so sehr, dass ich euch endlich mal richtig kennenlernen kann!«, freute sich Simona und berührte dabei Kristin und Fynn leicht am Arm.

Kairi würde das gar nicht gerne sehen, wenn noch ein Mädchen an Fynn interessiert wäre. Dann würde sie ausflippen …

Kristin lächelte: »Um zu deiner Frage zurückzukommen, die anderen beiden heißen Maio und Chloe, sie sind gleich da vorne.« Sie zeigte mit dem Finger auf beide. Natürlich dezent und nicht aufdringlich. Diese waren auch gerade von der anderen Seite des Saals auf dem Weg nach vorne, um etwas zu tanzen.

»Darf ich sie zu uns holen?«, fragte Simona die anderen.

Jeder schaute etwas verdutzt, weil die Frage etwas seltsam war.

»Ja, klar, ich wollte die beiden eh heute noch ansprechen, da ich bisher kaum Kontakt zu ihnen hatte. Das passt also perfekt, würde ich meinen«, erklärte Fynn.

Simona nickte: »Okay, ich bin gleich zurück.«

Als sie nicht mehr in Hörweite war, äußerte Kairi als Erste, was viele der anderen auch dachten: »Kann es sein, dass sie einfach mal ganz anders ist als sonst? Die ist ja fast noch hibbeliger als ich! Und das muss was heißen.« Sie drehte ihren Lipgloss auf, um sich den Mund damit einzuschmieren.

Zayne rieb sich das Kinn: »In der Tat. Wir können sie doch direkt darauf ansprechen«, schlug dieser vor.

»Bist du bescheuert? Willst du ihr sagen, dass es mega abnormal ist, dass sie offen und gesprächig ist? Das ist voll die Beleidigung!«, tat Kairi ihre Meinung zu diesem Vorschlag kund.

Zayne hob die Hände schützend vor sich: »Tut mir leid, ich nehme den Vorschlag zurück.« Er grinste verlegen.

»Leise, sie kommt wieder«, gab Kristin den anderen den Tipp, damit schnell ein anderes Thema angeschnitten werden konnte, ohne dass dies auffällig war.

Simona kam mit Chloe und Maio zu den anderen. Beide schauten etwas verwirrt, weil ein fremdes Mädchen sie an den Händen nahm und hinter sich her beorderte.

Und so komplettierte sich der Kreis der außergewöhnlichen Kinder: Fynn, Kristin, Maio, Chloe und Simona. Fünf Teufelskinder an einem Ort.

Die Lehrer beobachteten dies natürlich, fanden es aber löblich, dass sich die Kinder auch mal kennenlernten. So etwas konnte man immerhin schlecht erzwingen.

Der Tanz mit Kristin fiel erst einmal aus, denn die Teufelskinder, wie aber auch die anderen, verstanden sich ziemlich gut und es gab genug zu erzählen. Britanies Musik war nettes Beiwerk, zu dem man gut wippen konnte.

Nach den schönen Musikstücken verabschiedeten sich alle voneinander, weil sie wieder auf ihre Plätze mussten.

Simona sah glücklich und zufrieden aus. Aber nicht aus dem Grund, dass sie alle anderen Teufelskinder kennenlernen durfte, sondern dass sie sie berühren konnte. Ihr Lächeln wurde insgeheim zu einer bösen Fratze. *Alles läuft genau nach Plan*, dachte sie sich und blickte auf ihre Hand. Aber es war weniger Simona, die das dachte, als vielmehr Veritas, der die Kontrolle über sie übernommen hatte.

Der Symbiont war geschlüpft und hatte sich fest um Simonas obere Wirbelsäule geschlungen.

Simona drehte sich voller Selbstbewusstsein um, als sie zurück an ihrem Tisch ankam und sich dann setzte. Die anderen Teufelskinder behielt sie stets im Blick. Simona reagierte selbst auf Klassenkollegen nicht, die versuchten mit ihr zu sprechen, so konzentriert war sie auf das, was nun bevorstand. Sie musste nur den richtigen Zeitpunkt abwarten.

Fynn und die anderen hatten auch wieder Platz genommen und waren sehr zufrieden, wie das Fest bisher ablief. Ein großer Applaus wurde für Britanie gegeben, bevor sie die restlichen Schmetterlinge wieder ihrem Körper hinzufügte.

Mit Britanies Auftritt war das Programm offiziell durch. Jeder durfte nun machen, was er wollte. Sei es wieder zurück ins Quartier zu gehen oder noch etwas in Geselligkeit zu verharren. Die höheren Semester machten sich recht zügig auf, da sie wegen der bevorstehenden Prüfungen mehr zu lernen hatten als die niederen Semester.

»Ich muss etwas Wichtiges mit euch besprechen! Auf ein Wort«, sprach Merdin zu den Engelskriegern und anderen Lehrern, während er beobachtete, dass sich der Abend schön und dynamisch fortsetzte. Diese nickten zur Bestätigung und machten sich gemütlich auf, den Saal durch einen Ausgang hinter der Bühne zu verlassen. Kaum einer der Studenten bekam mit, dass die Lehrer kurz nach draußen gingen, doch Simona war eine der wenigen!

Es konnte beginnen!

Voller Vorfreude grinsend blickte Simona an ihrem Bein herunter, denn sie ließ etwas Zähflüssiges daran herabtropfen.

Fynn hatte nach der angeregten Unterhaltung und dem Tanzen etwas Hunger bekommen und aß eine weitere Wunschbanane. Egal an was er dachte, wenn er die Banane schälte, war genau das drinnen. Und während er den Teig kaute, der wie Blaubeermuffins schmeckte, dachte er darüber nach, ob er nicht Kristin zum Tanz auffordern sollte. Etwas Musik wurde noch gespielt und Kristin war ein liebes Mädchen. Es würde eigentlich nichts dagegen sprechen …

Und tatsächlich entschied sich Fynn, zu ihr zu gehen, doch eine unsichtbare Kraft lähmte ihn urplötzlich und er konnte sich nicht mehr rühren. Nicht einmal blinzeln konnte er mehr. *Bei den Engeln, was ist das? Ich kann nicht mal mehr sprechen!* Fynn verfiel innerlich in Panik. Aber diese konnte er in keinerlei Weise äußern.

Die anderen um ihn herum schienen nichts bemerkt zu haben. Kairi und Zayne, aber auch alle anderen an seinem Tisch diskutierten eifrig viele Themen, ohne Fynns prekäre Lage zu bemerken.

Fynn konnte selbst seine Augäpfel kaum bewegen, doch in der Richtung, in die er blicken musste, saß Simona. Und der kalte Schauer lief ihm den Rücken herunter, als er ihren abgrundtief bösen Blick sah. Ein Lächeln, das sagte: Hab ich dich!

Zayne allerdings bemerkte, das mit Fynn etwas nicht stimmte. Er wollte ihn gerade ansprechen, als Kairi aufschrie: »Ihhhh, was ist das denn? Ekelhaft!«

Zayne wie auch die anderen Studenten schauten auf den Boden, denn Kairi war in irgendetwas Schleimiges getreten. Und als die jungen Studenten sahen, was es war, sprangen einige von ihren Plätzen auf.

Etwas Schwarzes und Zähflüssiges verband alle Teufelskinder miteinander. Und jeder Streifen verband diese mit Simona, denn sie war der Ausgangspunkt.

Doch nicht nur Fynn war gelähmt, sondern auch Kristin, Maio und Chloe. Alle vier reagierten auf nichts mehr. Sie wirkten wie Statuen.

Simona stand auf und die anderen Teufelskinder taten es ihr gleich.

Veritas frohlockte in Simonas Körper. *Einfach großartig, sie sind nun meine Marionetten! Ich benutze das zu Flüssigkeit komprimierte Pandra von Simonas Teufelsmonster als Medium, um die Gedankenkontrolle zu erweitern. Da ich mit jedem körperlichen Kontakt hatte, kann ich das teuflische Pandra genau an meine Ziele steuern. Der Einfluss auf die anderen ist zwar bei weitem nicht so stark, aber es reicht für das, was ich vorhabe.*

»Hey Fynn, was ist los? Sag doch was!«, schrie Kairi ihn an, aber dieser antwortete weder, noch drehte er überhaupt seinen Kopf in ihre Richtung.

Fynn wusste, dass irgendetwas mit Simona nicht stimmte

und sie nichts Gutes im Schilde führte. Aber er konnte nichts unternehmen.

Er wusste aber, dass Panik ihm hier nicht helfen würde, deswegen suchte er die Antwort in der Ruhe und überlegte kurz. Er beschloss, sich Unterstützung aus seinem Inneren zu holen. Er befand sich nun wieder in dem weißen Flur mit den vielen Türen. Zu seinem Entsetzen musste er feststellen, dass dieses schwarze Etwas auch hier eingedrungen war. Fynn war verwirrt, wie etwas Materielles in seinen Geist eindringen konnte. Doch noch kurioser war, dass es zu einer ganz speziellen Tür führte. Und zwar zur Tür des Teufelsmonsters!

Fynn schluckte kurz, weil er besorgt war. Dann näherte er sich dieser Tür, die mit dem Siegel der Engel blockiert war.

Es war nicht laut, aber er glaubte, Geräusche hinter dieser Tür zu vernehmen. Er musste kurz darüber nachdenken, aber dann unterlag er seiner Neugierde und lauschte an der Tür. Ein und derselbe Satz wurde immer und immer wieder wiederholt. Fynn musste sich konzentrieren, erst dann wurde der Satz lauter und immer lauter, bis er ihm plötzlich förmlich ins Ohr gebrüllt wurde. »Ich lasse mich nie wieder zusammenfügen!!!«

Vor Schreck schlug Fynn mit seinen Ellenbogen an den Türknauf. Dadurch konnte sich für den Bruchteil einer Sekunde ein Spalt auftun und ein Energieschwall von Fynns Teufelsmonster trat aus. Dieser Schwall durchzog auch Fynn und ihm wurde urplötzlich, durch den direkten Kontakt mit seinem Teufelsmonster, etwas über dieses klar: *Alle acht Monster waren früher eins! Sie wurden durch die Aufspaltung geboren und wollen nie wieder zusammengefügt werden, denn dies würde den Tod eines jeden Einzelnen bedeuten. Haben sie also, wie jedes normale Lebewesen auch, nur einen Überlebensinstinkt?*, fragte er sich, während er diese Erleuchtung erhielt.

Aber der Energiewall hatte nicht nur einen Wissenszuwachs bei Fynn zufolge, sondern drängte auch das fremde Teufelsmonster von Simona aus Fynn und gab diesen von der Paralyse wieder frei. Die schwarze Flüssigkeit wurde von Fynn abgestoßen.

Veritas zuckte zusammen, als er es bemerkte, und war gar nicht erfreut darüber. *Irgendetwas Mächtiges in Fynn hat eben meine Kontrolle über ihn gebrochen. Was war das? Magie?* Der rothaarige Wissenschaftler war überhaupt nicht begeistert, denn das war nicht einkalkuliert. Auf Simonas Stirn zeichnete sich eine Sorgenfalte ab.

Fynn konnte sich wieder rühren und atmete einmal tief auf.

»Fynn, alles wieder gut?«, fragte Zayne sofort.

Doch Fynn hatte keine Gedanken, um auf Zayne einzugehen. »Lass die anderen sofort aus der Paralyse frei!«, schrie er Simona entgegen. Und nun konnte jeder den unheimlichen Gesichtsausdruck des einst so süßen und schüchternen Mädchens sehen.

Veritas geriet kurz ins Grübeln, aber dann fing er sich wieder. *Keinen Grund zur Panik, ich habe einen Plan B*, sprach er sich selbst in Gedanken Mut zu. »Tut mir leid«, antwortete Simona Fynn, »aber das kann ich wirklich nicht tun. Wann bitte habe ich die Chance, so viele Teufelskinder auf einmal zu bekommen?«

So wie Simona sprach, waren sich alle ziemlich sicher, dass diese fremdgesteuert wurde. Doch wie hatte das Merdin entgehen können?

Simona zuckte mit den Schultern: »Es hätte alles ganz ruhig und ohne Komplikationen vonstattengehen können, aber du zwingst mich zu etwas, was ich eigentlich vermeiden wollte, Fynn Phönix!« Die Stimme von Simona klang kühl und bedrohlich.

Sky, die hinter Veritas stand, fragte diesen: »Was ist los? Gibt es Probleme?« Sie konnte nicht sehen, was im Saal der Zauberuniversität geschah. Sie konnte nur hören, was Veritas vor sich hin brabbelte. Dieser presste dann seine Handflächen zusammen, um Plan B durchzuführen.

Simona begann laut aufzuschreien und blickte

schmerzverzerrt zur Decke. Energie strömte wie eine mächtige Aura aus ihr heraus. Ihren Mund riss sie fast übernatürlich weit auf. Veritas hatte das im Symbionten versiegelte Teufelsmonsterpandra freigesetzt und hebelte damit die von den Engeln verschlossene innere Tür zu Simonas Teufelsmonster einen Spalt weit auf. Ähnlich wie es bei Fynn geschehen war. Nur, dass der Spalt geöffnet blieb.

Das Pandra des Teufelsmonsters umschlang Simonas Körper und machte sie stärker und wild. Dann raste das glühende Pandra die Streifen schwarzer Flüssigkeit entlang, hin zu den anderen Teufelskindern. Chloe und Maio wurden sofort bewusstlos, als das Pandra auch sie umschlang. Fynn war zwar nicht mehr mit dieser Flüssigkeit verbunden, aber trotzdem war er mit Simonas Pandra konfrontiert, denn es versuchte auch ihn mit Gewalt zu ergreifen. Doch schon fast reflexartig rief Fynn seine Seelenwaffe und blockte mit dem übergroßen Hammer den Übergriff auf sich ab. Der Druck war allerdings so groß, dass er über die Tische an die Wand geschleudert wurde.

Kristin wurde auch von Simonas Pandra erwischt, doch sie hatte schon entschieden, was sie dagegen unternehmen wollte. Es war ihr verboten, aber sie sah keinen anderen Ausweg. Ihre eigene Energie begann zu zirkulieren, dann setzte sie ihr eigenes Teufelsmonsterpandra frei. Das bösartige rote Pandra Simonas wurde verdrängt und durch das gelbe von Kristin übermannt. Kristins Muskeln spannten sich an und ihre Haare begannen in ihrem eigenen Energieschwall wild umherzuwedeln.

Veritas fand das ganz und gar nicht amüsant. Je stärker er Simona werden ließ, desto weniger konnte er sich in ihrem Geist halten. Außerdem könnte der Symbiont durch zu massive Muskelkontraktionen oder Überhitzung des Körpers getötet werden. Dann hätte er überhaupt keinen Draht mehr zu ihr. Er wollte diese Aktion eigentlich schnell und still vonstattengehen lassen und jetzt das …

Doch Veritas hatte kaum Zeit zum Schmollen, denn Kristin

setzte sich in Bewegung und das nicht langsam! Blitzschnell stand sie direkt vor Simona. Zwei Teufelskinder, die ihr böses Pandra einsetzten! Die Auren der Teufelsmonster waren so präsent, dass man sie förmlich vor sich stehen sah. Kristins Löwen-König und Simonas Bären-König.

Mit einem Aufschrei schlug Kristin auf Simona ein. Diese hob nur ihren Arm und wehrte die Attacke ab, aber der Druck, der dabei durch die Halle ging, war enorm! Ein paar verängstigte Studenten fielen sogar zu Boden.

Simona änderte ihren Griff und umschlang nun mit großer Kraft Kristins Hand. Diese stöhnte vor Schmerzen.

Simona lachte, weil es Veritas auch tat: »Kurzzeitig habe ich gedacht, dass du mir Probleme machen könntest. Große Show, aber nichts dahinter.«

Erneut überflutete Simonas Pandra Kristin.

Fynn konnte das nicht geschehen lassen. Er schleuderte seinen Hammer in Simonas Richtung, allerdings wurde sie von ihrer Pandrahülle geschützt. Der Hammer prallte ab.

»Du bist auch gleich dran!«, schrie Simona ihm entgegen.

Fynn konzentrierte sich. Er musste etwas Scharfes formen, um durch Simonas Pandraschild zu gelangen. Er fokussierte sich auf sein Inneres und nahm die grüne Kugel. Luft verdichtete sich in seinen Handflächen. Zwei rotierende und dadurch immer schärfer werdende Scheiben entstanden. Er wollte sie so eben auf den Weg schicken, als ein Schlag in seine Magengrube ihn ausknockte. Simona hatte einen Schweif ihres Pandras in den Boden geschlagen und neben Fynn wieder hervorgebracht. Er war zu unachtsam. Bewusstlos wurde auch er vom roten Pandra verschlungen.

»Fynn, neeiin!«, schrie Kristin mit vor Schreck verzerrtem Gesicht und wurde dann auch vollkommen vereinnahmt. Auch sie verlor ihr Bewusstsein.

Zayne und die anderen waren bestürzt über die Ereignisse. Und ehe einer von ihnen etwas unternehmen konnte, schleuderte Simona einen Energieball gegen die Wand hinter der Anhöhe. Auf allen vieren, wie ein wildes Tier, flüchtete sie mit einem Sprung aus dem Gebäude. Chloe, Maio, Kristin und Fynn nahm sie, eingehüllt in ihrem Pandra, mit sich. Die Kinder legte sie sich wie Reisegepäck an, zwei auf ihrem Rücken, eines links und eines rechts. So hatte sie noch alle Gliedmaßen frei.

Schutt und Asche legten sich über die Studenten.

***

»Wie bitte, es ist nun wirklich bestätigt worden, dass die himmlische Steppe vernichtet wurde?«, fragte Shila Wuchsbaum ungläubig. »Sie ist doch eine Legende, wie kann das nur sein?«

Die Lehrer hatten sich aus dem Saal zurückgezogen und besprachen auf der Grünfläche wichtige Themen.

Merdin war selbst ratlos. »Leider ist es die Wahrheit, ich hatte Anisa mit ein paar Spähern dort hingeschickt, um die Umgebung mit dem Sternenblick nach Spuren abzusuchen, die uns zu Cassiopaia oder Leon führen könnten. Dabei wurden dann die Überreste des letzten lebenden Gottes gefunden. Um sich unseren Blicken zu entziehen, verbarg sich dieser Gott hinter einer starken Barriere, aber nach seinem Tod fiel diese und jeder konnte das Massaker betrachten.«

Britanie hielt sich die Hand vor den Mund: »Einfach furchtbar.«

»Wer kann das nur getan haben?«, fragte Wodahs zwar in die Runde, meinte aber indirekt Meister Merdin damit.

»Vor ein paar Wochen hätte ich nur auf Jennipher tippen können, aber diese war ja mit euch in einen Kampf verwickelt. Aber mit meiner jetzigen Information habe ich eine sehr starke Vermutung …«

Natürlich wussten alle Lehrkräfte, nicht nur die Engelskrieger, über das Auftauchen des Blitz-Elementes Bescheid und was dies zu bedeuten hatte.

Shila Wuchsbaum schaute hastig umher: »Was? Ihr glaubt, der fünfte Engel hat die himmlische Steppe getötet?«

Japhiel, der Engelskrieger der Erde, unterbrach: »Ungeachtet in welcher Verfassung der fünfte Engel sich auch befindet, er hätte vielleicht die Macht besessen, ja, aber bedenkt, dass kein Wesen aus Magie zur himmlischen Steppe hätte vordringen können. Und wir haben von Metatron und Chamuela erfahren, dass dieser Clown, der höchstwahrscheinlich die Reste des fünften Engels darstellen soll, auch von der Aura Phelias betroffen war. Wer also hätte …« Dann hatte ein Teil der Anwesenden denselben Gedanken, die anderen hatten die Vermutung schon im Hinterkopf. Und es wurde still.

Japhiel blickte um sich: »Hat er DAFÜR etwa Leon gebraucht und ihn deswegen so stark gemacht?«, äußerte er den Verdacht.

Merdin blickte auf den Boden: »Ich glaube, nicht nur dafür …«

Plötzlich wurden alle Lehrkräfte aus ihren Gedanken gerissen. Sie blickten allesamt auf das Hallengebäude.

»Spürt ihr auch diese enorme Energie? Was ist das?«, fragte sich Wodahs und man merkte, wie leichte Hysterie mitschwang.

»Das kann doch nicht aus dem Essenssaal kommen?! Wer von den Studenten sollte das bitte sein?«, gab Avio zurück.

»Keine Ahnung, aber wir müssen schnell zurück! Falls ihr es noch nicht gemerkt habt, diese Energie ist sehr bösartig und steigt rapide an! Und jetzt ist sogar noch eine zweite große Energie dazu gekommen!«, schrie Chamuela und wollte sich mit den anderen gerade auf den Weg zurück machen, als eine riesige Explosion die Wand vor ihnen zum Einsturz brachte. Die Brocken wurden mit einer solch hohen Geschwindigkeit umher geschleudert, das viele nur ganz knapp ausweichen konnten.

Shila Wuchsbaum wurde durch einen kräftigen Windstoß des Engelskriegers Haniel vor Schaden bewahrt, während

Japhiel eine Erdmauer um sich und Meister Merdin errichtete, um Schutz zu finden.

»Verdammt, was ist hier los?« Britanie versuchte etwas in dem Staub zu erkennen. Dann bemerkte sie, dass die enorme Energie genau über ihr war. Ihr Blick haschte hoch in den Himmel und dann sah sie sie. Simona hatte, auf allen Vieren, einen riesigen Sprung gemacht und flog über die Lehrkräfte hinweg. Ihr Körper war vollkommen mit bösartigem Pandra umhüllt. Aber noch viel schockierender war eine andere Tatsache: »Meister Merdin, Simona läuft Amok und hat die anderen Teufelskinder im Schlepptau!!!«

Merdin horchte auf. »Was?« Er konnte den Worten Britanies kaum glauben, bis er es selber sah. »Aber ich hatte Simona doch höchstpersönlich untersucht und das Siegel von Cassiopaia entfernt!«

»Haniel, du bist der Schnellste von uns, halte sie auf!«, schrie Metatron zu dem Engelskrieger des Windes.

»Geht nicht, sie ist selbst für mich zu schnell!«, gab dieser zurück.

Und tatsächlich hatte Simona eine unglaubliche Geschwindigkeit, während sie durch die Luft glitt. Die vier Kinder waren immer noch bewusstlos an ihre Seiten gebunden.

Merdin machte sich bereit.

»Meister, nicht, spart eure Kraft! Die Barriere des Engelstors wird sie schon aufhalten!«, versuchte Chamuela Entwarnung zu geben, war sich aber nicht ganz sicher.

Und Merdin war es sich auch nicht, deswegen machte er weiter. Seine Kristallkugel erstrahlte so hell wie schon lange nicht mehr: »Keinen einzigen Schritt weiter!!!«, sprach dieser in einem sehr dunklen und herrischen Ton.

Veritas zuckte kurz auf, als er durch Simonas Augen die massive Mauer aus Licht sah, die sich vor ihm aufgetan hatte.

»Verdammt!«, sprach dieser für sich.

Sky, die hinter ihm stand, fragte nochmals nach. »Was ist denn los?«

»Merdin hat sich eingemischt und greift mit einer Mauer aus Magie ein.«

»Ja, und? Du hast Simona. Renn einfach durch!«

Veritas blickte sich um. »Das schafft sie nicht! Und wenn ich ihr Energielevel noch höherschraube, verliere ich noch ganz die Kontrolle über sie. Ich hänge jetzt schon an einem sehr dünnen Faden!«

Sky schaute Veritas an, als würde er kompletten Müll reden: »Geh weg, lass mich das machen!« Sie fasste Veritas mit festem Griff am Unterarm und schloss ihre Augen. Dann murmelte sie: »Technik der unendlichen Wiedergeburt!«

Veritas stockte kurz der Atem, denn diese Technik war verboten und hochgradig gefährlich. Mit dieser Tech war es Zaramon möglich, seine Seele in einen neuen Körper zu verfrachten. Die Seele des Wirts starb dabei. Beherrschte man diese Tech aber nicht richtig, so konnte man selbst sterben.

»Mach dir nicht ins Hemd, ich wende diese Tech nur teilweise auf dich an. Ich habe keine Notwendigkeit, diesen Körper schon zu verlassen, dafür hänge ich viel zu sehr an dessen Yetenek«, erklärte sie ihm, um Entwarnung zu geben.

Veritas spürte jedoch, wie sie langsam einen Teil seines Geistes in Anspruch nahm. Und dieses Gefühl war nicht angenehm, denn dadurch wurde ein Teil seines eigenen Geistes verdrängt und somit ausgelöscht. Diese Aktion schwächte also Sky und Veritas zur selben Zeit. War es ihr das wirklich wert?

Und mit Einzug in Veritas' Geist bekam sie auch Kontrolle über Simona, zwar nur gering, aber die Willenskraft von Sky war ungehemmt! Sie gab dem wilden Teufelskind den Befehl: »LOS, zerschlage die Wand von Merdin. REIß SIE EIN!«

Veritas spürte, wie viel Hass in ihr brodelte.

Und das Teufelsmonster tat, was ihm befohlen wurde. Simona befand sich noch in der Luft und steuerte ungehalten auf die Lichtblockade von Merdin zu. Mit dem Arm holte sie aus und entlud mit einem Schlag eine enorme Menge Pandra.

Der Druck, der dadurch die Umgebung erschütterte, war

gewaltig! Und tatsächlich, der Zauber von Merdin bekam Risse und zersplitterte in tausend Stücke. Merdin war überrascht. Er hielt sich den Kopf und verlor leicht das Gleichgewicht. Ihm wurde schwindelig. Das Brechen seines Zaubers hatte ihn direkt getroffen.

Sky lachte innerlich, als sie Merdin so zittern sah.

Eine Gestalt tauchte in der Luft über Simona auf. Es war der Engelskrieger Haniel: »Das hat gereicht, um dich einzuholen!«, sprach er zu dem wild gewordenen Kind, als wenn das alles genau so geplant gewesen wäre. Er streckte beide Handflächen in Richtung Simona: »Level-fünf-Wind-Tech! Luftdruck-Monument!«

Die Wolkendecke tat sich kreisrund auf. Mit einer Geschwindigkeit, die schon unmenschlich schien, preschte eine riesige Menge an atmosphärischem Luftdruck in Form einer riesigen Statue herab. Haniel konnte aber eine so weitflächige Tech nicht gegen Simona einsetzen, da diese Geiseln hatte. Deswegen leitete er die Tech auf sich selbst. Er hielt dieser stand und formte die Tech um. »Luftdruck-Pfeil«! Dann zielte er mit seinem Finger auf Simonas Oberkörper und schoss diesen ab.

Haniel brauchte die Wucht der Monument-Tech und die Präzession des Luftdruck-Pfeils.

Mit immenser Kraft wurde Simona von diesem Pfeil nach unten und in den Erdboden geschossen. Es ging so schnell, dass Sky und Veritas nichts dagegen unternehmen konnten.

»Level-fünf-Wind-Tech! Himmelsteppiche!«, wirkte Haniel eine weitere Tech und fixierte mit Luftdruck Simona am Erdboden, damit sie nicht entkommen konnte.

Durch die kinetische Energie, die auf Simona durch den Pfeil gewirkt hatte, konnte sie Fynn und die anderen Teufelskinder nicht bei sich halten. Diese schwebten, noch eingehüllt in bösartigem Pandra, in der Luft. Haniel wollte sie gerade einsammeln, als Merdin förmlich die Wut seines ehemaligen Freundes Zaramon spüren konnte.

Im selben Moment durchbrach ein Kreischen die Schichten

aus Luftdruck und Simona kam, fast unkenntlich vor lauter umherschwirrendem Pandra, wieder in die Luft geschossen!

Haniel war schockiert: »Wie konnte sie nur …« Aber er durfte keine Zeit verlieren. Er reagierte blitzschnell.

Simona schlug mit einem Schweif purer Energie nach dem Engelskrieger. Dieser hatte, so schnell er konnte, seine Seelenwaffe gerufen und minderte diesen Angriff. Doch der Druck schleuderte ihn davon. Er griff mit Luft nach den Teufelskindern und bekam sie zu fassen. So schlug er zwei Fliegen mit einer Klappe: Er bekam Distanz zum Gegner und brachte die Kinder außer Reichweite.

Sky wollte Simona hinterherschicken, aber sie erkannte, dass Chamuela mit Merdin, Japhiel und Metatron auf einer riesigen Welle aus Wasser auf diese zugesteuert kam. Sie musste schnell entscheiden, denn sie würden bestimmt gleich in Reichweite für ihre Techs sein. Und so gab Sky Simona den Befehl, zurück zur Basis zu kommen. In der höchsten Geschwindigkeit, damit niemand folgen konnte.

Und als Haniel nach der Bruchlandung am Boden wieder die Augen öffnete, erkannte er, dass er nur zwei der vier Teufelskinder erwischt hatte.

»Nein!«, er blickte zu Simona, die gerade floh und sogar den Schild des Engelstores durchbrach. Sie hatte die anderen beiden Kinder!

Und mit Entsetzen blieben die Lehrer und Studenten zurück, während Feuer und Rauch hinter ihnen wüteten …

Ende des zweiten Teils

Nachwort

Hallo Ihr lieben Fynn Phönix-Fans,

ich hoffe, dass Euch der zweite Teil von Fynn und seinen Freunden genauso gefallen hat wie der erste. Der dritte und letzte Teil ist schon am Entstehen. Er wird vollgepackt sein mit Action und unerwarteten Wendungen, denn ich hasse Vorhersagbarkeit.

Ihr werdet erfahren, was Cassiopaia wirklich vor hat und welche Rolle der Clown spielen wird.

Und ich kann Euch sagen, dass es kein Happy End im klassischen Sinne geben wird ... Doch lasst Euch überraschen.

Wen Ihr mögt, folgt mir auf meiner Facebook Fanpage **Tim Gebert – Autor** oder auf Instagram **_toms_diner_**. Dort könnt Ihr mit mir in Kontakt treten und live beobachten, wie der letzte Teil der Fynn Phönix-Trilogie entsteht.

Und jetzt vergesst bitte Eure Rezi nicht ;)

Dein Tim Gebert

SADWOLF

The Noir Side Of Life